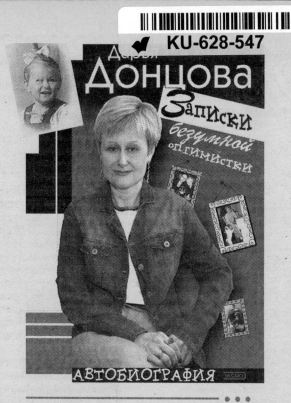

"Записки безумной оптимистки"

«Прочитав огромное количество печатных изданий, я, Дарья Донцова, узнала о себе много интересного. Например, что я была замужем десять раз, что у меня искусственная нога... Но более всего меня возмутило сообщение, будто меня и в природе-то нет, просто несколько предприимчивых людей пишут иронические детективы под именем «Дарья Донцова».

Так вот, дорогие мои читатели, чаша моего терпения лопнула, и я решила написать о себе сама».

Дарья Донцова открывает свои секреты!

Читайте романы
примадонны иронического детектива
Дарьи Донцовой

Сериал «Любительница частного сыска Даша Васильева»:

1. Крутые наследнички
2. За всеми зайцами
3. Дама с коготками
4. Дантисты тоже плачут
5. Эта горькая сладкая месть
6. Жена моего мужа
7. Несекретные материалы
8. Контрольный поцелуй
9. Бассейн с крокодилами
10. Спят усталые игрушки
11. Вынос дела
12. Хобби гадкого утенка
13. Домик тетушки лжи
14. Привидение в кроссовках
15. Улыбка 45-го калибра
16. Бенефис мартовской кошки
17. Полет над гнездом Индюшки
18. Уха из золотой рыбки
19. Жаба с кошельком
20. Гарпия с пропеллером
21. Доллары царя Гороха
22. Камин для Снегурочки
23. Экстрим на сером волке

Сериал «Евлампия Романова. Следствие ведет дилетант»:

1. Маникюр для покойника
2. Покер с акулой
3. Сволочь ненаглядная
4. Гадюка в сиропе
5. Обед у людоеда
6. Созвездие жадных псов
7. Канкан на поминках
8. Прогноз гадостей на завтра
9. Хождение под мухой
10. Фиговый листочек от кутюр
11. Камасутра для Микки-Мауса
12. Квазимодо на шпильках
13. Но-шпа на троих
14. Синий мопс счастья
15. Принцесса на Кириешках

Сериал «Виола Тараканова. В мире преступных страстей»:

1. Черт из табакерки
2. Три мешка хитростей
3. Чудовище без красавицы
4. Урожай ядовитых ягодок
5. Чудеса в кастрюльке
6. Скелет из пробирки
7. Микстура от косоглазия
8. Филе из Золотого Петушка
9. Главбух и полцарства в придачу
10. Концерт для Колобка с оркестром
11. Фокус-покус от Василисы Ужасной
12. Любимые забавы папы Карло

Сериал «Джентльмен сыска Иван Подушкин»:

1. Букет прекрасных дам
2. Бриллиант мутной воды
3. Инстинкт Бабы-Яги
4. 13 несчастий Геракла
5. Али-Баба и сорок разбойниц
6. Надувная женщина для Казановы
7. Тушканчик в бигудях
8. Рыбка по имени Зайка

Дарья Донцова

Концерт для Колобка с оркестром

Москва

2005

ИРОНИЧЕСКИЙ ДЕТЕКТИВ

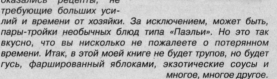

ГЛАВА 1

Бывают ли на свете женщины, которые любят ходить с мужьями в магазин? Поймите меня правильно, я сейчас имею в виду не визит на рынок для закупки овощей на неделю. Вот в этом случае иметь около себя представителя сильного пола очень даже полезно, его можно использовать в качестве тягловой силы. Хотя лично мне Олег мешает даже в супермаркете, слоняться с ним между рядами так же хлопотно, как с ребенком. Едва мы оказываемся в торговом павильоне, Куприна охватывает жажда.

— Есть тут вода? — с раздражением спрашивает он.

Бутылочки с безалкогольными напитками продают в большинстве случаев в противоположном конце зала, поэтому я пытаюсь вразумить «дитятко» и говорю:

— Погоди немного, ну не бегать же через все помещение туда-сюда.

На мой взгляд, человек, если он, конечно, не слонялся без воды пять дней по Сахаре, вполне способен бороться с жаждой, но у Олега иное мнение по данному вопросу.

— Хочу пить, — как заезженная пластинка, повторяет он.

Решив не потакать капризам муженька, я подхожу к витрине и спрашиваю:

— Рыбу будешь есть?

— Нет, — мрачно отвечает Олег.

— А куриные грудки?

— Нет.

— Тогда, может, котлеты, вон те, из мяса молодых бычков? Или пельмени, выбирай.

— Ничего не хочу, — тянет Куприн.

— Это сейчас, но уже через два часа ты попросишь поесть.

— Из этого мне ничего не надо.

— А из чего надо?

— Воды хочу!

Ясное дело, что, бросив заниматься закупками, мы рулим в другой конец сигарообразного помещения, и муж с радостным воплем бросается к бутылочкам. Теперь начинается следующий этап: выбор питья. Только что просто загибавшийся от жажды муженек тщательно перебирает пластиковые и стеклянные емкости. Я подпрыгиваю рядом, словно застоявшаяся лошадь. Ну сколько можно! В конце концов мои нервы не выдерживают, и я шиплю:

— Что ты ищешь?

— Воду.

— Вот она, в изобилии.

— Это все не то!

— А какая нужна?

— Кисленькая.

Услыхав последнее слово, я стискиваю зубы и начинаю мысленно заниматься аутотренингом. Спокойно, Вилка, посмотри вокруг, хорошая погода, настал май, светит солнышко, птички поют, не нервничай...

— Пошли отсюда, — громко говорит Куприн.

Я выныриваю из пучины мыслей и удивляюсь:

— Ты не взял воду?

— Нет.

— Почему?

— Эта мне не нравится.

— Вся?!

— Да.

На мой взгляд, если жаждешь пить до судорог, то, не испугавшись перспективы стать козленочком, припадешь к первой же луже.

— Хочу холодной, а здесь только теплая, — продолжал Олег, — где у них холодильник?

Пришлось колесить по залу в поисках ледяной газировки. Куприн наконец-то находит нужный напиток, и тут возникает новая проблема.

— Ты пока походи по рядам, — говорит муж, — а я покурю.

Опершись на тележку, я покорно жду его у дверей. Проходит пять минут, десять, пятнадцать... Обозлившись до крайности, я выскакиваю на улицу, вижу там десятерых мрачных мужчин с сигаретами, но Олега среди них нет. Вне себя от возмущения я возвращаюсь в торговый зал и натыкаюсь на Куприна, который сердито вопрошает:

— Ты где шляешься?

— А сам куда пропал?

— Курил.

— Тебя не было у входа, я только что оттуда.

— Правильно, я подымил и пошел в туалет. Кстати, где тут можно перекусить? Очень есть хочется.

Часа через полтора, когда Куприн попил, покурил, пописал, поел, покурил, пописал, попил, мы наконец-то начинаем закупать продукты. Но теперь от Олега также нет никакого толку, потому что на сытый желудок любая еда кажется мужу ненужной, и он недовольно бормочет:

— Сосиски не хочу, сыр не буду, масло тоже.

В конце концов я топаю ногой и громко заявляю:

— Пойми, за харчами я могу ходить лишь два раза в месяц, изволь спокойно выбрать еду!

Вот тут Куприн замолкает и на все мои вопросы начинает отвечать:

— М-да, м-да, м-да!

Первое время я очень расстраивалась и считала, что мне в мужья достался совершенно невероятный экземпляр, экзотический фрукт, но однажды, маясь у витрин с йогуртами, я увидела пожилую пару, похоже, прожившую в согласии несколько десятков лет. Муж, тыча пальцами в упаковку сырковой массы, спрашивал у супруги:

— Ася, скажи, я это люблю?

У меня мгновенно пропала обида на Олега. Значит, все мужчины таковы.

Но прогулка в продуктовый магазин ничто по сравнению с походом за шмотками. Один раз я с Куприным сходила в торговый центр и зареклась на всю оставшуюся жизнь повторять эту попытку. Потому сегодня, увидев, что градусник за окном показывает двадцать пять по Цельсию, я решила отправиться за летними нарядами одна. Кто бы мог подумать, что в мае у нас начнется такая жара? Я вовсе этого не предполагала и теперь в тоске разглядывала вешалки в своем шкафу. Ничего подходящего, правда, есть льняные брюки, но что надеть к ним в пару?

К сожалению, мне, как и многим семейным дамам, приходится изворачиваться, чтобы спокойно заняться собственными делами. Первое, чего вы лишаетесь начисто, выйдя замуж, это свободного времени. Но даже если случайно выдается несколько ничем не занятых минут, большинство из нас по непонятной причине начинает испытывать комплекс вины перед семьей.

Вот и сейчас мне пришлось преодолеть множество препон, прежде чем я оказалась в ГУМе. Сначала я без зазрения совести наврала Олегу. На его вопрос: «Ты куда собралась?» — я без промедления ответила:

— В издательство, надо поговорить с редактором, у Олеси Константиновны, как всегда, масса вопросов.

— В воскресенье? — удивился Олег.

Я прикусила было язык, но поздно, одна ложь неминуемо тянет за собой другую.

— Да, в выходной. В понедельник рукопись нужно сдать.

— Ладно, — покорился Олег, — посижу один.

На секунду мне стало стыдно, но тут он добавил:

— Или сходим с Семеном в баню!

Я возмутилась:

— Оставь Сеню при Томочке, они очень редко видят друг друга.

— Должны же мы с ним отдыхать, — парировал муж и пошел складывать в сумку вещи, которые он обычно берет с собой в парилку.

Я же побежала к входной двери, предвкушая шопинг.

Через два часа примерок я, устав, словно раб на галере, доползла до кафе и плюхнулась на стул. Результатом утомительного похода стала розовенькая футболочка. Во всех отделах на вешалках висело безумное количество вещей. Войдя в торговый зал, я радостно заулыбалась, но уже через пару минут приподнятое настроение испарилось. Да, одежды полно, и на первый взгляд она кажется восхитительной, но стоит начать примерку, как становится ясно: одно не подходит по фасону, второе по цвету, третье по качеству. Если же вещь сидит великолепно, то отпугивает цена. Ей-богу, легче разгрузить состав с углем, чем купить джинсы.

Получив чашку отвратительного капуччино, я стала бездумно разглядывать людей, заполнивших зал. Внезапно мой взгляд упал на красивую блондинку в бирюзовом брючном костюме. На секунду меня ущипнула зависть. Интересно, где люди находят такие классные вещи? Который час хожу по магазину, а ничего подобного не видела! Словно почувствовав мой взгляд, женщина повернула голову, и я воскликнула:

— Аня!

— Вилка! — раздалось в ответ.

Блондинка схватила свою чашку с кофе и ринулась к моему столику.

— Аня, — не выдержала я, — ты так классно выглядишь. Извини, но последний раз, когда мы виделись, ты... э...

— Была похожа на старую тряпку, — весело закончила Аня. — Понимаешь, я развелась с мужем и теперь снова цвету и пахну.

— А еще ты, похоже, потеряла десять килограммов, — не успокаивалась я.

— Девять, — кокетливо уточнила Аня, — при этом, учти, без особых усилий. Просто принимала лекарство под названием «Ксеникал». Скушала обед, ам таблеточку, и весь жир, который поступил в организм, — исчез! Просто и здорово.

— Да уж, — покачала я головой, — небось не слишком полезно, вон сколько сейчас всего для похудания продают, в любом киоске навалом капсулы лежат.

Аня вытащила зеркало:

— Я просто замечательно выгляжу. Да, согласна, всяких шарлатанских средств полно, но для их покупки не нужна консультация доктора, а «Ксеникал» прописывает врач. Уж поверь, я-то не дура и вредить себе не стану, знаешь ведь, как трепетно отношусь к своему здоровью. Кстати, хочешь попробовать? У меня теперь таблетки всегда с собой. Хотя тебе-то зачем? И без лекарств похожа на грабли.

Я усмехнулась, да уж, дождаться комплимента от Аньки безнадежное дело.

Обрадованные встречей, мы стали делиться новостями. Сначала радостными. Я похвасталась только что вышедшей книжкой и купленной футболкой, Аня рассказала о повышении оклада, потрясла передо мной приобретенной сумкой. Затем мы стали перечислять неприятности.

— Все хорошее имеет оборотную сторону, — вздохнула Аня, — вот, купила я новую квартиру, без отделки, теперь начала ремонт. Думала, наивная Чебурашка, что смогу жить при этом там же — ну, рабочие в одной комнате возятся, в другой моя раскладушка стоит. Ан нет, находиться в доме просто невыносимо: шум, запах, сырость. Ума не приложу, куда деваться.

— Сними квартиру.

— Так на три месяца никто приличное жилье не сдает, — пожала плечами подруга, — а то, что предлагают, лучше не смотреть, чистый шалман!

— У нас тоже напряг вышел, — я подхватила тему, — давно хотели купить дачу, деньги собрали, но тут Сеня взялся за создание нового проекта, и все накопления ухнули в бизнес. Значит, предстоит снова снимать домик, Никитку-то нельзя оставить летом в городе, ребенок попросту задохнется.

— Так в чем проблема, купи газету объявлений, — посоветовала Аня, — предложений полно.

— У нас слишком много требований, — горестно ответила я. — Первое: чтобы имелись все удобства, ребенок, сама понимаешь, нужно постирать, приготовить. Второе: дом должен находиться недалеко от Москвы, чтобы можно было спокойно ездить на работу. Третье: хочется леса, озера, красивого вида... Сколько искали, не нашли, за разумную цену, естественно. Коттедж по пять тысяч долларов в месяц нам совершенно не по карману.

— Слушай! — подскочила Аня. — Нас просто вместе господь свел. У меня есть полдома в ближайшем Подмосковье. Четыре комнаты, кухня, веранда. Места изумительные, деревня в лесу, воздух упоительный, газ, вода, сортир — полный комплект. Мебель, правда, старая, но очень приличная. Я дам вам ключи, живите все лето и радуйтесь. До столицы езды оттуда пятнадцать минут, электрички всегда останавливаются, а если вы на машине, то вообще классно, птицей по шоссе летать станешь. Райское местечко, недалеко от дороги, но в лесу. Станция в двух шагах, а тихо. Сейчас же едем ко мне за ключами.

— Неудобно как-то, — попыталась я сопротивляться, — ты же можешь сдать домик. Знаешь, сколько сейчас за такой просят?

— Противно мне посторонних пускать, — пояснила Аня, — а вы свои. Сколько лет мы с тобой дружим?

Я быстро произвела в уме расчеты.

— Лучше не вспоминать.

— Точно, — вздохнула Аня.

— И все равно мне неудобно пользоваться твоим гостеприимством! Бесплатно!

— Вы мне тоже можете помочь.

— Каким образом?

— Совершим бартерную сделку, — прищурилась Аня, — вы на конец мая и лето в мою деревеньку, а я на это же время поселюсь у вас в одной из свободных комнат. К сентябрю ремонт закончится, и все вернется на круги своя. Идет?

— Идет, — обрадовалась я, — а почему ты сама не хочешь на воздухе пожить, если дача близко от Москвы, можешь спокойно на работу ездить!

Аня сморщилась.

— Мне принадлежит лишь половина дома, с отдельным входом и пищеблоком, в другой части живет мой бывший супруг Альфред. Сама понимаешь, как мне охота с ним встречаться.

— Ты же вроде упомянула, что дача досталась тебе в наследство от родителей, при чем тут тогда муж, да еще покинутый? Разве он по закону имеет право на то, что завещала тебе мама?

— Мы с ним поменялись.

— В каком смысле?

— В прямом, — усмехнулась Аня. — Альфред не стал претендовать на мебель и квартиру. Выписался без писка из нашей «однушки», сказал, что давно хотел жить на воздухе. Впрочем, ему на работу не надо ходить каждый день.

— Он у тебя вроде редактор, — я попыталась вспомнить мужа Ани.

Моя подруга практически нигде не показывалась с супругом, и я видела его всего один или два раза.

— Ага, — хмыкнула Аня, — а еще поэт и музыкант. Страшное дело! На службу является по вторникам, в остальное время кропает гениальные вирши.

— Один рабочий день в неделю? — изумилась я. — Небось зарплата невелика.

— Вообще никакой, — мотнула головой Аня, — две копейки.

— За счет чего же он живет?

— Раньше я его содержала, теперь не знаю, — сказала она.

— Навряд ли Альфреду понравится, что мы к нему в дом приедем, посторонние.

— Ему наплевать, он и не заметит никого.

— Ты уверена?

— Совершенно точно, не волнуйся. Фредька, — затараторила Аня, — жуткий скряга, он на две копейки способен месяц прожить, вечно меня куском яблока попрекал. Но к вам-то он привязываться не станет. А в быту Фред совершенный пофигист, хоть музыку на всю катушку врубай, хоть ори дурниной или циркулярной пилой орудуй, ничего не скажет. Он, когда свои стишки сочиняет, ничего вокруг не замечает. А поскольку творческий процесс у него ни на минуту не прерывается, то никаких претензий Фредька к вам иметь не будет. Ладно, хватит толочь воду в ступе, поехали сначала ко мне, я возьму сумку со шмотками и отдам тебе ключи, и двинем к вам.

Не успела я ничего возразить, как Анька мгновенно подхватила меня со стула, дотащила до своей машины и привезла на новую квартиру. Пока она быстро запихивала в сумку вещи, я стояла, зажав уши руками. Подруга права, жить в подобной обстановке просто невозможно. Кажется, то, чем занимаются сейчас тут рабочие, называется «штробить стены».

Через неделю я, Кристина, Томочка и Олег подъехали к небольшому указателю на развилке. За нами катил Семен в джипе, до отказа набитом вещами. Думаю, многие из вас хоть раз в жизни да переезжали на дачу, поэтому вы очень хорошо знаете, каково собираться на три месяца за город, а уж если еще при этом имеете на руках крошечного ребенка... Десятки сумок, сотни узлов, шеренги коробок. Еще хорошо, что сейчас в нашей стране нет проблем с продуктами, а то в прежние времена приходилось еще тащить с собой банки тушенки, упаковки макарон, пачки масла.

— Пырловка, — прочитал Олег, — нам сюда?

— Ага, — подтвердила я, — она самая.

— Поэтичное название, — восхитился Куприн, — звучит, как песня! «Вы где живете? В Пырловке». Интересно, как называют себя местные жители: он пырловец, она пырловка?

— Нам же здесь не всегда обитать, — резонно заметила Тамарочка, — и потом, не все ли равно, как кого звать, главное, лес вокруг и до Москвы рукой подать.

— И куда теперь? — спросил Куприн.

— Наверное, влево, — сказала я.

— Адрес есть? — разозлился Олег. — Или мы приехали неведомо куда?

— Улица Интернациональная, дом семь, — сообщила Томочка.

Мы свернули было на проселочную дорогу, и тут Олег заявил:

— Вылезайте из машины и топайте пешком.

— С какой стати? — возмутилась я.

— Много вас, сейчас днищем по гравию заскребу, впрочем, Никитку можете оставить, — ответил Куприн.

— Собаку Дюшку тоже вытаскивать? — поинтересовалась я. — Она разъелась до пятнадцати килограммов, и небось это под ее весом «жигуль» просто перекосился!

Но Олег не заметил моего ехидства.

— Да, — кивнул он, — бери Дюшеса, пусть лапы разомнет!

Переглянувшись, мы с Томочкой пошли по дороге, Кристина бежала впереди.

— Здесь всего две улицы, — закричала она, — эта называется Октябрьская, а та, за синим домом, Интернациональная!

— Хорошо, — кивнула Томочка, — сейчас разберемся.

— А не надо, — заорала Кристина, — мы уже пришли! Этот дом, синий, нам и нужен.

Мы с Томочкой уставились на крепкую деревенскую избу, обшитую вагонкой цвета берлинской лазури. Маленькие окошки украшали резные наличники. В неухоженном дворе буйно росли какие-то желтые цветочки. Чересчур теплая для мая погода стоит уже десять дней, и растения, решив, что настало лето, бурно полезли из земли к солнцу.

— Смотрите, вполне симпатично, — осторожно заметила Томочка, — похоже, нам в эти ворота, левые.

— Почему? — нахмурился Олег.

— На них нарисована цифра «семь», — объяснила Тома.

— На соседних то же самое, — начал спорить Куприн.

— Там «семь а», — спокойно возразила подруга.

Дальнейшие события разворачивались быстро, словно в мультфильме. Дверь отперли мгновенно, и, пока мужчины затаскивали вещи, мы с Тамарочкой осмотрели помещение. Комнаты оказались маленькими, квадратными и даже уютными. Мебель тут, как, впрочем, и предупреждала Аня, была старой, но вполне чистой. На стенах висели незатейливые картины: пейзажи средней полосы. Очевидно, хозяева, не мудрствуя лукаво, просто купили полотна у ближайшей станции метро за скромные деньги. Но почему-то яркие картинки не раздражали, может, потому, что они не претендовали на «нетленку».

— Даже занавески есть, — радовалась Томочка, — и ванна, смотри, хорошая, совсем новая.

— Мы поехали! — крикнул Сеня.

— Куда? — удивилась я.

— На работу, — хором ответили мужчины.

— Сегодня воскресенье, — сурово напомнила я.

Олег и Сеня переглянулись.

— Полноценные выходные для нормальных людей, — сообщил Куприн, — а у нас с Сеней вечная круговерть.

— Да, — быстро подхватил тот, — ни на минуту руль из рук выпустить нельзя.

— И потом, мы вам просто помешаем, — завел Олег, — что-нибудь не туда положим или поставим...

Я раскрыла было рот, но наши мужчины уже опрометью бросились к дороге. Две машины взревели моторами и скрылись из виду.

— Знаешь, — хихикнула Томочка, — иногда мне кажется, что у Сени и Олега не так уж много дел на работе, просто им неохота сидеть дома.

Я промолчала, хотя в глубине души была согласна

с подругой. На службе вполне можно отдохнуть, попить чаю, кофе, поболтать с коллегами. И вообще, если бы все мы вкалывали, не отрываясь, положенное время, то уже давным-давно обогнали бы по уровню жизни Объединенные Арабские Эмираты.

ГЛАВА 2

Утром внезапно кончилась вода. Я тяжело вздохнула и отставила в сторону кастрюльку с остатками слегка подгоревшей геркулесовой каши.

— Воды нет, — пригорюнилась Томочка.

— Вижу, — ответила я.

— Интересно, надолго отключили?

Я вытерла руки.

— Пойду спрошу у соседей, часто ли тут подобное случается или только в честь нашего приезда?

Во дворе пахло чем-то замечательным. Я вдохнула воздух полной грудью и ухватилась за корявую березу, росшую прямо у крыльца. Организм, приученный к городскому смогу, «отравился» деревенским кислородом, у меня закружилась голова.

Я села на ступеньку и пару минут тупо смотрела перед собой. Издательство ждет новую книгу, редактор Олеся Константиновна уж пару раз звонила писательнице Арине Виоловой и мягко спрашивала:

— Виола Ленинидовна, как работа продвигается?

— Семимильными шагами, — бодро врала я, тем временем поглаживая стопку абсолютно чистой бумаги. В голове у меня не было ни одной конструктивной мысли, муза улетела прочь. Вчера, раскладывая вещи, я подумала, что тут, в деревне, на свежем воздухе, я наконец-то быстренько навалаю захватывающую историю, но, оказывается, кислород просто сшибает с ног, а в абсолютной тишине, которая сейчас царит в поселке, возникает не прилив вдохновения, а безудержное желание спать.

— Ну и почему воды нет? — высунулась из окна Томочка.

— Сейчас узнаю, — пообещала я, с неохотой встала и вышла за калитку.

Перед глазами распростерлась дорога из высохшей глины, по бокам ее стояли покосившиеся развалюшки разной степени обветшалости. На ближайшем ко мне огороде мелькало туда-сюда яркое пятно. Женщина, еще молодая, одетая в красное платье, сажала на грядку какие-то кустики. Мне, человеку городскому и патологически не разбирающемуся в ботанике, было неясно, во что потом должен превратиться тонкий стебелек с двумя листочками: в помидоры, огурцы или болгарский перец.

— Простите, пожалуйста! — крикнула я.

Женщина выпрямилась.

— Здравствуйте, — вежливо сказала я.

Соседка кивнула:

— И вам добрый день. Дачку сняли на лето?

— А как вы догадались?

— Просто, — улыбнулась она, — Аня последний раз месяц назад наезжала, мы поболтали немного, а потом она сказала: «Хочу я, Ленка, дачников пустить, не будешь ругаться?» А мне какое дело? Дом ее. Конечно, если сумасшедшие приедут, вот как к Колесниковым в прошлом году — целыми днями спали, ночами гуляли, шашлык в три утра жарили, песни орали, тогда неприятно. А нормальные люди разве помешают кому, надо же ребенка на воздух вывезти. Да у нас в каждом доме, почитай, жильцы. Этим и живем. Кое-кто специальные избушки для сдачи построил...

Лена говорила и говорила, монолог затянулся, и я решительно прервала его:

— Скажите, воду надолго выключили?

Она вытаращила глаза.

— Ты о чем?

— У нас из кранов вода не течет. Здесь это часто бывает?

Лена хихикнула.

— Водопровод, говоришь, накрылся? А ты туда воду наливала?

Я удивилась.

— Куда?

— Так в бак.

— Какой?

— А вон в тот.

Пальцем Лена ткнула в сторону нашего дома.

— Глянь наверх.

Я уставилась на крышу, увидела на ней серый, довольно высокий цилиндр и начала потихоньку въезжать в ситуацию.

— Погоди, погоди... Так общего водопровода тут нет?

— Не-а.

— Но в доме висят раковины, на кухне и в ванной.

— Правильно, у нас многие так сделали, это очень удобно. Натаскают воды, зальют в бачок, а потом пользуются ею аккуратненько.

Я тяжело вздохнула.

— И где ее берут?

— Воду?

— Да.

— Так в колодце, вон там, на пригорочке, видишь? Хватай ведра и иди.

— Вот ведер мы не привезли.

— Ну и дуры.

— Верно, только Аня сказала, что в доме водопровод есть.

— Так она не соврала, есть и кран, и раковина...

— Воды только нет.

— Принесешь, и будет.

— Скажите, а где тут можно ведро купить?

Не говоря ни слова, Лена повернулась и исчезла за дверью ветхого сарайчика. Я осталась в некотором недоумении. Как понимать поведение соседки? Мне следует идти домой? Аудиенция закончена?

Не успела я сообразить, что делать, как Лена вынырнула наружу, за собой она тащила не виданную мною доселе конструкцию: огромный бидон, прикрепленный к двум, похоже, оторванным от детской коляски колесам. Сооружение имело длинную ручку, заканчивающуюся металлическим полукольцом.

— На, — сказала Лена, — пользуйся, у меня еще две таких есть.

— Это что?

— Баклажка, — терпеливо просветила Лена неразумную городскую жительницу, — в нее сорок литров аккурат входит. Васька, муж мой покойный, смастерил. Золотые руки имел, только пил сильно, вот и окочурился не в свое время. Да не о нем речь. Ведрами ты не наносишься, на втором походе свалишься, руки из плеч выдернутся. А с баклажкой милое дело. Смотри, поднимешься в горку, нальешь бидон доверху, крышку закроешь и тащи за собой до дома, никаких проблем, сам поедет.

— Ой, спасибо.

— Так не за что, — пожала плечами Лена, — мне барахла не жалко.

Полная энтузиазма, я бодро добежала до колодца, открыла пустой бидон, стала медленно вращать изогнутую железную ручку. Цепь начала разматываться, ведро, покачиваясь, поехало вниз. Вытащить его наружу уже полным оказалось не так легко, но далее предстояла совсем уж трудная задача, мне надо было перелить воду в баклажку. С первого раза это не получилось, со второго — дело пошло лучше, на третьем ведре в руках появилась уверенность.

Ощущая себя необыкновенно сильной и ловкой, я закрутила крышкой наполненный под горлышко сосуд, повернулась к нему спиной, ухватила железное полукольцо и попыталась сдвинуть конструкцию с места. Получилось это не сразу, минут пять я пыхтела, пробуя справиться с повозкой, потом вдруг неожиданно легко потянула ее за собой: один метр, другой, третий... С каждым шагом баклажка сама набирала скорость, и в конце концов моя рука не выдержала тяжести и согнулась. Железное полукольцо уперлось в спину. Тут только до меня дошло, что происходит. Колодец находился на пригорке, причем довольно высоком, я сейчас иду под откос, и неподатливый бидон, который тащит вниз сила то ли тяжести, то ли инерции, простите, я плохо разбираюсь в физике, движется все быстрее и быстрее.

Я попыталась остановить тележку. Куда там! Мой вес сорок семь килограммов. Железная водовозка намного тяжелее меня, никаких шансов справиться с ней нет, остается лишь одно — хоть как-то притормозить.

Сначала я решила схватиться за близстоящее дерево, однако не успела уцепиться за ствол. Потом принялась упираться ногами в землю, но тщетно. Пришлось бежать под гору, бидон неотвратимо настигал, в конце концов он сшиб меня, и я, сама не понимая как, оказалась на нем верхом. Что я испытала, несясь с бешеной скоростью по кочковатой тропинке, поймет лишь тот, кто катился с высокой горы на абсолютно гладком снаряде, не имеющем ни руля, ни тормозов. У меня парализовало голосовые связки.

Взметая тучи пыли, я вынеслась на дорогу, увидела сбоку какую-то огромную черную махину, зажмурилась, потом открыла глаза и завизжала. Навстречу мне стремительно летел наш забор, хорошо, что он состоял из насквозь прогнивших досок. Крак! Мы с баклажкой, проломив в ограде огромную дыру, влетели во двор, пропахали еще пару метров и вломились в стену дома. От удара я свалилась прямо в заросли непонятного растения, остро пахнущего редькой. Бум! Сверху, с подоконника, упал радиоприемник, привезенный Томочкой из города.

— Эй, — свесилась из окна подруга. — Господи, что случилось?

Она произнесла еще какую-то фразу, но та потонула в грохоте. Мимо обрушившегося забора с ревом проехал грузовик. Мне стало страшно. Вот какую черную махину я видела сбоку, когда неслась на неуправляемой баклажке. Хорошо, что шофер, заметивший «всадницу», успел притормозить, иначе бы...

— Эй, — надрывалась Томочка, — да что случилось? Кто пришел? Зачем вы забор сломали? Чей это бидон?

— Все в порядке, — пробормотала я, сгребая в кучу руки и ноги, — все просто великолепно, я привезла нам воды.

— Вилка, — ужаснулась Тамарочка, — о боже! Ты расшиблась насмерть?

— Глупости! — рявкнула я и выпрямила дрожащие ноги. — Ничего особенного не произошло, случалось в моей жизни и кое-что похуже.

Решив проблему с доставкой воды, я перешла к следующей задаче: каким образом наполнить находившийся на крыше бачок? Пришлось снова звать на помощь Лену.

— Эка ерунда, — спокойно сказала соседка. — Одна из вас внизу воду наливает, другая наверху, на крыше, сидит и ведро за веревку втягивает. Всего и делов-то, лапа.

Мы поблагодарили Лену за науку и угостили приветливую соседку чаем. Выкушав три чашки, она размякла и сказала:

— Избалованные вы, городские, мало на что пригодные. Привыкли в комфорте жить. Что делать станете, коли в Москве электричество разом отключат или воду, например? Молчите? То-то и оно. Ни в жисть вам ведро на крышу не вперешь. Ты, Вилка, ступай по нашей улице до конца, там, на повороте к шоссе, халабуда стоит. В ней Мишка живет, договорись с ним, он парень безработный, не гордый, возьмется помогать, будет вам воду таскать и бак заливать, дров нарубит.

— Дров? — изумилась Томочка. — Зачем?

— Печку топить, ночами-то холодно, простудите мальчишку, — вздохнула Лена.

— В комнатах батареи есть, — осторожно сказала я.

— Ага, — кивнула Лена, — у всех так, только центрального отопления у нас нет, только от печи тепло, усекли?

Я кивнула и пошла искать Мишку.

Участок его пребывал в еще большем запустении, чем Анин, помимо сорной травы, тут росли какие-то чахлые кусты, маячили остатки садовой скамейки и самая разнообразная садовая утварь.

— Миша! — крикнула я.

Никакого ответа не последовало. Я осторожно потянула на себя дверь хлипкого домишки.

— Есть тут кто? Ау, отзовитесь!

В нос ударил неприятный запах затхлости и перегара. Комната, в которую я заглянула, была настолько загажена, что жить в ней отказалась бы даже крыса. Быстро захлопнув дверь, я в задумчивости села на крыльцо. Хозяин, скорее всего, пьян, небось лежит где-нибудь в канаве. Наверное, надо забыть про бачок на крыше. Поставим баклажку у порога и будем брать потихоньку оттуда воду черпаком. Мысленно решив трудную задачу, я захлопнула дверь и решила идти домой.

— Мишку ищешь? — прошелестел тихий голосок.

Я оглянулась и вздрогнула.

Из домика высунулось существо непонятного пола, то ли старик, то ли старуха, замотанное, несмотря на жаркий день, в рваное драповое пальто с облезлым меховым воротником.

— Мишку ищешь? — повторило бесполое создание.

— Да.

— А он к дачникам попер, — закашлялось оно, — небось хочет у них на бутылку сшибить.

— Это далеко?

— По тропинке ступай, к оврагу.

Я пробежала с десяток метров и налетела на нечто похожее на деревянную трансформаторную будку. При ближайшем рассмотрении мне стало понятно: экономный строитель возвел ее из старых шпал. Куски грязной пакли свисали из щелей, но единственное окошко оказалось чисто вымытым, и на нем висели занавески в красно-белую клетку.

Я постучала в дверь. Она распахнулась, на пороге появилась молодая женщина в ярком ситцевом халатике.

— Вы кто? — спросила она.

— Ищу Мишу, вашего хозяина.

— С какой стати ему тут быть?

— Извините, пожалуйста, но в домике, том, что у ворот, маленький странный человечек сказал, что он к вам пошел.

— Это баба Нюра, — усмехнулась дачница, — мать Мишки. Да, прибегал он, на бутылочку просил, в долг. Только, конечно, я не дала, Мишке не с чего взятое возвращать, а я не настолько богата, чтобы деньгами разбрасываться. Ушел он.

— А куда?

— Вот уж этого не скажу, — пожала плечами дачница, — мне без разницы, где этот пьяница шляется, своих забот хватает.

— Простите.

— Ничего, — спокойно кивнула она и захлопнула дверь.

Пришлось идти назад, но, очевидно, сегодня был не мой день, потому что, сделав пару шагов, я споткнулась о валявшийся шланг и, не успев вскрикнуть, рухнула в кусты, растущие вокруг. Думаю, не следует сообщать, что неведомые растения оказались усыпаны острыми колючками?

Взвизгнув, я попыталась встать, но сильно оцарапалась. Сообразив, что шипы щетинятся лишь на верхней части веток, я решила просто выползти из зарослей, заработала руками и ногами, преодолела по-пластунски некоторое расстояние и оказалась на свободе, но не со стороны тропинки, а с другой, там, где раскинулся овраг. Чертыхаясь, я осторожно приняла вертикальное положение и глянула вниз. Не хватало только упасть в эту грязную яму. Отвесные стены из глины сбегали к канаве, забитой всяким мусором. Очевидно, местные жители использовали овраг вместо помойки. Сейчас там валялась гора хлама: доски, пустые упаковки, рваные пакеты, ботинки, брюки... Постойте-ка! Штиблеты и джинсы не сами по себе, они надеты на мужчину, который преспокойно спит на горе объедков. Похоже, Мишка найден.

— Эй, проснитесь!

Никакого ответа не последовало.

— Миша, хочешь выпить?

Неожиданно парень зашевелился и сел.

— Кто орет? — поинтересовался он вполне трезвым голосом.

— Хочешь выпить? — снова предложила я.

— Давай.

— Сначала поработать надо.

— Делать чего?

— Бак на крыше водой налить.

— Ща, в пять минут.

Алкоголик ловко, словно кошка, вскарабкался наверх. Вблизи он оказался совсем молодым, красивым парнем. Белокурые волосы, голубые глаза, слегка курносый нос. Вот только шевелюра была не мыта, скорей всего, с Нового года, а красные веки моментально выдавали пьяницу.

— Тебе сколько лет? — поинтересовалась я.

— Восемнадцать, — охотно ответил Миша, распространяя вокруг крепкий запах алкоголя, — осенью в армию пойду, пить брошу, на шофера выучусь. Армия людям путевку в жизнь дает.

— Хорошая перспектива, — кивнула я, — значит, так, если ты берешься нам каждый день привозить воду и наполнять бак на крыше, то получишь деньги. Только не сразу, а в конце лета, всю сумму целиком заплатим, иначе пьянствовать начнешь.

Миша хмыкнул.

— Так какая разница! Пропить все сразу или по частям?

Но во мне, все детство прожившей в среде алкоголиков, не к месту проснулся Макаренко.

— Нет. Деньги в конце лета.

— А не обманешь?

— Никогда.

— Ну-у, — протянул Миша, — я так не хочу. Ходи, ломайся, а рубли неизвестно когда получу!

— Ладно, — сдалась я, — пошли, нальешь бачок, «отстегну гонорар»!

— Не, — замотал грязной головой Миша, — я лучше спать пойду, ты меня точно обманешь! Стану корячиться и получу фигу!

— Наполнишь бак, — рассердилась я, — дам тебе двадцать рублей.

— Сколько?

— Два червонца.

— Иди ты на ...! — с чувством произнес пьяница. — Нашла дурака. У нас за такие деньги никто даже не чихнет. Ты хоть в курсе, сколько хорошая водка стоит?

— Послушай, — окончательно разозлилась я, — ты небось самогонку глотаешь.

— Не-а. У нас ее никто не гонит.

— Да? — удивилась я. — А почему?

— Лень, — спокойно ответил Миша, — вымирает деревня, мужики выродились, ничего делать не умеют, бабы коров не доят, огороды большие не копают, в магазинах все покупают. Спились напрочь. Страх берет, что со страной будет, тут реформы нужны.

— Может, тебе в Думу баллотироваться? — фыркнула я. — И потом, зачем других осуждаешь, сам-то тоже за воротник заливаешь.

— Не, я совсем даже не алкоголик, — не согласился со мной парень, — просто гуляю. Вот из армии вернусь, стану шофером...

— Это мы уже слышали. Сколько хочешь за работу?

— Пятьсот, — выпалил Мишка, — за один раз.

Потом подумал и добавил:

— Рублей.

— Спасибо за разъяснение, — воскликнула я, — а то я уж подумала, что ты в долларах сумму назвал! Мне это не по карману, иди в овраг спать.

— Давай сто рублей.

— С какой стати?

— Ага, — заныл Мишка, — разбудила, с места сдернула, перебаламутила, теперь меня бессонница замучает.

— Ничего, до ночи далеко.

Продолжая мило беседовать, мы шли по едва заметной тропинке вперед. Внезапно Миша, занудно повторявший: «Дай стольник», — выкрикнул:

— Ну, падла! Поймаю, руки откручу и башку поотшибаю!

— Ты это кому грозишь? — вышла я из себя. — Совсем обнаглел! Ступай в свой овраг и спи в помойке. Нечего за мной плестись. Теперь точно тебе ничего не отломится. А если еще раз меня испугать решишь, в милиции окажешься.

— Ничего я не грозил, — пояснил Миша, — во, видишь, камень валяется? В бумагу завернутый?

Мои глаза пошарили по дорожке. Действительно, на утрамбованной траве лежало нечто похожее на комок смятой газеты.

— Хорошо, что промахнулся, — вздохнул Миша, — а в прошлый раз я шел тут, так мне булыжник в живот угодил, чуть не убил! Такой синяк остался. Ну, Федька, гад! И чего я ему сделал? Мы небось год не разговаривали!

— Ты о чем?

Миша ткнул пальцем вбок.

— Видишь?

— Что?

— Ну вон там изба стоит?

Я повернула голову влево и увидела небольшой сарайчик зеленого цвета.

— Там Федька живет, — пояснил Миша, — бирюк он, всех людей ненавидит, ни с кем знаться не желает, поэтому и поселился здесь. Вот по этой тропинке мы за водой ходим. Я, тетя Клава из двадцатого дома, Верка... Тут быстрее получается. А Федьке не нравится, что мимо него шастают, он дорожку своей территорией считает, вот камнями швыряться стал, чтобы нас отвадить. Хорошо, хоть в голову не попал, урод. Пойти бы ему морду начистить, да только страшно! Федька ведь и отомстить может.

Пока он возмущался, я разглядывала комок газеты. Интересно, зачем этот Федя заворачивает камни в бумагу? Вот уж странно! Однако он эстет! Впрочем, может, никаких булыжников и нет?

Не в силах сдержать любопытство, я нагнулась и подняла «метательный снаряд». Он оказался не слишком тяжелым. Самый обычный клубень картофеля, обернутый в обрывок популярного издания. Я расправила неровно оторванный кусок бумаги и увидела на полях криво сделанную надпись: «Помогите, убивают, Мила».

ГЛАВА 3

Ведро на крышу мы с Томочкой втаскивать не стали. Оставили баклажку стоять у крыльца и решили просто брать оттуда нужное количество воды черпаком. Но вскоре эта проблема отошла на второй план, потому что появилась новая забота.

— Послушай, — протянула Тамарочка, — где тут туалет?

Я пожала плечами:

— Думаю, около ванной.

— Да? Его там нет.

— Совсем?

— Абсолютно. Во всем доме нет ничего похожего на унитаз.

— Ты уверена?

— Стопроцентно, — кивнула Томулька, — я осмотрела каждый закуток. Вчера мы бегали в лесок. Теперь пойду изучать огород. Ох, чует мое сердце, канализации здесь тоже нет. Да и откуда бы ей быть, если нет воды. Небось у забора стоит деревянная будка.

С этими словами Томочка пошла на улицу. Я же села на террасе, вытащила из кармана обрывок газеты и опять прочитала фразу: «Помогите, убивают. Мила». Может, это шутка местной детворы? Или чей-то крик о помощи?

Я высунулась в окно, увидела на другом участке ярко-красное пятно и крикнула:

— Лена!

Соседка выпрямилась.

— Чего?

— У вас в деревне есть женщина по имени Мила? Лена вытерла рукой лоб.

— Из наших нет, может, дачница какая.

— Их тут много?

— Дачниц? А в каждом доме, где и по две-три семьи живут, у нас лето зиму кормит, который год на огороде ничего не родится, то дождь ливнем льет, все на грядках погниет, то солнце палит, овощи от жары дохнут, а дачник от погоды не зависит. Зачем тебе Мила? Фамилия у нее какая?

— Скажи, — я проигнорировала вопрос, — а Федор женат?

— Который?

— Ну тот, что на отшибе живет, у оврага.

— Бирюк?

— Да.

— Кто ж за такого замуж пойдет? — пожала плечами Лена. — Был, наверное, приличный человек, а стал вон чем. Я года два его не встречала, даже зимой.

— При чем тут зима? — удивилась я.

Лена подошла к забору и, опершись на него, стала вводить меня в курс дела.

Деревня Пырловка расположена в двух шагах от Москвы, электричка от столицы со всеми остановками докатывает сюда быстро. Но стоит человеку выйти на станции, пересечь небольшой лесок и увидеть указатель «Пырловка», как он попадает в глухую провинцию. Пырловка живет как при царе Горохе. Нет, я не хочу сказать, что аборигены тут совсем лишены благ цивилизации, но воды и канализации нет, телефон есть лишь на почте, газеты привозят один раз в три дня. В избах имеются телевизоры, но при малейших дуновениях ветра электричество вырубается, и голубые экраны меркнут. Местные дети ходят в школу за пять километров, их отцы и матери ездят на работу в Москву, маленькая птицефабрика, где когда-то трудились все пырловцы, давно умерла, не вынеся конкуренции. Сами понимаете, что сейчас из деревни бегут все, кому не лень. Многие пырловцы подались в последнее время кто куда.

Летом же здесь кипит жизнь. Сюда возвращаются те, кто теперь имеет квартиры в Москве. Люди используют родительские дома в деревне как дачи. И еще все пускают дачников, поставили для этого сарайчики на огородах, обставили немудреной мебелью и сдают малоимущим людям, которым надо вывезти на лето детей из города.

Когда по Пырловке пару лет назад пролетел слух, что теперь у оврага, в долине, постоянно будет жить молодой мужчина, да еще врач по профессии, местное население чрезвычайно оживилось. Ведь «Скорую» тут не дозваться. Сначала надо бежать на почту, мобильников в деревне раз, два и обчелся, потом ждать машину с красным крестом почти сутки. А теперь у них появится свой врач!

Но напрасно пырловцы строили радужные планы. В самую первую зиму, когда Федор обосновался в деревне, к нему прибежала Саня Макашова и, запыхавшись, проорала:

— Дяденька, бегите скорее к нам!

— С какой стати? — спокойно спросил врач.

— Моя сестра рожает, орет сильно, а «Скорая» не едет, — объяснила Саня.

— Ну и при чем тут я? — равнодушно продолжал Федор.

— Как же! — растерялась Саня. — Вы — доктор.

— Нет, — рявкнул тот в ответ, — я никакого отношения к медицине не имею, ступай прочь!

Макашова ушла несолоно хлебавши. Потом Федор прогнал Веру Клоткину, у которой ребенка скрутил грипп, и даже пальцем не пошевелил, услыхав, что старуха Локтева сломала ногу. Постепенно пырловцы поняли, что врач не собирается им помогать, и перестали бегать к стоящей на отшибе избушке.

Первое время местное население злилось и разрабатывало планы мести.

— Ничего, — говорили мужики, толпясь на площади у магазина, — человек он городской, руки из задницы растут. Еще придет за помощью, стекло выбьет, или ступеньки сломаются, мы ему все припомним.

Парни злобствовали, а Федор жил себе тихо, не появляясь в деревне. За водой он не ходил, в сельпо не заглядывал, очевидно, привозил себе еду и питье из города. В конце концов негодование аборигенов из стадии нагрева перешло в фазу кипения, мужики решили наказать Федора так, как исстари расправлялись в русских деревнях с неугодными: пустить ему «красного петуха».

Дождавшись, когда врач в очередной раз отъедет в город, Семен Паришков и Веня Козлов, прихватив канистру с бензином, перелезли через забор, приблизились к дому наглого доктора и собрались начать черное дело. Веня шагнул к двери и вдруг дико закричал. Семен от неожиданности выронил канистру.

— Что? Что случилось?

— Нога, — выл Веня, — ой, как больно.

Семену стало еще хуже, когда он понял, что приятель попал правой ступней в капкан, хитро замаскированный в траве.

Кое-как Паришков дотащил несчастного домой, потом Веню отвезли в больницу. Лежа на носилках, Козлов громко пообещал:

— Ну, погоди, еще встретимся!

Через три дня в Пырловке заполыхали пожары. Пока пожарная команда на красной машине прибыла на место, от двух изб остались головешки. Семьи Козлова и Паришкова потеряли все.

С тех пор Федора начали бояться. Никто больше не лез в его отсутствие не то что в дом — во двор, не обращались к нему за помощью. Живет Федор совершенно один, чем занимается, никто не знает. Уезжает вроде утром на машине в Москву, возвращается ближе к ночи, а может, и нет его вовсе в деревне.

— Он не женат? — спросила я.

— Какая же баба его выдержит, — нахмурилась Лена, — злобный бирюк. Народ к нему за помощью побежал, и вон чего вышло.

Я усмехнулась. С одной стороны, Федора понять можно. Деревенские люди часто бывают излишне назойливы, им неохота тащиться в районную больницу, где придется сидеть часами в очереди и давать терапевту «барашка в бумажке», вот они и надумали решить проблему по-простому, по-соседски. А простота, как известно, хуже воровства. Одна наша общая знакомая, Маша Кривошеева, хирург по профессии, купила себе домик в селе. С самого начала Машута совершила ошибку, помогла какой-то бабке, вскрыла у нее гнойник на пальце. Теперь бедной Кривошеевой нет покоя ни днем ни ночью, к ней таскаются с любой болячкой: просят померить давление, посмотреть горло, взять аспирин. И если вы полагаете, что пейзане несут за консультацию свежий творог, жирное молоко и крупные, двухжелтковые яйца, то ошибаетесь. Машка ничего не получает даром, все вышеперечисленные продукты она покупает, похоже, с переплатой. Селяне экономны, если не сказать жадноваты, им нравится иметь рядом врача, но платить ему или делать скидку на харчи никто не желает.

Федор оказался умнее и сразу повел себя правильно. В Пырловке его не любят, но, похоже, мужику плевать на общественное мнение. Ужасно, конечно, что он поставил капкан, а потом устроил пожар, но, с другой стороны, деревенские первые решили взять канистру с бензином и спички и полезли на чужой участок.

— Дочери он тоже не имеет? И любовницы? — не успокаивалась я.

— Вроде нет, — сказала Лена, — хотя никто про него ничего толком не знает.

— Вилка! — закричала Томочка. — Я нашла ее! Смотри!

— Кого? — воскликнула я. — Милу?

— Какую Милу? — удивилась Тома. — Уборную, с

унитазом. Иди скорей ко мне. Ей-богу, впервые подобное вижу!

Вспомнив далекое детство, я вылезла в окно и побежала на зов. Тамара стояла перед огромным, раскидистым кустом.

— И где туалет? — поинтересовалась я.

— Там, — подруга ткнула рукой в сторону буйнозеленого кустарника. — Видишь?

— Нет.

— И я сразу не приметила.

С этими словами Томочка аккуратно отвела в сторону несколько веток, и я выпучила глаза. Внутри куст напоминал шатер. В детстве мачеха Раиса отправила меня на все летние месяцы к своей матери в деревню. Старуха не была мне родной бабкой, но богом данную внучку не обижала, кормила чем могла, изредка мыла в бане и била прутом, если я не хотела помогать ей по хозяйству. Но, несмотря на то, что несколько лет подряд меня отправляли к ней, я никогда не таскала воду из колодца и не делала тяжелой работы. Была просто слишком маленькой, в мои обязанности входило полоть грядки и подметать избу, но и то и другое у меня выходило плохо. А когда я повзрослела, бабка умерла. Сейчас я понимаю, что старуха была мудрой, доброй женщиной — она приютила фактически чужого ребенка. Бабка даже пела мне иногда народные песни, с плохо понятными ребенку словами, ну что-то типа: «Налетели басурманы, всех казаков посжигали». Просто оторопь брала от подобной «филармонии», поэтому в детстве я бабку недолюбливала и боялась. Понимание того, что она для меня сделала, пришло позднее.

Так вот, у сортира во дворе бабки рос точь-в-точь такой же куст, как здесь, и мы с девчонками оборудовали в нем дом. У нас там стоял колченогий табурет, прикрытый куском клеенки, и громоздились охапки сена. Даже в сильный дождь под кустом было сухо. Мы валялись на «кроватях» и рассказывали друг другу страшные истории про красное пятно, черную руку, привидения и зубастых вампиров.

Было странно видеть сейчас такой же «шатер» на участке Ани. Только внутри не было табуретки и сена. Тут стоял... унитаз, слегка треснутый, с голубым пластмассовым кругом. На одной из веток была наколота порванная на куски газета.

— Вот, — радостно сообщила Томочка, — хотели санузел? Получите.

— Тут даже двери нет, — только и сумела вымолвить я.

— Тебя смущает факт отсутствия двери? — веселилась Томочка. — Ей-богу, это ерунда, не стоит стесняться, здесь все свои. Однако оригинально придумано. Интересно, это приспособление предназначено только для Ани? Или ее бывший муж Альфред тоже им пользуется? Интересно, каково ему зимой приходится, а? Кстати, мы его до сих пор не видели. Может, надо зайти к нему, поздороваться? Все-таки целое лето предстоит прожить в тесном соседстве.

— Успеется, — прошипела я. — Ну, Анька, обманула нас!

— Вовсе нет, — смеялась Томочка, — обещала водопровод, и он есть, только, так сказать, местный, но мы ведь не уточняли, откуда вода в трубы поступает. И туалет имеется, с унитазом. Не к чему придраться.

— Сейчас позвоню Аньке и устрою скандал, — пообещала я.

— Не стоит, — покачала головой Тома, — что она сделает? Канализацию проведет? Лучше добеги до магазина и глянь, чем там торгуют.

Вымолвив эту фразу, подруга принялась хохотать с такой силой, что у нее на глазах выступили слезы.

— И что смешного ты находишь в столь идиотской ситуации? — возмутилась я.

— Нет, — простонала Томочка, — ты только представь себе лица Сени и Олега, когда они увидят сей уголок задумчивости. Вот что, надо прихватить с собой видеокамеру и заснять их. Ты будешь показывать им клозет, а я запечатлею сей процесс для истории.

Внезапно и мне стало смешно. Уж не знаю, кто додумался до подобной «икебаны»: Анины родители, она сама или Альфред, но, ей-богу, у этого человека оригинальное мышление. Бывает рояль в кустах, а вот про унитаз в них никто не слышал.

Повеселившись вволю, мы вернулись в избушку. Томочка стала греть обед для Никиты, а я взяла кошелек и спросила:

— Что купить в магазине?

— Хочется творога, настоящего, деревенского, из-под коровки, — стала перечислять Тома, — сметанки, молочка парного, свежих яиц, может, они тут делают простоквашу?

Но в местной лавке не нашлось ничего, даже близко похожего на вкусные, экологически чистые деревенские продукты. На полках лежали хорошо знакомые йогурты, пакеты с молоком, банки с консервированной кукурузой и зеленым горошком. Вот колбаса и пиво с водкой были представлены, как говорится, в ассортименте.

Услыхав мой вопрос, продавщица затрясла ярко-рыжей головой с синими прядками.

— Не, в Пырловке никто скотину не держит.

— Вот жалость, — вздохнула я, — мы очень любим молочное.

— Так у меня бери.

— Хотелось бы натурального, домашнего.

Продавщица прищурилась.

— Ступай в Немировку, там продают.

— Это далеко?

— В двух шагах, если мимо бирюка идти, — пояснила она, — по шоссе дольше выйдет. А вдоль оврага шмыгнешь, и вот она, Немировка.

Я вернулась туда, где уже побывала утром, миновала избушку пьяницы Миши и двинулась по тропинке. Внезапно тело пронзила острая боль. Я охнула и схватилась за плечо. Пальцы стали красными. Под ногами лежал комок газеты. Я наклонилась, подняла его и пришла в ярость. Кто-то швырнул в меня нечто вроде громадной железной гайки, предварительно завернув ее в обрывок газеты. Я машинально развернула смятую бумагу и снова увидела косо сделанную надпись. «Спасите, убивают!» Полная гнева, я зашагала к дому бирюка. Сейчас посмотрим, что за шутник там проживает.

ГЛАВА 4

Помня о том, как мужики напоролись на капкан, я, даже не входя во двор, решила проявить осторожность: схватила валявшуюся неподалеку от забора палку и двинулась вперед, тыча ею перед собой. Забор у Федора был крепкий и достаточно высокий, калитка железная, без ручки и глазка, звонка тут тоже не нашлось. Я стала бить ногой в калитку, но со двора не донеслось ни звука.

— Откройте! — завопила я.

В ответ тишина.

— Немедленно впустите!

Молчание.

Обозлившись еще больше, я огляделась по сторонам, увидела вблизи раскидистое дерево, ветви которого свисали над участком Федора, и, недолго думая, вскарабкалась на него. Это сейчас я набирающий обороты автор детективных романов, но воспитывала-то меня улица, и я еще не растеряла соответствующие навыки.

Двор был пуст. Выглядел он не таким заброшенным, как у Ани, но и ухоженным его не назовешь.

— Эй, — заорала я, — а ну, выходи! Смотри, как ты меня гайкой ушиб, до крови.

Продолжая кричать, я поднялась на крыльцо и обнаружила на двери железный навесной замок самых устрашающих размеров. Усмехнувшись, я присела и пошарила под крыльцом. Подавляющее число деревенских жителей прячет там запасные ключи. Но здесь под ступеньками мои руки ничего не нащупали. Решив не сдаваться, я обошла вокруг избы. Частенько сельские дома имеют второй вход. Отчего я не ушла, поняв, что избушка заперта снаружи? А кто, по-вашему, швырялся гайками? Нет, внутри есть человек!

Черного хода не существовало. Я приблизилась к окну и попыталась заглянуть внутрь. Тщетно, взгляд наткнулся на задернутые гардины.

— Эй, — крикнула я, — вы где?

— Помоги, — прошелестело сверху, — спаси, убивают.

Я задрала голову и увидела круглое окошко под самой крышей.

— Кто там? — завопила я.

Сверху спланировал кусок газеты, крупные, пляшущие буквы, написанные карандашом на полях, слились в фразы: «Я на чердаке. Лестница внизу».

Чуть поодаль и впрямь стояло шаткое сооружение, сбитое из тонких палок. Не раздумывая долго, я передвинула лестницу так, чтобы она достигала окошка, и резво полезла вверх. На середине пути мне стало страшно, но не отступать же от намеченной цели, тем более что сверху периодически доносился тихий, словно шелест травы, голосок: «Помоги».

Наконец руки уцепились за край окошка.

— Откройте, — постучала я по стеклу.

— Помоги, — долетело из форточки.

— Распахните окно!

— Помоги.

Делать нечего, пришлось снять с ноги босоножку и ударить ею по давно не мытому стеклу. Голову я на всякий случай втянула в плечи, но, к моему удивлению, на меня не посыпалась груда осколков. Отчего-то стекло, почти целиком вылетев из рамы, упало внутрь чердачного помещения. Я заглянула в образовавшуюся дыру. Непосредственно у моего лица оказалась кровать, на которой сидела взлохмаченная, худая девушка. Увидев меня, она вскрикнула:

— Помогите!

— Ты кто?

— Мила.

— Что здесь делаешь?

Девушка заплакала и бессвязно залепетала:

— Федор... убить... спаси...

Поняв, что у нее сейчас начнется истерика, я быстро сказала:

— А ну-ка возьми себя в руки. Лучше скажи, где Федор.

— Он уехал, — шмыгнула носом Мила, — Федор всегда утром уматывает.

— Когда вернется?

— Обычно вечером возвращается.

Я повеселела.

— И что у тебя случилось? Почему сидишь на чердаке и ревешь?

— Меня Федор запер.

— Зачем?

— Он бандит, — выпалила девчонка, — пожалуйста, умоляю, помоги мне бежать!

— Давай вставай, — велела я, — и лезь в окно.

— Не могу.

— Почему?

— Меня привязали за ногу, вон видишь?

Мила потрясла тонким, длинным кожаным ремешком.

— Гад, — с чувством произнесла она, — мерзавец, он так рассчитал, что я могу только с кровати слезть и до ведра дойти, два шага сделаю, и все, дальше ремень не пускает. Он крепкий, не разорвать, я даже перегрызть его пыталась. Куда там! Ты принеси секатор, знаешь, такие ножницы, кусты постригать, только поторопись, а то, не ровен час, Федор раньше заявится, мне тогда каюк придет.

Быстрее птицы я полезла назад, добежала до участка Лены и заорала:

— У тебя есть секатор?

— А как же, — меланхолично ответила соседка.

— Дай мне на время.

— Сейчас, — спокойно сказала Лена и ушла в сарай.

Минуты мне казались годами, наконец соседка появилась во дворе.

— На, — она сунула мне большие садовые ножницы.

Я побежала к избе Федора, забыв сказать доброй Лене спасибо.

Мила перерезала ремешок и ловко спустилась по лестнице вниз. Когда она очутилась на земле, я увидела у нее на щиколотке железное кольцо с небольшим замком, от него тянулся крохотный кусочек ремня. Девчонка пошевелила ногой.

— Прикольно выглядит, да? Слушай, ты меня в Москву не отвезешь?

— Извини, но я не умею водить машину, да и нет ее у меня.

— А... а... Ну тогда проводи хоть до шоссе.

Я кивнула, и мы пошли к калитке. Металлическая дверца, совершенно гладкая снаружи, изнутри имела удобную ручку и еще запиралась на огромную щеколду. С трудом отодвинув ее, я сказала:

— Странно, что у Федора по участку не бегают штук шесть волкодавов с оскаленными пастями.

— У него аллергия на шерсть, — хмыкнула Мила. — Слушай, мне это кольцо с замком сейчас не снять. Дай свои носки, натяну их на ноги, чтобы народ не пялился.

Я покорно сняла белые гольфы и отдала Миле, та мигом натянула их и сказала:

— Во, теперь лучше, а то словно с каторги сбежала. Ладно, где тут шоссе?

— Похоже, налево.

— Что значит «похоже»? Ты точно не знаешь?

— Нет, я недавно приехала, не из местных.

— Ладно, — нахмурилась Мила, — пойдем налево. Мы двинулись вдоль глубокого оврага.

— Как ты на чердак попала? — Я проявила естественное любопытство.

— По глупости, — сердито откликнулась Мила, — исключительно из-за моего собственного идиотизма. Этот Федор в меня влюбился и стал предлагать выйти за него замуж, а к чему мне такой козел? Естественно, я отказала.

Федор вроде спокойно воспринял категорическое «нет», не обиделся, не стал устраивать сцен. А спустя некоторое время появился с букетом и заявил: «Думаю, мы вполне можем остаться друзьями, давай отпразднуем мой день рождения на даче. Будет большая компания, человек двадцать, обещаю шашлык, красное вино и все такое».

Мила любит повеселиться, в словах Федора она не усмотрела никакого подвоха и с радостью поехала в Пырловку.

Жаренного на углях мяса ей так и не удалось попробовать, потому что хозяин мгновенно запер Милу на чердаке. Правда, он предоставил ей минимальные бытовые условия. На кровати лежали матрас, подушка и ватное одеяло, в двух шагах от ложа стояло ведро, призванное служить туалетом, здесь же имелась трехлитровая банка с питьевой водой. Кормил Милу Федор дважды в сутки, а для развлечения приволок ей кипу газет. В принципе, условия заключения можно было бы считать вполне сносными, кабы не длинный, тонкий ремешок, при помощи которого Милу за ногу привязали к кровати. Федор сразу очень спокойно объяснил ей:

— Лучше тебе дать согласие быть моей женой, иначе навсегда останешься на чердаке.

Но Мила вовсе не собиралась ему покориться, и потому всякий раз, когда Федор уезжал на работу, она слезала с кровати и пробовала бродить по чердаку в том радиусе, на который хватало веревки. В куче хлама ей попался карандаш, и тогда Миле пришла в голову гениальная идея. Встав на кровать, она могла через окошко видеть тропинку, по которой изредка ходили люди. Мила решила выбросить на улицу записку. На чердаке валялось много всякого барахла, вот пленница и стала подбирать картофелины, гайки, осколки кирпича. Завернув «груз» в записку, Мила вышвыривала послание в форточку за забор. Но народ спокойно проходил мимо, никто не поднимал «дацзыбао». Один раз Мила попала местному алкоголику в живот. Пьяница разразился матом, но и только.

— Сколько же времени ты тут просидела? — с сочувствием спросила я.

— Да хрен его знает, долго, — ответила Мила. — Я вымыться хочу! Жуть как! Эта падла меня один раз в душ сводила, будка у него во дворе стоит. Ну я и попробовала доски от задней стенки отковырнуть, однако ничего не вышло, а Федор понял, чем я в «бане» занималась, и больше купаться не разрешил. Небось воняю!

— Ты ничем не пахнешь, — заверила я ее, — и выглядишь нормально, только одежда очень измятая, в особенности куртка.

Мила стащила с себя джинсовку.

— Фу, жарко! Когда я к Федьке ехала, еще тепла не было. Прямо сил нет идти, голова кружится!

— Ты просто давно на улицу не выходила, потому, наверное, окно мне не открыла, — пояснила я, — давай пока твою курточку понесу.

— Спасибо, — кивнула Мила и сунула мне в руки вконец изжеванную джинсовку.

Я обернула куртку вокруг бедер, завязала на животе рукава и продолжала ее расспрашивать.

— Где же ты с Федором познакомилась? Он же, похоже, намного старше тебя.

— Шоссе! — радостно завопила Мила и замахала руками.

Около нас моментально притормозила черная «Волга». Мила распахнула переднюю дверцу и спросила:

— До Москвы добросишь?

— Куда именно? — буркнул шофер, молодой парень с татуировкой в виде дракона на плече и серьгой-крестом в ухе.

— До первой станции метро, — сказала Мила.

— Садись, — согласился водитель.

Бывшая пленница обернулась.

— Смотри не скажи кому, что помогла мне, — предостерегла она, — Федька избить может.

Я кивнула:

— Понимаю.

Мила села в «Волгу» и была такова, я медленно поплелась на дачу. Однако этот Федор большой оригинал. Неужели он предполагает, что можно заключить брак по принуждению в наше время? Мила тоже очень странная особа. Окажись я в подобной ситуации, мигом бы заявила: «Конечно, дорогой! Всю жизнь мечтала стать твоей женой, прямо сейчас поехали в загс».

Главное, оказаться в людном месте, ведь там легко позвать на помощь, поднять крик! Ну не дурочка ли Мила! Предпочла куковать на чердаке и швыряться камнями!

Бормоча себе под нос, я добралась до нашего дома и увидела Лену, сидевшую на скамейке у забора с вязаньем в руках. Услыхав мои шаги, соседка отложила ярко-красное трикотажное полотно и виновато зачастила:

— Я устала немного, вот и решила отдохнуть. С шести утра на огороде колупаюсь, будь он неладен. Знаешь, сдается мне, кабы люди сорняки ели, те бы даже не взошли.

Я улыбнулась:

— Это точно. Что вяжешь?

— Шапку себе, мне красный цвет идет.

Мы поболтали пару минут о всякой ерунде, потом Лена сказала:

— Тебе секатор больше не нужен?

Я похолодела. О черт! Я дала садовые ножницы Миле, чтобы она разрезала кожаный ремешок. Та так и поступила, «перекусила» привязь и вылезла в окно. И я, и она забыли про секатор. Он остался лежать на чердаке.

Федор явится с работы, отправится проведать жертву, обнаружит отсутствие Милы, увидит секатор и явится убивать меня.

На секунду мне стало нехорошо, но потом я обрела способность мыслить трезво. Спокойно, Вилка, не надо идиотничать. Все секаторы похожи друг на друга, каким образом Федор догадается, что именно я принесла садовые ножницы? В Пырловке я ни с кем не знакома, разговаривала только с Леной да с продавщицей в магазине. Нет, еще с пьющим Мишей и его странной матерью. Господи, ну и дурь лезет мне порой в голову, волноваться нет никаких причин.

— Так отдашь секатор? — настаивала Лена.

Я набрала побольше воздуха в легкие и с самым честным видом принялась врать:

— Ну и народ тут у вас!

— Ты о чем?

— Взяла секатор и стала вот эти кусты подрезать — они все окно нам загородили. Устала, положила ножницы на секунду и пошла чаю попить. Возвращаюсь — их нет, кто-то уволок. Уж извини, сегодня я поеду в город и привезу тебе новые.

— Не надо, — отмахнулась Лена.

— Как же так? Раз я взяла, должна вернуть, получишь взамен потерянных самые лучшие...

— Нечего деньги тратить, — перебила меня соседка, — обычное дело! Пырловцы такие, сопрут все, что плохо лежит, только я не дура. Сейчас пробегусь по дворам и вмиг найду ножницы, впрочем, я и так знаю, чья это работа, Райка утянула.

— Как же ты докажешь, что секатор твой? — удивилась я.

Лена рассмеялась:

— Хочешь жить, умей вертеться. У ножничек-то ручки для удобства из пластика сделаны. Я на них и выжгла паяльником: «Нос».

— Нос? — переспросила я. — Почему не глаз или рот?

Соседка рассмеялась:

— Это моя фамилия. Звать меня так — Лена Нос. От мужа досталась. Петька хитрый был, он до подачи заявления про свои данные молчал, и маменька его словечка не кинула. А уж когда в загс заявились!.. Да я чуть прочь не удрала, поняв, что вместо Поповой Носом стану. Во кошмар. Потом привыкла, даже удобно — никто ни с кем не путает. Вон Козловых трое, вечно у них незадачи: то почту не туда принесут, то пенсию, то карточки в поликлинике перепутают. А я — Нос, со мной нет никаких проблем.

Пока Лена говорила, я покрывалась холодным потом. Нос! Федор возьмет секатор, кинется к Лене, та моментально скажет, что вручила ножницы мне...

— Вилка, — крикнула Томочка, — купила?

— Ты о чем?

— В магазин ходила?

— Э... нет.

— Ну сходи, сделай одолжение, очень молока хочется, — улыбнулась Томочка.

— Ага, — засуетилась я, — уже бегу.

— Ты зачем куртку вокруг себя обернула? — остановила меня Тамара. — Жарко же!

Я опустила глаза вниз и едва сдержала вопль. Взяла у Милы джинсовую куртку, чтобы не тащить ее в руках, завязала рукава вокруг талии и забыла отдать вещь хозяйке. Мила, стремясь поскорее уехать, тоже не вспомнила о верхней одежде.

— Откуда у тебя такая? — продолжала удивляться Тамара. — Первый раз ее вижу, вроде она ношеная...

Я быстро освободилась от куртки и бросила ее в открытое окно. Потом стала сочинять:

— Увидела куртенку в спальне, в шкафу висела, это Анина вещь. Ну и прихватила ее с собой, подумала, вдруг дождь пойдет. Моя сумка еще не распакована.

— Какой дождь, — вмешалась Лена, — на небо глянь! Ни облачка. Вторую неделю сухо, словно в Африке.

— Побегу за молоком! — выкрикнула я и ринулась по дороге в сторону шоссе.

Пробежав пару метров, я оглянулась. Лена снова взялась за вязание, Томочка больше не высовывалась в окно.

ГЛАВА 5

Добежав до дома Федора, я перевела дух и вошла в не закрытую нами калитку. Лестница стояла на прежнем месте, чердачное окно зияло пустотой. Быстрее кошки я взлетела по шатким ступенькам вверх, влезла в душное, пыльное помещение и сразу же увидела секатор, лежащий на матрасе.

Схватив его, я слезла вниз, выскочила на тропинку, донеслась до магазина и только там перевела дух. Слава богу, Федор на работе в городе, секатор при мне, хозяин никогда не узнает, кто помог Миле бежать!

Продавщица, увидев потенциальную покупательницу, отложила в сторону толстую книжку в яркой обложке и спросила:

— Ну чего, купили творог в Немировке?

Вот тут я обозлилась на саму себя до крайности. Господи, что происходит? Сначала я забыла про секатор и куртку, потом про то, что натуральных молочных продуктов тут нет. Может, надо купить какие-нибудь таблетки от маразма и начать принимать их регулярно?

— Дорогу в Немировку не нашла, — ляпнула я первые пришедшие на ум слова.

Торговка степенно поднялась со стула и поманила меня рукой.

— Иди сюда.

Мы вышли на крыльцо.

— Вон туда ступай, — велела продавщица, — по тропинке вниз.

Я кивнула и вновь побежала мимо забора Федора. Немировка началась после небольшого лесочка. Избушки тут оказались более крепкими, чем в Пырловке, все под жестяными крышами. Трехлитровую банку жирного молока, два кило восхитительного свежего творога мне продали в первом же дворе. А еще предложили яйца, простоквашу, домашний сыр, куриные грудки, самодельную ветчину... Счет составил почти пятьсот рублей. На секунду мне на горло лапой наступила жаба, но я тут же отбросила противное животное. Значит, не станем покупать что-нибудь другое. Жить в деревне и не попробовать крестьянскую еду просто глупо.

Рука потянулась к поясу. Не так давно Аня подарила мне очень удобную вещь, ремешок, к которому приделан кошелек. Надеваете конструкцию на талию и не думаете больше о том, что потеряете деньги. Лично я запросто могу забыть кошелек на столике в кафе. А так он всегда на мне!

Пальцы нащупали сначала футболку, потом джинсы. Я повторила попытку: замечательный ремень с кошельком исчез. Я привалилась к стене избы. Так, ничего страшного не произошло. Да, в портмоне лежали деньги, лишиться столь большой суммы очень неприятно, но ведь не смертельно. Намного хуже, например, сломать ногу или руку, упасть и разбить лицо, заболеть гриппом. Уговаривая себя не паниковать, я сказала молочнице:

— Потеряла, пока шла к вам, сумочку. Сделайте одолжение, не отдавайте никому мои покупки. Сейчас сбегаю домой и принесу деньги, тут совсем близко, мы в Пырловке дачу снимаем.

— Как же ты так неосторожно, — запричитала бабонька, — и много посеяла?

— Порядочно.

— Ой, беда! Ну горе! — квохтала она. — Не сомневайся, целехоньким тебя все дождется, в подпол спущу, постоит в холоде, хоть до вечера шляйся, не скиснет.

— Быстро обернусь, — пообещала я, — тут идти всего ничего.

— Ты не торопись, — серьезно сказала баба, — и никогда заранее не обещай. Человек предполагает, а господь располагает, ступай аккуратно да под ноги гляди, авось кошелек найдешь!

Злая, как давно не евший людоед, я отправилась в обратный путь. Нет, сегодня явно не мой день! Пробежав первые пару метров, я одернула себя: молочница права, спешить некуда, нужно идти медленно, внимательно глядя под ноги, вдруг наткнусь на кошелек?

Но чем дальше отходила я от Немировки, тем меньше становилась надежда отыскать заветный пояс. Дойдя до калитки Федора, я машинально глянула через открытую нараспашку дверь во двор. Может, обронила портмоне там? Зайти, что ли, поискать? Или лучше не надо?

Но пока я соображала, что делать, ноги сами собой пошагали на участок.

Сначала я внимательно изучила пятачок у подножия лестницы, потом решила осмотреть все вокруг, сделала пару шагов и в ту же секунду услышала звук работающего мотора, потом стук дверей и голос:

— Какого... калитка открыта? Кто сюда... явился?

К счастью, мои ноги никогда не тормозят. Не успев даже сообразить, что к чему, я ринулась к огромному, круглому, как шар, кусту и мгновенно заползла в его середину.

Это было произведено очень вовремя. Не успела я скрыться, как ворота распахнулись, во двор въехала «Нексия», из нее вышли двое молодых мужчин.

— И зачем, Федя, ты в глуши поселился? — спросил крепкий брюнет в сильно потертых джинсах и мешковатой футболке.

— Отвянь, — рявкнул Федор, слегка полноватый блондин в сильно измятом льняном костюме, — тут воздух классный.

— Просто великолепно, — заржал брюнет, — не о кислороде думать надо. Калитка открыта, совсем по-деревенски живешь!

— Я ее изнутри запер, — мрачно объяснил Федор, — потом через ворота вышел и их снаружи закрыл. Ну, суки! Думал, на всю жизнь их испугал! Ан нет, забыли!..

— Ты где бабу держишь? — поинтересовался брюнет.

Федор сплюнул.

— На чердаке, ... мать!

— Да, — крякнул брюнет, — наверх глянь!

— Отвяжись, Левка! — рявкнул Федор и шагнул было к крыльцу. — Ну, сучары деревенские, попляшете у меня, гондоны пьяные!

— Потом с алкоголиками разберемся, ты вверх посмотри!

Федор задрал голову. Секунду он простоял молча, потом разразился тирадой, в которой не прозвучало ни одного цензурного слова.

— Убежала, — спокойно констатировал Лева.

— Не могла, — взревел Федор, кидаясь отпирать дом.

Лева спокойно вытащил из кармана пачку сигарет, не торопясь закурил, легкий дымок поднялся ввысь и растаял.

— Сволочь! — заорал Федор, выглядывая из разбитого окна чердака. — Скотина! Мразь!

— Ты к кому обращаешься, котик? — меланхолично уточнил Лева. — Если ко мне, так ведь обидно.

— Брось свои пидорские замашки, — Федор совсем потерял лицо, — не...! Девка слиняла!

— Ловко, — констатировал Лева, — экая пронырливая!

— Этого не может быть! — бесился наверху хозяин. — Я привязал ее за ногу, дом заперт, чердак высоко! Не спрыгнуть ей отсюда вовек.

— Не видишь разве, — мирно объяснил Лева, — лестница стоит! Она разбила стекло, перегрызла веревку, и ищи ветра в поле.

— Да тот шнур даже крокодилу не перекусить, — начал было визжать Федор, но потом вдруг осекся и нормальным голосом протянул: — Лестница...

— Ты ее только что тут обнаружил? — ехидно протянул Лева. — Правда, неприятная находка? Чего замолк, котеночек?

— Лестница, — повторил Федор. — Слушай, у нее был помощник! Пришел, открыл калитку, принес нож, а потом увез Милку! Ну ...!

— С чего ты взял? — недовольно протянул Лева. — Какие помощники?

— Идиот! — заорал Федор. — По-твоему, Милка сама лестницу подтащила? Она вон там стояла, сбоку! Одно не соображу: ну как Милка адрес дома узнала и своему приятелю сообщила? Телефон я у нее сразу отобрал!

Лева медленно пошел вдоль дома.

— Тебя только этот дурацкий вопрос волнует? — спросил он, присаживаясь на корточки. — Голубиной почтой проныра воспользовалась! А может, тебе вот это что-то подскажет?

— Ну и ..., — завел было Федор, но вдруг замер с открытым ртом.

Я посмотрела на него, потом, проследив за взглядом бирюка, перевела глаза на Леву и зажала рот руками. Слава богу, я не успела вскрикнуть, впрочем, думается, мало кто сумел бы удержаться от вопля в подобной ситуации. Очень довольный Лева держал в руке мой кошелек с ремешком.

Голова Федора, выкрикивающего ругательства, исчезла из чердачного окна. Лева, насвистывая, открыл портмоне и начал рыться в нем.

— И что там? — заорал Федор, выскакивая на порог.

— Прорва денег, — усмехнулся Лева, — целых полторы тысячи.

— Долларов?

— Рублей, киса, рублей, — покачал головой Лева, — еще мелочь, фантик и... О! Это уже интересно!

— Дай сюда! — рявкнул Федор и вырвал у приятеля из рук белый маленький прямоугольник. — Это что?

— Визитная карточка, киса, — вздохнул Лева, — читай вслух.

— Замятина Анна Леонидовна, — озвучил текст Федор, — заведующая отделом продаж, компания «Голубое небо». Тут еще адрес есть и телефон, похоже, мобильный. Ну-ка.

Бирюк вытащил из кармана сотовый и потыкал в кнопки. Во дворе повисло напряженное молчание. Стих даже ветер, до этого момента весело шевеливший листву на деревьях.

— Абонент временно недоступен, — рявкнул Федор, — отключилась, падла, сука, дрянь, мразь...

— Спокойно, киса, — остановил его Лева, — криком делу не поможешь. Собирайся, поехали.

— Куда? — устало спросил Федор.

— А в это «Голубое небо», — весело сообщил Лева, — походим там, поглядим, понюхаем, разузнаем, чем Анна Леонидовна Замятина торгует, покалякаем с ней и поймем, она ли тут с лестницей орудовала, спасая Милу.

— Кто же еще? — снова помчался на лихом коне злобы Федор.

— Киса, — укоризненно сказал Лева, — госпожа Замятина, может, и не имеет к беглянке никакого отношения. Но Анна Леонидовна вполне могла дать кому-то свою визитку, и вот теперь нам предстоит выяснить очень деликатный вопрос! Если Замятина тут ни при чем, сумеет ли она вспомнить, кому вручила свои координаты, может, у нее здесь подруга дачу снимает. Покажем тетеньке пояс, авось припомнит, чей он.

— Дать ей два раза по зубам, и память сразу прояснится, — взревел Федор.

— Ты, киса, слишком грубый, — ласково укорил его Лева, — тоньше следует быть, нежнее, внимательней. Улыбайся, говори комплименты, и люди к тебе сами потянутся!

— Ты свои пидорские замашки брось, — буркнул Федор, — дуй в машину!

Укоризненно покачивая головой, Лева сел в «Нексию» на заднее сиденье. Федор плюхнулся на водительское место. Автомобиль задом выполз на дорогу и остановился. Хозяин вернулся во двор, запер изнутри калитку на засов, вышел на тропинку через ворота и навесил снаружи на них замок. Мотор зашумел, заскрипел гравий, в воздухе повис запах выхлопных газов, «Нексия» уехала.

Посидев еще некоторое время внутри куста, я выползла наружу в предсмертном состоянии, и если вы думаете, что мне было жаль денег, то ошибаетесь. Вернее, полторы тысячи, конечно, обидно терять, но намного хуже другое: в кошельке лежала визитная карточка Ани, той самой, что пустила нас пожить к себе на дачу. Сейчас грубый Федор и приторно-ласковый Лева рулят в «Голубое небо», но я-то знаю, что Аньки там нет. Подруга взяла неделю за свой счет, она собралась провести свободные дни в мебельных магазинах.

Чувствуя острую резь в правом боку, я неслась по тропинке к нашей даче. Насколько я понимаю, события будут разворачиваться таким образом: сначала парочка порасспрашивает Анькиных коллег, те дадут ее домашний телефон или адрес. Федя с Левой поедут к Аньке и найдут там либо саму хозяйку, самозабвенно пинающую прораба, либо рабочих, которые мигом им расскажут, где сейчас обитает госпожа Замятина. Аня не делала никакого секрета из переезда к нам. Более того, унося сумку с вещами, она дала бригадиру листок и велела:

— Если понадоблюсь, звони в любое время.

Значит, мне надо перехватить Аню раньше, чем до нее доберутся Федор с Левой. Иначе она, увидев мой кошелек, воскликнет:

— Это Вилкин.

Но даже если подруга не узнает портмоне, который сама же мне подарила, то на вопрос: «Есть ли у вас в Пырловке знакомые?» — моментально ответит: «Конечно. Сейчас там в моем доме живет Виола Тараканова».

Домчавшись до дачи, я, чтобы не привлекать внимания Томочки, влезла в окно и схватила свой мобильный, мирно лежащий на столе.

Аппарат абонента был, естественно, выключен или находился вне зоны досягаемости.

Так, сдаваться рано. Анька опять забыла заправить батарейку, с ней это случается через день. Не стоит расстраиваться, надо позвонить домой.

— Алле, — пропел Ленинид.

— Ты у нас дома?

— А разве нельзя? — изумился папенька.

— И что ты там делаешь?

— Ну... просто так... ничего.

Я скрипнула зубами. Папашка врет. Пользуясь отсутствием женской части семьи, мужики решили устроить себе праздник и привлекли к веселью Ленинида. Иначе с какой стати папенька оказался у нас? Голову даю на отсечение, сейчас на кухне готовится пир:

варятся креветки, режется хлеб, высыпаются на тарелки соленые сушки, стынет в холоде пиво. Не надо думать, что мы с Томочкой поднимаем крик при виде бутылок. Вовсе нет, просто нам кажется, что мужчины чаще всего бывают неразумны. За стол они, как правило, садятся с благим намерением опрокинуть всего по чуть-чуть, так, для легкого веселья, потом увлекаются, ну и... не стану продолжать дальше.

— Ты, доча, вредная очень, — заметил Ленинид, — ничего я не делаю, просто телик гляжу, один, в тоске...

Закончить жалостливый рассказ папенька не успел, в трубке послышался грохот и крики:

— Эй, Олег, ты охренел!

— Тяжело очень, — ответил голос Куприна.

— Славка, подбирай! — рявкнул Семен.

Так, значит, я ошиблась в определении состава «команды», там еще и Слава присутствует, коллега Олега, мастер спорта по поднятию рюмки.

— Один, значит, тоскуешь? — сердито спросила я.

— Да, — не дрогнул Ленинид, — аки телевизионная башня в поле.

— А что упало?

— Где?

— У нас на кухне.

— Понятия не имею.

— И кто там разговаривает?

Ленинид помолчал и спокойно соврал:

— Это телевизор, я сериал гляжу.

Следовало дожать папеньку, но у меня не было никакого времени на это.

— Что, и Ани дома нет?

— Ее точно нет, — выпалил Ленинид.

Я усмехнулась, так и подмывало спросить: «А кто же есть?», но вслух произнесла совсем иное:

— Куда она ушла, не знаешь?

— Ага, — зашуршал папенька бумагой, — вот тут она записывала, погоди, адрес посмотрю. Позвонили с работы и сообщили, где она.

— Какой адрес?

— Так Анька в ресторан полетела, два часа на гулянку собиралась. Во, нашел! «Степной волк». Ты записываешь?

— Да, говори!

Папашка медленно продиктовал улицу, номер дома и добавил:

— В пять веселье начинается.

Не попрощавшись, я бросила трубку и ринулась к шкафу за деньгами.

— Вилка, — заглянула в комнату Тамарочка, — как ты мимо меня прошмыгнула? Ведь я сидела на веранде у самой двери. Испугалась даже, вроде в доме никого нет, а кто-то ходит, шуршит. Ты молоко купила?

— Угу.

— И где оно?

— В Немировке.

— Где?

— Ну, это деревня соседняя, в двух шагах, там всего полно: творог, яйца, ветчина...

— Здорово, — обрадовалась подруга, — в подпол снесла?

— Нет, я забыла дома деньги, вернулась за ними.

— Где же твой пояс?

— Потеряла.

— Ну не расстраивайся, — улыбнулась Тамара, — деньги заработать можно. Значит, все принесешь?

— Угу.

— И творог?

— Да.

— Ну тогда не стану гречку варить, — размышляла вслух Томочка, — сделаю на ужин сырники. Вилка, ты меня слышишь?

— Да, — машинально ответила я, — все правильно.

Томочка быстро моргнула и поинтересовалась:

— А ты с чем их хочешь?

Я, уже полностью готовая к выходу, не поняла, о чем ведет речь Томочка. Более того, совершенно погруженная в свои мысли, до сих пор я абсолютно машинально отвечала подруге.

— Так с чем их готовить? — настаивала Тома.

— Ну... с чем хочешь!

— Вилка, — возмутилась она, — я хочу, чтобы тебе было вкусно! Скажи, сделай одолжение, с чем их предпочитаешь?

Знать бы, о каком блюде идет речь!

— Ну, — сказала я, — только не с мясом.

— Не с мясом? — эхом откликнулась Тома.

— Да, — закивала я.

Томуся идеальная жена, мать и лучшая подруга на свете. К сожалению, у нее слабое здоровье, и судьба распорядилась так, что высшего образования мы с ней не получили, поэтому могли рассчитывать лишь на самую простую работу. Я, чтобы не умереть с голода, пошла мыть полы. Тома, не желая сидеть у меня на шее, тоже пристроилась на немудреную службу, но очень скоро заболела и осела дома. С тех пор, до момента выхода замуж за Семена, подруга вела домашнее хозяйство, а я зарабатывала на хлеб, масло и сыр. В отличие от многих женщин, чья жизнь проходит между плитой и мойкой, Тамарочка не подвержена резким перепадам настроения и истерикам, она никогда не рыдает и не вопит: «Вот, жизнь на вас положила, где благодарность?»

Тома считает, что ее предназначение быть хранительницей очага, и поэтому вдохновенно гладит и готовит. Она никогда не сердится. Но я знаю, что Тому обижает, если мы не принимаем активного участия в разработке меню, поэтому сейчас я стала усиленно изображать полнейшую включенность в выбор начинки для основного блюда ужина.

— Только не мясо!

— Да уж, — ошарашенно подхватила подруга, — мне бы и в голову не пришло сделать их с говядиной! Право, это полный бред!

Может, спросить все же, что она собралась приготовить на ужин? Нет, лучше не надо, а то Тамарочка обидится.

— Давай с курагой или изюмом? — предложила она.

— Ни в коем случае! — совершенно искренне воскликнула я.

Что бы ни было: макароны, рис, гречка, — все это не сочетается с сухофруктами. Тому иногда заносит, она любит экспериментировать, и порой мы едим странные блюда типа курицы в меду.

— Лучше всего с рыбой, — выпалила я, подкрадываясь к двери.

— С лососем?.. — вытаращила глаза подруга.

— Можно и с ним, — мгновенно согласилась я, — великолепная мысль.

— Думаешь, будет вкусно?

— Восхитительно, — воскликнула я, — лосось благородная рыба, не минтай какой-нибудь.

— Ну, если тебе так хочется...

— Очень!

— Немного странно.

— Просто великолепно, — я вела свою партию, не слушая Тамару, — обожаю рыбу и ненавижу курагу.

Вымолвив эту фразу, я схватила сумку и выбежала на улицу.

— Вилка, — понеслось мне в спину, — давай пойдем вместе. Эта Немировка далеко? Погоди, я помогу!

— Ерунда, деревенька в двух шагах, продукты в первом доме! — крикнула я и птицей полетела к станции.

ГЛАВА 6

Слишком приукрасив бытовые условия своей дачи, Анька в одном не соврала. Электрички до Москвы отсюда ходили часто, как в метро. Когда я подбежала к станции, состав из зеленых вагонов закрыл двери и покатил к столице. Я немного расстроилась, теперь придется ждать целый час. Но не успела зевающая потная кассирша выдать мне билет, как к платформе со свистом подъехал другой поезд. В нем оказалось полно мест, я устроилась у на удивление чистого окна и пожалела о том, что забыла дома книгу. Но тут по вагону пошел парень с сумкой, туго набитой газетами. Он с радостью продал доселе никогда не виданное мною издание под названием «Звездные шалости» и ушел.

Я погрузилась в чтение. Очень хорошо знаю, что на рынке процветают «желтые» издания, смакующие интимные подробности жизни известных людей. Грешна, сама люблю почитать перед сном всякие глупости, чаще всего забавные. Например, один политик обозвал другого идиотом, а оскорбленная сторона швырнула в обидчика графин с водой. Некая певичка заплатила костюмерше соперницы, и та плохо завязала корсет концертного платья хозяйки. В разгар выступления наряд свалился на сцену, зрители в зале взвыли от восторга. Известный писатель, радетель за чистоту русского языка и яростный борец с ненормативной лексикой, упав возле магазина, сломал ногу. Как на грех, в это время около литератора оказался один из корреспондентов «желтой» газетенки. Журналист помог писателю, вызвал «Скорую» и даже сопроводил несчастного в больницу, но при этом — вот она, профессиональная выучка, — включил диктофон. Бесстрастная лента сохранила речь рьяного поборника чистоты русского языка. Рухнув оземь, писатель не произнес ни одного цензурного слова. Корреспондента, опубликовавшего потом сей монолог в своей газете, ругать не за что, он ведь ничего не соврал, просто продемонстрировал, что наш радетель за чистоту русского языка отлично владеет ненормативной лексикой. Много чего можно почерпнуть из бульварных газет, я очень веселюсь, читая их. Еще я хорошо понимаю: восемьдесят процентов информации — это жирные глупые утки, но хорошее настроение после изучения сообщения о том, что болонка оперной дивы за кулисами поет вместо хозяйки арию Кармен, мне обеспечено надолго. Собственно говоря, я потому и приобретаю «желтуху», что в «серьезных» изданиях слишком много политики и мрачных экономических прогнозов, а мне не хочется знать, от чего в ближайшее время я отправлюсь на тот свет: от голода, глобального потепления климата или ядерной войны.

Но листок, который сунул мне сейчас продавец, был мерзким. Я знаю, как поступают некоторые публичные люди, озабоченные тем, что о них забыли газеты. Они сами звонят главному редактору и предлагают: «Ты там чего-нибудь придумай!»

Потом на свет появляются удивительные снимки с подписью: «Наш папарацци поймал певца N в бане с любовницей». Но при внимательном рассмотрении вы понимаете, что дело нечисто. Да, N сидит на полке, но он одет в плавки, его шевелюра уложена феном, а глаза слегка подкрашены. Спутница шоу-идола тоже сверкает великолепным макияжем и устроилась около своего любовника таким образом, чтобы ее длинные ноги казались еще стройней. Следующий снимок запечатлел жену кумира, которая, вызывая сочувствие у простых женщин, пытается побить мужа скалкой, но на лице дамы нет подлинной ярости, и, встречая у порога подлого изменника, она обвесилась брюликами от макушки до пяток. Абсолютно постановочные снимки, поверить в подлинность которых может только идиот.

Но то, на что я смотрела сейчас, выглядело пугающе натуральным. Камера запечатлела стройного мужика с безумным взглядом. Ноги не держали хозяина, он буквально висел на руках двух крепких парней в белых халатах. «Этот человек хорошо известен народу, — шел внизу текст, набранный крупным шрифтом, — имя его на слуху, но вот одна фенечка скрыта от всех. Милейший Антон Борисович наркоман со стажем. Каждую весну, в мае, он укладывается в элитную клинику, куда никогда не попасть простому человеку. Один день пребывания в ней тянет на тысячу долларов. Подлечившись, наш герой снова натягивает костюм и предстает перед наивными людьми умным, образованным и интеллигентным. Но наши корреспонденты всегда готовы приподнять завесу тайны».

У мужика на снимке и впрямь был совершенно

безумный вид, такой не изобразишь специально. Я, в отличие от многих, не знала, кто он такой, но, думаю, парню не слишком приятно будет узнать, что его ухитрились запечатлеть в подобном виде.

— Москва, — прохрипело с потолка.

Я вышла на перрон и, смешавшись с толпой, двинулась к метро.

У входа в «Степной волк» стоял секьюрити.

— Сегодня ресторан закрыт, — спокойно сообщил он.

— С какой стати? — возмутилась я. — Меня пригласили на обед в семнадцать ноль-ноль.

— Простите, — вежливо сказал охранник, — если вы на банкет, то предъявите приглашение.

Не успела я сообразить, что следует делать в подобной ситуации, как над улицей понесся звонкий голосок:

— Вилка, чего не входишь?

Ко мне, радостно улыбаясь, спешила Ника Горбунова, коллега Аньки.

— Это наша, — чуть картавя, но твердым тоном заявила она парню, загородившему вход, — пропустите немедленно!

Охранник молча посторонился, Ника вцепилась в мое плечо тощей, но сильной ручонкой и поволокла в зал.

— Классно, что ты пришла, — верещала она, — будешь интервью давать? Эй, идите сюда. Вот идиоты! Тормозы! Постой одну секунду одна.

Плохо соображая, что тут происходит, я осталась стоять возле мраморной колонны. Зал был украшен разноцветными шариками и гирляндами из искусственных роз. На небольшой эстраде, тряся длинными гривами, играла группа молодых людей. Внезапно один из них схватил микрофон и заорал с такой силой, что у меня зашевелились волосы на голове.

— Вишня, зимняя вишня, прекрасных...

Длинный стол, тянувшийся поперек зала, очевидно, заставили тарелками и бутылками. Вокруг него толпились люди, и мне от колонны не был виден набор угощений.

— Вот, — запыхавшись, проговорила Ника, — давайте.

Перед моим носом внезапно оказался микрофон.

— У «Голубого неба», которое празднует сегодня свое десятилетие, много VIP-клиентов, — затараторило бесполое патлатое существо в мятых, грязных джинсах, — сейчас мы возьмем интервью у начинающей, но уже известной писательницы Виоловой. Арина, душечка, вы что покупали с помощью «Голубого неба», а?

Я растерялась.

— Ничего.

— Ха-ха-ха, — существо старательно изобразило веселье, — конечно, наши звезды не хотят «колоться», но вам, дорогие радиослушатели, известно, что «Голубое небо» — это такое место! О! Оно создано для тех, кто не желает себя ничем обеспокоить. Только обратитесь сюда, и здешние менеджеры сделают все! Желаете дом, квартиру, дачу? Вам приобретут жилплощадь. Не хотите мучиться с ремонтом? Наймут бригаду. Нет времени ходить по магазинам? Купят вам мебель. Впрочем, что это я на недвижимости зациклился!

Я вздрогнула. Ага, он все-таки мужчина.

— «Голубое небо» решит любые, абсолютно все ваши проблемы, — захлебывался от восторга корреспондент. — Мечтаете приобрести собаку, кошку, черепаху? Прелестно, вы их получите. Нет времени закупить продукты? Они сами притопают в ваш холодильник. «Голубое небо» — это волшебная палочка, исполнитель желаний, старая добрая лампа Аладдина...

Продолжая выкрикивать восхваления, парнишка отошел от нас в сторону и в конце концов кинулся к какому-то мужику, облаченному, несмотря на жару, в черный костюм.

— Идиот, — покачала головой Ника.

— У вас юбилей?

— Ну да! Собрали сотрудников и кое-кого из VIP-клиентов. Кто приехать не побоялся. Сама понимаешь, богатые люди не слишком-то любят афишировать свои покупки!

— У вас полно и обычных людей, — улыбнулась я.

— Да кому интересно, что простой инженер Пупкин купил сарай в деревне, — всплеснула руками Ника, — это же не новость на первую полосу. А вот, коли...

— Послушай, — перебила я болтливую Нику, — где Анька?

— Какая?

— Замятина.

— Моя начальница?

Мне захотелось стукнуть Горбунову, но, собрав в кулак всю силу воли, я процедила:

— Именно она. Замятина Анна Леонидовна, моя подруга и твоя непосредственная руководительница, ухитрившаяся за малый срок сделать в вашей безумной конторе головокружительную карьеру.

— Слышь, Вилка, — с горящими от возбуждения глазами зашептала Ника, — что расскажу! Улет! Ну ты, конечно, знаешь, что Анька у нас на передок слабая.

Я кивнула. Грубо, но, увы, справедливо. Замятина принадлежит к той категории женщин, которые в первую очередь смотрят мужчине между ног, и если имеющееся там приспособление соответствует ее требованиям, Аня не обратит внимания больше ни на что. Возраст, социальное положение, доход, марка машины — на все это ей плевать. Наличие у кавалера многодетной семьи ее не остановит, секс в общественном туалете тоже не смутит. Анечке все равно где, главное — мужские способности партнера. Очень хорошо помню, как мы с ней под Новый год, решив устроить себе праздник, шатались по многоэтажному магазину. В конце концов я потеряла Аню и позвонила ей.

— Стою в подвале, возле прилавка с хозтоварами, — спокойно ответила Замятина, — иди к лифту, сейчас к тебе присоединюсь.

Я дошла до подъемника и уставилась на закрытые двери. Спустя минут пять вокруг собралась толпа. Сначала люди стояли молча, потом начали проявлять беспокойство.

— Смотрите, кабина не движется!

— Наверное, сломалась.

Народ уже собрался вызывать аварийную службу, но тут послышалось легкое шуршание, лифт прибыл на наш этаж. Из распахнувшихся дверей выскочила страшно довольная, румяная Анечка, за ней вывалился потный, всклокоченный мужик с безумным взором.

— Надо же! — закричала Замятина. — Мы застряли.

Но я не поверила ей, проводила взглядом мужчину, который на крейсерской скорости бежал в глубь торгового центра, и поняла: подруга нашла подходящий объект для своих упражнений. То, что для удовлетворения желаний ей пришлось надавить в кабине кнопку «Стоп», Аню не смутило. И она опять, в который раз, напугала партнера.

Да, да, пусть вам не кажется странной моя последняя фраза. Общаясь с Анькой, я крепко усвоила одну истину: большинство представителей сильного пола лишь говорят о своих завышенных сексуальных аппетитах. На самом деле им хватает выше головы умеренных отношений два раза в неделю минут по пять. Конечно, все мужчины надувают щеки и сообщают друзьям:

— Да я! Восемь раз за ночь! Она плакала!

В действительности дело обстоит иначе, и когда мужику на жизненном пути попадается такая неутомимая партнерша, как Анька, готовая где угодно, сколько угодно и в любой, самой немыслимой позиции, то парни мигом пугаются и убегают прочь.

— Я сама виновата, — грустно сказала один раз Замятина, потеряв очередного кавалера. — Сколько себе ни внушаю: дорогая, держись, не налетай на несчастного сразу. Пару раз прикинься фригидной женщиной. Ан нет, у меня сразу все предохранители перегорают, тормоза летят.

Замуж Аня вышла один раз, за совершенно не подходящего ей по темпераменту Альфреда. Естественно, через короткое время последовал развод. Фредька, как Аня звала супруга, заявил судье:

— Простите, уважаемый, но с ней даже гиббон не уживется.

— Почему? — устало спросил тот. — Анна Леонидовна обладает ужасным характером?

— Нет, — отмахнулся Фредька, — она золото, только постоянно трахаться хочет, а я никак не могу по десять раз в день свой супружеский долг выполнять. Жена мне здоровье подорвала!

Судья закашлялся, потом взял со стола очки, обозрел совершенно не смутившуюся Аню и вздохнул.

— Сколько работаю и первый раз с подобным сталкиваюсь, обычно такой аргумент выдвигают женщины. Хорошо, измена одного из супругов является основанием для развода.

— Вы не поняли, — перебил судью Альфред, — Аня мне не изменяет. Впрочем, лучше бы она еще кого-то нашла, а то за... меня до смерти.

Замятина развелась и теперь находится в свободном полете. На мой взгляд, она совершенно безголовое существо, ведь существует множество очень неприятных болячек, передающихся половым путем. Но вот что удивительно, Анька ни разу не подцепила заразы.

— Меня бог бережет, — ухмыляется она, — или черт. Без разницы, в общем, ко мне не пристает инфекция. Если у парня сопли рекой текут, кашель, температура, я потом даже не чихну. Железобетонный иммунитет, а знаешь, почему я им обладаю? Исключительно из-за сексуальной активности! Так-то!

Замятина ухитряется еще и подвести теоретическую базу под свое поведение.

— Так где Аня? — спросила я Нику.

Горбунова захихикала:

— Не перебивай! Здесь была.

— И куда делась?

— С мужиками укатила! Сразу двух подцепила — блондина и брюнета. Красивые парнишки, черненький и беленький. Классные крендели, — начала сплетничать Ника.

Я похолодела. Блондин и брюнет. Лева и Федя. Сладкая парочка с моим кошельком и огромным желанием найти того, кто освободил Милу.

— Как зовут парней, знаешь?

— Не-а.

— Они ваши клиенты? — Я цеплялась за последнюю надежду: может, Аня уехала все-таки с другими людьми!

— Понятия не имею, — дернула плечиком Ника, — раз тут на тусовке оказались, следовательно, свои, без пригласительного билета сюда никого не впустят.

— Никуся, — закричала полная женщина в красном платье, — иди сюда, золотце, хочу за тебя выпить, кисуля.

— Извини, — шепнула Горбунова, — клиентка зовет.

— Ступай себе, — мрачно согласилась я.

Ника убежала. В просторный зал продолжал прибывать народ. Я постояла около колонны, потом вышла на улицу и стала наблюдать за секьюрити.

Парень в темном костюме с каменным выражением лица проверял билеты. Действовал он вежливо, но четко. Тетку со странным, испуганным лицом охранник не впустил внутрь.

— Ваш билет? — спросил он.

— Ой, дома забыла.

— Без приглашения никак нельзя.

— Но мне надо!

— Могу позвать распорядителя, — ухмыльнулся бдительный страж, — если велит вас пропустить, я с дорогой душой.

Женщина быстро ушла. Охранник прислонился к стене, пользуясь отсутствием народа, он явно хотел расслабиться, но тут в холле возникла девушка в джинсах.

— Приглашение? — ожил парень.

Девица протянула ему зеленую бумажку. Я слегка удивилась, до этого все демонстрировали ярко-красные книжечки. Охранник молча выхватил из наманикюренных пальчиков купюру, и в ту же минуту я поняла: это доллары, общий пропуск на все, даже самые закрытые тусовки.

ГЛАВА 7

Девушка растворилась в зале, я подошла к парню, взглянула на бейджик, прикрепленный к пиджаку, и с фальшивой заботой сказала:

— У вас тяжелая работа.

— Не жалуюсь.

— Наверное, вы женаты.

— Да, — сухо ответил секьюрити, явно надеясь, что любопытная бабенка посчитает его неучтивым и уйдет.

Но я не собиралась отпускать жертву на свободу.

— Дети есть?

— Да.

— Маленькие?

— Да.

— Зарплата небось копеечная.

— Не жалуюсь, нам хорошо платят.

— Зачем же тогда за деньги внутрь пускаете? Я думала, вы этим из-за нищеты занимаетесь!

Лицо охранника потеряло каменное выражение.

— Чего глупости придумываете! — фальшиво-возмущенно воскликнул он. — Вход только по билетам.

Я вытащила из кармана мобильный.

— Видишь, тут фотоаппарат есть. Мне на день рождения этот сотовый подарили, вот я и развлекаюсь, снимаю все вокруг. И тебя запечатлела в момент получения баксов. Думаю, твое начальство в экстаз придет, когда узнает, чем ты занимаешься.

— Сколько хотите? — спросил охранник. — Вот,

держите, она мне всего десять баксов дала. Это журналистка, я ее хорошо знаю. В «Степном волке» часто банкеты устраивают и не всех писак приглашают.

— Оставь деньги себе.

— Чего тогда вам надо? — насторожился парень.

— Ответь на пару вопросов.

— Ну... задавай, — мздоимец перешел со мной на «ты».

— Сюда приходили двое мужчин, брюнет и блондин.

— Ну, — протянул парень, — может, и так. Здесь сегодня полно мужиков, брюнетов и блондинов.

— Эти пришли вдвоем, пробыли недолго и ушли. С собой они увели женщину, симпатичную, светлорусую, коротко стриженную, волосы у нее все в разные стороны торчат.

— А... а... а, — протянул юноша, — ну! Точно.

— У них не имелось приглашения, и ты их пустил за деньги?

— Ага, дали мне целых пятьдесят гринов, обычно по десятке дают, — разоткровенничался сребролюбивый стражник.

— А теперь сделай одолжение, вспомни поточней, как выглядели парни, о чем они разговаривали, мне важна любая деталь.

— Журналистка, что ли? — нахмурился секьюрити. — Материал пишешь? Ну ваши и проныры! Ты из какой газеты? Я «Желтуху» люблю.

— Угадал, именно там и работаю.

— Значит, так, — принялся вспоминать юноша, — пришли, сунули мне бабки и внутрь шмыгнули. Сама знаешь, не всех ваших на тусню зовут, кое-кому вход заказан, поэтому они и платят. Я-то решил, что и мужики из корреспондентов. Смотрелись они прилично, на лиц кавказской национальности ну никак не походили, сумок или портфелей с собой не тащили, так что никакого риска. Пусть, думаю, идут, напишут потом что-нибудь интересное, а мы почитаем.

— Дальше, — поторопила я его.

— Ну они там от силы четверть часа провели и вместе с бабой умотали.

— Она сама шла?

— А как же иначе?

— Всякое бывает. Может, они тащили ее или несли.

— Да нет, — улыбнулся охранник, — собственными ножками топала, и, похоже, она блондина отлично знала.

— С какой стати ты так решил?

— А висела у него на руке, прижималась все, на постороннего так не обопрешься, — излагал свои наблюдения секьюрити, — еще она у него спросила: «Дорогой, а куда мы сейчас двинем?» А тот ответил: «Погода играет, на солнышко поедем, на травку, на дачу. Шашлычок сбахаем, ну и все такое». Сели в «Нексию» и отвалили.

— Эй, постой, — насторожилась я, — тебе же отсюда улицу не видно, откуда про «Нексию» узнал?

— Они ушли, — пояснил охранник, — а потом брюнет вернулся и злобно так рявкнул: «Чей «мерс» мою тачку запер? Пойди найди хозяина!»

Секьюрити выглянул на улицу, увидел, что серебристая «Нексия», около открытых дверей которой стоят блондин и женщина, блокирована черным «шестисотым», и порысил в зал искать владельца «мерина».

Больше никаких подробностей охранник сообщить не мог, но мне хватило услышанного. Значит, Федор и Лева опередили нерасторопную госпожу Тараканову. Они быстро нашли Аньку, и блондин, мигом поняв, с каким сортом женщин имеет дело, предложил Замятиной прогуляться на природу. Естественно, Анька моментально попалась на крючок, и троица уехала. Куда? Да, конечно, в Пырловку, на дачу к Федору. Надо со страшной скоростью лететь назад, а то обозленный брюнет, похоже, отменный грубиян, заявится к нам в дом и до смерти перепугает Томочку. Еще начнет обыскивать комнаты в поисках сбежавшей от него Милы!

Я выскочила на улицу и бросилась к метро, но не

успела сделать и пары шагов, как была поймана маленькой, чистенькой бабусей, настоящим божьим одуванчиком.

— Послушайте, деточка... — тоном учительницы младших классов начала она.

Пришлось остановиться.

— Что вам угодно?

— Не могли бы ответить на один вопрос?

Я быстро оглядела бабулю, нет, она совсем не похожа на тех людей, которые пытаются всучить наивным прохожим «отличные китайские фены и чайники всего за сто рублей», маловероятно, что она из «лотерейщиков», которые дурят головы жадным людям, желающим за десять копеек обрести миллионы. Скорей всего, пожилая дама запуталась в улицах и сейчас попросит объяснить ей дорогу.

— Да, внимательно вас слушаю, — улыбнулась я.

— Значит, вы не рассердитесь?

— Нет, конечно.

— И не посчитаете меня нахалкой?

— Спрашивайте на здоровье.

— Правда?

— Да.

— Ах, вы очень милы, — закатила глаза бабушка, — честно говоря, я уж думала: подобных людей среди современной молодежи нет, нынешние девушки такие нетерпеливые, грубые. Вот нас...

Я осторожно бросила взгляд на часы. Ну и влипла! И ведь ничего не скажешь престарелой болтушке, теперь она опишет мне всю свою жизнь.

— ...учили совсем иному поведению, — пела старушка, — сейчас уже никто не встает со стула, если в комнату входит старший по возрасту. Понимаю, что это глупо, но я, встречая тех, кто родился раньше меня, всегда уступаю место.

Я удивилась. На вид бабусе лет сто, не меньше. Где же она сталкивается с еще более старыми людьми? Не иначе как на кладбище, но почему она ходит на погост со стулом? Зачем садится, а потом встает?

Из уважения к престарелым? Ой, кажется, не вовремя начавшаяся жара ударила меня по мозгам, вот в голову и лезет всякая чушь. Надо срочно перебить старушку, помочь ей и лететь на вокзал.

— Могу ли быть вам полезной? — вклинилась я в плавную речь бабушки.

— Ах, если, конечно, я вам не помешала...

— Нет.

— Вы столь любезны...

Я стиснула зубы, потом глубоко вздохнула и, навесив на лицо улыбку, воскликнула:

— Ерунда, говорите.

— Ну, у меня пустяковая проблема.

— Я вся внимание.

— Мне не стоило вас тревожить.

— Пустяки.

— Наверное, вы торопитесь.

— До пятницы совершенно свободна, — брякнула я.

Но бабуля, очевидно, никогда не читала про приключения Винни-Пуха и не смотрела одноименный мультик.

— До пятницы? — искренне удивилась она. — Но так долго я вас не задержу, всего на минуту-другую.

— Прекрасно.

— Мой вопрос незначительный.

— Хорошо.

— Ужасное, непростительное любопытство.

— Это может случиться с каждым.

— Но меня воспитывали по-иному, нежели современных девушек. Они сейчас такие грубые, нетерпеливые...

Разговор обежал круг, начался следующий виток.

— Так какой у вас вопрос? — невежливо гаркнула я.

— Право, глупый.

— Ну!

— Нелепый...

— Ладно.

— Вы не станете смеяться?

— Обещаю. Впрочем, я, похоже, понимаю, о чем речь. Говорите название.

Старушка распахнула блекловатые, по-детски наивные голубые глаза.

— Чего?

— Улицы, куда вам требуется попасть, я мгновенно покажу дорогу.

— Что вы, душенька! Я еще не впала в маразм и не путаюсь в магистралях.

— Тогда в чем дело?

— Ах, право...

— Выкладывайте!!!

— Вы писательница Арина Виолова, да? Я видела вас недавно в шоу «Большая стирка» у Андрея Малахова. Ах, милый мальчик, какой милый мальчик!

— Я девочка, — машинально сболтнул язык.

С тех пор, как писательница Арина Виолова стала изредка маячить в телепрограммах, жизнь Виолы Таракановой очень осложнилась. Совершенно незнакомые люди бесцеремонно останавливают меня на улице и начинают выкладывать свое мнение о детективном жанре. Иногда народ негодует: «Вы пишете дрянь. Развращаете русский народ. Отучаете молодежь думать». Это еще самые приятные из услышанных мною высказываний. Особенно достается мне от пожилых людей. Один дедушка, одетый, несмотря на жару, в черный шерстяной костюм, примерно неделю назад затолкал меня в магазине между прилавками и зашипел:

— Тебя, дрянь этакая, следует из страны выслать. Вот возьмем снова власть в свои руки и расстреляем подобных писак у Мавзолея...

А месяц назад мне встретилась тетенька с необъятным бюстом. Схватив меня своими ручищами, она, словно бутылку с кефиром, встряхнула несчастную госпожу Виолову и рявкнула:

— Арина, ты пишешь говно! Третью книгу подряд читаю — все говно! Перечитала шесть раз — все равно говно! Не смей больше издаваться! Сколько денег на тебя трачу! Ведь опять куплю новую книгу, чтобы опять убедиться — говно! Народ должен изучать Пушкина!

И что ответить таким? Не покупайте произведения Виоловой? Найдите книжки по вкусу? Литература может быть разной? Если вас после поедания яиц обсыпает прыщиками, это не значит, что другие люди должны навсегда отказаться от омлета? Перестаньте навязывать всем свои вкусы? Не радуйте других своей радостью? Кому поп, кому попадья, кому Пушкин, кому Виолова? И потом, мы с Александром Сергеевичем не исключаем друг друга. Кстати, сейчас мало кто знает, что в начале девятнадцатого века великий поэт считался салонным рифмоплетом, то бишь представителем беллетристики, а не серьезной литературы. По большому счету, мы с потомком Ганнибала коллеги, и он, и я всего лишь хотим предоставить читателям пару-другую часов для отдыха.

Но вступать в разговор со старушкой сейчас мне было недосуг, да и не доказать ей ничего, надо просто смываться.

— Кто девочка? — изумилась бабуля. — Андрей Малахов? Скажите пожалуйста! Никогда бы не подумала!

— Малахов — мальчик, — я попыталась внести ясность, — а девочка я.

— Совсем меня запутали. Вы теперь станете вести «Большую стирку»?

— Нет. Конечно, нет. Это очень хорошо делает Андрей Малахов.

— Но он девочка?

— Нет, мальчик.

— А кто девочка?

— Я!!!

— И не разобраться у них на телевидении, кто есть кто! Ну да не об этом речь. Так вот, душенька, — мирно пела бабуся, — я обожаю ваши детективы, прочла их все...

Я с изумлением уставилась на старого одуванчика. Ну кто бы мог подумать!

— Спасибо, мне очень приятно услышать комплимент.

— Отлично пишете.

— Спасибо.

— Работайте больше.

— Постараюсь.

— Только вот вопрос...

С этими словами бабуля вытащила из потертой торбы мою недавно вышедшую книгу.

— Вы это написали?

— Да.

— Хорошая вещь, но есть одна неясность.

Во мне проснулся интерес.

— Какая?

— Объясните название, ну-ка, прочитайте его.

— «Микки-Маус и его Камасутра».

— Кто такая Камасутра?

Я постаралась сдержать смех. Ну действительно, откуда бы престарелой даме знать это.

— Понимаете, Камасутра — это название книги, древней, посвященной... э... Вы были замужем?

— Нет.

Я замешкалась, не слишком-то удобно беседовать с пожилой дамой на деликатные темы, но выхода нет.

— Книга Камасутра посвящена отношениям между мужчиной и женщиной, в частности, вопросам интимной жизни, понимаете?

— А... а... это пособие по браку?

— Именно так, — я обрадовалась редкой понятливости собеседницы.

— Там всякие кулинарные советы, рассказы о том, как правильно убирать квартиру, — зачастила старушка, — правильно я поняла?

— Вас как зовут? — безнадежно поинтересовалась я.

— Анфиса Сергеевна, — с достоинством ответила моя престарелая фанатка, — похоже, это полезное издание. Где его купить можно? Внучке подарю.

— У вас есть внуки? — удивилась я.

— Я родила четверых детей.

— Но только что вы сказали, что никогда не выходили замуж!

— Душенька, — захихикала Анфиса Сергеевна, — вы же делаете ребенка не с паспортом, а с мужчиной!

Я вытерла вспотевший лоб и пустилась в дальнейшие объяснения. Коли Анфиса Сергеевна не невинная девушка, мне стесняться нечего.

— Камасутра в одной из своих частей рассказывает о сексе. Там изображены всякие позы, понимаете? На самом деле книга намного шире и глубже, но большинство нашего населения ее не читало и совершенно искренне считает пособием для секса.

— Определенно надо Маше подарить, — загорелась Анфиса Сергеевна, — значит, Камасутра повествует, как спать с мужчиной?

— В общем, да! Хотя и не совсем так, там много другой, крайне полезной информации.

— Понятно. А почему ваша книга подобным образом называется?

Я начала терять терпение.

— Просто мне это показалось смешно. Микки-Маус и его Камасутра. Лично я не могу представить милейшего Микки в некоторых пикантных обстоятельствах, это никак не вяжется с его имиджем.

— Чем?

О боже!

— С его характером и внешностью.

— А... а!

— Вот потому мне это и показалось забавным. Ну скажите, зачем Микки-Маусу Камасутра? Смешно, право!

Анфиса Сергеевна заморгала.

— Душенька, можно еще вопросик?

— Валяйте.

— Право, мне неудобно.

— Начинайте.

— Я и так отняла у вас кучу времени.

— До пятницы я совершенно свободна, — вновь ляпнула я и обозлилась на себя.

Бабуся мигом подхватила разговор:

— До пятницы? Займу у вас всего пять-десять минут.

Господи, мы уже произносили эти слова! Чувствуя, что сейчас заору, я проглотила крик и прошипела:

— Анфиса Сергеевна, задавайте свой вопрос!

— Ах, не хочу злоупотреблять вашим драгоценным временем!

Крик снова забился в гортани. Спокойно, Вилка, спокойно. Анфиса Сергеевна совершенно не виновата, просто она очень старая, еще неизвестно, во что ты сама превратишься в ее возрасте.

Огромным усилием воли я справилась с собой и с самой лучезарной улыбкой воскликнула:

— Итак, я жду.

— Камасутра — пособие по сексу?

Я кивнула.

— Ваша книга носит название «Микки-Маус и его Камасутра»?

— Совершенно справедливо.

— Теперь вопрос, уж простите за назойливость.

— Да говорите же наконец!

— Кто такой Микки-Маус?

Можно я не стану приводить тут дальнейший разговор? Мы простояли с Анфисой Сергеевной больше часа. Мне пришлось вспомнить и даже изобразить всех: забавного мышонка, его подругу Минни, Дональда Дака, Белоснежку с семью гномами, дядюшку Скруджа и иже с ними.

— Господи, — старушка закивала головой в конце беседы, — теперь все разложилось по полочкам. Одного никак не пойму, ну зачем этому Микки Камасутра?

— Она ему совершенно без надобности, — заорала я, — уж если кому Камасутра и помощница, так это Масяне с ее Хрюнделем!

— Это кто же такие? — полюбопытствовала Анфиса Сергеевна, но я, весьма невежливо забыв попрощаться, удрала прочь. Объяснить фанатке детективного жанра, совершенно выпавшей из действительности Анфисе Сергеевне сначала про Интернет, а потом про самую популярную на просторах российских мониторов девушку мне уже было не по силам.

ГЛАВА 8

Но неприятности для меня только начинались. Едва я вошла в здание вокзала, как с потолка прогремело:

— Всех граждан и сотрудников просят покинуть помещение.

— Что случилось? — спросила я у торговки водой.

— Вот, блин, уроды, — буркнула баба, — бомбу подложили!

— Ой!

— Да не боись, — усмехнулась продавщица, — это обман, уж в который раз выходим. Поймать бы кретина да отдубасить. Весело ему кажется. А народу беда, поезда встают, беги с детьми и узлами на площадь, часа три теперь проваландаемся!

И точно! Сначала народ, толкаясь и матерясь, выполз на привокзальный пятачок. Никаких скамеек или навесов от солнца тут предусмотрено не было. Минут через пятнадцать подъехали автобусы, из которых посыпались хмурые омоновцы. Толпу слегка оттеснили от вокзала. Стражи порядка особо не настаивали на соблюдении безопасности, они стали безмятежно окольцовывать вокзал бело-красной лентой.

Люди стояли на расстоянии нескольких метров от здания. Если внутри и впрямь окажется бомба, то в случае взрыва от любопытных ничего не останется. Но, похоже, ни менты, ни несчастные пассажиры, обвешанные тюками, не верили в возможность теракта.

Подъехал еще один автобус, прибыли кинологи. Собаки, приветливо помахивая хвостами, пошли внутрь помещения.

— Тьфу, — сплюнул стоящий около меня дядька, — теперь, пока все не обнюхают, не поедем.

Я глянула на часы: семь. И куда податься? Разве что в метро. Купив на лотке детектив, я села на деревянную скамейку, навалилась на холодную каменную стену и углубилась в чтение. И ведь находятся люди, ругающие авторов криминального жанра! Что ж читать тем, кто проводит в подземке ежедневно по нескольку часов? Конфуция? Или Библию? Боюсь, не получится, обстановка не та.

Вокзал наконец заработал, но я не смогла протолкнуться к электричке. Народу на перроне колыхалось море. Люди, отталкивая друг друга, набивались в поезда. Я попала лишь в третий по счету состав и всю дорогу до Пырловки ехала стоя, чувствуя, как спина медленно наливается болью.

Наконец без десяти десять я добежала до домика Федора и перевела дух. Потом перемахнула через калитку и осторожно заглянула во двор. Похоже, что хозяина нет. Ни в одном окне не горел свет, у крыльца не стояла «Нексия», а дверь в дом была крепко заперта.

На всякий случай я белкой вскарабкалась по лестнице и заглянула на чердак. Никого.

Еле передвигая ноги от усталости, я добралась до нашей дачи и увидела темные окна. Значит, Томочка укладывает Никитку спать. Мальчик ни в какую не соглашается отбывать в царство Морфея без мамы, поэтому Томуська сидит в темноте около его кровати и тихо поет песенки.

Я вошла на веранду, потом двинулась на кухню. Очень хотелось есть. Нашарила выключатель, но не успела включить свет, потому что липкий ужас мгновенно сковал все тело.

У низенького столика, этакой помеси кухонного и журнального вариантов, стояла огромная собака. Задние лапы устойчиво разместились на потертом линолеуме, передними монстр шарил в кастрюле. Временами чудище доставало какие-то куски, удовлетворенно ворчало, чавкало, хрюкало, сопело...

— Мама! — заорала я.

Собака Баскервилей опрокинула кастрюлю, на пол выплеснулся любовно приготовленный Томочкой суп.

— Спасите! На помощь!

Зверь зарычал.

— Что случилось? — послышался испуганный голос Тамары. — Вилка, ты?

— Беги, Томуська, хватай Никитоса и улепетывай! Тут чудовище!

Но подруга уже влетела в кухоньку и щелкнула выключателем.

Слабый желтый свет экономной, сорокаваттной лампочки залил небольшое помещение. Я сначала попятилась, а потом схватила эмалированный дуршлаг, висевший на гвозде. Если не растеряться и подумать, на пищеблоке можно найти много разнообразных предметов, которые помогут отбиться от бешеных животных. Только сейчас мне стало понятно: у плиты маячит не собака, а мужчина, небольшого роста, довольно полный, с удивительно лохматой, кудрявой головой. Честно говоря, он мало походил на грабителя. В одной руке мужик держал полусъеденную курицу, другой загораживал лицо.

— Ты что тут делаешь, а? — рявкнула я и треснула его дуршлагом по плечу.

— Ой, не бейте, — пискнул он, — ошибка вышла.

Но меня уже понесло по кочкам.

— Какая такая ошибка? Зачем залез на кухню? Суп разлил! Небось деньги искал? Ограбить нас хотел!

— Вилка, — укоризненно сказала Томочка, — перестань колотить несчастного, ему же больно!

В этой фразе вся Тома. Если на нее, не дай бог, нападет на улице разбойник, моя подруга заботливо воскликнет:

— Понимаю, вас вынудили на подобные действия тяжелые обстоятельства. Возьмите мой кошелек. Кстати, прихватите еще и шарфик, у вас душа нараспашку, так и простудиться недолго.

Я же в подобной ситуации начну драться, кусаться и звать на помощь. В отличие от Томочки я не испытываю тотальной любви ко всему человечеству и считаю, что желание воровать и грабить нельзя оправдать никакими обстоятельствами.

Дуршлаг снова опустился на башку грабителя.

— Ай! Больно, — взвизгнул вор, — вы меня убьете.

— Говори немедленно, что искал!

— Ой, не деритесь! Думал, Аня приехала!

Я замерла с поднятым эмалированным решетом.

— Кто?

— Да Аня же! Это ее дом, — затараторил дядька, по-прежнему прикрывая лицо рукой, — очень уж кушать я захотел. Зашел поздороваться, вижу, кастрюлька! Заглянул — курочка, ну и не удержался!

Я опустила «оружие».

— Ты кто?

— Альфред, муж Ани, бывший, живу в другой половине избы, ко мне вход с той стороны.

— Господи, — кинулась к нему Томочка, — прости, пожалуйста! Это мы виноваты, не зашли к вам сразу, как приехали.

Прояснив ситуацию, все сели за стол.

— Как дела? — Томуська решила завести светскую беседу.

— Кушать хочется.

— Что ж дома не поел? — скривилась я.

— Нечего.

— Сходи в магазин.

— Денег нет.

— Сейчас, сейчас, — засуетилась Тамара, — чай есть, сырники.

— Он и так уже курицу съел! — не успокаивалась я. — И суп разлил!

— Вилка! Альфред голодный!

— И что? Это повод съесть чужой обед?

На столе очутилось блюдо с сырниками. Решив больше не вредничать, я схватила один, откусила, пожевала, потом вскочила, подбежала к помойному ведру, выплюнула еду и воскликнула:

— Томуся! Это что?

— Сырник.

— Но он с рыбой!

— Верно, с лососем.

— С ума сойти! Как только подобное пришло тебе в голову: смешать творог с горбушей?

— Сама удивилась, — пожала плечами Тома, — ведь я предложила тебе с курагой или с изюмом сделать, а ты четко сказала: обожаю с рыбой.

Я заморгала, вспоминая наш разговор, только я не думала, что речь идет о сырниках.

— Гадость получилась, — не удержалась я.

— А мне нравится, — с набитым ртом пробормотал Альфред.

Незваный гость начал с невероятной скоростью уничтожать творожные котлетки. Пока я сходила за тряпкой и собрала разлитый по полу суп, Альфред слопал все.

— Тебе не поплохеет? — с изумлением осведомилась я. — Сначала почти целая курица, теперь еще и сырники с рыбой.

— Нет, я изголодался сильно, чуть не умер.

— Ты работаешь?

— Сейчас нет.

— А на что живешь?

Альфред пригладил торчащие космы.

— Бог посылает.

Ага, удобная позиция, вот сегодня добрый господь послал ему наш ужин.

— Ну, а когда боженька забывает про тебя, чем питаешься?

— С огорода.

— Картошку сажаешь?

— Я? Нет, конечно.

— Морковку со свеклой?

— Некогда.

— Что же у тебя на грядках растет?

— Так ничего.

Мое терпение лопнуло.

— Каким же образом можно получить урожай, ничего не посеяв?

Альфред вздохнул.

— Сигарет не найдется?

Томуся протянула ему пачку.

— Бери.

— Спасибо.

— Так чем ты зарабатываешь? — не успокаивалась я.

Альфред выпустил в воздух струю дыма и с чувством произнес:

— Литератора каждый обидеть норовит. Народ не понимает подлинного искусства. Кого сейчас читают? Маринину, Акунина и Виолову кретинскую!

— Может, пряников хочешь к чаю? — быстро перебила Альфреда Томочка. — Такие вкусные купила! Шоколадные, мягкие, нет, только попробуй.

Бедная подруга явно хотела переменить тему разговора, но бывший супруг Аньки не врубился и с тупым упорством забубнил:

— Как подумаешь, какой ерундой люди зарабатывают! Та же Виолова! Посмотрел ее пасквильную книжонку, мрак!

Не желая больше принимать участия в спектакле, я встала.

— Пойду спать, устала очень.

— Конечно, конечно! — обрадованно закричала Томуся. — Уже поздно.

Соблюдая полнейшее достоинство, с абсолютно прямой спиной, я дошла до двери, потом обернулась и бесцеремонно сказала:

— Альфред, мы хотим отдохнуть!

Но он сделал вид, что ничего не слышит. Его толстые, усеянные веснушками пальцы методично засовывали в рот покрытые глазурью пряники.

Я глянула на Томочку. Она улыбнулась:

— Ступай, Вилка, а мы немного посидим.

Переполненная негодованием, я ушла в свою спальню, плюхнулась на кровать и, не успев ни о чем подумать, заснула прямо в одежде.

Утром меня разбудил солнечный свет. Пару раз чихнув, я потянулась, потом, повернув голову влево, открыла глаза. Остатки сна улетучились от изумления. Вместо привычного будильника передо мной оказалась стена. В ту же секунду я сообразила: нахожусь не дома, а на даче в Пырловке, и через незакрытое окно слышно, как на улице орет одуревший петух. Натянув халат, я выползла на крыльцо и всей грудью вдохнула восхитительный свежий воздух. Надо же, так близко от Москвы, а как замечательно дышится. Нет, на даче прекрасно, одна беда, умыться сложно. Вода закончилась еще вчера вечером. Пришлось скрести по дну баклажки черпаком. Многолитровый бидон мы опорожнили всего за один день.

Будильник показывал ровно восемь. Тамарочка, Никитка и Кристина спали. Девочка вообще-то должна была еще посещать занятия, но у Кристи аллергия непонятно на что, с середины апреля она кашляет не переставая, вот мы и увезли ее в Пырловку. Девочка отлично успевает по всем предметам, экзаменов у нее нет, до конца учебного года осталось всего ничего, и никаких знаний ей в последние дни не приобрести, идут одни контрольные работы.

В нашей половине избы царило сонное царство, даже собака Дюшка, большая любительница прогулок, не пошевелилась, когда я вышла на улицу, небось набегалась за вчерашний день.

Решив попить кофе, я включила чайник, достала банку с сахаром и, поджидая, пока закипит вода, уставилась в окно. Повезло же тем, кому от родителей досталась дача. Наверное, у меня полно предков-крестьян, очень уж хочется жить вот так, на природе. Глупая Аня! Ну развелась с мужем, так с какой стати лишать себя удовольствия, задыхаться в загазованном мегаполисе... Аня!!!

Внезапно я вспомнила все события вчерашнего дня и, забыв про чайник, кинулась одеваться. Нужно как можно быстрее бежать к дому Федора и узнать, там ли Аня.

Путь занял меньше пяти минут, я птицей пролетела по дорожке, издалека увидела распахнутые настежь ворота, из которых торчала задняя часть огромного джипа красного цвета. Делая вид, что просто направляюсь в Немировку за молоком, я вошла во двор Федора и ахнула.

Джип оказался пожарной машиной, а от фазенды осталось только пепелище.

— Что случилось? — закричала я.

Один из парней, одетых в брезентовую робу, лениво повернулся.

— Вы хозяйка?

— Нет, соседка, — быстро сказала я, — что происходит?

— Международный кинофестиваль открывается, — с каменно-серьезным лицом заявил боец.

Я попятилась.

— Вы о чем?

— Глупости спрашивать не надо! Не видишь, пожар случился!

— А люди где? Все погибли? — в ужасе воскликнула я.

— Да не было там никого, один хабар, — ответил парень, стаскивая здоровенные перчатки, — беда с этими колхозниками, проведут сами электричество, сэкономят ерунду, а потом рыдают. Копейку сберегли — тысячи потеряли. Каждый день одно и то же!

— Ну и полыхало! — кто-то закашлялся сзади.

Я обернулась — на тропинке маячил алкоголик Миша.

— Такой кострище был, — с детски-наивным удивлением заявил он, — до неба достал. Это я пожарных вызвал! Как огонь увидел, мигом на почту сгонял, только, когда они приехали, тушить уже нечего было. Так, угли зальют, хорошо, что дальше не кинулось. Ну все, теперь бирюк уедет, оно и ладно, противный он очень. Ну и крепко же мы спали.

— Скажи, — перебила я его, — ты ничего не услышал? Не видел случайно, Федор сюда ночью не приезжал?

Миша пожал плечами:

— Не слежу за ним.

Я хотела было продолжить разговор, но тут в кармане ожил мобильный. Сквозь шум и треск из трубки донесся знакомый голос:

— ...лка!

Недавно я, жертва рекламы, поддалась на уговоры одной телефонной компании и купила себе контракт. Условия обещались просто царские: входные со всех мобильных бесплатные, в выходные и праздничные дни можно общаться почти даром. И что самое интересное, все так и есть. Но сотрудники, взявшие с меня деньги, «забыли» предупредить о маленькой подробности. Оказывается, в Москве и Подмосковье полно мест, где сигнал этой компании не принимается, впрочем, если вы все же услышали голос абонента, то не факт, что поймете, о чем он толкует, настолько плохая связь. Лично я уже научилась разбирать слова, так сказать, по частям. «...лка» — это явно «Вилка».

— Слушаю, кто там?

В наушнике зачавкало, захрустело, зашуршало. Полное ощущение, будто женщина, желающая побеседовать со мной, грызет орехи размером с кулак.

— ...ня!

— Кто это? — заорала я.

— ...ня!

— Аня!!! Ты?

— Я.

— Ты где?

— ...де.

— Повтори!

— ...лка! ....ги!!! — понесся крик. — ...ги! ...ют!!!

Боясь упасть, я навалилась на дерево. Несмотря на совершенно отвратительную связь, я сразу догадалась, о чем речь. «Вилка! Помоги!!! Помоги!!! Убивают!!!»

— Анюта, ты где? — завопила я. — Адрес назови!

— Не ...аю! ...ги!!! Ничего не ...ажу! Ф...! Сп...те! ...ня! ...ня! Все! Батарейка села, зарядить не могу! Спасите меня, несчастную! — неожиданно четко прозвучало в моем ухе, и потом частыми каплями стали падать гудки.

ГЛАВА 9

Дрожащей рукой я уцепилась за ствол березы. Постояв так пару мгновений и слегка придя в себя, я потыкала пальцем в кнопки. Сейчас попробую сама соединиться с Аней. Снова послышался треск, скрип, наконец издалека донеслось: «...енно не...ступен!»

Решив сразу не сдаваться, я повторила попытку. «Аб...ент вр...но ...пен».

Значит, у Анькиного мобильного и впрямь села батарейка. Оно и понятно. Федор с Левой увезли мою подругу вчера из ресторана, Аня, естественно, не таскает с собой зарядку!

На ватных ногах я побрела к даче. В голове выстраивалась четкая логическая цепь. Мужчинам зачем-то нужна Мила. То есть ясно зачем, она же объяснила мне: Федор хочет сделать ее своей женой, потому похитил и запер на чердаке. На мой-то взгляд, странный способ ухаживания, но чего не случается в жизни. Я помогла Миле и теперь стала злейшим врагом мужика. Скорей всего, Федор думает, что я хорошая знакомая Милы, которой пленница ухитрилась неким таинственным образом сообщить координаты своего местонахождения. Еще он, наверное, полагает, что я точно знаю, куда подевалась Мила, где спряталась от назойливого жениха. И теперь Федор готов отдать все, чтобы отыскать меня. Он надеется, что я приведу его к Миле. На беду, в моем потерянном кошельке лежала визитка Ани. И сейчас подруге грозит смертельная опасность. Анюта очень умная и хитрая. Она, придя на работу в «Голубое небо», сумела за короткий срок занять один из ведущих постов. Поверьте, такое совсем непросто сделать в конторе, у руля которой стоят сплошняком мужчины. И тем не менее Аня очень быстро выбилась в руководители. В частности, благодаря своему умению сразу просекать ситуацию. Еще Анюта обладает недюжинными актерскими способностями, она легко изобразит из себя кого угодно: наивную блондинку, глупую бабенку, малообразованную кретинку.

Как только Федор показал ей мой пояс, Аня мгновенно сообразила, чей он. Да и странно было бы не узнать вещь, которую она сама купила для подруги. Девять женщин из десяти мигом закричали бы в подобной ситуации:

— Ой! Откуда ты взял Вилкино портмоне?

Девять из десяти, но не Аня. Подруга сразу поняла, что дело нечисто, и попыталась вытащить из Федора информацию. Я не знаю, что случилось во время этого разговора, но сейчас Ане угрожает нешуточная опасность, она молит о помощи.

Есть еще одно обстоятельство. Суматошная, крикливая, крайне неразборчивая в связях, готовая, не спросив имени, побежать за интересующим ее мужиком на край света, Анечка Замятина, которой принадлежит гениальная фраза: «Постель не повод для знакомства», из тех, кто никогда не продаст приятелей. Если она сообразила: Вилке грозит опасность, то ни за что не раскроет рта. Федор может ее разрезать на лапшу, Анечка станет лишь хлопать ресницами и глупо повторять: «Понятия не имею, чей это пояс!»

Наверное, именно так она и ответила на вопросы негодяя. А тот тоже человек не промах, почуял обман и запер Аню, как Милу. Преступники любят действовать по один раз придуманному шаблону, небось бирюк не исключение.

Значит, мне надо во что бы то ни стало отыскать место, где Федор держит Аню. Это не Пырловка. Вчера сюда «Нексия» не возвращалась.

Я брела к дому, спотыкаясь о корни деревьев. И как прикажете решать задачу? Мне неизвестны фамилия и отчество Федора. Обратиться в ГАИ, поискать его как владельца «Нексии»? Отличная идея, только невыполнимая. Номера машины я не знаю. Перебрать координаты всех хозяев серебристых «Нексий», найти тех, чье имя Федор, а потом методично обходить квартиры? Ну, до весны следующего года я, пожалуй, справлюсь. Одна незадача, вдруг Федор ездит по доверенности?

— Вилка, — крикнула Томочка, — покарауль Никитоса!

Я вынырнула из мыслей и удивилась. Стою, прислонившись к нашей избушке, ноги сами собой привели меня к даче.

— А зачем его сторожить?

— Чтобы за мной не увязался.

— Ты куда?

Томочка схватилась за железное полукольцо.

— За водой съезжу.

Я вырвала у нее ручку тележки.

— С ума сошла! Это моя забота.

— Так нечестно, — попыталась сопротивляться подруга, — вчера ты баклажку возила, сегодня я сама отправлюсь.

— Сиди дома, с Никитой, сейчас добуду воду, — категорично заявила я и поволокла громыхающий бидон к колодцу.

Наполнив баклажку, я усмехнулась. Наступать дважды на одни и те же грабли — национальная русская забава, но я не из тех, кто любит в ней участвовать. Очень хорошо помню, как вчера тащила за собой полную емкость, не справилась с ней на пригорке и в результате въехала во двор верхом на баклажке. Нет уж, сегодня поступлю по-умному.

Аккуратно развернув наполненную «тару», я встала за бидоном и начала пихать его перед собой. Один шаг, другой, третий, потом тропинка пошла под откос. Я налегла посильней на ручку и тут же поняла: совершена трагическая ошибка. Вилка Тараканова когда-то хорошо училась в школе, правда, сейчас почти все знания, вбитые в мою голову Леонидом Абрамовичем, учителем физики, испарились без следа, но я способна припомнить кое-что про силу тащения, нет, тягания или волочения... Ой, мама!

Бидон понесся вниз, набирая безумную скорость. Я попыталась остановить взбесившуюся тележку. Куда там! Отчаянно вращаясь, колеса скакали по кочкам. Глупо было рассчитывать на силу своих рук, господь обделил меня бицепсами и трицепсами. Выпустить из судорожно сжатых пальцев ручку я никак не могла. Конечно, так я сразу избавлюсь от баклажки, но в ту же секунду со всего размаха шлепнусь о землю и разобьюсь. Оставалось последнее средство — притормозить ногами. Выпрямив спину, я постаралась воткнуть пятки в землю. На секунду скорость уменьшилась. Я обрадовалась безмерно и удвоила усилия. Бидон подпрыгнул, рванулся вниз, я полетела за ним, ощущая, как ступни вспахивают рыхлую, сухую почву. Ветер свистел в ушах, пыль забивалась в глаза и нос, скрипела на зубах, а я моталась на конце ручки, словно старая тряпка на швабре. Сбоку опять мелькнула черная тень. Бах! Бидон проделал еще одну дыру в заборе, смял очередную порцию непонятных растений и со всего размаха врезался в стену избы. Я шлепнулась там же, где и вчера, но на сей раз оказалась не под баклажкой, а над ней. Бум! На мою голову обвалился с подоконника радиоприемник. Полнейшая тишина, воцарившаяся вокруг, была прервана звуком мотора. Мимо дачи на большой скорости промчался грузовик. Я попыталась встать. Ну надо же, до каких мелочей иногда повторяется ситуация. Опять я чуть не угодила под машину!

— «Не испытывай любовь!» — заорал вдруг транзистор, «оживая» после падения.

Я сползла с баклажки, встряхнулась, осторожно пошевелила конечностями, потрясла головой и пришла в восторг. Скачки с бидоном опять закончились вполне благополучно.

— «Не так легко меня с земли убрать, — голосило радио, лежа в траве, — я утром оживу и вновь приду к тебе!»

Я подняла серебристый приемник, сдула с него пыль и, поставив бедолагу на подоконник, вздохнула:

— Ты прав, дорогой, нас с тобой так просто не убить.

— «Забудь про все, займись любовью, — надрывался певец, — уйди от всех забот!»

— Ну уж это не получится, — воскликнула я и по-волокла баклажку к крыльцу, — кое о чем даже и меч-тать не приходится!

Следующие три часа я посвятила поиску того, кто мог бы мне сообщить фамилию, отчество и место ра-боты Федора. Сначала сбегала на пепелище, увидела там Мишу, занимавшегося мародерством, и велела ему:

— Коли приметишь машину погорельца, запомни ее номер и сообщи мне. А я за это дам тебе сто рублей.

— Пятьсот, — не растерялся Миша.

— Двести, — возмутилась я.

Сошлись мы с ним на трехстах, я побежала было в деревню и наткнулась на Томочку с Никитой, выша-гивающих по дорожке. Подруга несла красный би-дон, Никитос тащил пакет.

— Вилка, — удивилась Тамара, — ты что здесь де-лаешь? Ой, кажется, пожар случился! Ну и ну! Как гарью пахнет! Надо же, как мы крепко спали, ничего не слышали, не иначе, отравились кислородом!

— А вы куда? — поинтересовалась я.

— В Немировку, — улыбнулась Тома, — ты же вчера нам молоко пообещала, а не принесла. Я подо-ждала часов до шести и сама в деревню подалась. На-шла избу, где ты все оставила, сырники потом сдела-ла. Вот сегодня опять свеженькое куплю. Почему у тебя такой вид?

— Какой? — попыталась улыбнуться я.

— Ужасный.

— Все нормально, — я мгновенно принялась фан-тазировать, — просто пишу новый детектив, из сель-ской жизни. Деревню знаю плохо, вот и брожу тут, осматриваюсь.

— Ага, — кивнула Томуся, — понятно. Тогда мы пошли.

Две фигурки двинулись в сторону Немировки. На секунду меня охватило беспокойство. Очень не люб-лю обманывать подругу и делаю это только в самых крайних случаях. Тамара наивна, словно трехлетний ребенок, и я некомфортно чувствую себя, солгав ей. Но, с другой стороны, правду сейчас говорить нельзя. У Томы слабое здоровье, она начнет нервничать. Потом я не совсем соврала. Мне и впрямь предстоит написать новую книгу, а в голове пусто, как в холодильнике перед зарплатой. Детектив о деревне я еще никогда не писала, следовательно, вполне могу изучать жизнь пейзан.

Успокоив таким образом бунтующую совесть, я вернулась к нашей избе, потопталась во дворе, потом решительно направилась к соседке Лене.

Через два часа я поняла: в Пырловке, в маленьком местечке, где жители знают друг про друга всю подноготную, о Федоре мне никто ничего сообщить не может. Ни Лена, ни продавщица в магазине, ни кумушки, обсуждавшие на площади у лавки последние новости, ни почтальонша с огромной сумкой не знали даже его фамилию. Писем Федор не получал, в местный магазин не заглядывал, ни с кем не общался. Единственная, кто мог мне дать исчерпывающую информацию о нем, глава местной администрации, укатила на свадьбу к племяннице.

— Теперь раньше чем через две недели не явится, — смеялись местные сплетницы, — пока на поезде до Перми докатит, пока нагуляется, потом обратно потащится...

Так мне и не удалось ничего узнать, кроме того, что Федор врач. Причем специализацию парня не назвал никто, и оставалось лишь гадать, кто он: хирург, стоматолог или акушер-гинеколог. Сами понимаете, что номер больницы или поликлиники, где работал бирюк, также остался тайной за семью печатями.

Не понимая, что делать дальше, я вернулась в избу, прошла в свою комнату и стала наводить порядок: убрала постель, взяла со стула висевшие на нем джинсы, кофту, водолазку, футболку, хотела повесить их в шкаф и обнаружила в самом низу «пирога» из шмоток чужую джинсовую курточку, ту самую, которую забыла отдать Миле. На первый взгляд она казалась старой, потертой и местами рваной. Я, конечно, не очень хорошо разбираюсь в одежде, скромные материальные средства не позволяют мне шляться по бутикам, поэтому ярлычок с надписью, выведенной золотыми буквами: «Морре», мне ни о чем не сказал. Но в нашей семье есть Кристина, страстная читательница всех мыслимых и немыслимых модных журналов.

— Кристя! — крикнула я, но ответа не услышала.

Пришлось идти к ней в спальню.

— Эй, Кристина!

— Боже! — застонала девочка. — Это ужасно! Раннее утро! Дайте поспать!

— Уже почти полдень.

— У меня уже каникулы — конец мая. Весь год в семь вскакиваю. Ну что тебе надо? — ныла Кристина, пытаясь натянуть одеяло на голову.

Я сунула ей под нос куртку.

— Скажи, шмотка фирменная?

Кристина мгновенно села.

— Вау! Где взяла такую?

— Скажи, курточка дорогая?

— Это же «Морре»[1].

— Ну и что?

— Вилка, ты пещерный человек.

— Допустим, просвети меня.

Кристина вскочила, прошлепала босыми ногами к подоконнику, схватила известный глянцевый журнал и провозгласила:

— Во! Они никогда туфту не печатают. Гляди, точь-в-точь такая курточка. Знаешь, сколько она стоит?

— Именно это я и пытаюсь узнать.

— Баксов семьсот.

— Ты с ума сошла! Рваный кусок джинсы не самого нового вида? Семь сотен долларов?! Врешь!

— Эх, Вилка, — по-взрослому горестно вздохнула Кристина, — есть люди, которых такая цена не останавливает, даже, наоборот, привлекает. Где ты ее взяла?

---

[1] Фирмы «Морре» не существует. Во всяком случае, автор ничего не слышал об элитной одежде с ярлыком «Морре».

— Одна знакомая забыла.

— Кто?

— Ну... ты ее не знаешь.

— Можно я померяю?

Не дожидаясь моего разрешения, Кристина схватила рванину, нацепила на себя и завертелась перед потемневшим от старости зеркалом.

— Ну классно! Полжизни за такую отдать можно. Девчонки от зависти умрут, когда меня в ней узреют.

Я не разделяла восторгов девочки, на мой взгляд, дорогая одежда должна иметь соответствующий вид, а в этой куртенке могут в метро не пустить, дежурная у автоматов запросто посчитает вас бомжихой.

Кристя сунула руку в нагрудный карман, вытащила небольшую плоскую, похоже, золотую коробочку, открыла ее и присвистнула:

— Да уж! Некоторые люди очень себя любят.

Я уставилась на пачечку ярких карточек, которые перебирала девочка.

— Что там?

Кристина надула губы:

— Дисконт-карты на скидку. Ну и ну!

— Эка невидаль, — усмехнулась я, — у нас таких полно.

Кристя скривилась:

— Ага! Супермаркеты всякие и подобная лабуда! Ты сюда глянь! А у этой Людмилы! Вообще! «Ферре», «Дольче & Габанна», «Прада»! И все виповские, суперсказка. Самые дорогие магазины. Карточки у нее в золотой коробочке хранятся, во, проба, а сверху два бриллиантика, небольшие, но все равно приятно. Слушай, Вилка, эта Людмила жена олигарха? Или, может, продюсер в шоу-бизнесе?

— Откуда ты знаешь имя владелицы? — изумилась я.

Кристя ткнула мне под нос серебряную карточку.

— Так они именные. Это только нам в «Рамсторе» куски гнутой пластмассы суют, а в элитных бутиках обязательно фамилию выбивают, чтобы никто другой скидкой не воспользовался. Во, смотри.

Ярко-синий ноготь Кристины, украшенный блестящими стразами, ткнулся в надпись: «Людмила Мирская».

— Впрочем, — продолжала как ни в чем не бывало девочка, — продавщицы в подобных лавках своих дорогих в прямом и переносном смысле клиентов в лицо знают.

— Откуда ты столько информации про эксклюзивные магазины раздобыла? — машинально удивилась я, забирая у нее коробочку с карточками.

— Модные журналы регулярно читаю, — ответила Кристя и, вздыхая, принялась стаскивать с себя курточку.

ГЛАВА 10

Вернувшись к себе в спальню, я еще раз перебрала разноцветные карточки. На всех было одно и то же имя: «Людмила Мирская». Внезапно мне в голову пришла замечательная идея. Людмила сокращенно звучит как Мила. Следовательно, фамилия пленницы Мирская. Теперь по крайней мере понятно, отчего Федор столь агрессивно пытался склонить девушку к браку: «невеста» богата, скорей всего, ее содержат родители. Миле с виду немного лет, вряд ли она заработала такие деньги собственным трудом. Хотя всякое в жизни случается. Мила очень хорошо знает Федора, если я сейчас отыщу ее, то как минимум узнаю анкетные данные «жениха», послежу за ним...

Я взяла одну из карточек, нашла напечатанный на ней номер телефона и приступила к делу.

— Фирма «Морре», — прожурчал тихий голосок, — у телефона Светлана, чем могу вам помочь?

— Добрый день, вас беспокоит секретарь Людмилы Мирской.

— Очень, очень рады, — мигом повеселела Светлана, — ждем не дождемся Людмилу Сергеевну, пришла новая коллекция, специально отправили вам буклет, надеюсь, вы получили его?

Я возликовала. Вот здорово, задача упрощается.

— Собственно говоря, поэтому я и звоню вам. Людмила Сергеевна хочет иметь буклет.

— Его вам отправили.

— Как? Но мы ничего не получили!

— Ужасно! Такого не быть может.

— Может, может, — подлила я масла в огонь.

— Катастрофа! — испугалась Светлана. — Надеюсь, Людмила Сергеевна не подумала, что «Морре» про нее забыла?

— Ну...

— Почта отвратительно работает, — оправдывалась девушка.

— В общем, я согласна с вами, но давайте на всякий случай проверим адрес, по которому ушел буклет, вдруг перепутали улицу.

— Не может этого быть, мы не раз уже отсылали Людмиле Сергеевне...

— Знаю, — каменным тоном прервала я служащую, — и все же повторите адрес.

— Да, да, конечно, — чуть не заплакала Светлана и стала диктовать координаты Людмилы Мирской.

Пообещав успокоить хозяйку, я отсоединилась и стала разглядывать бумажку с адресом. Да уж, а еще некоторые люди, фанаты всяких звезд, не способны узнать, где обитает их кумир. Поверьте, это легче легкого. Ведь певец или артист не существует в безвоздушном пространстве. Он посещает парикмахерские, заглядывает в бутики, имеет сотовый телефон и автомобиль, является владельцем квартиры, ходит в фитнес-клуб. Представьте, на каком количестве всяких анкет и бумаг имеются его данные! Дело за малым, надо найти какого-нибудь нерадивого служащего, и заветный адресок вкупе с телефоном у вас в кармане.

Засунув золотую коробочку в сумку, я стала одеваться. Что ж, первый шаг сделан вполне удачно, если дело и дальше так пойдет, к вечеру я найду Аню. Впрочем, может, попросить Милу самой связаться с Федором и сказать ему, что Аня тут ни при чем? Ну чем Мирская рискует, оказавшись на свободе? Небось ее родители наняли дочке охрану.

Дом, где жила Людмила, подавлял своим величием. С трудом открыв огромную, очевидно, из цельного массива дуба дверь, я оказалась перед секьюрити. Один крепко сбитый молодой парень в черной форме сидел за письменным столом. Второй стоял у железной арки наподобие той, что имеются теперь во всех аэропортах мира. За спинами ребят простирался холл, нет, вестибюль, простите, музей. Пол был покрыт мрамором, стены завешаны картинами в дорогих бронзовых рамах, по углам торчали кадки с растениями, а к лифту тянулся нежно-бежевый ковер. Господи, они, наверное, тратят состояние на чистящие средства. Представляю, во что превращается слякотной осенью или весной покрытие цвета жидкого кофе с молоком. Бедная уборщица небось драит его после каждого посетителя.

— Вы к кому? — поинтересовался один охранник.

— К Людмиле Сергеевне Мирской.

— Вас ждут?

— Нет.

— Тогда, простите, впустить вас не имеем права.

Я вытащила из пакета куртку и потрясла ею перед парнями.

— Понимаете, я работаю в магазине, Людмила Сергеевна у нас вот это забыла.

— Оставьте, мы передадим.

Я расстегнула сумочку.

— Видите ли, Мирская еще потеряла золотую коробочку с именными карточками. Вещь дорогая, а ее содержимое, безусловно, очень нужно владелице.

Охранник усмехнулся.

— Оставьте у нас, мы не тронем, передадим ей в целости и сохранности.

Я замялась.

— Извините, если обидела. Просто... э... я не слишком-то много зарабатываю. Оклад невелик, чаевые, правда, порой перепадают, если клиенту угодить.

— У меня жена в бутике работает, — буркнул второй, молчавший до сих пор парень, — я знаком с вашими порядками. Работенка похуже моей будет.

— Это точно, — подхватила я, — вот, сама привезла курточку. Честно говоря, подумала, может, Людмила Сергеевна отблагодарит меня.

Парни переглянулись.

— Погоди-ка, — сказал первый и взял трубку.

После короткого разговора он велел:

— Клади сумку на стол, сама иди сквозь рамку. Петька, обхлопай ее.

Пройдя благополучно процедуру обыска, я побежала к подъемнику.

— Эй, — крикнул секьюрити, — лифтом пользоваться умеешь? Тебе на пятый.

Очень хотелось ехидно ответить: «Знаете, в первый раз вижу такой механизм, кстати, что это у вас под потолком так ярко светит, прямо смотреть больно. Мы-то у себя в хатке лучину жжем!» — но передумала, в конце концов, охранник не хотел поиздеваться надо мной, он просто проявил заботу. Потому я улыбнулась: «Спасибо», — и шагнула в просторную кабину.

Дверь квартиры оказалась распахнутой, прямо у выхода из лифта стояла очень хорошенькая девушка, совсем молоденькая, одетая в бесформенное серое платье, напоминающее халат: большие карманы и никаких намеков на талию. Я решила, что хозяйка отправила горничную встретить незнакомую посетительницу, и улыбнулась прислуге:

— Здравствуйте.

Та тоже расцвела в улыбке, стала еще краше и спросила:

— Вы к нам?

— Да, мне нужна Людмила Сергеевна Мирская, — ответила я и приготовилась услышать в ответ: «Проходите, хозяйка ждет вас».

Но горничная неожиданно для меня сказала:

— Слушаю вас.

— Позовите, пожалуйста, Людмилу Сергеевну, — повторила я, решив, что домработница то ли не расслышала меня, то ли недопоняла чего-то.

— Это я Людмила.

— Вы? Мирская?

— Именно, — кивнула девушка и слегка повернула голову.

В тот же миг свет от люстры, освещавшей лестничную площадку, упал на ее правое ухо. В мочке заискрилась большая подвеска, так сверкают лишь натуральные бриллианты. Тут же с моих глаз словно спала пелена. И мне стало понятно, что в маленьких розовых ушках собеседницы висит целое состояние, не менее дорогое кольцо украшало ее правую руку, которой она сейчас осторожно поправляла волосы, постриженные умелым цирюльником. И не халат на ней вовсе, а какое-нибудь платье от модного кутюрье. Хоть и похожее на мешок из-под картошки, но стоит небось как хорошая машина.

— Я Людмила Сергеевна, — представилась еще раз Мирская, — а вы кто?

— Сейчас, вот, смотрите, это ваша куртка?

Людмила озадаченно спросила:

— Да, а как она к вам попала?

— Внутри, в кармашке, лежали карточки, — невпопад ответила я.

— Ой, — всплеснула руками Людмила, — я думала, что потеряла их навсегда. С другой стороны, нет, конечно, проблем, новые выдадут, но вот футлярчик! Его мне муж подарил. — Легкий румянец пробежал по лицу девушки. — Как здорово, что вы его нашли. Простите, сколько я должна? Этого хватит?

Я глянула на стодолларовую бумажку, которую протягивала мне нежная ручка с наманикюренными пальчиками, и покачала головой:

— Нет.

Людмила вынула из кармана халата еще одну, того же достоинства купюру.

— А теперь?

— Спасибо, но дело не в деньгах.

— Да? — изогнула брови девушка.

— Разрешите представиться, писательница Арина Виолова.

Внезапно Людмила засмеялась.

— Очень рада.

— Вы меня знаете?

— Слышала фамилию, кажется, вы детективы пишете?

— Да.

— Увы, я не поклонница криминального чтива, но считаю, что на книжном рынке должны быть обязательно представлены все жанры. В конце концов, на каждый товар находится купец. Главное, правильно понять потенциал автора и верно рассчитать тиражи. В нашей стране сегодня нельзя выпустить роман «В поисках смысла жизни» в количестве трехсот тысяч экземпляров, а ваши произведения можно. Зря литераторы презирают тех, кто пишет книги для массового читателя. Ведь именно они, чьи книги расхватывают почитатели детективного жанра, зарабатывают деньги для тех, кто выходит тиражом в пятьсот экземпляров, — на одном дыхании выпалила Людмила.

Я поразилась до глубины души.

— Вы рассуждаете как профессионал.

Лицо Мирской вновь озарила очаровательная улыбка.

— Вы где выпускаетесь?

— Мои книги печатает «Марко».

— А мой супруг, Алексей Мирский, владеет издательством «Нодоб». Может, слышали о таком?

— Естественно, насколько я знаю, «Марко» и «Нодоб» два колосса, конкурирующих друг с другом. Может, впустите меня в квартиру? Хотя я и ваяю криминальную литературу, но, по сути, являюсь миролюбивой, скромной женщиной, без оружия.

Людмила всплеснула руками:

— Простите. Входите, конечно. Наташа, подай чай в гостиную.

Некоторое время мы с Людмилой болтали о том о сем, потом я спросила:

— Скажите, Люда, каким образом ваша куртка оказалась на молодой женщине, которая тоже назвалась Людмилой? Вернее, она так представилась, но, насколько я понимаю...

— И где вы встретились с ней? — напряглась Люда.

— Боюсь, не поверите.

— А все же?

— На чердаке дома Федора.

— Кого? Очень прошу, если можно, объясните ситуацию, — попросила Людмила и налила мне новую порцию отлично заваренного чая. Она улыбалась, глаза ее казались безмятежно-спокойными, голос ровным, но тонкие пальцы плохо повиновались хозяйке. Руки у Людмилы тряслись, в какой-то момент она не справилась с ролью распорядительницы чайной церемонии. Коричневая струя из носика полилась прямо на красивую кружевную скатерть нежно-бежевого цвета.

Я схватила бумажные салфетки и попыталась промокнуть лужицу.

— Оставьте, — остановила меня Люда, — все равно скатерть пропала. Лучше опишите, как выглядела та Мила.

— Ну, учитывая, что она просидела довольно длительное время на чердаке, не имея возможности нормально помыться, то отнюдь не самым лучшим образом.

— Все же попытайтесь. Это была большая, толстая брюнетка?

Я улыбнулась.

— Цвет волос в наше время практически ничего не значит, но та Мила светлая, никаких черных отросших корней я не заметила. Довольно высокого роста, длинноногая, я бы сказала даже, излишне худая, стройная, бледная...

— На щеке родинка, — тихо добавила Люда и коснулась своего лица рукой, — вот тут, да?

— Точно! — обрадовалась я. — Значит, вы ее знаете?

— И она представилась вам Людмилой Мирской?

— Нет, просто сказала, что ее имя Мила.

Люда покачала головой.

— Это моя сестра, ее зовут на самом деле Яна Гостева, и она доставила мне много неприятностей.

— Бывает, что родственники не дружат, — осторожно сказала я.

Люда повертела в руках чашку, потом, поставив ее на испорченную скатерть, произнесла:

— История нашей семьи — сюжет для слезливого сериала. Иногда, по ночам, когда меня одолевает бессонница, я думаю, что неплохо было бы написать сценарий или роман под не слишком оригинальным названием «Преступная любовь». Только, боюсь, мне не поверят, такого на свете просто не бывает. А утром желание писать пропадает.

Людмила открыла крышку, заглянула в чайник и, крикнув: «Наташа, принесите нам чай и поменяйте скатерть», — продолжила:

— У меня были замечательные родные. Моя бабушка с маминой стороны выдержала очень много испытаний, моральных и физических, но дожила до преклонных лет и стала жертвой ограбления. Бабуля сохранила до конца светлый ум и крепкие ноги, она поэтому два раза в неделю ходила в консерваторию, при полном параде, в бриллиантовых серьгах, с дорогими кольцами, в вечернем платье. Мама предостерегала бабушку, просила: «Умоляю, не ходи на концерт такой расфуфыренной, вокруг слишком много злых людей», но та отвечала:

— Соня, я дожила почти до ста лет, всегда поступала так, как хотела, поздно меня переделывать. И потом, со мной подруги.

Последний аргумент выглядел совсем смешно. Группа старушек не остановит бандита.

Люда помолчала, а потом продолжила:

— Ну и случилось ужасное. В очередной раз бабуля возвращалась после концерта, знакомые довели ее до подъезда и, решив, что в родном доме с ней ничего не случится, ушли. А грабитель притаился в укромном уголке около лифта. Он ударил бабушку по голове, снял с нее украшения и ушел. Думаю, бандит не собирался ее убивать, просто хотел на время лишить жертву сознания, но он не рассчитал силу удара. Бабуля погибла сразу, а мерзавца не нашли.

Софья похоронила мать и с тех пор не раз говорила дочери:

— Над нашей семьей висит рок, все женщины умирают не своей смертью. Такова воля господа.

— Ерунда, — возражала матери Люда, — это бред полный, бога нет.

— Глупая ты, — вздыхала Соня, — ну подумай, моя мать, твоя бабка, Людмила Михайловна, была убита грабителем, ее матушка, твоя прабабка, Софья Николаевна, попала под пролетку, в свою очередь, ее маменька, Людмила Петровна, сгорела. Танцевала на балу, задела платьем свечу и вспыхнула в момент.

Речи эти Соня вела часто. Людочка, будучи ребенком, сначала разинув рот слушала маму. Потом, повзрослев, стала подсмеиваться над родительницей. А та постоянно вздыхала:

— Я тоже умру от чужой руки. Это судьба.

— Глупости, — не выдержала однажды Люда.

— Нет, — качала головой мама, — это рок.

— Ерунда, — вспылила Людмила, — ну-ка, давай разберемся. Значит, наши бабки умирали в результате ужасных происшествий?

— Да.

— И с тобой должно случиться то же самое?

— Да.

— Они жили счастливо, рожая детей в большом количестве?

— Ну да.

— Много?

— Трех, четверых.

— Так вот, — рявкнула Люда, — а я одна, у меня нет ни братьев, ни сестер. Цепочка прервалась, ты будешь жить вечно, и прекрати идиотские разговоры о кончине от руки бандита! Твоя судьба иная! Поняла? Ты не умрешь, как бабки!

Соня побледнела, потом закашлялась и пробормотала:

— Ты права, я глупо веду себя.

С тех пор мама больше никогда не заводила бесед на тему о грабителях.

Людмила вновь замолчала, повозила по столу блюдце из тонкого дорогого фарфора и горестно сказала:

— Но, самое ужасное, с мамой произошло то же, что и с бабушками. Правда, ей повезло меньше всех. Мамочка ушла в магазин и пропала. Я уже была замужем. Мы с Лешей ближе к вечеру кинулись на улицу. Искали маму долго, страшно вспоминать, что мы пережили, наняли частного детектива, когда поняли, что официальные структуры бессильны. Но в результате тело нашли совершенно случайно, через полгода, причем недалеко от дома, в овраге.

— В овраге, — эхом повторила я, — ужасно.

Люда кивнула:

— Да. Там были дома, такие развалюхи. Собственно говоря, мы живем на краю Москвы, специально выбрали такой район, в центре категорически не хотели обитать, искали место с относительно свежим воздухом.

— Вы, наверное, могли себе позволить и загородный дом!

Люда мягко улыбнулась.

— Пока муж не наладил бизнес, мы не имели особых денег. Мама продала квартиру, в которой много лет прожила с папой, и мы перебрались на окраину, а разницу внесли в дело, правда, въехали сначала не в этот дом, а в самую обычную башню. Элитное жилье у нас появилось уже после кончины мамы. Так вот, когда сносили халупы, в овраге нашли ее останки. Уж не знаю, каким образом грабитель заманил маму в столь укромное место.

— Но, простите, я пишу детективные романы и в последнее время прочла множество всяких пособий по криминалистике и судебной медицине. Полгода — это такой срок... э... Тела-то уже фактически не должно быть! — залепетала я.

— В случае с мамой не было никаких сомнений, — грустно сообщила Люда, — во-первых, одежда; она поддавалась идентификации, во-вторых, сумка. Мерзавец вытряхнул деньги, но документы оставил, вместе с ключами от квартиры, квитанцией на починку обуви, косметичкой и прочей ерундой. В-третьих, украшения. Очевидно, грабитель чего-то испугался, он выдернул у мамы из ушей серьги, но одну уронил и не смог найти. Ее отыскали потом сотрудники милиции, забиравшие тело. Большая подвеска с изумрудом попала маме в лифчик, а подонок то ли побоялся тронуть мертвое тело, то ли не понял, где следует искать серьгу. Потому он забрал браслет, цепочку с нательным крестом, кольца и только одну сережку. Да, еще часики, которые папа привез маме в свое время из Швейцарии. И потом, у мамы была очень редкая группа крови, четвертая. И еще ее стоматолога вызвали, тот и опознал маму по зубам со стопроцентной уверенностью.

— Извините, конечно, — я деликатно кашлянула, — я слышала о разных семейных традициях, впрочем, это совершенно неверное слово, не традициях, а трагических случайностях. Ей-богу, встречаются люди, которых просто преследует рок, но при чем тут Яна? И еще, вы в начале разговора бросили вскользь, будто она ваша сестра, но я сейчас поняла, что вы являетесь единственным ребенком Сони.

Люда сгорбилась над столом.

— То, что я сказала, лишь присказка. Сказка будет впереди.

ГЛАВА 11

Сколько Людмила помнила себя, ее родители обожали друг друга. Папа был высокопоставленный партийный чиновник, и никаких проблем семья не знала. Квартира в кирпичном доме на улице Алексея Толстого, в тихом, зеленом переулке, в самом центре Москвы. В многокомнатных апартаментах имелось два санузла: в советские годы невероятная редкость. Одевалась семья в ГУМе, в специальной секции, куда допускались лишь избранные, питалась заказами из, как тогда говорили, кремлевского распределителя, летом переселялась на государственную дачу. Никаких деревянных будок во дворе, колодца и керосиновых ламп. Та же благоустроенная городская квартира, но в лесу. У отца была персональная «Чайка», естественно, ею управлял шофер. А еще семейство обслуживали горничная, кухарка, папин секретарь. Мама работала над диссертацией, Людочка ходила в школу. Одним словом, полнейшее счастье и материальное благополучие.

Папа умер, когда Люда собиралась поступать в университет, на факультет журналистики. Умение ясно излагать свои мысли на бумаге девочка получила от мамы. Соня, хоть и стала историком, обладала определенным литературным даром, писала неплохие рассказы и при жизни мужа публиковала их в разных журналах. Злые языки поговаривали, что Сонечка графоманка и печатают ее лишь из страха перед гневом всесильного мужа, но Люде мамины опусы нравились — милые, незатейливые истории о женщинах, в основном о тех, кто пытался изменить мужу. Что важнее, любовь или долг? Таким вопросом в основном задавались главные героини Сониных произведений и всегда отвечали: семья превыше всего. Сонечка даже выпустила небольшую книжку, и ей предлагали вступить в Союз писателей. Но она категорически отказалась и, несмотря на уговоры мужа, не стала подавать туда документы.

К чести бывших коммунистических руководителей, следует отметить, что вдов своих товарищей они никогда не бросали в беде. Сонечке платили за мужа и оставили все льготы: продуктовый набор, ателье, одежную секцию ГУМа, возможность покупать в спецмагазине книги. Ее не открепили от поликлиники, раз в год давали путевку в элитный санаторий. Вот дачу отобрали, она досталась другому высокопоставленному лицу, черной «Чайки» с шофером тоже не стало, в остальном же жизнь текла по-прежнему.

Смерть супруга никак не повлияла на отношение коллег к Софье. Ей выражали соболезнование, выделили энную сумму от профкома в качестве материальной помощи, а две аспирантки помогли Соне организовать стол на девять дней. Поминки были пышные, и оплатили их на работе покойного, а на девять дней собрались лишь свои. Аспирантки накрывали стол и мыли потом посуду. Делали они это не из-за денег, а потому, что любили и уважали свою научную руководительницу.

— Ваша мама, — шепнула одна из соискательниц Люде, — просто образец для нас. Подлинный ученый, великолепный лектор, внимательный научный руководитель, идеальная хозяйка и мать. Ее покойный супруг, наверное, был с ней очень счастлив.

Людмила кивнула. Она искренне считала своих родителей образцовой парой, примером для многих. Ни разу Люда не слышала, чтобы папа повысил голос на маму. Впрочем, Софья идеально вела домашнее хозяйство. Глядя на папу и маму во время их очень редких совместных походов в театр, Люда всегда вспоминала фразу: «Они жили долго, счастливо и умерли в один день».

Но в действительности все оказалось не так. Папа скончался раньше, а мама вовсе не впала в депрессию. Люда ждала тяжелых, долгих дней, наполненных слезами и истериками, вызовов «Скорой помощи», врачей со шприцами, она приготовилась даже поместить обезумевшую от горя Соню в стационар, но та на редкость легко перенесла кончину мужа.

Отплакав на похоронах и поминках, на девять дней Соня сидела во главе стола совершенно спокойная.

— Какое самообладание, — шептались знакомые, — редкое умение владеть собой. Кабы не знать, как Сонечка любила мужа, то подумали бы всякое.

Люда тоже вначале не ощутила отсутствия папы. Отец постоянно ездил в командировки, дома бывал от силы пару дней в месяц, да и то в основном приходил ночевать. Мобильных телефонов тогда не водилось, и в кабинете отца около обычного телефонного аппарата стоял еще один, светлого цвета, его диск украшал государственный герб СССР, это была так называемая «вертушка», особая, кремлевская связь, по которой общалось между собой руководство страны. Людочка очень хорошо помнила внушение, которое сделал ей один раз папа. Будучи шестилетней девочкой, она вошла в отсутствие отца в его кабинет. Вообще говоря, делать это запрещалось, но Милочке срочно понадобилась писчая бумага. Вытащив пару листов, она собралась уходить, но тут резко затрезвонил телефон, тот самый, с гербом. Люда, вообразив себя совсем взрослой, схватила трубку и произнесла, как мама:

— Алло!

Послышался глухой, недоуменный мужской голос:

— Сергей Никифорович?

— А папы нет, — бойко отрапортовала девочка.

— Где же он? — потеплел голос.

— Папа живет на работе, — сообщила Люда, — так мама говорит, мы его совсем не видим, почти никогда! Я всегда сплю, когда он приходит, проснусь — а его уже нет.

Послышался тихий смешок.

— Ты, наверное, просто много спишь, — сообщил голос, — вставай пораньше и увидишь отца.

— Нет, — протянула Люда, — он иногда вообще не приходит. Мой папа следит за страной, ему некогда со мной играть! Представляете, сколько всего везде случиться может! А мой папа приедет и порядок наведет, он живет для народа.

Из трубки раздалось покашливание.

— Ну-ну, — произнес голос. — А сколько тебе лет?

— Шесть, — сообщила Люда и, увидав, что в кабинет входит няня, крикнула: — Я вам сейчас бабу Клаву дам, спросите у нее, когда папа появится!

Няня взяла трубку, сначала она страшно побledнела, потом закивала головой и в конце концов еле-еле выдавила из себя:

— Да, конечно, больше такое никогда не повторится.

Осторожно, словно хрустальную, няня положила трубку на рычаг, быстро-быстро перекрестилась и залепетала:

— Людочка, упаси тебя бог еще когда-нибудь трогать в папином кабинете телефон! Уж что теперь получится, прямо не знаю.

Вечером отец неожиданно пришел домой в восемь. Дал Люде очень красивый пакет, в котором оказались роскошная коробка конфет, кукла с замечательными белокурыми волосами, и сказал:

— Это тебе от дяди, с которым ты сегодня по телефону разговаривала.

— От кого? — удивилась пришедшая чуть позже мама.

— От самого, — вздохнул папа.

— Ой! — воскликнула мама и побледнела, почти как няня Клава.

— Людочка произвела на него неизгладимое впечатление, — усмехнулся папа.

На мамины щеки вернулся румянец. Отец взял дочку, посадил на колени, обнял и сказал:

— А теперь, душенька, дай мне честное слово, что больше никогда не притронешься к аппаратам на моем столе.

Естественно, Людочка пообещала это папе, она была очень послушным ребенком. С тех пор телефон с гербом стал для нее этаким символом отца. Отчего-то в глубине ее души поселилась уверенность: если аппарат спокойно стоит — у папочки все в порядке.

И вот спустя месяца два после смерти отца Люда зашла в его кабинет, который остался почти без изменений, в нем все будто ждало возвращения хозяина. Почему-то на цыпочках Люда двинулась к шкафу, где стоял нужный ей словарь. Путь лежал мимо стола, взгляд упал на зеленое сукно, которым была затянута его поверхность. Возле письменного прибора высился всего один аппарат, самый обычный, второй, с гербом, исчез.

Людочку словно ударило током, ноги приросли к паркету, она моментально вспомнила, как в день папиной кончины, буквально через час после того, как врачи зафиксировали его смерть, в квартиру прибыли мрачные мужчины, одетые в безукоризненно отглаженные костюмы. Они забрали все бумаги из стола, выгребли содержимое сейфа и срезали телефон с гербом на диске.

Люда впервые после потери отца зашла в его кабинет. И только сейчас она окончательно осознала: отец умер, он не уехал в очередную командировку, он лежит на Новодевичьем кладбище в могиле, и это навсегда. Люде впредь предстоит жить без папы.

С ней случилась истерика. Люда выла, колотила ногами по ковру, потом упала на пол и неожиданно успокоилась. В голову пришла одна, очень банальная мысль: слезами горю не поможешь, назад из могилы папу не вернешь, у бога его не выпросишь, остается лишь одно, жить так, чтобы любимый папочка, глядя с небес на дочку, не корчился от стыда.

Пошатываясь, Люда побрела в ванную умываться. Она радовалась тому, что мама на работе. И еще девушка, воспитанная родителями-атеистами, совершенно не понимала, с какой стати в ее голове возникла мысль о боге. Только она, никогда не читавшая Библию и ни разу не ходившая в церковь, была уверена: папа сейчас в раю, смотрит на любимую дочь, сидя на облаке.

Спать в тот день Люда легла рано, в восемь, но в два часа ночи проснулась и пошла в туалет. У мамы в комнате горел свет. Людочка услышала судорожное всхлипывание, Соня рыдала в одиночестве. Дочери стало ужасно жаль маму. Люда неслышно вошла в спальню, желая ее утешить.

Соня лежала головой в подушку.

— Господи, — бормотала она, — господи, прости меня, доченька, прости! Измучилась я вся, извелась, еле жива! Доченька, любимая, бросила тебя, ягодку, прости! Прости!

Рыдания превратились в жалобный стон.

— Мама, — испугалась Люда, — что с тобой? Я здесь! С какой стати ты просишь у меня прощения?

Соня оторвала голову от подушки.

— Это кто?

— Да я же, Людочка.

Соня глухо воскликнула:

— Это ты! Но не она!

— Кто?

— Моя доченька, маленькая!

Люда перепугалась окончательно, похоже, у мамы помутился рассудок.

— Мамуся, очнись!

Соня повернула голову.

— Да?

— И кого ты видишь?

— Тебя.

— А я кто?

— Людочка.

— Правильно, кем я тебе прихожусь?

— Дочкой, — вполне разумно ответила Соня.

— Верно, и других детей у тебя нет.

— Есть, — всхлипнула мать, — девочка маленькая.

— Мама! Успокойся, я сейчас валокордин принесу.

Люда сгоняла на кухню, накапала в мензурку лекарства и понеслась назад.

Соня, уже спокойная, сидела в кресле. Увидев дочь, она сказала:

— Спасибо, теперь выслушай меня.

— Может, потом? — попыталась остановить ее Люда. — Ты сейчас не в форме.

— Нет.

— Давай завтра поговорим.

— Сядь! — резко приказала Соня. — И слушай.

Пришлось Людочке устраиваться в кресле.

— Мы с Сергеем, — спокойно произнесла мать, — никогда не любили друг друга.

— Мама! — возмутилась Люда. — Что за чушь! У вас был образцовый брак.

— Именно так, — кивнула Соня, — образцовый, очень подходящее слово, но любовью там и не пахло. Ладно, расскажу по порядку.

ГЛАВА 12

Сергей начал партийную карьеру с самого низа. Сначала был секретарем комсомольской организации, потом его отправили на работу в райком КПСС. Заполняя анкету, в графе «Семейное положение» Сергей указал: «Холост». Инспектор отдела кадров покачал головой.

— Женись поскорей, — посоветовал он, — семейным все дороги открыты, а одинокий мужчина вызывает подозрения в моральной устойчивости. Только имей в виду, если хочешь по партийной линии продвигаться, ищи положительную супругу, с чистой биографией, никаких там «пятых»[1] пунктов или родителей из бывших. Да и сама она должна быть честной, не гуленой, не пьяницей. Усвой: жена мужу пара, она тебя позорить не должна. Разводы у нас не приветствуются, выберешь не ту, намучаешься.

Сергей принял к сведению пожелания кадровика и в течение полугода нашел жену, Сонечку, девушку из хорошей семьи, образованную, не шумную, не крикливую, но очень бедную. Отец у Сони умер рано, а мама работала медсестрой в больнице.

Соня не любила Сергея, поддалась на уговоры мамы, которой будущий зять сразу пришелся по вкусу.

— Послушай, доченька, — объясняла мать, — мы с тобой церковные мыши, денег никаких нет, помощи ждать неоткуда. Какое у тебя будущее? То-то и оно! А Сережа далеко пойдет, уж поверь мне. Сразу видно:

---

[1] Пятым пунктом в анкетах советского времени был вопрос: «Национальность».

сделает хорошую карьеру, голодать вы не станете! Вот смотри, сейчас он уже паек получает, путевку ему в Сочи дали, и это только начало.

— Мама, — решительно ответила Соня, — я его не люблю.

— Стерпится — слюбится, — выдала мать веками проверенную истину.

— Нет, — упиралась Сонечка.

— Он тебе противен? — не успокаивалась мама.

— Да нет, — пожимала плечами дочь, — просто безразличен.

Но, видно, Соня понравилась Сергею, потому что тот старательно приглашал девушку в театр, покупал букеты и приносил ей столь редкие у них в доме конфеты.

Сонечка почти собралась с духом, чтобы сказать Сереже: «Простите, но не нужно больше приглашать меня на свидания», — как заболела мама, да так тяжело, что ее пришлось положить в больницу.

И тут Сергей проявил себя с лучшей стороны. Он расшибся в лепешку, заботясь о будущей теще, поднял на ноги всех своих знакомых, устроил маму в лучшую клинику, раздобыл необходимые лекарства, привозил дефицитные продукты.

— Доченька, — воскликнула, оказавшись дома, мама, — хватит дурить! Господь посылает тебе такого мужа! Упустишь, потом всю жизнь локти кусать станешь!

И Соня послушалась мать, сыграли скромную свадьбу. Спустя короткое время после бракосочетания карьера мужа пошла в гору, и за год он достиг небывалых вершин. Правда, в постель с мужем Соня ложилась неохотно, ее раздражало в супруге все: его запах, его вид, манера сопеть. В силу воспитания Сонечка считала, что секс — дело грязное, не слишком нужное, но необходимое мужчинам. Потому отказа от жены Сергей не слышал, но никакого удовольствия в постели с мужем Соня не испытывала.

Очень быстро у них родилась Людочка, всю жизнь Соня теперь решила посвятить доченьке.

Так бы Софья, наверно, навсегда осталась верной женой, идеальной матерью, но тут случилось событие, изменившее все.

Когда Людочке исполнилось полтора года, Сергею дали машину с шофером, молодым, нахальным парнем по имени Петр. Стройный темноглазый юноша был очень услужлив. Буквально за неделю из водителя он превратился в верного помощника по хозяйству. Честного Петю отправляли одного в магазин и на рынок, твердо зная: он привезет самое лучшее, вернет сдачу до копеечки и безропотно притащит сумки на кухню. Петя менял в квартире перегоревшие лампочки, вытряхивал пылесос, бегал с ведром на помойку, чинил замки, точил ножи, смазывал скрипящие петли, прочищал забитые трубы, выбивал ковры...

Ничего удивительного не было в том, что, уронив в спальне за тумбочку кольцо, Соня позвала Петю отодвинуть мебель. Тот, как всегда улыбаясь, выполнил приказ. Он протянул Соне украшение, та, взяв его, на секунду коснулась пальцами ладони парня...

Потом Соня пыталась вспомнить, каким образом она оказалась на полу. Все произошло невероятно быстро, при крайне опасных обстоятельствах: на кухне пила кофе мама, Сергей брился в ванной.

Через пять минут Петр тенью шмыгнул в коридор. Соня рухнула на кровать. Голова ее кружилась, тело ломило, в мозгах колотилось: «Господи, вот оно как бывает! Вот почему женщины выходят замуж. Супружеские обязанности вовсе не суровая повинность, и не только мужчина может получить удовольствие в постели!»

Сославшись на мигрень, Соня весь день пролежала в кровати, ночь она провертелась без сна и впервые заявила мужу:

— Нет, не сейчас, голова болит.

А утром, увидев улыбающегося Петра, она поняла: к ней пришла любовь.

Наплевав на все, Соня стала спать с Петей. Любовники использовали любую возможность побыть наедине. Казалось, сам бог идет им навстречу. Сергея на полгода отправили в одну из союзных республик в помощь местному партийному руководству. Оказавшись, так сказать, «на свободе», парочка ударилась во все тяжкие. У Сони в глазах появился молодой блеск, лишние килограммы «стекли» с тела, и коллеги на работе говорили:

— Сонечка, вы просто расцвели после родов!

Гром грянул после возвращения Сергея. Муж, пораженный изменениями в облике жены, в первую же ночь после встречи проявил бурную активность, но супруга оказала ему яростное сопротивление. Разразился скандал, первый за все время безупречного брака, и Соня выложила мужу правду: она любит Петю, хочет выйти за него замуж, более того, носит под сердцем его ребенка, беременность уже четыре месяца, на аборт идти поздно, да и не хочет Сонечка убивать дитя.

Сергей отвесил жене затрещину и ушел, заперев ее в спальне. Утром он открыл дверь, спокойно сел в кресло и сообщил бледной, испуганной Соне:

— Значит, так! Твоего любовника в Москве больше нет. Развода не будет. Я не могу рисковать своей карьерой из-за твоей глупости. Станем жить по-прежнему, по крайней мере, для окружающих.

— Нет, — решительно ответила Соня, — я ухожу прямо сейчас.

— Куда? — усмехнулся Сергей.

— На улицу, беру Людочку...

— Ничего подобного, — рявкнул муж, — ребенка тебе не видать, развода тоже. Ты знаешь, кто я, в нашей среде для успешной карьеры обязателен стабильный брак! Прекрати юродствовать, потешилась с парнем, и хватит!

— Нет, — мрачно твердила Соня, — я его люблю.

— Люби себе на здоровье кого хочешь, — не дрогнул муж, — но разрушать свою карьеру я тебе не позволю.

— Хорошо, — закричала Соня, — мы не в Италии живем, я подам в суд! Мне дадут свободу и дочь!

И тут муж снова отвесил ей затрещину, да такую сильную, что Соню отшвырнуло к стене.

— Только попробуй, мерзавка, — прошипел прежде корректный супруг, — посиди тут, подумай, вспомни Аллу Сомову.

Дверь захлопнулась, в замке снаружи повернулся ключ, Сонечка осталась одна, на положении пленницы. Кое-как придя в себя, она перепугалась. Алла Сомова, жена коллеги Сергея, неожиданно выпала из круга общения. Сам Сомов мрачно говорил:

— Алла заболела, плохо ей...

Через месяц Аллочку похоронили, все произошло тихо: никаких речей, оркестров и шикарных поминок. Узнав о смерти Сомовой спустя неделю после погребения, Сонечка страшно удивилась и воскликнула:

— Господи, как-то не по-человечески Сомов сделал, никому ничего не сказал, бедная Аллочка.

Сергей помолчал, а потом загадочно ответил:

— Значит, она не заслужила другого прощания.

— Ты о чем? — еще больше изумилась Соня.

— Жена должна помогать мужу, а не портить ему карьеру, — ответил супруг, — закроем эту тему, она мне неприятна.

Сонечка осталась в недоумении, но сейчас до нее вдруг дошло: Алла умерла не по своей воле, и ее ждет тот же конец. В мире, где работает Сергей, вдовец вызывает сочувствие, а разведенный мужчина считается ненадежным, не заслуживающим карьерного роста человеком.

Два месяца Соня просидела под домашним арестом. Тещу и дочь Сергей отправил в санаторий, «ломал» жену в одиночестве.

Когда живот стал заметен, Соню ночью, в наглухо зашторенной машине привезли в деревенский дом, где продержали до родов. Сделать неверной супруге противозаконную операцию, провести аборт на большом сроке Сергей побоялся. Подобное вмешательство возможно лишь в стационаре, где, как ни прячься, а нарвешься на любопытные глаза и уши. Сергей предпочел поступить иначе: дал младенцу появиться на свет в укромном месте и мгновенно избавился от него.

Сонечка только успела понять, что родилась девочка. Через неделю Софья вернулась домой, и жизнь потекла по-прежнему, за маленьким исключением. Сергей теперь спал в отдельной комнате, к жене он больше никогда не подходил, соблюдая внешнюю вежливость, дома бывал крайне редко. Но посторонним людям семья казалась образцовой. Имелось еще одно странное обстоятельство. Мать ни разу не поинтересовалась у Софьи, где та пропадала столько времени, и дочь поняла: она все знает, более того, одобряет зятя. Людмиле Михайловне очень нравился Сергей, ей хотелось щеголять в норковой шубке, которую сшили в спецательне, и носить золотые сережки с бриллиантами, которые, не скупясь, супруг дарил дочери.

В шоферах у Сергея теперь служил угрюмый пятидесятилетний эстонец Урмасс, и в дом, чтобы поменять электролампочки, он не ходил.

Всю последующую жизнь Соню мучила мысль о брошенной дочери. Ей снились страшные сны: маленькая, худенькая девочка с заплаканным личиком тянет к ней покрытые синяками ручонки и жалуется:

— Меня бьют, морят голодом. Зачем ты меня отдала?..

Услыхав признание матери, Люда чуть не упала в обморок, но потом ей стало безумно жаль ее, и дочь сказала:

— Надо ее найти и привезти к нам, папа умер, бояться тебе некого. Если знакомые станут интересоваться, скажем, что взяли к себе бедную родственницу, да и самой девочке не нужно говорить, кто она. Давай сначала присмотримся к ней.

Самое интересное, что девочку нашли очень быстро. Соня сказала Людмиле:

— Езжай в город Мирск, на Красноармейскую, восемь.

Люда удивилась:

— Ты знаешь адрес?

— Да, — кивнула Соня, — видишь ли... деньги многое могут... Ладно, об этом потом.

Люда покатила в Мирск, который сильно изменился за последние годы. Собственно говоря, это была тихо умиравшая деревня, в которой доживали свой век несколько семей. На Красноармейской улице она нашла покосившийся дом под номером восемь.

Дело было зимой, Люда вошла в нетопленую темную избу, встретила ее худенькая девушка. Людмила осторожно спросила:

— Простите, я ищу хозяев.

— Мама умерла, — сказала девушка.

— Она тут одна проживала?

— Вместе со мной, — ответила хозяйка. — А что случилось? Вы кто?

— Простите, — дрожащим голосом осведомилась Людочка, — а ваша мама кем работала?

— В больнице, акушером-гинекологом, — начала было девушка, но тут под потолком ярко вспыхнула лампочка, озарив убогое жилище. — Свет дали, — вздохнула хозяйка, — ну наконец-то!

Людочка глянула на собеседницу и ахнула. На чужом лице сияли мамины глаза. Не в силах справиться с собой, Люда шагнула вперед, вытянув руки.

— Как тебя зовут? — спросила она.

— Яна, — ответила девушка, пятясь к ободранному буфету, — а что?

— Я твоя сестра, Людмила. Моя мама родила в этой избе девочку, которую вынуждена была здесь оставить!

Яна села на табуретку.

— Я знала, — зашептала она, — мне мама рассказывала про женщину, которую привезли сюда рожать незаконного ребенка. Она была женой очень большого человека, изменила мужу, и тот нашел мою приемную маму. Она должна была ребенка утром подбросить на крыльцо родильного дома, где работала, но не смогла, оставила себе. Она мне давно рассказала правду, мы очень бедно жили, я все мечтала, что родная мать про меня вспомнит и пришлет хоть какой-нибудь одежды. Потом поняла: зря надеюсь. Сейчас совсем плохо стало, мама умерла, вон, дров даже нет, я замерзла совсем.

У Люды из глаз градом покатились слезы.

— Скорей собирайся, — велела она, — поедем домой.

Яна натянула на плечи черный полушубок из мягкого ворсистого материала. Те, кому за сорок, должны хорошо помнить стайки деревенских женщин в праздничной верхней одежде из фальшивого бархата. В нее деревенские жительницы наряжались, собираясь за колбасой в столицу. Полная фигура в черной «плюшке», с головой, покрытой платком, и с двумя торбами, из которых высовывались батоны «Любительской» и «Краковской», — частое явление на улицах Москвы конца семидесятых — начала восьмидесятых годов. «Плюшки» вытеснили с нашего рынка дешевые китайские куртки на синтепоне, но до сих пор еще кое-где на селе можно увидеть старушку в подобном одеянии, только теперь в нем чистят коровники и кормят свинок.

Я не буду описывать сцену встречи Сони и Яны.

Услыхав рассказ второй дочери о ее лишениях, мать воскликнула:

— Но я же посылала на тебя деньги, хорошие суммы, покупала вещи. Понимаю, что это меня не оправдывает, но все-таки!..

— Не знаю, — плакала Яна, — меня голодом морили, в рванье одевали. Наверное, Олимпиада на себя пособие тратила, у нее-то шкаф от платьев ломился, а детские шмотки небось соседям продавала.

На Яну водопадом излилась материнская любовь, сильно сдобренная материальными благами. Ее одели, обули, обвесили золотом, отдали учиться. Через год замарашку, мерзшую в нетопленой избе, было не узнать. Людочка стала ревновать: похоже, мама теперь больше любит Яну. Впрочем, сводная сестра вела себя безупречно, постоянно подчеркивая, что Люда в доме главная, а она так, на правах приживалки.

Затем Люда вышла замуж за Алексея, тот внезапно

начал стремительно богатеть. Дни летели, словно пули, выпущенные из пистолета. Погибла мама, Алексей с Людой приобрели элитное жилье.

И тут началось! Яна повела себя более чем странно. Сначала она заявила:

— Мне, как родной дочери, положена половина всего. Значит, вам элитное жилье, а мне куда?

Алексей крякнул, но Людочка воскликнула:

— Яна права, она такой же ребенок Сони, как и я.

Супруг не стал спорить с женой. Яна получила большую сумму денег. Алексей поднатужился и приобрел себе с женой просторные апартаменты. Яна, не успевшая решить свою жилищную проблему, поселилась вместе с сестрой.

ГЛАВА 13

Прошел год, и Людочку стало раздражать создавшееся положение. Яна беззастенчиво жила за счет Алексея, не испытывая никаких угрызений совести, пила, ела, приводила к себе многочисленных приятелей и вообще чувствовала себя полноправной хозяйкой в их доме, ничем и никем не стесненной. Люда начала злиться. Во-первых, ей хотелось жить с мужем вдвоем, во-вторых, Яна просто отлично устроилась: не готовит, не убирает, денег на хозяйство не дает, чашки за собой в посудомойку не поставит. И вообще, у нее есть средства, пусть покупает квартиру. Кстати, Алексей пристроил невестку на хорошее место с отличным окладом. Яна обзавелась машиной, постоянно приобретала новые шмотки, жить предпочитала за счет родственников.

Неизвестно, сколько бы времени деликатные Люда и Алексей терпели сложившуюся ситуацию, но Яна, обнаглев окончательно, привела домой мужика и, заявив: «Это мой жених», — укрылась с ним в спальне. Наутро парень в трусах приперся на кухню пить чай. И тут у Алексея сорвало стоп-кран. Сначала он выгнал мужика вон, а потом твердо сказал Яне:

— Убирайся.

— Вот еще, я имею право здесь жить, — фыркнула нахалка.

Самое ужасное, что это было правдой. Яну прописали в новой квартире.

Вспыхнул скандал, во время которого выяснились дикие вещи. Яна нигде не работает. На службе, которую ей подыскал Алексей, она продержалась всего неделю. Ей показалось ужасным вставать в семь, ехать в контору и сидеть там до вечера. Деньги на квартиру Яна растратила на пустяки.

Алексей отчего-то налетел с воплем на Люду:

— Ты что, не видела, как она спит до полудня?

— Но Яна уверяла, что у нее график сдвинут на вечер, — лепетала Людочка, — она приходила всегда около двух ночи...

— Дура! — завопил Алексей. — Идиотка!

Потом, успокоившись, издатель решил проблему. Он самолично купил «однушку» в далеком спальном районе, обставил ее немудреной мебелью, перевез туда Яну и сказал:

— Вот адрес. Ступай в контору, там тебя возьмут на работу, больше на мою помощь не надейся, это последнее, что я для тебя сделал.

Но если вы думаете, что Яна пропала из жизни Мирских, то ошибаетесь. Два-три месяца ее не было слышно, потом сестра возникла перед Людой и заныла:

— Денег нет! Помоги! Умираю.

Дальше — больше. Из магазинов, элитных бутиков стали поступать звонки.

— Людмила Сергеевна, — безукоризненно вежливо говорили менеджеры, — вы приобрели у нас шубку, а счет не оплачен.

Называясь Людмилой Мирской, Яна ходила по магазинам и брала вещи в долг. В качестве документа она показывала украденный у Людочки паспорт.

Фамилия Мирского давно имелась в списках VIP-клиентов, и торговые работники, глянув на компьютер, мигом делались любезными. Впрочем, трюк этот проходил лишь в тех лавках, где Людочка лично не бывала. В магазинах, где Мирскую знали в лицо, Яна действовала иначе, называясь сестрой Люды, и опять же, чтобы рассеять подозрения, показывала ее паспорт.

Заплатив пару раз по счетам, Алексей, чувствуя себя донельзя униженным, разослал в бутики факс, в котором просил никогда никакие товары никому из семьи Мирских в долг не давать.

Через пару месяцев Алексею позвонили из милиции и сообщили, что его жена арестована в момент попытки украсть кольцо в ювелирной лавке. Естественно, приехавший на вызов Алексей увидел в обезьяннике Яну.

Не счесть неприятностей, которые милая сестричка принесла Мирским, одно время она пила, потом, сумев завязать с возлияниями и решив стать эстрадной дивой, выступила под именем Людмилы Мирской в каком-то пятисортном ночном клубе, исполнила стриптиз.

Дальше — больше, один раз, сняв трубку телефона, Люда услышала:

— Людмила Сергеевна?

— Да, — ответила не ожидавшая ничего плохого Мирская.

— Что же вы не пришли? Ведь авансик взяли.

— Вы о чем? — изумилась Люда.

— Ой, не надо кривляться, — возмутился незнакомый мужчина, — вы получили прорву денег.

— Да за что?

— Фу! За то, что расскажете нашей газете о своем бывшем муже Алексее Мирском, обещали, между прочим, всю подноготную про его бизнес выложить: про контрафактные тиражи, обман налоговых органов и писателей, литературные бригады. Интервью готово, но вы же пообещали документы, нам нужны вещественные доказательства на случай суда.

У Людочки подкосились ноги. Алексей, как многие мужчины, придя домой, вываливал на голову жены ушат своих проблем. В любом бизнесе случаются щекотливые моменты, о которых не стоит распространяться. Яну в доме никто не стеснялся, она была в курсе всех дел.

Людочка кинулась искать мужа, тот попытался купировать ситуацию, но не успел. Статья все же вышла в свет и наделала много шума. Газетенка снабдила материал комментарием: «Людмила Мирская, найдя своего мужа в постели с любовницей, решила отомстить».

В суд Алексей подать не мог, увы, почти все в материале было правдой. Он запретил говорить в доме о Яне, настолько нервно реагировал на это имя, что уволил из своего издательства двух совершенно ни в чем не повинных сотрудниц. Одну несчастную родители нарекли Яной, другая имела отчество «Яновна». Конечно, это очень глупо, но Алексей просто потерял самообладание.

Не успели Мирские пережить одну катастрофу, как на них свалилась другая. Спустя пару дней после изобличающей публикации к Людмиле заявился неприятный гость, угрюмый, грубоватый парень, назвавшийся Федором. Как он ухитрился миновать охрану, Мирской осталось непонятно. Сама она, привыкнув к тому, что постороннему человеку в подъезд попасть невозможно, спокойно открыла дверь, не посмотрев на экран видеофона, и моментально была наказана за беспечность.

Мужик вперся в холл и нагло заявил:

— Позови Людку.

— Какую? — испугалась хозяйка.

— Мирскую.

— Это я.

Мужик сплюнул прямо на плитку.

— Не бреши.

Едва сдерживая ужас, Людмила умудрилась расспросить незваного гостя и выяснила ужасные вещи. Яна, назвавшись, как обычно, именем старшей сестры, заняла у Федора крупную сумму под проценты, а потом испарилась. Он пребывал в полной уверенности, что Яна живет в этой квартире.

— Мы здесь не раз ночевали, — бубнил он, — в апреле, а потом она пропала: не звонит, ее мобильный отключен.

Люда только качала головой. В апреле она с Алексеем ездила на две недели в Объединенные Арабские Эмираты, а вернувшись, уволила домработницу, заподозрив, что девица в ее отсутствие водила в дом кавалера. Та попыталась оправдаться, но Люда не стала слушать ее блеянье, просто вытолкала нахалку вон. Девице пришлось уйти, а через два дня Мирская хватилась куртки из джинсовки. Естественно, она подумала, что симпатичную модную вещичку прихватила уволенная дрянь. Но теперь-то получалось, что горничная ни в чем не виновата!

Люда бросилась звать мужа, Алексей прикатил на зов, выслушал рассказ Федора и категорично заявил:

— Деньги-то не мы брали.

— Она вам родственница, — не дрогнул кредитор.

— И что с того? Мало ли кто чего у кого взял?

— Значит, так, — медленно произнес Федор, — даю вам срок до первого июня. К этому числу либо девку приведите, либо деньги готовьте, с процентами. Я ее, паскуду, тоже искать буду. Коли найду, отрабатывать заставлю, она у меня в рабынях на цепи спать станет, языком дом мыть придется и всех моих пацанов обслуживать. Ясно?

— Делай с ней что хочешь, — кивнул Алексей, — хоть убей, до того она нам надоела.

Люда стояла не дыша. С одной стороны, она жалела Яну, с другой — понимала: ее сестра редкостная дрянь, которой не досталось ничего от Сони, только, очевидно, наклонности отца, шофера Петра.

— Вот и поладили, — улыбнулся Федор, — не желаете с денежками расставаться, ищите паскуду, будем вместе землю носом рыть.

— И что? — ошарашенно спросила я. — Нашли вы Яну?

— Нет, конечно, — горестно вздохнула Люда, — скоро уже первое июня. Похоже, этот Федор не из тех, у кого слова расходятся с делами, боюсь, плохо все закончится. Арина, милая, помогите.

— Да что же я могу?

— Вы же тоже ищете Яну?

— Ну... честно говоря... — замямлила я, — Федор похитил мою подругу Аню... Я думала, Мила, то есть Яна, подскажет, как с ним связаться. Но теперь понимаю, Яна хорошо спряталась. Погодите, это что же получается, Федор ее нашел? И поступил как обещал? Приковал цепью на чердаке, а я освободила девушку? Она мне соврала про жениха, решившего во что бы то ни стало окольцевать невесту... Но почему он вам не сказал про поимку Яны? Вы же вроде с ним договорились!

— Так все ясно! — возмутилась Люда. — Он хотел и ее наказать, и с нас деньги слупить! Мерзавец! Но не о нем сейчас речь! Ариночка, помогите мне! Умоляю. Ей-богу, попросить больше некого.

— Что надо сделать? — осторожно спросила я.

— Я знаю, где Яна, — вздохнула Люда.

— Да?

— В Мирске.

— Почему вы так решили? — удивилась я. — И потом, Федор-то небось уже там побывал.

— Нет.

— Вы уверены?

— Абсолютно. Он не в курсе нашей семейной истории, я ее, естественно, ему не рассказывала. Федор считает Яну моей родной, а не сводной сестрой, коренной москвичкой, ни о каком Мирске он и слыхом не слыхивал. Яна явно туда понеслась, в убежище.

— Куда?

Люда поежилась.

— В доме, в Мирске, есть подвал, он оборудован под комнату, даже отхожее место там предусмотрено. Если продуктами запастись, долго сохраняющимися, вроде консервов, то в нем долго просидеть можно, никто вас не найдет. Вход в подвал очень хитро замаскирован, в жизни не догадаться, если не знать. Надо открыть шкаф в маленькой спальне, найти в углу на полу колечко и приподнять доску. Покажется лестница.

— Вот уж странность! — удивилась я. — Кому же в голову пришло такое соорудить? Обычно лаз в подпол находится в кухне.

Люда стала накручивать на палец прядь волос.

— Да, конечно. Только отец женщины, воспитавшей Яну, когда началась Отечественная война, был директором школы. Он хорошо понимал, что немцы дойдут до Москвы, уж не знаю почему, но четко просчитал ситуацию. Предполагал, что жителям плохо придется, вот и оборудовал убежище, а когда фашисты вошли в Мирск, укрылся там вместе со своей семьей и ближайшими соседями. Немцы-то в предвкушении скорой победы совсем тормоза потеряли. Все хорошо помнят трагедию Бабьего Яра, но отчего-то забыли про жертвы, которые понесло Подмосковье. Тактика выжженной земли — вот как это называлось, в живых не оставляли никого: ни стариков, ни женщин, ни детей. В Мирске уцелело считаное количество людей, в их числе те, кто сидел в подвале. Ну а после того, как над рейхстагом взвилось красное знамя, отец Олимпиады...

— Это кто такая? — удивилась я.

— Олимпиада, — пояснила Люда, — так звали женщину, которая приняла роды у мамы. После победы бывший директор школы убежищем не пользовался. Укромное место пригодилось для Сони, она сидела там до родов, чтобы деревенские ее в доме не увидели, Яна появилась на свет в подвале. И сейчас она точно в Мирске, ждет, пока ситуация устаканится, надеется пересидеть и снова хвост из грязи сухим вытащить. Пожалуйста, Арина, съездите туда!

— Зачем?

— Ну, во-первых, Яна очень хорошо знает Федора и, вполне вероятно, сумеет сообщить, где он прячет вашу Аню. А во-вторых, передайте, что ей грозит опасность. Алеша зол как черт. Сейчас он на несколько дней уехал на книжную ярмарку. В день отъезда я совершенно случайно услышала его разговор по телефону. Муж нанял частных детективов, которые рано или поздно найдут Яну. Я боюсь за ее жизнь, понимаете... Ну в общем... Алеша решил избавиться от Яны навсегда!

— Он ее убьет?! — испугался я.

— Нет, — отмахнулась Люда, — хуже!

— Что же может быть хуже смерти?

— Алеша придумал пристроить Яну в психиатрическую лечебницу, — пробормотала Люда, — муж говорит, что моя сестра сумасшедшая, агрессивная шизофреничка, которую нельзя оставлять на свободе. Нормальный человек, по его мнению, не станет выкидывать такие фортели. Яну запрут в частной клинике́, станут колоть ей всякие препараты...

— Вашего мужа можно понять, — пробормотала я, — он столько времени терпел. Яна позорила его имя, наносила ему финансовый ущерб. Странно, что Алексей не обозлился раньше. Ей-богу, девяносто девять мужчин из ста пошли бы в разнос на более ранней стадии.

— Да, конечно, — грустно согласилась Люда, — Алеша, он такой, очень терпеливый, сцепит зубы и до конца стоит, а потом ломается, словно палка, и тогда берегитесь все. Помогите, Ариночка, мне обратиться больше не к кому. Съездите в Мирск, предупредите Яну, вот, передайте ей, пусть уедет куда подальше.

В моих руках оказалась толстая пачка денег.

— Здесь десять тысяч долларов, — сообщила Люда, — Яне хватит, чтобы бежать.

— И вы после всего даете ей деньги?!

— Она моя сестра.

— Сводная ведь.

— Ну и что? Яна единственная моя родственница, нас выносила одна мать, — тихо сказала Люда, — я могла бы оказаться на ее месте, а она на моем. Судьба, карма, назовите это как хотите, только я не имею права бросить сестру, понимаете?

Я кивнула. Да, конечно, очень хорошо ее понимаю.

Сейчас вижу перед собой двойника Томочки, та тоже не способна на месть, обиду или мелкие пакости.

— Вы не боитесь давать мне, незнакомой женщине, столь огромную сумму? — вырвалось у меня.

Людочка накрыла мою руку своей узкой ладошкой.

— Нет. Вы производите впечатление интеллигентного человека.

Ну точно, это Тамарочка номер два, моя подруга тоже постоянно твердит, что глаза — ворота души и нельзя обмануться в человеке, если внимательно посмотреть ему в лицо.

— И потом, я вас знаю, — добавила Люда.

— Откуда?

Мирская смущенно кашлянула.

— Ну... понимаете — мир книгоиздателей не так уж и обширен. Стабильно работающих авторов мало, я имею в виду тех, кто пишет книги сериями. Естественно, когда появляется новый литератор с большим потенциалом...

Я зарделась: «новый литератор с большим потенциалом» — это обо мне.

— ...его пытаются перекупить. К вам ведь обращались из издательства «Камо»? Да? Приходил Леонид Яковлевич?

— Да, точно, был такой, предлагал хорошие деньги за новую рукопись.

— А вы?

— Отказала.

— Почему?

— На мой взгляд, непорядочно обманывать издательство «Марко», которое сначала создало писательницу Арину Виолову, а потом раскрутило ее.

— «Камо» дочернее предприятие издательства «Нодоб», — пояснила Люда, — Алексей, естественно, никогда сам не разговаривает с авторами на такие темы. Для щепетильных дел имеются специально обученные люди типа Леонида Яковлевича. Если ваше «Марко» предъявит к Алеше справедливые претензии, муж спокойно парирует: «А при чем тут я? «Нодоб» играет честно, мы дружим с «Марко», а за действия какого-то «Камо» я не отвечаю».

— Ну и гадость!

— Бизнес, — улыбнулась Люда, — маленькие хитрости ради вкусных конфет. Так вот, узнав о вашем категорическом отказе, Алеша сказал: «Эта Виолова вызывает уважение. Надеюсь, «Марко» понимает, что такого автора следует баловать. Порядочные писатели — огромная редкость. Большинство «архитекторов человеческих душ» утопит любого за копейку». Так что я вас знаю и понимаю — вы ничего не способны украсть. Умоляю, помогите. Сама поехать не могу, до Мирска два часа пути. Не дай бог муж на спидометр взглянет, когда вернется, и спросит: ну и зачем так далеко каталась?

— Ладно, — кивнула я, — завтра отправлюсь, прямо с утра.

Неожиданно Люда вскочила, обняла меня за плечи и заплакала.

— Арина, милая, — всхлипывала она, — помогите. Уж не знаю, почему я вам все семейные тайны рассказала! Наверное, наступает момент, когда больше не можешь в себе ничего носить, видишь лицо порядочного человека, и прорывает трубу. Я чувствую вину перед Яной. У меня было счастливое детство, достаток, родители. У нее совсем ничего. Понимаете? Моя мама не посмела уйти от отца из-за меня. Она знала: Сергей ни за что не отдаст ей дочь. Даже если бы и случилось чудо и муж согласился на развод, то, получив свободу, меня ей не видать бы никогда! Поэтому Соня и сидела в подвале, поэтому и простилась со второй дочкой, все ради меня. Из нас двоих мама выбрала первую дочь, предала Яну, принесла ее в жертву. Я очень, очень виновата перед сестрой.

Слезы полились по ее лицу потоком.

Я прижала к себе рыдающую Люду и стала гладить ее по голове.

— Ты тут ни при чем! Ты вообще ни о чем много лет не знала. Яна еще тот фрукт, совсем гнилой.

— Пожалуйста, съезди в Мирск, — шептала Люда, — она точно там.

— Хорошо, не волнуйся.

— Я буду тебе вечно благодарна! Вечно.

— Что за глупости, — рассердилась я, — сама хочу увидеть Яну, мне нужно узнать, где Федор прячет Аню.

ГЛАВА 14

В Пырловку я вернулась не поздно и застала Тамарочку в глубокой задумчивости.

— Вилка, — спросила она, — ты тут душ принимала?

— Нет, нехорошо, конечно, можешь считать меня грязнулей.

— А где ты умывалась?

— Ну... там же раковина висит.

— Вот! — подняла палец Томочка. — Висит. Точно. И кран есть! Но вода не идет!

— Правильно, — кивнула я, — нам же объяснили, воду следует налить в бак на крыше, а мы не сумели и поставили бидон у входа. Лично я просто зачерпываю оттуда воду кружкой и совершаю омовение.

— Ага, а с душем как?

— Ну... надо взять в ванную ведро, и готово.

— Я тоже так думала, — кивнула Тома, — притащила кастрюлю, десятилитровую, ну и...

— Что?

— Понимаешь, ванна-то, оказывается, никуда не подключена.

— В каком смысле?

— В прямом. Слива грязной воды нет, все на пол выливается. Я хотела Никитку помыть, сейчас покажу.

— Что?

— Кого, — засмеялась Томочка. — Ты погоди!

Подруга вывесилась из окна и закричала:

— Эй, Никитос, иди сюда!

Послышался бодрый топот.

— Сделай одолжение, — быстро сказала Томуся, — только не входи в комнату.

Я глянула на мальчика, послушно замершего на пороге, и ахнула. Передо мной стоял негритенок, местами покрытый белыми пятнами.

— Никита! — возмутилась я. — Ты где так извозился?

— Нигде, — сообщил малыш и убежал прочь.

— Кристина еще хуже, — вздохнула Тамара, — у нее волосы длинные, все в золе и саже.

— Где они так вымазались?

— Я отправила Кристю в Немировку за солеными огурчиками, она прихватила с собой брата, — пояснила Томочка, — пошли они мимо пожарища. Ну тут Кристе стало любопытно, вот они и походили по пепелищу.

— Безобразие! Кристина взрослая девочка! Выше меня ростом! — возмутилась я. — Могла бы и что-то уже соображать. Надеюсь, ты ее отругала?

— А смысл? Они уже похожи на чертенят. Надо придумать, как их отмыть.

Я сконцентрировалась на проблеме.

— Хорошо, сиди тут.

— А ты куда?

— Для начала спрошу у Альфреда, где он моется, — решительно ответила я.

Обогнув избу, я толкнула криво висевшую, плохо обструганную дверь и очутилась в донельзя захламленном пространстве, служившем хозяину складом для ненужных вещей. Спотыкаясь о непонятные предметы, я прошла вглубь, попала в коридор и увидела небольшой чуланчик. У стены громоздилась кровать без признаков постельного белья. На грязном, некогда нежно-розовом матрасе лежал грузный Альфред. Похоже, бывший муж Ани не раздевался перед сном.

— Эй, Фредди, — потрясла я его за ногу, — очнись.

— Кто там? — обалдело спросил он.

— Вилка.

— Кто?

— Твоя соседка по избе.

— А... а...

— Где ты моешься?

— Что?

— Душ как принимаешь?

— Зачем?

— Ты меня не понял? Моешься где?

— Зачем?

— Мыться?!

— Ага.

Я уставилась на Альфреда. Тот, кряхтя, сел, нашарил ботинки, сунул в них широкие лапы и принялся чесаться, долго, со вкусом, постанывая от удовольствия.

— Ты вообще никогда не пользуешься ванной? — попятилась я.

— Ну почему же? — возмутился Альфред. — В баню хожу, раз в месяц, зимой.

— А летом?

— Душ имеется.

— С водой?

— Ясное дело, с чем же еще?

— Пусти детей помыться.

— А идите, мне не жалко.

— И где же душ?

Альфред, охая, поднялся.

— Пошли покажу.

Мы вышли во двор, протопали несколько метров, и Фредька остановился.

— Вот.

Я обозрела пейзаж. Ничего похожего на кабинку не было, впрочем, если учесть тот факт, что унитаз тут стоит прямо под кустом, то и душевая, вполне вероятно, находится под открытым небом.

— И где же душ?

— Да перед тобой.

Я уставилась на остов небольшого автобуса, невесть зачем оказавшегося на участке.

— Туда иди, — предложил мне Фред, зевая.

— Куда, в автобус?

— Ну да!

— Зачем?

— Так тебе же душ нужен, — начал злиться хозяин, — залезай.

В полной прострации я приблизилась к руинам транспортного средства. Колес у него не было, он стоял на кирпичах.

— Лезь, не бойся, — подбодрил меня Альфред, — он только с виду гнилой, а на самом деле крепкий.

Я взобралась по ступенькам. Справа в салоне высились горы хлама: тряпки, поломанные стулья, вход в кабину водителя прикрывала рваная клеенка, прикрепленная к натянутой веревке.

Я отдернула драпировку и присвистнула. В потолке торчал разбрызгиватель, на полу лежала деревянная решетка, прикрытая черным резиновым ковриком. Чуть поодаль маячила колченогая табуретка, на ней — раскисший обмылок серо-розового цвета.

— Там кран наверху, прямо на душе! — крикнул Альфред.

Я прищурилась, увидела вентиль, повернула его, потом раскрутила совсем, но ни одной капли не упало на пол.

— Воды-то нет! — заорала я.

— Чего вопишь? — заглянул внутрь Фредька.

— Воды нет, — повторила я.

— Правильно, ее налить надо.

— Куда?

— На крыше бачок стоит.

Я снова вышла наружу, увидела на крыше автобуса бочку и прислоненную сбоку к бывшему транспортному средству лестницу и поняла — это и есть так называемый летний душ.

— В доме ванны нет?

— А зачем она?

— У Ани-то стоит!

— Ага, это просто так, она все собиралась слив сделать, да недосуг было, а теперь и носа сюда не кажет, — разоткровенничался Альфред.

На секунду я растерялась, но потом взяла себя в руки.

— Баня тут есть?

— Да.

— Где?

— В Полиновке, шесть километров через лесок, недалеко совсем.

Я опять растерялась. Шесть километров через лесок? С чумазым Никитосом, ноющей Кристей и сумками, куда следует положить мыло, мочалки, шампунь, ополаскиватель, фен, расческу, тапки, полотенца, чистое белье и еще кучу всякой мелочи типа крема для лица и дезодоранта?

— Только она не работает, — добавил Альфред.

— Баня?

— Да, ремонт в ней. Зачем летом париться? Коли охота, в душ иди, да и речка недалеко, — забухтел Альфред, — намылился и прыгай в воду.

Я постаралась не впасть в истерику. И как поступить? Впрочем, автобус невысокий, это не изба. Я залезу на крышу, Томочка снизу подаст ведро... А что, можно попробовать. Значит, начнем.

Закипела работа. Сначала я поехала за водой. Самое интересное, что на этот раз я почти благополучно протащила баклажку до середины пригорка. Но потом руки подломились, бидон вновь поддал мне под зад, и я врезалась сначала в изгородь, а потом в стену избы. Но человек способен привыкнуть к любым обстоятельствам. Произошедший казус сегодня меня не выбил из колеи, я приняла условия игры: хоть за собой тащи бидон, хоть впереди толкай — результат один. Обязательно сломаешь забор и треснешься о дачу. Но вода-то нужна! Следовательно, нечего рыдать.

Лежа около баклажки, я сгребла ноги и руки в кучу, попыталась встать, и тут мимо дома на бешеной скорости промчался грузовик. Каждый раз, когда я несусь с неуправляемой баклажкой, из-за угла выруливает грузовик и пытается задавить несчастную Вилку. Каким-то чудом мне до сих пор удавалось избежать неминуемой смерти. Причем такое ощущение, что большегрузная машина просто охотится за госпожой Таракановой. Ладно, до этого я добывала воду утром, можно предположить, что делала это каждый раз в одно и то же время, а именно — когда шофер отправлялся на работу. Но сейчас-то вторая половина дня, и, пожалуйста, грузовик тут как тут!

Кое-как я встала и поволокла неподъемную баклажку к автобусу. Установив бидон, я с радостью констатировала: первый этап закончился относительно удачно, наступает следующий.

Дело неожиданно пошло споро. Томулька наливала ведро, а я втаскивала его при помощи толстой бельевой веревки наверх. Не прошло и пятнадцати минут, как бак наполнился.

— Я первая! — крикнула Кристя, размахивая полотенцем.

— Хорошо, — согласились мы, утирая пот, — начинай!

Девочка, напевая, притащила в автобус целый мешок всяких моющих средств и скрылась за занавеской. Я хотела было уже пойти глотнуть чайку, но тут изнутри ржавой кабины полетел крик:

— Вау! Спасите!

Томочка бросилась внутрь.

— Кристя, тебе плохо?

— Офигеть, — визжала девочка, — ваще прям! Вы с ума сошли!

— Перестань вопить, — возмутилась я, — объясни нормально, что произошло! Ты увидела мышь?

— Я похожа на дуру, которая боится грызунов?

— Тогда в чем дело?

— Вода ледяная! Караул просто, — пожаловалась Кристя.

— А ведь верно, — всплеснула руками Томочка, — она же только-только из колодца!

Я пошла в избу к Альфреду и заорала:

— Фредька!

— Ой! — закричал мужик, вскакивая с кровати. — Где? Кто? Что? Горим?

— Нет.

— Фу, — хозяин вновь обвалился на грязную подушку. — Зачем тогда визжишь?

— Душ ледяной.

— Его солнце нагреть должно!

— Сейчас пасмурно, похоже, дождь собирается! Как тут душ принимают в плохую погоду?

— Солнца ждут.

— Нет, это просто безобразие! А если всю неделю дождь будет?

— Послушай, — обозлился Альфред, — чего ты ко мне привязалась, а? Анька вам дачу сдала, с нее и спрос, отстань, дай поспать!

Признав его правоту, я вышла во двор, послушала негодующие Кристинины вопли и пнула забор.

— Что у вас там случилось? — поинтересовалась с соседнего участка Лена.

Пришлось вкратце обрисовать ей ситуацию.

— Эх, дуры вы, — засмеялась соседка, — возьми кипятильник и взбодри воду, я всегда так делаю.

— У нас нет нагревателя!

— Мой тоже сгорел, погоди!

Лена повернулась и во все горло крикнула:

— Семеныч!

— Чаво? — донеслось издалека.

— Дай нагревалку.

— Ща, — последовал ответ, — накось выкуси.

— Во, жадный черт, — возмутилась Лена, — на бутылку напрашивается.

— Да куплю я ему водку, пусть только принесет кипятильник! — воскликнула я.

— Семеныч! — Лена повторила попытку.

— Чаво?

— Выпить хочешь?

— Ну?

— Неси кипятильник дачникам, они тебя угостят.

— Бегу, уже тута.

И правда, не прошло и пары минут, как перед нами возник маленький, кряжистый мужичок неопределенного возраста.

— И где дачники? — деловито осведомился он.

— Принес? — перебила его Лена.

— Во.

— Давай.

— Не, сначала бутылку.

Лена глянула на меня.

— Неси.

— Пусть подождет, пока до магазина добегу, — засуетилась я.

— Так и знал, что надуют, — огорчился Семеныч.

Лена покачала головой, нырнула в свой дом и вынесла поллитровку.

— На, — сунула она мужичонке.

Тот схватил емкость и протянул мне кипятильник: примерно полуметровые железки, загнутые на концах в спираль. От них тянулись длинные-предлинные, просто бесконечные провода.

— Долго не задерживай, — деловито предостерег меня Семеныч, — вещь в хозяйстве нужная. Я тут подожду.

Последнюю фразу он произнес, плюхаясь на грядку у Лены в огороде.

— Офигел, ирод! — возмутилась соседка. — Топай к себе.

— Ну уж нет, — уперся Семеныч, — знаю вас! Возьмете, а потом не отдадите! Тут покараулю.

— Ну что с ним поделать, — обозлилась Лена, — жадный ты, Семеныч! Просто без края!

— И вовсе нет, — не согласился мужичонка, — я хозяйственный! И людей хорошо знаю, пожил на свете, всяких повидал! Ну ладно, ваше здоровье.

Отработанным движением Семеныч вскрыл бутылку и начал ее опустошать.

— Сейчас нагрею, — пообещала я и понеслась в избу.

Достану удлинители, воткну один в другой, в последний засуну вилку кипятильника и опущу его в бачок.

Но, к моему разочарованию, на проводах не нашлось штепселя, просто торчало два оголенных конца.

Я побежала назад и потрясла перед Семенычем агрегатом.

— Он не работает.

— Во, уже сломала!

— Даже не включала.

— И че?

— Его нельзя воткнуть в сеть.

— Почему?

— Вот! Где же вилка?

Семеныч икнул.

— Вилка? А зачем она?

Мне захотелось пнуть мужика ногой.

— Затем, чтобы кипятильник заработал, его следует вставить в розетку.

— Куда?

— В сеть! Электрическую!

— Так врубайте!

— Штепселя нет!!!

— И зачем он?

Внезапно мне стало плохо. Душу захлестнула обида на всех сразу. На Сеню, на Олега, на Ленинида. Мужья просто бросили жен, им лень даже позвонить нам! Папенька мог приехать и посмотреть, как устроилась на новом месте обожаемая доча. На Кристину. Вполне взрослая девочка и должна понимать, что помыться в деревне, где нет водопровода, огромная проблема. На Лену, которая позвала этого идиота, на местную администрацию, неспособную обеспечить людям нормальные бытовые условия, на губернатора Московской области, небось сам обитает в благоустроенном коттедже, на президента, явно не подозревающего, что в двух шагах от Москвы, в деревне живут как в Средние века, на погоду, на вечер, на судьбу, на...

— Какая розетка, — забубнил Семеныч, — вона столб стоит, с электричеством. Кто же себе счетчик наматывает, коли бесплатно подключиться можно. Давай сюда, дурища! Всему учить надо.

Я опешила, а мужичонка, пошатываясь, встал и велел:

— Ну, сунь кипятильник в воду, а то погорит.

Я машинально побежала выполнять приказ.

— Эх, городские, — бухтел Семеныч, приставляя к столбу шаткую лестницу, — москвичи! Тьфу, токо бы деньгами сорить, рубли расшвыривать.

Я наблюдала за ним, чувствуя, как по спине поползли мурашки от страха.

Раскачиваясь на ненадежной лестнице, трясущимися руками Семеныч пытался врезаться прямо в линию электричества.

— Вот... налево, — бормотал он, пошатываясь.

У меня сначала пропал голос, но потом я его обрела и заорала:

— Слезай немедленно!

— Чаво? — покосился вниз Семеныч.

— Спускайся, током убьет!

— Никогда не убивало, — прохрипел мужик.

— Прекрати!

— Ща, погоди.

— Иди вниз!

— А... — начал было Семеныч, но договорить не успел.

Послышался треск, Лена взвизгнула и побежала в дом, я попятилась, налетела спиной на забор и заорала:

— Ой, ой!

Волосы Семеныча встали дыбом, глаза вывалились из орбит, рот раскрылся.

— Убился! — завопила Лена, снова выскакивая во двор.

Я замолчала, в голове моментально появились трезвые мысли. Так, сейчас труп рухнет на землю, что нам делать? Надо звонить Олегу. Конечно, Куприна хочется убить за то, что он бросил жену один на один с бытовыми проблемами, но в таком экстремальном случае только к мужу можно кинуться с воплем о помощи.

ГЛАВА 15

Пока я хлопала глазами, а Кристина, Лена и Томочка визжали от ужаса, Семеныч вздрогнул, икнул и сообщил:

— Во шандарахнуло! Ну и тряхануло, прямо весь хмель вышибло. Вот беда, словно и не пил совсем! Голова тверезая.

— Ты жив? — отмерла я.

— А че мне сделается? — меланхолично спросил мужик, спускаясь вниз. — Грей воду. Вот как подключаться надо! И кипятильник работает, и деньги на ветер не уходят. Я, промежду прочим, почти ничего в Мосэнерго не плачу! У меня и телик, и холодильник, и утюг, и плитка — все к столбу подведено.

Я пошла в дом, чувствуя в желудке дрожь, наверное, мои нервы окончательно расшатались. Ну зачем мы поддались Аниным уговорам и поехали в Пырловку? Нет, вот только найду подругу и выскажу ей абсолютно все! Наврала с три короба: и водопровод есть, и туалет... Хотя, с другой стороны, ни слова неправды Анюта не сказала. Трубы-то разведены по дому, просто я не спросила, каким образом в них попадает вода. И унитаз имеется, правда, на улице, под кустом, но ведь это настоящий унитаз, а не «очко». Тяжело вздыхая, я выпила чаю и решила посмотреть телевизор.

— Вилка-а-а! — полетел крик.

Я выбежала из дома.

— Что еще случилось?

На улице стало почти темно, поднявшийся было ветер совершенно стих, птицы замолчали, в воздухе повисла тяжелая, плотная духота. Потом сверху упала одна капля, вторая, третья...

— Вода кончилась! — завопила Кристина, высовываясь из автобуса.

— Совсем? — глупо спросила я.

— Да, — возмутилась девочка, — стою вся в пене! Намылилась гелем, нашампунила голову, и брык! Все иссякло! Мне волосы еще кондиционером обмазать надо! И вообще! Я только-только начала мыться!

Я смотрела на бушующую Кристину. Конечно, мы с Томочкой сами виноваты. Откуда девочке, всю жизнь, кроме некоторого времени, проведенного в невзгодах[1], прожившей в комфортных условиях, знать, что в летнем душе нужно мыться, экономно расходуя воду? Гелем для купания, мылким, дающим обильную пену, здесь пользоваться нельзя. Следовало взять кусочек мыла и быстро поводить им по телу. Какой кондиционер для волос?! Чтобы смыть его, потребуется цистерна воды!

— Налейте еще в бачок, скорей, — топала ногами Кристя, — мне холодно! Мыло щиплется!

И тут дождь хлынул стеной. Я взвизгнула и бросилась в дом. Томочка же поступила иначе, мигом скинув с себя халат, она вылетела во двор, таща за собой Никитоса.

— Давай, Никицын, — кричала подруга, размахивая губкой. — Ну-ка, поворачивайся. Дождик-то теплый, лучше душа, сейчас тебя вымою в пять минут.

Мальчик, никогда до этого не купавшийся на улице, пришел в бурный восторг. Весь покрытый мыльной пеной, он скакал по лужам, размахивая руками. Через секунду к нему присоединилась Кристина. Я схватила с полки бутылочку с жидким мылом и тоже вылетела во двор. Теплый дождь шел стеной, надо использовать момент, чтобы хоть как-то привести себя в порядок. Очень хорошо, что начался ливень, а то ведь мне пришлось бы привезти еще три-четыре баклажки. Я мылась с лихорадочной скоростью, не понимая, почему средство для мытья рук сейчас безумно пенится и пахнет не ромашкой, а чем-то другим, страшно знакомым. Но раздумывать было некогда, бежать в дом, в ванную, разыскивать шампунь тоже. Стремительно начавшийся дождь мог так же внезапно закончиться. Недолго думая, я налила себе на голову хорошую порцию желеобразного геля для рук, какая разница, в конце концов! Мыло, оно и есть мыло! В экстремальных условиях можно обойтись и без шампуня.

Вода падала с неба сплошным потоком, мы, го-

---

[1] История жизни Кристины рассказана в книге Дарьи Донцовой «Черт из табакерки», издательство «Эксмо».

лые, с мочалками в руках, метались перед избой словно молнии, наконец «банный день» завершился. Вбежав на терраску, все начали вытираться полотенцами.

— Какой ужас! — заныла Кристина. — Скажу кому из девчонок, не поверят! И что? Нам теперь постоянно мыться во дворе?

— Будем наливать душ с утра, — сказала Томочка, — за день он нагреется, и, пожалуйста, купайтесь. Мы сегодня сглупили.

— Там воды мало, — не успокаивалась Кристя, — не хватит даже умыться.

— Надо аккуратно ее расходовать, — сердито прервала ее я, — когда намыливаешься — воду выключай, нечего ей просто так вытекать! И не бери всякие сильно пенящиеся штуки.

— Ага! — возмутилась Кристя. — Предлагаешь песком тереться?

— Вовсе нет, можно воспользоваться простым мылом, оно быстро смывается. Воды уйдет меньше, — объяснила я.

— Фу, — скривилась Кристина. — Гадость! Хочу мыться гелем!

— Не капризничай. Вернемся в Москву, и пользуйся им сколько влезет!

— А летом как?

— Мылом.

— Не хочу!

— Альтернативы нет. Бачок маленький.

— Еще налейте! Пока я моюсь, вторую баклажку нагрейте.

Я обозлилась. Иногда Кристина становится невыносимо капризной.

— Ладно, только тебе придется самой ездить за водой к колодцу, а потом втаскивать ведро на крышу. Мы с Томочкой способны проделать сию процедуру лишь один раз.

— Вот ты какая! — в сердцах закричала Кристина. — Значит, сама моешься гелем, а остальным предлагаешь пользоваться всякой дрянью?

— Знаешь, Кристина, — сурово заявила я, — надо уметь стойко переносить лишения. Между прочим, только что на твоих глазах я мылась средством для рук. Взяла его лишь по одной причине, оно не дает пены, хотя сегодня отчего-то жутко пузырилось, и воды для смывания много не потребуется!

— А не ври-ка! — воскликнула Кристя. — Меня не обманешь, ты мылилась своим любименьким. Вот оно!

Я глянула на стол, куда поставила, войдя на террасу, бутылочку, и выронила полотенце. На красной клеенке белел пластиковый цилиндр со средством для мытья посуды.

— Я что, мылась этим?

— Да, — кивнула Кристина, — вся в пене стояла. Меня упрекала, а сама...

— Средство для посуды? С ума сойти! Надеюсь, ты не думаешь, что я всегда пользуюсь им? — возмутилась я. — Так вот почему от губки так пахло!

— У каждого свои причуды, — фыркнула Кристина, — я же не делаю тебе замечаний, не поучаю, не талдычу: «Вилка, выброси гель для посуды, он хорош только для тарелок». Нет, понимаю, каждый выбирает средство себе по вкусу. И с какой стати ты мне запрещаешь брать любимый гель, а?

Я судорожно пыталась сообразить, что ответить девочке, но так и не нашла нужных слов. Самое интересное, что мое тело чувствовало себя просто расчудесно, его не надо было мазать кремом. Может, теперь всегда принимать ванну с этим средством? А что, дешево и хорошо.

— Кстати, — ехидно сообщила Кристина, — могу дать замечательный совет.

— Какой? — растерянно спросила я.

— Если опрыскивать волосы средством из баллончика для подкрахмаливания рубашек, то прическа продержится пару месяцев, — спокойно заявила Кристя, — ты сходи в хозяйственный, поброди между стеллажами. Можно небось много чего найти, кучу денег сэкономишь! Ну, например, освежитель для туалета спокойно заменит духи, полироль для мебели — крем. Главное, творческий подход и фантазия.

Я замотала голову полотенцем и отправилась в свою спальню. Ну спутала, случайно схватила не ту бутылочку, торопилась во двор, боялась, дождь закончится. С каждым случиться может, Кристя же теперь будет долго надо мной потешаться.

Следующее утро началось как обычно. Сначала поход к колодцу, потом возвращение верхом на баклажке. Еще одна дыра в заборе, парочка сломанных кустов во дворе и грузовик, с ревом пролетевший мимо нашей избы, когда я, встав на ноги, подсчитывала царапины. Выпив кофе, я с самым серьезным видом сказала Томочке:

— Мне пора.

— Ты куда?

— В издательство, надо решить пару вопросов.

— Поздно не возвращайся, — засуетилась Томочка, — постарайся пораньше завершить дела.

— Не волнуйся, вернусь засветло.

— Пожалуйста, не езди по ночам на электричке.

— Ладно, — пообещала я и побежала на станцию.

Для того чтобы попасть в Мирск, мне пришлось сначала приехать в Москву, добраться до другого вокзала и опять сесть в электричку. Ехать следовало до станции с милым названием Козюлино, находилась она на границе Московской области, и поезд со всеми остановками тащился до нужного мне пункта два часа с лишним. Я сидела на жесткой скамейке и смотрела в окно. После вчерашнего дождя, который плотным одеялом накрыл Москву и окрестности, резко похолодало, народ, разбалованный неожиданной майской жарой, решил, несмотря на понижение температуры, не надевать куртки. Я тоже оказалась непредусмотрительной и теперь тряслась от холода в футболочке и джинсах. Правый локоть крепко прижимал сумочку, где лежала толстая пачка долларов.

Внезапно в кармане ожил мобильный.

— Вилка, — зачастил Олег, — как вы там? Наслаждаетесь воздухом? А у нас в Москве ужасно! То солнце палило, а теперь холод накатил.

— В Пырловке, учитывая, что она в паре километров от столицы, — язвительно ответила я, — все обстоит иначе. У нас стабильно плюс двадцать два, светит солнце, цветут розы, а на огороде наливаются соком шоколадные конфеты.

— Ты сердишься? — насторожился Олег, и тут связь оборвалась.

Я посмотрела на бесполезный мобильный. Наверное, нужно поменять оператора.

— Следующая станция Козюлино, — ожило радио.

Я пошла в тамбур, нежно обнимая сумочку. Никогда в жизни не путешествовала с такой огромной суммой. Очень надеюсь, что никто не заподозрит, сколько денег сейчас имею при себе.

На площади в Козюлине я попыталась найти автобус, шедший в Мирск, и узнала, что маршрут отменили.

— А чего туда кататься? — ответил на мой вопрос один из водителей, рыжий парень в крупных конопушках. — Никакого смысла нет. Надо с шоссе съехать и хрен знает куда пилить. Ради кого? В Мирске три убогие бабки живут.

— Прямо-таки три, — вздохнула я.

— Ладно, пять, — уступил шофер, — все равно незачем.

— И как же туда добираться?

— Ну... пехом, от дороги десять километров.

— Сколько? — испугалась я, ежась от холода.

— Десять, — повторил парень, — или вон такси стоят, договаривайся, может, свезет кто.

Я пошла к припаркованным невдалеке разбитым «Жигулям». Их водители плотной группой стояли возле первого автомобиля. Услышав, что мне требуется попасть в Мирск, мужики загудели.

— Не...

— На один бензин сколько уйдет.

— Я заплачу вам.

— Не, далеко, мы здесь клиентов найдем, — хором ответили «извозчики».

В полном отчаянии я пошла было назад к автобусам и была остановлена маленькой девочкой, лет семи с виду.

— Тетенька, — заговорщицки улыбаясь, прошептала она, — вам в Мирск?

— Да.

— Папа свезти может, за триста рублей, туда и обратно, — прошептала девочка.

— Вот здорово!

— Ой, тише.

— Почему?

Малышка кивнула в сторону курящих шоферов.

— Кабы эти не услышали, ругать начнут.

— Какая им разница? — удивилась я. — Подходила к ним, отказались везти.

— Они цену набивают, — пояснила кроха, — сейчас вот сами за вами побегут и предложат, а папа мало берет. Вы за угол ступайте, за магазин, увидите там «Мерседес», оранжевый.

— «Мерседес»?!

— А что? Хорошая машина, — спокойно ответила девочка и убежала.

Я постояла пару секунд, потом осторожно раскрыла сумочку, незаметно для окружающих вытащила пачку долларов и сунула ее себе под футболку, под мышку. Ни за что теперь не отведу руку от туловища. Сумочку легко выхватить, а попробуйте отнимите пачку, спрятанную на теле под майкой. Неудобно, правда, зато надежно. Кто его знает, этого странного водителя «Мерседеса», колесящего за триста рублей по области.

— Девушка, — крикнул один из водителей, — если уж очень надо, садись, свезу! Все-таки не зверь! Десять километров от шоссе переть! Задолбаешься! За сто баксов отволоку, в один конец.

— Спасибо, не надо, — ответила я и пошла через площадь к магазину.

За углом оказалась улица, забитая машинами, но

ничего даже отдаленно похожего на лаковый «глазастый» автомобиль не было. Я было подумала, что девочка обманула меня, но тут услышала тоненький голос:

— Тетенька! Топайте сюда!

Я пошла на зов и обнаружила ребенка возле странной машины оранжевого цвета. Длинная ржавая развалина походила на «Чайку», если кто из вас еще помнит это суперпрестижное в семидесятые годы авто.

— Садитесь, садитесь, — засуетился водитель, — не сомневайтесь, «персик» изумительно ездит.

— Кто?

— «Персик», — хихикнул дядька, — я его так зову.

— Это «Мерседес»?

— Самый настоящий, — заверил шофер, — шестьдесят второго года выпуска, зверь-агрегат, весь железный, никакой пластмассы. Вы сзади устраивайтесь, там удобно.

— Папочка, — влезла в разговор девочка, — ей лучше спереди, а то с управлением не справиться.

— А и правда, — хлопнул себя по бедрам дядька, — ну дал бог ребенка! Восемь лет всего, а ума как у Ломоносова. Вы знакомьтесь, это Лизок, отличница, моя помощница! Сама нужного клиента найдет и приведет. Лучшая девочка на свете. Кстати, меня Назаром зовут, ну что, тронулись?

Я влезла на переднее сиденье и решила покориться обстоятельствам. Будем надеяться, что этот пращур «шестисотого» способен развить скорость до сорока километров в час.

ГЛАВА 16

Назар плюхнулся за руль. Машина сначала прыгнула назад, потом вперед.

— Вы девочку на тротуаре забыли, — заволновалась я.

— Нет, — улыбнулся Назар, — она сейчас сядет,

без Лизо́чка никак. Сзади-то кто управлять станет, вам не справиться.

Я оглянулась и посмотрела на заднее сиденье. Что он имеет в виду под управлением? Неужели в 60-е годы пассажиры тоже должны были крутить руль и нажимать на педали? Но ничего похожего на баранку сзади не нашлось. На потертом сиденье лежали две толстые веревки, привязанные одним концом к ручке дверей.

— Эй, Лизок, — высунулся в окно Назар, — чего там?

Я проделала тот же маневр и увидела ребенка, сосредоточенно разглядывающего кучку каких-то мелких предметов, оставшихся на том месте, где только что стоял «персик».

— Ничего существенного, — сообщила наконец девочка.

Потом она села на заднее сиденье и велела:

— Давай, папочка!

Назар снова подал назад, потом «Мерседес» резко прыгнул вперед и неожиданно бойко покатил по шоссе. Я было успокоилась, но потом услышала странный шум, делающийся все громче и громче.

— Что это?

— Ерунда, — усмехнулся Назар, и в тот же момент «мерс» дернулся.

Я вжалась в сиденье, спаси меня, боже! Но ничего страшного не произошло. Трясясь, словно больная обезьяна, ревя, как злой бизон, «персик» летел по шоссе. Стрелка спидометра добралась до отметки «60».

— Папочка, — укоризненно сказала Лизок, — не лихачь, с управлением не справлюсь.

Я обернулась и увидела, что девочка, натянув веревки, держит их изо всех сил.

— Что ты делаешь? — изумилась я.

— У «персика» двери на ходу открываются, — последовал ответ.

— Вхожу в правый поворот, — громко возвестил Назар.

С ловкостью матроса, служащего на паруснике,

Лизок мгновенно отпустила левую веревку и вцепилась в правую.

— Теперь влево, — велел Назар.

Девочка проделала обратный маневр.

— Ты же так устанешь, — испугалась я.

— Ничего, — прокряхтела Лиза, наматывая на кулак веревку, — я привыкла уже. Денежки-то так просто не достаются, вы сидите спокойно, вмиг домчим.

Впереди показалась бензоколонка. Назар лихо съехал с шоссе, дернул вверх ручник и начал делать правой ногой странные движения. Казалось, он накачивает мяч или надувает матрац. «Персик» встал как вкопанный метров за десять до заправки.

— Папуля, — укоризненно сказала Лизок, — ты опять промахнулся!

— Ага, — согласился Назар, — делать нечего, переходим на ручное управление.

Я не успела сообразить, о чем идет речь, как водитель выскочил на дорогу, открыл дверь, одной рукой начал крутить руль, а второй толкать машину. Лизочек встала за багажником. В мгновение ока папенька с дочкой дотолкали «мерс» до колонки. Назар пошел платить, а мы с девочкой вылезли из машины. Лизок вытащила из багажника непонятную конструкцию: нечто похожее на бейсбольную биту, но с толстым, обмотанным тряпками концом.

Назар прибежал назад.

— Отойди, папа, — велела Лизочка и со всей силы шандарахнула битой по заднему колесу «Мерседеса». Послышался звук, который обычно издает открываемая бутылка с шампанским. Из бензобака вылетела пробка и шлепнулась около моих ног. Назар сунул «пистолет» в открывшееся отверстие, я молча наблюдала за процессом заправки.

Старт происходил уже по знакомой схеме. Сначала прыжок назад, потом вперед.

— Отчего вы так странно начинаете езду? — поинтересовалась я, пока девочка изучала кучу гаек, вывалившихся из «мерса».

— А у него первая скорость через заднюю включается.

— Да? И тормозите как-то ненормально, жмете на ручник, потом ногой дергаете.

— Ну... ерунда... просто тормоз не сразу схватывает, — начал было объяснять Назар, но тут Лизок крикнула:

— Пап, тут что-то непонятное!

Мы вылезли из «персика». Девочка держала в руках довольно длинный, грязный болт. Назар нахмурился:

— Это чего? Не знаешь?

— Нет, — покачала головой дочка, — такого еще ни разу не вываливалось.

— Может, оно и ерунда, — протянул мужчина, — «персик» завелся нормально.

— Эй, Назар, — спросила толстая тетка, выглядывая из окошечка с надписью «Касса», — что случилось?

— Да вот, — пояснил Назар, — деталь выпала. Теперь мозгую, откуда она отвалилась!

— Брось!

— Ты, Клава, глупости не советуй, — укоризненно заявила Лизок, — где мы к «персику» запчасти найдем? Забирай, пап, поехали, человек-то торопится.

— Бросьте, — не успокаивалась Клава, — не ваша она. — А чья?

— Тут недавно «Москвич» заправлялся, из него вылетела.

Лицо Назара просветлело, широко размахнувшись, он зашвырнул болт в канаву.

— Ну и слава богу, садитесь, девки.

Кашляя, чихая, выпуская из выхлопной трубы облака то черного, то белого дыма, судорожно вздрагивая и лихорадочно трясясь, «персик» весьма быстро домчал до таблички с надписью «Мирск».

— Во, — сообщал Назар, — конечная, поезд дальше не пойдет, вылазьте, граждане.

Я вышла на заросшую сорняками дорогу.

— Можно попробовать дальше проехать, — предложила Лизок.

— Нет, — помотал головой Назар, — на днище сядем.

— Не надо, я пешком дойду, — улыбнулась я и протянула дядьке три розовые бумажки.

— Потом расплатитесь, — сказал он, — когда назад привезу, мы вас тут подождем, на пригорке.

— Но я могу задержаться на час, два...

— И что?

— А вам тут стоять?

— Торопиться некуда, — заверила Лизочек, — у меня каникулы начались, а магазин с продуктами круглосуточный, успеем потратиться.

— Твоя мама будет беспокоиться.

Лизок заморгала.

— Это вряд ли. Она умерла.

— Прости, пожалуйста.

— Ничего, — кивнула Лиза, — ее машиной сшибло. Мы с папой вдвоем живем. Вы не торопитесь, папа спать ляжет, а я радио послушаю. Эй, стойте!

Я обернулась. Девочка протягивала мне куртку из плащовки с капюшоном.

— Наденьте, — велела она, — а то простудитесь.

Я натянула на себя ветровку и побежала в Мирск.

Уж не знаю, как выглядело местечко тогда, когда Сергей привез сюда Соню, но сейчас тут вполне можно было снимать фильм под названием «Земля после нашествия инопланетян». По бокам единственной улицы тянулись развалины домов, тут и там валялись ржавые останки каких-то механизмов, колеса, ведра, непонятные, изогнутые в разные стороны трубки... Внезапно показалась избенка, вполне крепкая, жилая, на окнах болтались занавески, на крыше торчала антенна.

— Здравствуйте! — закричала я под окнами. — Есть тут кто?

Дверь распахнулась, показалась голова, повязанная серым платком.

— Чего надо?

— Красноармейская улица, дом восемь где?

— Вниз иди, к лесу.

— Далеко?

— А до конца.

Я продолжила путь, по дороге попалось еще несколько обитаемых домов, но хозяев не было видно,
может, они, испугавшись мелкого, моросящего дождя, попрятались в избах.

Наконец дорога уперлась в опушку. Я завертела головой в разные стороны. Где же нужный дом?
Справа одиноко торчит остаток кирпичной стены,
слева навалена куча бревен. Чуть поодаль, правда, виден крепкий дом. В полной растерянности я топта-
лась между развалинами...

— Вы кого-то ищете? — кто-то тихо спросил за
моей спиной.

Я обернулась, вполне симпатичная женщина в ре-
зиновых сапогах и ярко-красной куртке стояла на дороге, опираясь на лопату.

— Да, — обрадовалась я, — дом номер восемь по
Красноармейской.

— Вот он, — ткнула тетка в сторону руин, — разва-
лился.

— Давно?

— Ну... может, год тому назад, полтора, точно не
скажу.

Я растерялась. Если изба рухнула двенадцать месяцев назад, Яна никак не может сидеть в подполе.

— Вы ей родственница? — поинтересовалась тетка.

— Кому? — автоматически спросила я, осматри-
вая кучу бревен, потемневших от времени.

— Олимпиаде Михайловне. Хорошая женщина была, царство ей небесное.

— Вы знали ее?

— Конечно, — усмехнулась женщина, — она меня на свет принимала. Олимпиада Михайловна работала акушером-гинекологом в Козюлине, в больнице.
В прежние годы автобус регулярно ходил, впрочем, на-
прямик, через лесок, недалеко бежать. Да и Мирск тог-

да совсем другим был, дома крепкие, людей полно, свиноферма стояла, коровники, колхоз работал, «Заря коммунизма». Олимпиаду тут все любили, она никому в помощи не отказывала: давление там померить, банки поставить. Хоть и гинеколог, да все умела. А еще наши бабы к ней бегали с болячками и рожали при ней. Поговаривали, что тетя Липа и аборты делала, но это точно не знаю. Правда, деньги у нее водились, но она не жадная была, всегда в долг давала. Вот Яна у нее противная выросла.

— Вы и Яну знали?

— А то! Вместе в школу бегали, я, правда, на два класса постарше, но у нас в Мирске школа малокомплектная была, учились мы в ней до пятого класса, все, от первоклашек до старших, сидели в одном зале, учительница по рядам ходила и каждому свое задание давала. А в старших классах в Брусково бегали. Яна очень нос задирала и врала много.

— Ну что, например?

Женщина скривилась.

— Фантазия у нее через край била. Классе в третьем она мне раскрыла «страшную» тайну, дескать, тетя Липа ей не родная мать. Родители Яны космонавты, им нельзя было ребенка иметь, а они родили и Олимпиаде отдали. «Вот вырасту, — врала Янка, — отправлюсь в Москву, найду их и заживу королевой. Буду каждый день платья менять, торты есть и на «Волге» ездить». Я своей маме рассказала, та к тете Липе сбегала, похоже, Янке оплеух за вранье надавали, она с тех пор больше глупости не болтала, только иногда, если ее кто обижал, шипела: «Папе своему пожалуюсь!», но никто ей не верил, конечно. Какой отец! Тетя Липа не скрывала никогда, что родила вне брака девочку, замужем-то она никогда не была.

— Скажите, Яна сюда не приезжала?

— Ну, раза два-три. Может, убили ее, — предположила собеседница, — унесло, словно щепку потоком, ни разу к тете Липе на могилу не пришла, памятника не поставила, там только одна табличка. Вот поэтому и думаю, что убили ее. Все-таки нормальная женщина мать так не оставит, не по-божески это!

— Нет, Яна жива, — пробормотала я, — думала, честно говоря, ее тут застать. Значит, она не приезжала недавно, вы точно знаете?

Женщина хмыкнула:

— Да уж куда точнее. У нас в Мирске событий никаких не происходит, любой человек из города любопытство вызывает. Вы вот сейчас по улице прошлись, так теперь станут полгода обсуждать, во что одета была, к кому заявилась, о чем разговаривала. Ко мне придут, расспрашивать начнут.

— Да я никого не встретила, только в одну избу и постучалась!

Собеседница мягко улыбнулась.

— Это вам только кажется, а из-за занавесок столько глаз глядело! В Мирске скрыть что-то трудно. И потом: ну приехала Яна, и что? Изба развалена, куда ей деваться? Ко мне бы пришла, чаю попила. Кстати, хотите горяченького?

— Спасибо, — лязгнула я зубами.

— Холод-то какой после жары наступил, — посетовала женщина, ведя меня к маленькому, но крепкому домику, — сейчас все в огороде померзнет. Ну просто беда.

В чистенькой, опрятной кухне она усадила меня за стол, налила пол-литровую кружку светло-желтой, замечательно горячей жидкости и предложила кусок хлеба с маслом.

— Давно в город за конфетами не ездила, — пояснила хозяйка, — вот и нету сладкого, но, если сверху, на масло, сахарный песок насыпать, очень вкусно получается!

Я улыбнулась.

— В детстве я проводила лето в деревне, и бабушка часто давала мне такое «пирожное». Давайте познакомимся, меня Виолой зовут.

— Валя, — приветливо ответила хозяйка.

— Не тоскливо вам тут?

— Так я только на лето приезжаю, — объяснила

Валя, — детей вывожу, носятся целый день на воздухе, никакой дождь им не помеха. Посажу все, соберу, в банки закатаю и домой, в Москву. Мирск у нас теперь вроде дачи. Далеко, правда, зато все свое, и земли полно, сей не хочу, никто сотки не считает. Я вон себе тети-Липин огород прихватила, под картошку его распахала. Муж, правда, сердился, говорил: «Вот Антонина приедет и задаст тебе, налетит, наорет...» А я ему в ответ: «Она сюда сколько лет нос не кажет...»

— Кто это, Антонина? — прервала я ее.

— А сестра тети Липы, — ответила Валя, — только ей больше по жизни повезло, в город переехала, в Козюлино, небось до сих пор там живет, она моложе тети Липы лет этак на шесть, а может, и больше, я точно не знаю. Они с тетей Липой не слишком ладили, Тоня злая, прямо как Яна...

Я удивилась.

— Злая?

— Ага, — кивнула Валя, — знаете, ей жутко повезло у Олимпиады родиться. Все удивились, когда тетя Липа родила, да так внезапно. Утром моя мама увидела, что во дворе коляска стоит, ну и не утерпела, пошла спрашивать: что за младенец, откуда взялся...

Олимпиада спокойно улыбнулась:

— Я родила.

— Ты? — Мать Вали схватилась за забор рукой. — Когда?

— А неделю назад.

— Это когда к тебе Тоня приезжала?

— Точно, я ее к родам вызвала.

— Но ты же беременной не казалась, — никак не могла успокоиться соседка.

— Значит, плохо смотрели, — усмехнулась Олимпиада, но потом сжалилась над растерянной матерью Вали и объяснила: — У меня вес большой, живот всегда торчит, грудь объемная, надела платье пошире — никто ничего и не заметил.

— Кто же отец?

— Молодец с большой дороги, — отмахнулась Олимпиада.

Как ни старались потом жители деревни, так и не узнали, кто же папа Яны. Но отсутствие доброго, любящего отца никак не сказалось на ее судьбе. Яна всегда была одета лучше всех в деревне, имела самые замечательные игрушки и книжки, у нее был велосипед и, неслыханное дело в Мирске, свой собственный телевизор, стоявший в ее комнате.

Олимпиада никогда не ругала дочку. Та таскала охапками двойки, но мать лишь улыбалась.

— Ничего, деточка, школа не показатель, получишь аттестат, пойдешь в медицинское училище, затем в институт, станешь акушером, продолжишь династию.

Но Яна вовсе не собиралась учиться на врача, ее не привлекала перспектива всю молодость тухнуть над учебниками. Девочке намного больше нравилось бегать на сеновал с местными парнями.

Валя завидовала Яне до зубовного скрежета. Во-первых, не было никаких шансов явиться на танцы одетой лучше, чем Яна. Та носила красивые туфли производства Чехословакии, платья, выпущенные в ГДР, у нее даже имелись джинсы, самые настоящие, американские. Олимпиада разрешала Яне пользоваться косметикой и не хваталась за крапиву, увидав у нее в руке сигарету. А Таня, мать Вали, чуть не прибила свою дочь, когда та попыталась намазать губы.

Яне купили магнитофон, Валя могла лишь мечтать о подобной игрушке, у Яны был фотоаппарат...

— Нечего ей завидовать, — шипела Таня, — Липа хорошо зарабатывает, не чета мне! Лучше уроки учи, дура!

За этой филиппикой следовал крепкий тумак. Валя стукалась лбом о стол и, глотая слезы, бормотала:

— Ну и везет же некоторым, а она еще мамой недовольна.

Яна и впрямь росла грубой, практически не слушалась Липу, могла нахамить соседям.

— Распустила девку, — шептались бабы.

Один раз Катя Феоктистова, которую Яна, пересекая глубокую лужу на велосипеде, обрызгала с головы до ног, решила устыдить девицу и пришла к Олимпиаде скандалить.

Липа выслушала претензии, а потом заявила:

— Ты, Катя, лучше за своим сыном приглядывай, который день пьяный ходит.

— Зато людей не пачкает, — завизжала Феоктистова, — а твоя-то! Ваще развратница.

Олимпиада насупилась:

— Немедленно извинись перед Яной.

— С какой стати?

— Она не развратница.

— Б..., она и есть б...! Вечно с парнями обжимается.

Липа встала и взяла пальто.

— Эй, ты куда? — растерялась Катя.

— Пойду к тебе домой, — сообщила Олимпиада, — раз ты мою дочь оскорбляешь, то я твои тайны беречь не обязана. Расскажу, как в прошлом году делала тебе аборт, когда ты забеременела, только не от мужа, а от тракториста Лени.

— Не надо, — испугалась Катерина.

— Тогда извиняйся, — твердо сказала Олимпиада.

Историю эту, давясь от смеха, рассказала Вале Яна, которая всегда подслушивала, подглядывала за матерью и была в курсе всех ее дел.

И такую замечательную маму Яна не любила. Она регулярно устраивала Олимпиаде скандалы, орала, топала ногами и пугала ее.

— Поеду к Тоне жить, брошу тебя и уйду!

— Значит, Яна вовсе не голодала в детстве? — воскликнула я.

— Голодала, — затрясла головой Валя, — да у них на столе чего только не было! Икру ели, и не на праздник!

— И оборванкой Яна не ходила?

— Никогда. Вот хамкой была.

Я в растерянности поковыряла пальцем клеенку.

— Знаете, мы дальние родственники Олимпиады.

— Я поняла уже, — кивнула Валя.

— Так вот, моя племянница приезжала в Мирск после смерти Липы и обнаружила Яну одну, в нетопленой избе, в ужасной старой жакетке. Девушка пожаловалась, что голодает, мерзнет...

— Что? — вытаращила глаза Валя. — Ну прямо офигеть, не встать! Липа умерла в больнице, инфаркт с ней приключился. Только ее положили, Яну Тоня к себе увезла, когда же Олимпиада умерла, Антонина избу сначала заперла, а потом, спустя месяц, все мало-мальски ценное увезла. Дом она продать хотела, да кому он нужен. Яна у нее жила, ходила на занятия в училище медсестер, так-то вот, а уж где потом работала, не знаю. Она в Мирск очень редко приезжала. Может, когда ваша племянница заявилась, Яна как раз тут была, за чем-нибудь приперлась! Мебели хорошей и занавесок уже не было, люстры тоже, холод небось в доме стоял, изба-то не топлена давно, вот она и накинула одежонку, в которой наши бабы на огород ходят... Ой, я вспомнила!

— Что? — оживилась я.

— Так про кацавейку! — завела Валя. — Я дома сидела, чаи гоняла, на улице мороз стыл, жуть. А нам еще свет вырубили. Сижу, значит, свечку жгу, книжку читаю. Тут дверь распахивается и вваливается Яна, такая расфуфыренная, куртка красивая, сапожки замшевые.

Валя, естественно, угостила подругу чаем, потекла беседа. Яна пожаловалась, что Тоня, у которой она сейчас живет, совсем сошла с ума.

— Ну прикинь, — возмущалась девушка, — велела мне сюда ехать, в мороз, угадай зачем?

— Не за картошкой же, — улыбнулась Валя.

— Кому она нужна, — скривилась Яна, — может, конечно, тут, в деревне, и хорошо всякие овощи сажать, только мы, городские, лучше в магазине купим.

Валя хотела было ехидно поинтересоваться: «И давно ты городской стала?», но промолчала, а Яна, прихлебывая чай, продолжала жаловаться:

— Ваще сбрендила! Велела в доме, на чердаке, сундук найти, в нем какие-то шмотки, очень ей нужные! Пакет с детской одеждой. Я говорю: «Тоня, холодно!»

А она: «Нет, поезжай, очень срочно надо». Ну и пришлось по морозу переть!

Налившись чаем, Яна вздохнула:

— Пойду в грязи рыться.

— Возьми мою «плюшку», юбку и валенки старые, — предложила Валя, — а то измажешь красивую одежду.

— Твоя правда, — кивнула Яна и переоделась.

Красивую куртку, сапожки, брюки и пуловер — все дорогое, отличного качества — она оставила у Вали, на себя нацепила рванину, которую дала ей подруга, и отправилась возиться на чердаке.

Больше Валя Яну не видела. Когда часы пробили одиннадцать вечера, Валя испугалась. Ей неожиданно пришло в голову, что подруга детства могла упасть, сломать ногу и теперь лежит одна в избе и зовет на помощь.

ГЛАВА 17

Схватив фонарь, Валя побежала к Гостевым. Но в доме никого не было. В полном недоумении Валя вернулась домой. Получалось, что Яна уехала в Козюлино прямо в вещах, в которых Валя возится на огороде, в «плюшке» и старой юбке, а красивую куртку, сапожки, брюки и пуловер бросила.

На следующее утро местная продавщица Нюра растрепала, что вчера в Мирск заявилась незнакомая девица на такси. Она спрашивала у Нюры, где находится дом восемь.

— Живут же люди, — вздыхала Нюра, описывая незнакомку, — молодая совсем, а в шубке из норки, шапочка такая же, сумка кожаная. А уж пахло от нее! Закачаться. И собой хороша, прямо картинка!

Незнакомка дошла до дома Гостевых и исчезла в избе. Назад она вернулась вместе с Яной, одетой самым диковинным образом: в «плюшку» и рваную юбку. Красавица обнимала Яну, а та плакала. Нюра чуть не вывернула шею, глазея на происходящее. Парочка влезла в такси и была такова.

— Больше она сюда не заявлялась, — сказала Валя, — ее вещи вместе с сумкой я в шкаф спрятала, так и висят до сих пор.

— Можете показать? — тихо спросила я.

Валя кивнула и ушла. Минут через пять она вернулась, неся красный пуховичок, брючки, пуловер и торбочку на длинном ремешке.

— Вот, глядите.

У брюк и свитера карманов не было. В пуховике нашелся билет на автобус и смятый носовой платок, в торбочке лежала расческа, пудреница, губная помада, сборник анекдотов «Про это» и письмо. Я повертела в руках конверт. Адрес был написан четким, округлым, «учительским» почерком. «Козюлино, улица Бондаренко, дом 2, квартира 8, Гостевой Яне».

— Вы читали письмо? — спросила я.

Валя, слегка покраснев, кивнула.

— Думала, вдруг чего важное...

Я вытащила из конверта пожелтевший лист бумаги и увидела одну строчку, напечатанную на пишущей машинке. «Уважаемая Я. Гостева, в качестве утешительного приза вы получаете книгу «Как стать красивой». Надеемся, вы опять примете участие в наших акциях». Внизу стояла малопонятная закорючка.

— Валя, отдайте мне сумку.

— Берите, — пожала она плечами, — мне без надобности. Куртку прихватите?

— Нет.

— Мне она тоже ни к чему.

— Отдайте кому-нибудь.

— Так чужая вещь.

— Думаю, Яна давным-давно позабыла про эти шмотки, — вздохнула я, — можете спокойно ими распоряжаться.

Валя помяла рукав пуховика.

— Нет, — наконец сказала она, — пусть еще повисит. Не умею чужими пользоваться.

Лизочек и Назар мирно играли на заднем сиденье в карты.

— Знаете, где в Козюлине улица Бондаренко? — спросила я.

Папа с дочкой переглянулись и засмеялись.

— А то, — ответила Лизочек, — мы на ней живем, во втором доме.

— Надо же! — обрадовалась я совпадению. — Мне как раз туда, в квартиру восемь.

— К Антонине? — удивился Назар.

— Вы ее знаете?

— Конечно, всю жизнь рядом, — пояснил мужчина, — она с Ниной, моей женой покойной, в одной больнице работала. Нина-то медсестрой была, и Тоня тоже. Общались по-соседски, рублишек до зарплаты друг у друга перехватывали. Тоня побогаче нашего жила, одна, без семьи. Правда, она потом дочку своей покойной сестры пригрела, а та сбежала и адреса не оставила.

— Антонина, наверное, переживала, искала девочку?

— Да нет, — выкручивая руль, ответил Назар, — не слишком убивалась. Не родная она ей.

— А где сейчас Антонина?

Назар глянул на часы.

— Дома небось, если не на дежурстве.

— Она еще работает?

— Почему же нет? Не такая еще и старая. Тоня теперь сиделкой служит, нанимается к тем, кто сам за родственниками ухаживать не может. Прилично зарабатывает, меня иногда как такси использует, если кого перевезти надо, хорошая она баба, добрая.

«Персик» птицей долетел до Козюлина и замер возле трехэтажного дома, покрытого желтой штукатуркой.

Мы влезли по неудобной лестнице наверх, и Назар позвонил в дверь, украшенную номером восемь. Лизочек вытащила из кармашка ключи и стала отпирать соседнюю створку.

— Кто там? — раздался бодрый, молодой голос.

— Открывай, свои! — крикнул Назар.

Загремела цепочка, и на лестничную клетку выглянула худенькая женщина с неестественно черными волосами.

— Чего колотишься?

— Гости к тебе.

Я улыбнулась:

— Здравствуйте.

— Входите, входите, — засуетилась Антонина, — тапочки обувайте, у вас кто? Мне вообще-то все равно, но если с мужчиной возиться, то на двадцать рублей сутки дороже выйдут, потому что с ними труднее, они сильно капризные.

— Понимаете, я пришла к вам вовсе не потому, что нуждаюсь в сиделке, — осторожно начала я.

— Да? — сразу потускнела Антонина. — А зачем тогда? Вы проходите в залу или, если не побрезгуете, на кухню. Сыро-то на улице, противно, самое время кофе пить. Будете? У меня хороший, такой по телику рекламируют.

— Огромное спасибо, — воскликнула я, — кофе — самое лучшее, что можно сейчас придумать! Только давайте я в магазин сбегаю, конфет куплю или тортик. Неудобно мне вашим гостеприимством пользоваться.

— Да есть все, — усмехнулась Тоня, — сладкого полно, я его, впрочем, не люблю. Всю жизнь медсестрой служу, а что нам пациенты суют? Ясное дело: шоколад. Нет бы кто колбаски приволок, я на конфеты прямо смотреть не могу. Никуда гонять не надо, мы тут не нищие, вполне способны человека угостить. Вы лучше скажите, зачем пришли.

Я показала ей торбочку.

— Узнаете?

Антонина недоуменно поморщилась.

— Нет, не моя это сумочка, не было такой никогда.

— Правильно, она принадлежит Яне.

Тоня поставила на стол чайник.

— Вот оно что! Вы из милиции.

— Ну... не совсем.

— А откуда?

— Из частной структуры.

— Что?

— Нас нанимают, когда милиция не справилась с работой.

— Понятненько, — уронила Тоня, села на табуретку и уставилась на меня слишком большими для маленького личика глазами. — И чего она наделала?

— Яна?

— Ну не я же! Раз ко мне заявились, следовательно, она чего-то нахимичила.

— Ваша племянница пропала, уехала в Мирск и не вернулась.

— Было такое.

— Вы ее искали?

— Нет.

— Почему же?

— А зачем?

— Ничего себе, — возмутилась я, — девушка исчезает без следа, а тетка даже не волнуется.

Тоня покраснела.

— Она не исчезла, а уехала в Москву, за счастьем. У нас ей не нравилось. Мирск Яна просто ненавидела, Козюлино, правда, когда она ко мне перебралась, большим городом показалось. Ну а потом она в Москву смоталась, на экскурсию, и оттуда другой вернулась.

Яна целыми днями твердила, словно героини известной пьесы Чехова:

— В Москву, в Москву, в Москву.

Тоня пыталась урезонить ее:

— Выбрось глупости из головы. Кому ты там нужна! Где родился, там и пригодился!

Но Яна словно ополоумела и в один прекрасный день, не сказав тетке ни слова, уехала. Часов до десяти вечера Антонина не слишком беспокоилась, думая, что Яна в Мирске, куда тетка отправила ее кое за каким барахлом. Когда же девушка не явилась ночевать, Тоня тоже не стала переживать. Яна частенько оставалась у подруг, могла поехать к какой-нибудь и не предупредить тетку.

На следующий день, в районе обеда, Яна позвонила Антонине и заявила буквально следующее:

— Теперь буду жить в Москве, вещи можешь продать, они мне ни к чему, прощай.

— И вы не стали расспрашивать девушку, не заинтересовались ее судьбой? Кстати, зачем вы послали ее в Мирск за какими-то вещами?

— У соседей внук народился, они копейки считают, а там на чердаке полно детских шмоток лежало, — растерянно ответила Тоня, — продать задешево хотела, и им хорошо, и мне.

— И где сейчас может быть Яна? Здесь ее точно нет? — настойчиво повторила я.

— Что Яна натворила? — тихо спросила Тоня.

Я решила не пугать ее.

— Ничего, просто она знает, где может находиться мужчина по имени Федор. Кстати, не слышали, может, он знакомый Яны еще по Козюлину?

И тут Антонина удивила меня, она вытащила из кармана пачку дорогих сигарет с ментолом, закурила и спокойно сказала:

— Мужчин у нее армия была, всех и не упомнить. Прохиндейка, а не девица. Первый аборт в четырнадцать лет сделала, ее Липа тогда ко мне сюда отправила, чтобы в Мирске кто не пронюхал. Может, и отсюда Федор, только я никого из ее приятелей не знала, да и ни к чему мне это.

— Зачем же взяли к себе девочку, если совершенно о ней не заботились? — возмутилась я.

— Как не заботилась? — взвилась Тоня. — Кормила, поила, обувала, одевала. А эта маленькая дрянь всем недовольна была. Один раз приобрела ей куртку, хорошую, на рынке взяла, недорого. Принесла домой и говорю: «Меряй, смотри, какая красивая!» Думаете, она меня целовать и благодарить бросилась? Ан нет. Надулась и заявила: «Не надену, в таких робах все Козюлино ходит. Езжай в Москву, мне мама всегда оттуда вещи привозила. Тебе на меня много присылают, нечего жадничать». Ну я и...

— Погодите, что значит «тебе на меня много присылают»?

Глаза Тони забегали.

— Ну... так просто... я имела в виду, наверное, что на нее пособие получала от государства!

— Неправда!

Антонина покраснела.

— Да с какой стати...

— Тоня, — решительно перебила я ее, — не хотела сначала пугать вас, но теперь вижу: вы не желаете говорить правду. Слушайте, ваша Яна взяла огромную сумму в долг и не вернула. Сейчас количество денег увеличилось за счет процентов почти вдвое. Яна сбежала, кредитор, очень неприятный, опасный человек по имени Федор, ищет ее. Меня наняли, чтобы отыскать дурочку и предупредить ее о грозящей опасности. Знаете, кто побеспокоился о Яне?

Тоня хмуро молчала.

— Людмила, — сказала я, — дочь Сони, родная сестра Яны. Яну ведь не Олимпиада родила, — вы это хорошо знаете, думаю, помогали Липе при родах.

Антонина мрачно обозревала стол. Я встала.

— Ладно, не хотите говорить, не надо. Но учтите, Федор обязательно доберется сюда, я его всего лишь опередила. Вот тогда за вашу жизнь я ломаной копейки не дам. Федор вас просто изувечит, он бандит. И второе: тому, кто поможет найти Яну, дадут денежное вознаграждение.

Выпалив это, я уставилась на Тоню. Надеюсь, она не в ладах с логикой и не заметит в моих словах нестыковок. Я, услыхав подобное заявление, мигом осведомилась бы: «А если я сейчас расскажу про Яну, что помешает потом заявиться сюда Федору?»

Но Тоня, став еще красней, буркнула:

— Похоже, вы и без меня много чего знаете.

— Не слишком, — покачала я головой, — а вот вы, видно, в курсе того, где Яна.

Антонина вытащила вторую сигарету.

— Господи, замотала она меня, вот послушайте,

чего расскажу. Мы с Липой с детства хотели стать врачами.

Гостевы, старательные деревенские девочки, хорошо учились в школе, а потом осуществили свою мечту, пошли в медицину. Олимпиада работала в больнице, в гинекологическом отделении, Антонина служила медсестрой в клинике. Доктор, по идее, должен зарабатывать больше среднего медицинского персонала, но на деле разница в зарплате была не так уж и велика. И Тоня в какой-то момент с удивлением отметила, что Липа живет не по средствам. Сама одета с иголочки, в доме сделан ремонт, на лето сестра катается в Сочи. В конце концов Тоня не утерпела и в открытую поинтересовалась:

— Откуда рублишки?

Олимпиада не стала таиться, рассказала все, как есть. Она делает аборты, а иногда принимает роды у женщин, которые забеременели не от мужа и стараются всячески спрятать следы адюльтера. Дамочки приезжают из Москвы, телефон Липы они передают по эстафете. Платят пациентки просто великолепно. Задача Олимпиады — привезти клиентку и сделать ей операцию. Если это аборт, то «остатки» утилизировались обычным путем. Если роды, то младенца забирал главврач клиники, и судьба новорожденного была Липе неизвестна. Тоня позавидовала сестре, Олимпиада предложила ей «долевое участие» в мероприятии. Дело в том, что женщин, прибывавших из столицы, в больнице не регистрировали. Они ложились на операционный стол ночью, приезжали в Козулино часам к восьми и прямиком отправлялись к гинекологу. Утром они уезжали, это если речь шла об абортах. В случаях с родами все было сложней. Вечером делали стимуляцию, утром, как правило, если роды происходили без осложнений, младенца мгновенно уносили, а женщину следовало отправить в палату, но делать этого не желали обе стороны: ни женщина, ни врачи. Вот Липа и предложила Тоне:

— К тебе домой будут привозить теток, на пару дней, оплата достойная.

Естественно, Антонина согласилась, ухаживать за недужными ее специальность, только в больнице медсестра получает копейки, а дамы от Липы платили ей очень хорошо.

К делу подключили соседа Назара, подрабатывающего извозом, и его жену, тоже медсестру. Шофер с супругой ехали в роддом, забирали там клиенток и транспортировали их к соседке. Довольны были все: Липа, руководство больницы, Назар, Нина, Тоня и клиентки. Редкий случай, когда всех все устраивало.

Однажды к Липе, прямо в Мирск, поздно вечером, почти ночью, заявился мужчина. Прибыл он на такси, поймал в Козюлине на станции машину. Одет нежданный гость был очень просто. Костюм отечественный, плохого качества, дешевая рубашка с мятым воротником. Но умная Липа просекла: мужик натянул на себя одежонку с чужого плеча. Пиджак был ему велик на целый размер, да и ботинки, кожаные, сверкающие, стоили целое состояние. Войдя в избу, гость вежливо завел разговор, но по его тону Липа поняла: он привык отдавать приказы, в ее скромное жилище заявилась большая шишка.

— Меня зовут Иван Иванович, — представился незнакомец.

Липа кивнула, отметив про себя: врет. Впрочем, она догадывалась, что за печаль привела к ней москвича. Олимпиада не ошибалась в предположениях, Иван Иванович рассказал, в общем-то, обычную историю. Его жена забеременела от любовника, аборт делать поздно. Но позор следует скрыть от всех, и еще Иван Иванович вовсе не собирается всю жизнь кормить неизвестно чьего отпрыска. У него подрастает родная дочь. Соня, жена Ивана Ивановича, должна пожить несколько месяцев до родов у Липы, тайно, не выходя из дома, потом, родив, отправиться в Москву, судьба младенца Ивана Ивановича не волновала, и ни о каком, даже об однодневном, помещении в клинику супруги он и слышать не хотел. Впрочем, сумма, озвученная им за услуги, была настолько велика, что Липа немедленно согласилась.

ГЛАВА 18

Соню привезли ночью. Иван Иванович передал Липе чемодан с вещами и ушел, даже не попрощавшись с женой. Липа приготовила для клиентки место в убежище, в подвале, где когда-то их отец прятался вместе с соседями от немцев. Олимпиада сразу хотела отвести женщину вниз, но Соня казалась такой потерянной, несчастной, что сердце акушерки дрогнуло.

— Может, чайку с дороги? — ласково предложила она.

Соня молча кивнула. Так началась их дружба. Через неделю Олимпиада знала все. Ивана Ивановича на самом деле звали Сергеем, занимал он хороший пост и в ближайшие годы явно взлетит еще больше.

— Господи, — принялась осенять себя крестным знамением Липа, услыхав правду, — что же он тебя ко мне привез! Такие возможности имеет!

Соня улыбнулась.

— За карьеру боится, языки болтать начнут, а Мирск от Москвы далеко, слухи до столицы не дойдут. И потом, думаю, Сергей надеется, что я умру при родах, он станет вдовцом, и дело в шляпе.

— Не дождется, — обозлилась Липа, — еще сто лет ему назло проживешь! А любовник твой про ребенка знает?

— Нет.

— Может, тебе наплевать на Сергея и уехать к Петру, если так его любишь? — предложила Липа.

Соня покачала головой:

— Я Пете не нужна, поигрался и бросил. Он на мне жениться не собирался. Да и адреса его не знаю. От Сергея уйти я не могу, потеряю тогда и дочь, и мать. Обе останутся с ним. Людочку он мне ни под каким видом не отдаст, а мама моя любит жить в комфорте. Нет уж, судьба мне с Сергеем век коротать.

Липе было до слез жаль Соню. За то время, что она пряталась в Липином доме, акушерке стало понятно: Сонечка большой, наивный ребенок, романтическая барышня, нежный цветок. При этом очень порядочная, ответственная и положительная женщина, позволившая себе всего раз потерять голову.

Чем ближе подходил час родов, тем сильнее беспокоилась Сонечка.

— Что будет с ребенком? — не уставала спрашивать она. — Что?

Липа старательно уходила от ответа. Впрочем, она на самом деле не знала, куда деваются дети, только предполагала, что главврач роддома имеет клиентуру и на усыновление здоровых младенцев среди обеспеченных, но бесплодных семейных пар. Официально усыновить ребенка было очень трудно, да и многие не желали огласки.

Соня родила в положенный срок. Олимпиада на всякий случай вызвала для подмоги Антонину, но все обошлось, и ровно в пять утра на свет появилась здоровая девочка. Олимпиада завернула младенца в новенькие пеленки. Ей предстояло избавиться от новорожденной. «Иван Иванович» ясно дал понять — младенец должен исчезнуть навсегда, но Липа не могла убить живое существо. Тоня тоже была не способна на такой поступок. Сестры, впрочем, еще до родов Сони четко продумали дальнейшие действия. Антонина положит девочку в сумку и увезет в Козюлино, а там подбросит ребенка на порог детского дома, и дело с концом. Все бы, наверное, так и вышло, но случилось непредвиденное. Пока Тоня мыла в тазу новорожденную девочку, Липа поняла, что роды не завершены. Спустя короткое время на свет появился еще один ребенок, мальчик. Акушерка и медсестра растерялись. Двойню они не ждали.

Пока Соня спала после родов, Антонина и Олимпиада судорожно решали, что делать. Унести сразу пару ребятишек Тоня не могла. Решили, что медсестра дважды смотается в столицу. Сегодня «пристроит» одного, а завтра другого новорожденного. Начать решили с мальчика. Он уродился беспокойным, кряхтел, попискивал. Конечно, хорошо, когда только что «вылупившийся» дитенок ведет себя активно, но Липа боялась любопытных соседей. Поэтому сестры воспользовались старым крестьянским способом: дали ребеночку пососать нажеванный хлеб, положенный в тряпочку, которую пропитали пивом. Крепко заснувшего мальчика Тоня увезла. А тихая девочка осталась в избе. Соня, проснувшись, спросила:

— Кто?

— Девочка... — начала было Олимпиада.

— Плохо! — перебила ее Соня.

— Почему?

— Лучше бы мальчик, — вздохнула та, — мужчине легче жить.

И тут до Липы дошло: Соня-то не знает, что детей двое. В момент родов женщины пребывают в состоянии некоторой неадекватности и плохо оценивают происходящее, да еще Олимпиада использовала все имеющиеся у нее в арсенале обезболивающие средства, и Тоня опьянела от наркоза.

Слегка растерявшись, Олимпиада замолчала. В голове лихорадочно билась мысль: стоит ли сообщать матери о появлении на свет двух детей?

Внезапно Соня схватила Липу за руку.

— Она здесь! Покажи ребенка, умоляю, хоть разок взгляну!

Из глаз бедной женщины потоком хлынули слезы, Липа дрогнула и принесла девочку.

Когда к вечеру Тоня приехала в Мирск, чтобы забрать второго ребенка, Олимпиада встретила сестру на пороге и сразу увела ее в кухню.

— Тише, — зашипела она, — Соня спит.

— Вот и хорошо, — обрадовалась медсестра, — давай девку, унесу незаметно.

И тут Олимпиада выложила совершенно невероятную новость. Пока Тоня отвозила мальчика, Соня и акушерка договорились, и сейчас Липа заявила сестре:

— Девочка останется у меня.

Тоня разинула рот:

— С ума сошла!

— Вовсе нет. Мне детей господь не послал, стану воспитывать ее, как родную.

— Ты головой стукнулась! — закричала Тоня. — У меня тоже детей нет, и что? Великолепно живу!

— У тебя нет, а у меня будет, — не дрогнула Олимпиада, — Соня обещала деньги присылать, а я девочку на ноги подниму.

Сестры разговаривали всю ночь, и в конце концов Липа убедила Тоню. Через неделю Соню тайно вывезли из Мирска. Олимпиада так и не сказала ей о том, что детей на самом деле было двое, и Соня отправилась домой, считая, что произвела на свет одну лишь Яну. С одной стороны, на душе у нее было черно, с другой — Соня знала: девочка не брошена, она не будет влачить дни в приюте, младенца не удушили, не закопали в лесу. Дочка вырастет в нормальных условиях.

Тоня прервала рассказ и снова схватилась за сигареты. Я, переваривая информацию, смотрела, как медсестра прикуривает от дешевенькой пластмассовой зажигалки.

— Не обманула она, — сказала наконец Антонина, — деньги исправно приходили, раз в полгода. А еще Липа ездила иногда в Москву и возвращалась с чемоданом вещей для девочки. Всем говорила, будто одна из ее пациенток в столице магазином «Детский мир» заведует и оставляет для своего врача шмотки. Избаловала она Яну просто донельзя, все ей разрешала! Ну и вырос цветочек! Такая противная, грубая, слова от нее хорошего не услышать. Да еще Олимпиада по глупости правду ей сказала. Дескать, она ей не родная, а мама ее жива, в Москве обитает. Вот Яна постоянно и грызла Липу, требуя: «Скажи, кто она!»

Акушерка не дрогнула, тайны не открыла, унесла ее с собой в могилу. После кончины сестры Тоня связалась с Соней, сообщила ей о смерти Липы и сказала, что Яна теперь живет у нее.

Если совсем честно, то девочка совершенно не нравилась Антонине. Она вообще не слишком любила детей, оттого и не завела своих. Пеленочные младенцы вечно кричат, детсадовцы слишком активны, школьники грубят родителям, и вообще, вырастишь чадушко, выкормишь, дашь образование, и что? Никакой благодарности в старости от отпрысков не дождаться, навесят на тебя внуков, и все сначала. А уж возиться с чужой по крови, избалованной девчонкой Антонине совершенно не хотелось. Но ведь не по-божески оставить ее без помощи, и потом, Соня присылала на Яну очень хорошую сумму.

Из этих соображений Тоня и забрала Яну в Козюлино и очень скоро пожалела о своем решении. Девочка вела себя отвратительно. Поэтому, когда она удрала в Москву, Антонина перекрестилась и постаралась забыть о ней.

— Не знаю я, где она прячется, — добавила Тоня. — Дел с ней никаких иметь не хочу.

В полном разочаровании я поспешила на вокзал, чувствуя легкое головокружение. Прежде чем ехать в Пырловку, следует добраться до Людмилы и вернуть ей десять тысяч долларов.

Но попытка отдать деньги окончилась неудачей. Оказавшись в шикарном подъезде, я бросила охраннику:

— Позвоните в квартиру к Мирским, меня Людмила ждет.

Секьюрити очень вежливо возразил:

— Не могу выполнить вашу просьбу. Хозяев нет.

— А когда они придут?

— Нам такое не докладывают, — серьезно ответил парень, — лучше созвонитесь с ними сами.

Тут я сообразила, что не взяла у Людмилы номер сотового, и потребовала:

— Скажите номер их телефона.

— Простите, я не имею права разглашать подобную информацию.

— Он у меня есть, но в домашней книжке, а звонить придется из города.

— Нам не разрешают давать сведения о жильцах, — твердо стоял на своем охранник.

На него не подействовали ни просьбы, ни предложенные деньги, ни угроза пожаловаться на него Людмиле.

— Я выполняю инструкцию, — тупо твердил охранник, — у нас здесь строгие правила.

Так и не добившись успеха, я отправилась в Пырловку, по-прежнему прижимая к телу пачку банкнот. Ждать во дворе, на скамеечке, возвращения хозяйки показалось мне бессмысленным. Вполне вероятно, что Людмила явится домой за полночь, на улице холодно, с неба сыплет дождь, мелкий, но очень противный, а на мне тоненькая футболка. Лучше приеду сюда утром, пораньше, около десяти, небось Алексей еще не вернется из командировки, и мы с Людмилой спокойно поболтаем.

Томочка встретила меня с расстроенным видом.

— Ты небось есть хочешь? — воскликнула она.

— Очень! — призналась я. — Просто до обморока.

— Извини, — пробормотала она, — но я могу предложить лишь бутерброды или творог, горячего нет.

Я вздохнула. Иногда с Томочкой приключается такая малоприятная штука, как мигрень. Болезнь укладывает мою несчастную подружку в кровать, иногда на два часа, иногда на сутки. Очевидно, сегодня случился приступ, вот Тома и не сумела приготовить обеда. Конечно, я ужасно проголодалась и замерзла. Пока бежала от станции к деревне, представляла себе, как ем суп, горячий, со сметаной, или быстро глотаю исходящую паром картошечку, посыпанную зеленью. Ее хорошо еще полить растительным, как говорит Кристя, «вонюченьким», то есть нерафинированным, ароматным маслом, посыпать укропчиком, поставить рядом селедочку, украшенную колечками репчатого лука... Но ничего такого сегодня не будет. Главное, ни в коем случае не показать Тамаре своего разочарования, она очень расстраивается и нещадно ругает себя, мучаясь еще и от мигрени.

— Бутерброды? — старательно изображая радость, воскликнула я. — Прекрасно! Просто обожаю их, с «Докторской» колбаской!

— Ее нет, — грустно сообщила Тамара.

— Отлично! Мясо вредно! С сыром еще вкуснее.

— Он закончился.

— Не беда, съем хлеб с маслом! А ты лучше приляг, сон лучшее лекарство при мигрени.

— У меня голова не болит, — вздохнула Тома.

Я хотела было воскликнуть: «Что же случилось?», но не успела, Томочка добавила:

— Газа нет.

— Газа? — несказанно удивилась я.

— Угу.

— Такое разве бывает? — За всю жизнь я могу припомнить лишь один такой случай, и то потому, что нам меняли трубы. Уж что-что, а газ, слава богу, в этой стране есть всегда, он не переставал подаваться ни при каких волнениях и пертурбациях. В стране царил голод, полыхали революции, случались перевороты, телевизор часами показывал «Лебединое озеро», но на кухне всегда весело горели огоньки на плите. — Ты уверена, что газ иссяк?

— Да.

— Это немыслимо!

— Он тут не центральный.

— А какой?

— Из баллонов, — объяснила Тома.

— Но вот же труба, — я стала бестолково тыкать пальцем в железную штуковину, уходящую в стену.

— Труба, — согласилась Томочка, — но это как с водой. И кран висит, и подведено все, только воду следует сначала в бачок залить. Вот и с газом та же история. Можешь посмотреть, во дворе, под окном, железный короб имеется, а в нем баллон. Их нужно время от времени менять.

— Где и как это сделать?

— Завтра к магазину придет машина.

— Ну и хорошо, — обрадовалась я, — а сегодня чаю попьем, чайник-то у нас электрический!

Томочка открыла холодильник, я принялась резать хлеб.

— Никитос, — крикнула Кристя, — иди есть!

Мальчик прибежал на зов.

— Кушать, — заявил он.

— Сейчас, подожди минутку, вот, держи, — сказала я и поставила перед малышом пиалу с творогом, — лопай.

— Неть.

— Варенье положить?

— Неть.

— Сахарком посыпать?

— Неть.

— Сметаной полить?

— Неть.

— Ты не хочешь творога?

— Неть.

Я залпом опрокинула в себя чашку чая. Никита очень категоричный ребенок. Первое слово, которое он выучил, было «неть». Не «нет», а именно «неть», с мягким знаком на конце. Конечно, сейчас Никитос очень хорошо разговаривает, на мой взгляд, даже слишком хорошо и громко. Он тараторит целый день, рот у него не закрывается ни на минуту, даже во сне он бормочет какие-то слова.

— Вот ведь что странно, — сказала как-то Томочка, с трудом уложив сына в кровать, — ты ждешь не дождешься, пока ребенок заговорит, учишь его словам, а как только он начинает спокойно изъясняться, с нетерпением ждешь, когда же он замолчит.

Если Никита чем-то недоволен, он на все вопросы коротко отвечает: неть. Неть, и все тут. Хоть тресни! Переубедить малыша невозможно. Упрямство появилось на свет раньше Никитоса.

ГЛАВА 19

— Ладно, — сдалась я, — неть так неть. Не ешь творог. Возьми бутерброд.

— Неть.

— С маслом!

— Неть.

— Сверху посыплю сахаром.

— Неть.

— Тогда чего ты хочешь?

— Оладушки.

— Завтра пожарю, — пообещала Томочка, — сейчас ешь, что дают.

— Неть. Оладушки.

Следующие десять минут мы хором пытались уговорить Никитоса сменить гнев на милость. В конце концов ребенок зарыдал:

— Оладушки-и-и.

— Ну придумайте что-нибудь! — возмутилась Кристя. — Совсем малыша расстроили. Разве можно мелкого до слез доводить, и вообще, что, вам трудно ему пару оладий сгоношить? На две минуты дел! Не надо опару ставить! На кефире сделайте!

— Тесто замесить недолго, — согласилась Томочка, — только на чем я их пожарю? Газа-то нет!

— Действительно, — пробормотала Кристина и повернулась к брату: — Кукис, знаешь, бутерброды намного вкусней.

— Оладушки!

Кристина вздохнула.

— А что, если тесто влить в тостер?

— Глупости, — рассердилась я, — ничего хорошего не выйдет, придется тебе, Никитцын, ложиться спать голодным.

Последняя фраза была сказана явно зря. Малыш сморщился и залился отчаянным плачем. Вообще-то он совсем не капризный, но, видно, перемена погоды повлияла и на него.

— Знаю! — воскликнула Кристя. — Давайте ставьте тесто. Ну чего тормозите, видите, мелкий в истерике колотится.

— Где же ты газ добудешь? — поинтересовалась Томочка.

— А у Альфреда небось есть, сейчас спрошу! — закричала Кристина и понеслась на улицу.

Я схватила Никитоса и стала вытирать его пухлощекое личико посудным полотенцем.

— Успокойся, милый, видишь, мама уже готовит оладьи, но надо подождать, сразу они не сделаются.

Мальчик моментально замолчал. Я давно заметила, если просто запретить ребенку что-либо, скорей всего, он не послушается, но стоит ему нормально объяснить, по какой причине не следует совершать тот или иной поступок, то вы мигом достигнете цели. Только ведите себя умно, если ваша тринадцатилетняя дочь заявляет, что прямо сейчас отправится в парикмахерскую, где ей соорудят из роскошных белокурых волос зеленый ирокез, не стоит бросаться запирать дверь и вопить: «Нет, только через мой труп! Изуродуешь себя!»

Подобные доводы для подростка не аргумент, и в конце концов в вашем доме разгорится феерический скандал. С ребенком нужно говорить на понятном ему языке.

— Зеленый ирокез? Да сколько угодно, вперед и с песней. Только имей в виду, это уже отстой. Сейчас самые тормозные перцы ходят с ирокезами, глянь-ка в журналы. Нынче крутые носят совсем иное, дреды, к примеру.

На мой взгляд, что ирокез, что дреды одинаково гадко, но девяносто детей из ста не пойдут в цирюльню. Одни, потому что неинтересно делать прическу, которой удастся шокировать взрослых, другие побоятся показаться отсталыми, третьи, настроенные постоянно спорить с родителями, тут же изменят свою позицию. Потому мой вам совет, на большинство просьб подростков вместо «нет» говорите «да» — и добьетесь сногсшибательного результата.

— У него нет газа! — проорала Кристина, влетая на кухню. — Говорит, что не готовит ничего и баллоны не покупает.

Поняв, что оладий не будет, Никитос завопил с новой силой. Мы принялись утешать его, но мальчик орал все громче и громче.

— Что у вас происходит? — спросила Лена. — Крик на всю деревню стоит.

Мы объяснили соседке суть проблемы.

— Экие вы нехозяйственные, — покачала головой Лена, — кто же в деревню без плитки ездит?

Мы с Томочкой переглянулись.

— И не подумали о ней, — протянула я, — как-то в голову не пришло.

— Моя-то сломалась, — объяснила Лена, — ну ничего.

Она высунулась в окно и завопила с такой силой, что Никитос икнул и замолчал:

— Семеныч!

— Чаво? — донеслось издалека.

— Выпить хочешь?

— Чаво делать надоть?

— Плитку сюда неси.

Втянув голову назад, Лена деловито спросила:

— Бутылку мне купили, ну ту, что за кипятильник ему отдала?

— Нет, — растерялась я.

— Ничего, — утешила соседка, — завтра беги в магазин и бери сразу несколько поллитровок. Я сейчас еще одну приволоку. А вы, растяпы, на будущее имейте в виду, в Пырловке водка — валюта.

— Чего это вам к ночи плитка понадобилась? — прохрипел Семеныч. — Людям спать пора, а они за ремонт взялись.

Продолжая бубнить себе под нос, мужик вытащил из мешка несколько кафельных плиток.

— Ты че припер? — налетела на него Лена.

— Так плитку, — спокойно ответил Семеныч.

— Какую?

— Кабанчик, черный, качественная вещь, но у меня его мало, всего шесть штук.

— Ты, Семеныч, последний ум пропил, — обозлилась Лена, — за каким фигом нам твои оббитые куски?

— Они совсем целые, — оскорбился тот и рукавом грязной куртки начал протирать кафель. — Вот и я думаю, а за фигом он вам? Никак сортир замостить решили?

— Сдурел совсем, — уперла кулаки в бока Лена, — *электрическая* плитка нам требуется, дурень! Идиотина безмозглая!

— Сами вы дуры, — обиделся Семеныч, — по-человечески объяснять надо! А то орут: плитка, плитка! Вот я и припер кабанчик.

— Теперь *при* нужную вещь, — велела Лена.

Семеныч почапал домой. Очевидно, ему очень хотелось выпить, потому что назад он вернулся быстро, держа в руках агрегат самого причудливого вида.

Черный кругляшок на трех ножках в середине имел отверстие, прикрытое белым материалом, похоже, это был давно запрещенный в России асбест. Поверх изоляционного материала лежали две тоненькие железные спирали. Стоит ли говорить, что от плитки тянулись длинные-предлинные провода, заканчивающиеся оголенными концами.

— Давайте водяру, — велел он.

Мы совершили обмен. Семен мигом с жадностью ополовинил бутылку, крякнул и спросил:

— Ну че? Подсоединить?

— Начинай, — кивнула я.

Мужик полез по лестнице на столб. На этот раз я уже не испугалась, глядя, как он, покачиваясь, «врезается» в линию. Опять раздался треск, волосы горе-электрика встали дыбом, глаза вывалились из орбит почти на щеки. Но ни Томочка, ни Кристя, ни я не заорали.

— Во, — встряхнулся Семеныч, — ну плохо!

— Что на этот раз? — спросила я.

— Так опять шандарахнуло, — грустно сообщил он, — снова тверезый стал. Нет, теперь сначала к току подключаться буду, а потом уж отдыхать начну. Иначе какой смысл водку переводить! Зря, выходит, пью. С вас, девки, еще поллитра.

— Обойдешься, — фыркнула Лена, — за две бутылки огород копают, плитка вообще один стакан стоит, мы просто добрые.

— У тебя еще полбутылки осталось, — отметила

я, — сейчас слезешь и отдохнешь. А теперь сделай милость, включи плитку!

Семеныч сделал быстрое движение руками, и на всей улице, кроме нашего дома, погас свет.

— Во! — изумился мужик. — Эффект! Идите, девки, готовьте, пока вой не пошел.

Мы понеслись в кухню. Томочка быстро помазала сковородку маслом, налила тесто и повернулась к Никитке:

— Чуть-чуть подождешь?

— Да, — кивнул малыш и прижался к Кристине.

Наступила тишина.

— Странно, что никто не возмущается, — удивилась я, — света-то нет.

— Здесь народ привычный, — улыбнулась Лена, — вечно электричество выключают. Небось думают, снова Мосэнерго бузит.

Прошло минут десять. Семеныч, допив бутылку, задремал на нашем крыльце.

— Может, оладьи переворачивать пора? — воскликнула Кристя.

Томочка наклонилась над сковородкой.

— Да они даже жариться не начали. Э, плитка почти холодная.

— Вот гад! — с чувством произнесла Лена. — Ща я его будану. Семеныч, Машка идет!

— Где? — тот моментально вскочил на ноги. — Машка!

— Успокойся, — хмыкнула Лена, — твоя жена уже три года как померла, никто тебя больше вилами за пьянку не гоняет. Пошутила я.

— Ну и шуточки у тебя, — вздрогнул алкоголик.

— Сам хорош! Что ты нам принес?

— Плитку.

— Она не фурычит.

— Значит, сломали, у меня здорово работает, я на ней чайник кипячу, — объяснил Семеныч, — газ-то дорогой, а за свет платить не надо, он от столба, дармовой.

— И долго чайник закипает? — поинтересовалась Томочка.

— А за ночь, — ответил Семеныч.

— Это как? — не поняла я.

— Так просто, — заморгал он, — вечером, перед сном, часов в девять воды налью и на плитку ставлю, как раз к шести утра поспевает. Любо-дорого, быстро и бесплатно.

— Значит, оладий не будет, — заключила Кристина.

— Тише, — шепнула я и глянула на Никитоса.

Сейчас бедный ребенок зарыдает с утроенной силой, но никакого крика не последовало. Малыш, так и не дождавшись вожделенных оладушек, спал, положив голову на стол. Кристина взяла брата и, приговаривая: «Ты мой кисик сладенький, котик пушистенький», унесла мальчика в комнату.

— Забирай свою плитку, отдавай нашу водку, — велела Лена.

— Мне ее че, выплюнуть? — заржал Семеныч.

— Нет, — растерялась я, — можешь при себе оставить, но завтра привезут баллон с газом, ты его подключишь, и в расчете будем.

— Лады, — крякнул Семеныч, — еще стакан, и хорошо.

— Сначала баллон, потом стакан, — решительно заявила я.

— Во злыдня, — поморщился Семеныч, — будь по-твоему, вы, девки, все стервы.

Утром опять шел дождь. Вспомнив, как мерзла вчера весь день, я натянула на себя куртку и осенние ботиночки.

— Ты куда? — зевая, спросила Томочка.

— В издательство.

— Вчера же там была, неужели все дела не переделала?

— Ну... сегодня фотокорреспондент приедет, из журнала.

— Какая ты, Вилка, у нас знаменитая, — покачала головой Томочка, — а для какого издания тебя снимать станут?

Я вздохнула, честному человеку намного легче жить, чем вруну. Стоит сказать ложь один раз — потом не остановишься. Вот сейчас, например, я солгала про фотографа, теперь нужно продолжать.

— Для «Космополитен».

— Ой, как здорово! Тебя оденут в шикарную одежду, да?

Я кивнула, надеясь, что Тома закроет тему, но она не успокаивалась. Увидев, что на веранду входит Кристя, она сказала:

— Вилку сегодня снимают для «Космо».

Глаза девочки вспыхнули огнем.

— Возьми меня с собой!

— Куда?

— Ну Вилка! — заныла Кристя. — Я всегда мечтала посмотреть, как фотки для «Космо» делают. Это же мой любимый журнал, я его фанатка. Что тебе стоит, а?

— Э... э... да... а... — замямлила я, пытаясь сообразить, как поступить, — ну... того, нельзя!

— Нельзя?

— Категорически, — принялась я вдохновенно врать, — нас строго-настрого предупредили: никаких детей с собой не брать!

— Детей?! Но я же не Никитос! — возмутилась Кристина.

— То есть я имела в виду школьниц, — быстро поправилась я, — фотограф решительно настроен против того, чтобы на съемках присутствовали граждане моложе восемнадцати лет!

Кристина замолчала, я перевела дух. Слава богу, нашла нужный аргумент!

— Знаешь, Вилка, — протянула Кристя, — ты в другой раз ври более убедительно! Если не хочешь брать меня с собой, так и скажи.

— Что ты, — я попыталась оправдаться, — я рада бы, да не могу. Условие такое поставили — никаких несовершеннолетних.

— Вилка, — очень серьезно сказала девочка, —

многим моделям сейчас по пятнадцать-шестнадцать лет, а кое-кто еще моложе. Никаких фотографов не смутит даже десятилетняя девочка, если у нее есть соответствующие фигура и лицо!

— Да? — изумилась я. — Думала, что приглашают к работе на подиуме лишь совершеннолетних.

— Так вот, — закончила Кристя, — ври, но не завирайся. Ладно, не стану навязываться. Спасибо, сто лет мне поездка с тобой не нужна!

Хлопнув дверью, она вынеслась во двор, я осталась сидеть над чашкой кофе в самом скверном расположении духа.

Мерзкое настроение стало еще хуже, когда я прибежала на станцию. Над кассой трепыхался на ветру листок, вырванный из школьной тетради. Корявым почерком кто-то нацарапал на нем: «Электропоезда на Москву отменяются до полудня, идет ремонт путей». Обозлившись, я хотела идти назад, но тут мимо платформы с ревом пронесся товарный состав. Я вернулась к кассе.

— Один до Москвы.

— Поезд будет в двенадцать десять, — меланхолично ответила кассирша.

— Почему?

— Объявление гляди.

— Уже видела.

— Чего спрашиваешь тогда?

— Почему электрички не ходят?

— Так написано же! Путя ремонтируют.

Тут мимо платформы опять просвистел поезд, на этот раз пассажирский, скорый.

— Но странно получается! — возмутилась я. — Товарные идут, экспрессы тоже!

— Правильно, грузы пропускают и скорые, — кивнула кассир.

— А электрички нет?

— Да.

— По какой причине?

Тетка потеребила воротник кофты.

— Груз оплачен, экспресс по расписанию следует, все верно! Для электричек ремонт.

— Идиотство!

— Ты тут не ругайсси, это не мы придумали.

— А кто? — закричала я, полная решимости разорвать в клочья «автора» замечательной идеи.

Кассирша подумала мгновение и сообщила:

— Министр путей, ему жалуйсси.

— Но мне срочно в Москву надо.

— Садись в автобус, — посоветовала баба, — и ехай до следующей станции...

Она не успела договорить. Издавая отчаянные вопли, мимо пролетела электричка.

— Почему она не остановилась? — затопала я ногами.

— Так ремонт путя!

— Но электричка идет!

— Верно, к Москве.

— Как же так, она едет, а пути чинят?

— Ага.

Нет, «умом Россию не понять». Объявлен ремонт железнодорожного полотна, но составы идут.

— Простите, — поинтересовалась я, — объясните, в чем суть починки? Вы ведь только что посоветовали мне добраться на перекладных до другой станции, следовательно, там электричка остановится, я в нее сяду и доберусь до Москвы?

— Да, — кивнула кассир.

— Тогда в чем суть ремонта? — взвыла я.

— В Пырловке до полудня посадки не будет.

— Почему???

— Ремонт путя.

Я открывала и закрывала рот, словно выброшенная на берег рыба.

— Тьфу, пропасть, — рассердилась кассирша, — чего пристала? Русским языком талдычу: ремонт путя! Жди двенадцати. Меньше пить вечером надо, тогда утром шибче соображать будешь!

Окошечко с треском захлопнулось, перед моим носом закачалась табличка «Закрыто»!

ГЛАВА 20

В столицу я попала к часу и в полном унынии приехала к дому Людочки. Навряд ли она сидит в квартире, скорей всего, что и сегодня придется весь день шляться по городу, прижимая к себе пачку стодолларовых купюр. В шикарном подъезде дорогу мне опять преградил охранник. Но не успела я раскрыть рта, как знакомый голос произнес:

— Арина, свет очей моих, плюшевый котик, с какой стати ты тут толкаешься?

Я попятилась, есть только один человек на свете, разговаривающий подобным образом: милейший Федор, начальник отдела рекламы издательства «Марко».

— Козленочек мой, — вещал рекламщик, — что ты здесь потеряла?

— А ты? — пошла в атаку я.

— Ну, у меня тяжкая обязанность, выразить заклятому другу «Марко», хозяину «Нодоба» Алексею Мирскому соболезнования в связи с трагической кончиной жены. Эй, ты чего так в лице изменилась?

— Людмила умерла? — в полном ужасе воскликнула я. — Когда? Позавчера она выглядела совершенно здоровой, бодрой!

Федор нахмурился.

— Ну-ка цыпа-дрипа, колись. Откуда знаешь Людмилу? Что связывает тебя с «Нодобом»? Очень интересно.

— Я просто была знакома с Людой.

— Да?

— Да.

— Ой, врешь.

— Вовсе нет.

— Зачем тогда сегодня к ней явилась? Не знала о ее смерти?

Глаза Федора вспыхнули нехорошим огнем. Я испугалась. На первый взгляд рекламщик кажется идиотом, на второй — грубияном, на третий — шутом, человеком, для которого нет ничего святого. Но, пообщавшись с ним некоторое время, я очень хорошо поняла: Федор великолепный актер, старательно играющий роль хамоватого дурака. На самом деле он хитер, умен и расчетлив. И еще, ради «Марко» Федор готов на все, хозяева издательства ценят своего сотрудника, прислушиваются к его мнению. Если сейчас Федор подумает, что Арина Виолова за спиной «Марко» ведет тайные переговоры с издательством «Нодоб», мне мало не покажется. Надо быстро выкручиваться.

— Понимаешь, влипла в неприятную ситуацию... — начала сочинять я.

— Ну, это не новость, — оскалился Федор, — насколько я знаю, госпожа Арина Виолова генератор неприятностей: у нее если не понос, так золотуха, каждый день новое приключение!

— Ты говоришь, как мой муж! — возмутилась я.

— Мужики-то по большей части одинаковые, — заржал Федор, — сволочи, думают только об одном, как бы обидеть милых дам.

Любому другому человеку могло показаться, что рекламщик веселится от души, но глаза его оставались холодно-мрачными, и я, испугавшись еще больше, принялась оправдываться.

— Понимаешь, мне срочно понадобилась большая сумма.

— Сколько?

— Десять тысяч. Долларов.

— Так.

— Просто очень срочно!

— Усек.

— А где их взять?

— Дома, в коробочке.

— У нас нет столько, а потом, как извлечь их из домашней кассы? Незаметно от Олега? — продолжала я врать.

— Та-ак! — протянул Федор.

— Вот я и попросила у Людмилы, на пару дней всего, — фантазировала я, — сейчас хотела вернуть долг.

Федор хмыкнул:

— Очень интересно. Сделай одолжение, покажи тугрики.

Я обрадовалась, раскрыла сумочку и вытащила оттуда толстую пачку зеленых купюр, перехваченную белой бандеролькой.

— Вот.

Федор удивленно вскинул брови:

— Ну-ну... Деньги есть. Но остался невыясненным один вопрос. Зачем тебе такая огромная сумма понадобилась, да еще тайно от мужа?

Я растерянно смотрела на рекламщика.

— Уж не авансик ли за рукопись получила? — хмыкнул парень. — А дал тебе его Алеша, наш милый дружок, всегда готовый перехватить перспективного автора. Писатели люди жадные... Ой какие жадные... Хуже их только журналюги...

Я ухватила Федора за рукав.

— Включи мозги. Я иду в квартиру к Алексею, а не выхожу от него. И потом, насколько я поняла, Людмила скончалась внезапно. По-твоему, муж, потерявший любимую жену, станет заниматься у ее гроба делами? Я просто торопилась отдать долг, Алексея вообще никогда не видела, о кончине Людмилы не знала.

— Ну, мы столкнулись в подъезде, — продолжал улыбаться Федор, — и на тебе не написано, куда ты идешь: туда или обратно. А теперь скажи, голуба, зачем тебе понадобились десять кусков?

— В казино проигралась! — от полного отчаяния ляпнула я.

Федор вытаращил глаза.

— В казино? В каком?

— В... в... не помню названия, в большом! Там еще столы с картами.

Сбоку послышался тихий щелчок. Федор молнией метнулся влево. Я так и осталась стоять с пачкой долларов в руке.

— Не поймал! — воскликнул рекламщик. — Убежал.

— Кто?

— Фоторепортер, их тут сейчас в связи со смертью Людмилы полным-полно. Быстро спрячь деньги, дубина!

Я сунула баксы в сумочку. Федор пинком впихнул меня в лифт. Суровые охранники пропустили нас, не задав ни одного вопроса.

— Был такой писатель, Малаев, — вещал рекламщик, пока кабина ползла вверх, — так вот, умер он. Честно говоря, ваял Малаев дикое барахло, но народ от его книг тащился, мы знали, что он в столе держит две новые рукописи, ну и подкатились к безутешной супруге во время траурной церемонии. Мадам вуаль черную на шляпке приподняла и давай торговаться, такую цену заломила! Горе горем, а денег хочется.

— Ты это к чему? — тихо спросила я.

Но лифт уже прибыл на нужный этаж, и я снова очутилась в роскошной квартире, только на этот раз здесь было несметное количество мужчин и женщин, одетых в черное.

Алексей, слишком юный, на мой взгляд, для владельца большого бизнеса, принял нас в гостиной. Огромное зеркало над камином было задрапировано черным материалом.

Федор обнял хозяина, похлопал его по плечу, сказал приличествующие случаю слова. Вдовец выслушал соболезнования спокойно. У меня создалось впечатление, что он не слишком огорчен кончиной супруги или умеет держать себя в руках. Чувствуя себя полнейшей идиоткой, я, потупившись, стояла в стороне.

Наконец Федор спохватился:

— Алексей, это Арина Виолова. Впрочем, вы, наверное, знакомы.

Издатель вежливо кивнул:

— Весьма наслышан о писательнице Виоловой и завидую «Марко», имеющему такого хорошего автора, но лично нам до сих пор не приходилось сталкиваться. Спасибо, что нашли время прийти и выразить соболезнования.

— У Арины есть одно незначительное дельце, —

провозгласил Федор и глянул на меня взором голодной гиены.

Пришлось вытащить из сумочки пачку долларов и положить ее на журнальный столик.

— Вот.

— Это что? — с откровенным удивлением воскликнул Алексей.

— Я взяла в долг у Людмилы, извините, но не знала, что она скоропостижно скончалась, наверное, сейчас не слишком подходящий момент...

— Вы знали Люду? — еще больше изумился Алексей.

Следовало как-то выкручиваться. Оказавшись меж двух огней, я чувствовала себя очень некомфортно: справа стоит злой Федор, слева — ничего не понимающий Алексей.

— Видите ли, — я опять пошла по тонкому льду лжи, — я хорошо знала Соню, маму Люды, в юности мы с Людочкой тесно общались, она жила тогда на другой квартире.

— Да, — кивнул Алексей, — это верно.

— Потом наши пути разошлись, мы случайно встретились пару месяцев назад в кафе... э...

— «Мэн», — неожиданно подсказал Алексей, — Людочка там всегда обедала.

— Точно! — обрадовалась я. — Именно «Мэн». Ну а потом мне понадобились деньги, и Людочка их одолжила на пару дней.

— Жена была такой щедрой, — тихо сказал Алексей, — она всегда всем помогала. Было бесполезно отговаривать ее от добрых поступков. Я не настолько доверчив, ни за что не расстанусь с деньгами без расписки. Людочка же постоянно давала в долг, а потом удивлялась, даже плакала, когда ее обманывали, не возвращали деньги. Вы, Арина, уникальный экземпляр. Жаль, что мы познакомились при столь грустных обстоятельствах.

— А что случилось с Людочкой? — не выдержала я.

— Ее убили.

— Кто?

Алексей зябко поежился.

— Думаю, моя жена погибла из-за своей редкостной доверчивости. Вчера она утром поехала в парикмахерскую. Последней в живых ее видели сотрудники салона. Сделав прическу, Люда ушла, домой она не вернулась. Тело ее нашли в соседнем с цирюльней подъезде. Люду ограбили и убили. Скорей всего, к ней подошел бомж и попросил денег. Очевидно, она, несмотря на мои категорические запреты, вытащила кошелек, раскрыла его... Маргинал увидел приличную сумму, втолкнул мою несчастную жену в подъезд, ударил ее по голове железной палкой, снял с нее все драгоценности, выпотрошил портмоне и ушел. Машина Люды осталась припаркованной недалеко от салона.

— Ужасно, — прошептала я, — тут поверишь в судьбу. Соня погибла не своей смертью, ее мать тоже, теперь Людмила.

— Да, — кивнул Алексей, — только они прожили большую жизнь, а Людочка совсем молодая, разве это справедливо? Господи, я же только что с книжной ярмарки приехал, меня в столице не было, и тут такое!

Он поднес к глазам платок, и я поняла: Алексей вовсе не спокоен, он просто изо всех сил старается не потерять лицо.

Оказавшись на улице, я налетела на Федора:

— Ужасно! Ты заставил меня отдать деньги человеку, который только что потерял жену.

— Ничего, — заявил рекламщик, — ты же все равно хотела вернуть долг.

— Но не в такой же ситуации! Что обо мне теперь подумает хозяин «Нодоба»?

— Ничего, кроме того, что писательница Арина Виолова до идиотизма честная баба.

— Теперь понимаешь, что никаких авансов я ни от кого не получала?

— Ну... ну... ну... Арина, ангел мой сизокрылый, коли в другой раз тебе тайком от супруга понадобится малая толика денег, не надо направлять свои легкие стопы в «Нодоб», «Звезду», «Глорию» и прочие процветающие издательства. Просто иди ко мне и прочирикай: «Феденька, котик, дай мне, глупой, безмозглой кошечке, мешочек с золотыми монетками!» Поняла, цыпа-дрипа?

— Да, — устало кивнула я.

— Вот и ладненько, светлый ангел моей черной души, — сказал Федор, быстро влез в свою шикарную иномарку и унесся прочь, забыв предложить подвезти меня.

Чувствуя, что ноги налились свинцовой тяжестью, я доковыляла по улице до кафе, отыскала свободный столик, шлепнулась на неудобный пластмассовый стул и попыталась успокоиться.

Бедная Людмила, погибнуть ясным днем, во цвете лет. Молодая, здоровая, богатая... Жить бы да радоваться! Ан нет.

Я задумалась. Интересно, в какую парикмахерскую ходила Люда? Скорей всего, она посещала один из элитных салонов. И что, в нем не было охранника, который проводил бы богатую, упакованную клиентку до авто? Маловероятно. К тому же дорогие парикмахерские, как правило, расположены на шумных магистралях, мимо течет поток машин, идет толпа людей...

Я схватила телефон. Одно из изданий, принадлежащих мужу Томочки Семену, печатает криминальные новости, я когда-то работала в нем корреспондентом и имею среди его сотрудников много друзей.

Ну-ка, позвоним ответственному секретарю Володе Мозжейко.

— Что надо?! — рявкнул Вовка.

— Ну ты даешь, — восхитилась я, — если кому-то что-то и было надо, после подобного вопроса человек в ужасе уронит трубку. Всех информаторов растеряешь.

— Это кто? — сбавил тон Вовка.

— Вилка.

— А! Что случилось?

— Людмила, жена хозяина издательства «Нодоб»...

— Слышь, Тараканова, — оборвал меня Мозжейко, — твоя новость давно протухла, мы уже готовим материал, спасибо за звонок, ждем новых сообщений.

— А кто пишет статью?

— Люсьенда! — гаркнул ответственный секретарь и отсоединился.

Не подумайте, что Люсьенда — это прозвище. В паспорте у женщины записано именно такое имя — Люсьенда, вот уж не знаю, почему ее родителям, жителям Тверской области, взбрело в голову назвать дочь столь странным образом. Хотя с какой стати я Виола?

— Кто там с плохими новостями? — прочирикала Люсьенда в трубку.

— Это Вилка. А с чего ты решила, что сообщение неприятное?

— А хрен его знает, так чаще всего случается, одни мерзости кругом, — заявила Люсьенда.

— Про смерть жены хозяина издательства «Нодоб» ты пишешь?

— Ну.

— Скажи, возле какой парикмахерской ее убили?

— Зачем это тебе?

— Надо.

— Ну раз надо! Погоди.

Люсьенда зашуршала бумажками.

— Жуткое дело, — забормотала она, — салон «Паоло» в переулке, в одном шаге от метро «Маяковская». Рядом Садовое кольцо, время полдень. Народу кругом полно. И такое! Ее всю изуродовали.

— Всю? А я слышала, что с нее золото сняли и кошелек отобрали.

— Это верно, — согласилась Люсьенда, — только, похоже, бедняжка попала в лапы психу или маньяку.

— С чего ты взяла?

— Знаешь ведь, как орудуют гоп-стопники? Они убивать не любят.

Я кивнула. Верно, Олег не раз рассказывал мне о том, что так называемые профессионалы, занимающиеся грабежами или кражами, стараются не вешать на себя мокрое дело. Во-первых, как это ни странно, далеко не все преступающие закон люди готовы совершить убийство, во-вторых, многие не хотят попасть под тяжелую статью. Поэтому если жертва не кричит, не сопротивляется, а спокойно отдает кошелек, то, вероятней всего, она отделается просто испугом и денежными потерями. Кстати, от души советую вам, не храните крупную сумму денег всю в кошельке. Положите в портмоне немного, к примеру сто-двести рублей, а остальные купюры хорошенько спрячьте, запихните в сапог, во внутренний карман, под стельку ботинок, в носки... И спокойно отдавайте вору кошелек, причем не пустой, что обозлит гоп-стопника, а с одной-двумя купюрами. Скорей всего, бандит уйдет, удовольствовавшись малым, он побоится попасться и не станет тратить время на тщательный обыск. Но это срабатывает лишь в случае с профессионалом, но их, увы, на наших улицах все меньше. Сейчас на тропу разбоя выходят наркоманы, бомжи, алкоголики, маньяки, для таких чужая жизнь копейка, а о своей они и не думают.

— Ее бедную, похоже, железкой избили, — вздыхала Люсьенда, — мы даже решили фото не давать, представляешь?

Да уж, еженедельник Семена не отличается особой щепетильностью, материалы там порой иллюстрируют такими снимками, что у меня начинается аллергия от ужаса. Значит, бедную Людочку сильно изуродовали?

— Точно псих, — говорила Люсьенда, — все лицо ей расшиб.

Внезапно в мозгу прозвенел сигнал тревоги. Лицо...

— Послушай, это точно была Людмила?

— А кто ж еще? Одежда, документы в сумке, ключи от машины. Да еще кровь у нее была редкая, четвертой группы, и муж ее опознал, по родинкам на животе.

Я молча слушала бывшую коллегу. Так, дело становится все запутанней. Аня похищена, Людмила пала жертвой уличного грабителя, Яна испарилась без следа.

— Вот уж страх так умереть, — не утихала Люсьенда, — и ведь она еще была жива, когда на нее тетка наткнулась.

— Жива?

— Ну да. Ее в подъезде избили и бросили, небось посчитали за умершую, а через какое-то время баба одна, сейчас, подожди, гляну... вот... Ксения Николаевич, домой с рынка шла. Она Людмилу и обнаружила. Сначала подумала, что это труп, заорала, а потом увидела: жертва вроде дышит, и вызвала «Скорую». Людмила говорила про какую-то Яну...

— Что?

Люсьенда горестно вздохнула.

— Менты эту Ксению прямо на месте допрашивали. Я любопытной прохожей прикинулась, поближе подобралась, слышу, она отвечает на вопросы. Дескать, Людмила говорила: «Яна...» Ну я и включила диктофон в кармане, аппарат старый, щелкнул громко, пленка с шумом пошла. Меня милиционеры и прогнали, больше ничего не разведала, как ни старалась.

— Говори адрес.

— Какой?

— Дома, в котором Людмилу убили.

— Записывай, только зачем тебе? Надеюсь, не собираешься нас опередить? — заволновалась Люсьенда.

— Не волнуйся, я вообще сейчас ни на какую газету не работаю, — успокоила я ее, — и в мыслях нет перебегать тебе дорогу. Просто хочу написать книгу, детектив, вот и нарываю материал.

— Да я не против, — захихикала Люсьенда, — мне не жаль тебе помочь, только сама знаешь, каково у нас работать, закон волчьей стаи, каждый сам за себя, и всякий в свою сторону лапой гребет.

ГЛАВА 21

Дом, где погибла Людмила, и правда находился в самом центре Москвы, в трех минутах ходьбы от метро «Маяковская». Совсем близко шумело Садовое кольцо. Но в небольшом колодцеподобном дворике было совершенно тихо. Я подошла к серому пятиэтажному, возведенному, скорей всего, в середине тридцатых годов прошлого века зданию и потянула на себя тяжелую дверь. Ее украшала огромная, чуть ли не полметра длиной рифленая ручка с бронзовыми нашлепками. Очень странно, но тут не было домофона, в просторный, гулкий, выложенный бело-коричневой мелкой плиткой холл мог попасть любой желающий. Идеальное место для ограбления. На первом этаже квартир нет, похоже, их в доме мало, здесь небось просторные апартаменты, и на лестничных клетках найдется одна, от силы две квартиры. Тут можно орать во весь голос, и никто вас не услышит.

Внезапно дверь гулко хлопнула. Я вздрогнула и прижалась спиной к резным перилам. В холл вошла женщина, увидав меня, она ойкнула и попятилась.

— Не бойтесь, — быстро сказала я, — вы, наверное, живете тут? Не подскажете номер квартиры Ксении Николаевич?

Женщина поставила на пол пакет.

— Теперь каждый раз дергаюсь, когда сюда вхожу, все эта несчастная мерещится.

— Вы Ксения? — обрадовалась я.

— Нет, ее сестра, Олеся.

— Мне очень надо поговорить с Ксенией.

Олеся вздохнула:

— Это невозможно.

— Но почему?

— Сестра напугана, мало того, что она увидела изуродованную женщину, так на нее сначала налетела милиция, а потом журналисты. Впрочем, первые были вежливы, а вот вторые... Ну просто кошмар! Совсем у людей соображения нет! Видят же, что Ксюша в полуобмороке, неужели не понятно: плохо женщине, оставьте ее в покое. Так нет, суют в нос микрофоны, фотоаппаратами щелкают, вопросы идиотские задают. Ксюша растерялась, потом с ней истерика приключилась. Сейчас она отказывается с кем-либо разговаривать, поэтому вам лучше уйти.

— Я не из газеты.

Олеся недоверчиво улыбнулась:

— Да? Одна девушка к нам сегодня утром пыталась прорваться в квартиру, позвонила в дверь и сообщила: «Из домоуправления, проверяем газовые трубы». Я впустила, а она фотоаппарат вытащила, еле ее вытолкала. Так что извините. Ксюша никого видеть не желает, уходите.

— Я правда не журналистка, у меня пропала подруга, Аня, а Ксюша может помочь ее найти.

Олеся подошла к лестнице.

— То есть вы не по поводу той несчастной?

— С одной стороны — да, с другой — нет, если позволите, я попытаюсь объяснить.

Олеся привалилась к перилам:

— Ну, попробуйте.

В квартиру к Ксении я попала примерно через полчаса.

Олеся поставила сумку в прихожей на стул и крикнула:

— Ксюня, выйди!

Из длинного коридора вынырнула худенькая фигурка, замотанная в халат.

— Ксюта, — ласково сказала Олеся, — знакомься, это Виола, у нее случилась большая неприятность, и, похоже, ты тот человек, который может ей помочь.

Начатый у двери разговор был продолжен на кухне. Войдя в нее, я с изумлением воскликнула:

— Вот уж не думала, что в московских квартирах бывают такие кухни! Сколько же здесь метров?

— Тридцать, — улыбнулась Ксюша.

— У вас, наверное, большая семья, — вырвалось у меня.

— Мы живем вдвоем, — тихо сказала она.

Я быстро прикусила язык. Какое мне дело, сколько человек тут прописано и чем занимаются Олеся с Ксюшей, ухитрившиеся заработать на покупку, ремонт и меблировку гигантских апартаментов.

— Так что вы от меня хотите? — зябко кутаясь в халат, спросила Ксюша.

— Извините, но вам придется вспомнить неприятный момент. Вы вошли в подъезд и увидели Людмилу, убитую...

— Нет.

— Нет?

— Не увидела.

— То есть? Разве она не лежала у лифта?

— Лежала.

— Значит, вы вошли в парадное, наткнулись на труп...

— Нет. Несчастная была жива, и я ее сразу не заметила.

— Да? Вот странно.

— Ничего удивительного, — вздохнула Ксюша, — эта Людмила была на втором этаже.

— На втором?

— Ну да, ближе к лестнице.

— Странно, — протянула я.

Сестры переглянулись, потом Олеся опустила глаза, а Ксюша пробормотала:

— Ну... почему же... я всегда пешком хожу, у нас лифт такой ненадежный, старый, он плохо работает, застревает, один раз просидела в нем пару часов, пока аварийка приехала, ну вот и решила...

— Да нет, — перебила я ее, — меня поражает другое, почему Люда на втором этаже оказалась.

Ксюша промолчала, Олеся уставилась в окно, реакция сестер слегка удивляла, но меня, в конце концов, интересовало не то, где обнаружили Людмилу.

— Хорошо, она лежала на втором этаже, вы подошли...

— Нет.

— А как дело было?

— Сначала я закричала, — монотонно завела Ксюша, — а уж потом поняла, что несчастная жива, она стонать начала.

Ксения вытащила мобильный и вызвала «Скорую», больше всего потом ей хотелось убежать домой, но останавливали два момента: чтобы попасть в собственную квартиру, требовалось подняться еще на один этаж, сделать это можно было, лишь переступив через Люду, и второе — несчастная что-то бормотала.

Подавив в себе ужас, Ксюша приблизилась к залитой кровью женщине и дрожащим голосом сказала:

— Не волнуйтесь, все хорошо, я вызвала доктора.

Но несчастная явно не поняла, что ее хотят приободрить.

— Яна, Яна, — шептала она, — Яна, не надо, Яна.

Ксюша попыталась было вступить в разговор с бедняжкой, но потом поняла — это бесполезно, поэтому она просто стала ждать врачей.

— Это все, что она сказала? — разочарованно спросила я.

— Да, — кивнула Ксюша.

— Откуда же вы узнали, что пострадавшую зовут Людмилой?

— При ней паспорт нашли, — ответила Олеся.

— Значит, больше она ничего не произнесла?

— Нет.

Находиться далее в квартире Николаевич было бессмысленно, я поблагодарила девушек, спустилась вниз, завернула за угол дома и увидела большую вывеску: «Салон красоты «Паоло». В голове мигом созрело решение: надо зайти сюда, отыскать мастера, который всегда причесывал Людмилу, и порасспрашивать его. Клиентки, как правило, бывают откровенны с тем, кто стрижет им волосы.

Недолго думая, я толкнула стеклянную дверь, оказалась перед рецепшен, увидела мило улыбающуюся девушку и внезапно подумала: «Ну и зачем я сюда явилась? Скорей всего, тут нет человека, знающего, где находится Яна».

— Вы записаны? — защебетала администратор.

— Нет.

— Тогда предлагаю вам подождать, — с заученно приветливым выражением на лице продолжала девушка, — только скажите, что бы вы желали сделать: радикальную смену имиджа, просто прическу, маникюр?

— У вас причесывается Людмила Мирская, моя подруга, — осторожно сказала я.

В глазах девчонки мелькнула тревога, но она, продемонстрировав профессиональную выучку, не стала вскрикивать: «Ой! Вы разве не знаете, что случилось с Людмилой?» Нет, администратор спокойно кивнула:

— Да, она наша постоянная клиентка.

— Мне очень хочется попасть к мастеру, который ее причесывал.

— К Саше?

— Да, да, именно к нему.

— Александр освободится через полчаса, вас записать?

— Спасибо, — кивнула я.

— Можете подождать в нашем кафе, — предложила администратор. — Сережа, проводи.

Шкафоподобный охранник услужливо распахнул дверь, ведущую в небольшую комнату, заставленную столиками.

— Саша придет за вами! — крикнула администратор.

Я села в мягкое кресло, заказала себе кофе капуччино, взяла лежавший на столике толстый модный журнал и стала перелистывать страницы. Есть же такие женщины, у которых нет необходимости работать. Интересно, как они живут? Каковы ощущения человека, который может себе позволить проснуться в полдень, а потом потребовать: «Принесите кофе и приготовьте ванну»?

Я бы, наверное, не сумела жить в окружении прислуги, мне было бы неудобно отдавать приказания людям. Хотя, очевидно, если с детства за тебя все делают чужие, наемные руки, тогда к этому можно и привыкнуть. Вообще говоря, кое-какие домашние дела я бы с огромным удовольствием передоверила кому-то другому. Допустим, смену постельного белья на кроватях. Я ненавижу путаться в пододеяльниках-мешках, как ни старайся, одеяло в них всовывается комком... Впрочем, в чистке картошки тоже нет ничего романтичного.

— Здравствуйте, — произнес тихий, приятный баритон.

Я подняла глаза от журнала. Около столика стоял юноша. Белокурые волосы его были собраны в хвост, в ушах висели сережки-колечки, глаза слегка подведены, на щеки явно наложен тональный крем. Над губой его чернела тоненькая, едва заметная полоска усов.

— Я Александр, — улыбнулся мастер, — пойдемте. Впрочем, если вы не успели допить кофе, я подожду. Сам хотел чашечку выпить.

— Садитесь, — я показала на второе, свободное кресло.

Саша устроился в подушках и, быстро окинув меня оценивающим взглядом, сказал:

— Похоже, вы не из тех, кто излишне озабочен своей внешностью!

— Верно, я редко хожу в парикмахерскую.

— Что же сейчас привело вас к нам? Особый случай? День рождения?

— Нет, скажите, Людмила Мирская давно вас посещает?

— Достаточно, а что?

— Знаете про несчастье?

Саша помешал ложечкой поданный кофе.

— Конечно, вот ужас, она в тот день прямо от меня навстречу смерти пошла. Веселая такая, красивая, радостная. Еще попросила: «Санюля, сделай меня роскошной!» Ну я и постарался изо всех сил. Мне Нина с рецепшен сказала, что Людмила ваша подруга.

Я молча кивнула.

— И сильно дружили? — спросил Саша.

— Достаточно тесно, — ответила я, — собственно говоря, прическа мне не нужна.

Саша похлопал подкрашенными ресницами.

— Зачем тогда вы сюда пришли?

— Можете вспомнить, о чем Людмила говорила перед смертью?

Внезапно парикмахер хитро улыбнулся.

— Ой, врете вы, никакая Люда вам не знакомая!

— Почему вы так решили?

— Она вообще приятельниц не имела, мне порой жаловалась, что очень одинока, никому не доверяет. Вы ведь из милиции?

— От вас ничего не скроешь, — усмехнулась я.

Саша подозвал официанта, заказал себе еще чашечку кофе и сказал:

— Знаете, глупо являться в «Паоло» и прикидываться клиенткой. У нас глаз наметанный, сразу видим, ухаживает дама за собой или раз в году прическу делает.

— Ну, может, я решила начать новую жизнь, стать красивей!

Мастер еще раз окинул меня взглядом.

— Думается, вы бы в таком случае нашли салон попроще, а не такой, где простая укладка на сто баксов тянет. Опять же, похоже, вы пешком пришли, не на машине приехали. Нет, вы точно из ментуры.

— Да вы просто Шерлок Холмс, — решила я польстить парню.

Комплимент пришелся ему по вкусу.

— Детективы очень люблю! — воскликнул парикмахер. — Ну прям все перечитал, одно время даже хотел пойти в уголовный розыск работать, да вовремя одумался!

— Книги Арины Виоловой видели?

— Фигня, — сморщился Саша, — даже не берите! Жуткую дрянь пишет, совершенно неправдоподобные сюжеты, язык кондовый, вот Смолякова — это да! Это класс! Супер!!!

Я ожидала от него совсем другой реакции и уже собралась представиться любителю криминального жанра по всей форме, но, услыхав столь нелицеприятное мнение о своем творчестве, закашлялась, а потом сказала:

— Ну ладно, не станем тут спорить о литературе. Прошу вас вспомнить, что говорила Людмила при последней встрече.

Саша принялся кусать нижнюю губу.

— Да ничего особенного, — выдавил он наконец, — жаловалась, что прибавила несколько килограммов, села на диету. Еще платье ей не подошло, купила в бутике, а оно оказалось «паленым», самошвей подсунули. Ну такое порой случается... О чем еще болтали? А, про помаду новую суперстойкую. Фигня, на мой взгляд...

— Все?

— Вроде бы.

— А по какому случаю Люда делала прическу?

Саша снисходительно взглянул на меня.

— Она к нам три раза в неделю приходила волосы укладывать. Жена такого человека должна всегда хорошо выглядеть.

— Какого?

— Вы не знаете, кто ее супруг? Он владеет крупным издательством, — оживленно заговорил Саша, — столько детективов выпускает. Людмила была очень щедра, всегда хорошие чаевые оставляла и иногда, зная мое увлечение, приносила книги. Вы последнего Акунина читали? Я его обожаю, просто конкретно фанатею. Лучше его никто не пишет.

— Людмила когда-нибудь произносила при вас имя «Яна»?

— Может, и говорила, да мне ни к чему запоминать, — ответил Саша.

— Вы ее проводили?

— Когда? Куда?

— Ну... в тот день, до двери?

— Конечно.

— И не видели, с кем она разговаривала на улице?

— Нет, Людмила за угол завернула.

— Она была без машины?

— Что вы! Наши клиенты пешком не ходят.

— Но вы только что сказали: она завернула за дом.

— Правильно.

— Следовательно, она не уехала?

Саша улыбнулся:

— Вы сами-то машину водите?

— Нет.

— Тогда понятно. В центре трудно припарковаться, вот клиенты и хитрят, кто где автомобиль бросает. Одни возле супермаркета пристраиваются, другие пытаются на Тверской оставить, Людмила же самая хитрая оказалась, она во двор дома въезжала, под арку, там и парковалась.

— Значит, ничего особенного вы не заметили? — безнадежно спросила я.

— Нет, — ответил Саша, — даже и помыслить не мог, что все так ужасно завершится, ничто ведь не предвещало беды. Она к машине шла, а на дороге грабитель попался, втолкнул ее в подъезд...

На улице снова начался мелкий, нудный дождь. Я неторопливо пошла к метро, не зная, что теперь делать.

— Эй, милиция, постой!

Я шла не оглядываясь, старательно избегая луж.

— Милиция, погоди!

Впереди возникла шумная Тверская.

— Да куда вы так бежите, — с возмущением воскликнул женский голос, и в ту же секунду я ощутила, как цепкая рука схватила меня за плечо.

— Ору вам, ору, — сердито произнесла девочка, по виду младше Кристины, — прете вперед, словно танк.

— Вы меня звали?

— Ну да, оборалась вся! Прям визжу: «Милиция, милиция». Это ж вы сейчас с Сашкой в кафе трепались?

Я кивнула.

— Да. А как ты узнала, что я работаю в МВД?

— Так уж весь салон гудит, — захихикала девочка, — Нинка с рецепшен растрепала. И о чем вы с Сашкой говорили, а?

Я посмотрела на подростка.

— Вы слишком любопытны, с какой стати я должна разглашать информацию? Вернитесь на работу, небось клиенты ждут.

— Я ученица, — затрясла головой девочка, — мне

пока ничего не доверяют, только пол мету и раковины мою, а Сашка вроде моего учителя, только он гад
и врун, слова правды вам не сказал. Что бывает тому,
кто милицию обманывает, а? Их же в тюрьму сажают,
верно?

В глазах девочки светилось пламенное желание
навредить мастеру.

— Вы можете что-то сообщить по данному делу? — сухо-официально поинтересовалась я. — Или
просто решили свести счеты с коллегой?

Собеседница фыркнула:

— Ну я такое про него знаю, Сашка удавится! Только пообещайте его наказать! Ладно, в тюрьму не са-
жайте, хотя он такой гад, что этого еще и мало! Штра-
фаните за брехню!

— Отчего ты, деточка...

— Меня Рита зовут, — перебила меня она.

— С какой стати ты, Рита, решила, что Саша мне
наврал?

— А он вам про телефон рассказал? Мобильный?
Как он Людмилу покрывал? Про туалет? То-то! —
торжествующе воскликнула Рита.

— Пошли на Тверскую, — быстро сказала я, — тут
есть кафе?

— Угу, — кивнула она, — но там дорого!

— Наплевать, идем скорей.

Шмыгая носом, девочка пошлепала по лужам за
мной.

ГЛАВА 22

Кофейня оказалась не так уж близко. Мы бежали
под дождем, который из моросящего медленно, но
верно превращался в ливень. Рита семенила справа,
рот ее ни на минуту не закрывался, и, когда мы наконец оказались в зале, заставленном столиками, моя
голова распухла от количества информации, а девочка все гремела и гремела, словно испорченная завод-
ная погремушка.

Рите было пятнадцать, в школу ей ходить надоело,

вот она и подалась в парикмахеры, стала ученицей в «Паоло». Издали профессия цирюльницы казалась девочке простой: пощелкала ножницами, помахала феном, получила чаевые, и хорошо. На деле все оказалось иначе. Голову клиентам, оказывается, надо мыть четверть часа, никак не меньше: сначала один шампунь, потом другой, затем массаж, обмазывание кондиционером... Но Риту даже к этой нехитрой, на ее взгляд, манипуляции не допустили, велели брать тряпку и драить полы. Девочка вначале покорно бегала со шваброй, но через месяц поняла, что только она одна из всех многочисленных учениц находится в столь незавидном положении. Другие мастера показывали своим подопечным всякие приемы, девочки мыли клиентам головы, им разрешалось стоять у кресла, наблюдая, как мастер делает стрижку. Саша же, к которому прикрепили Риту, только огрызался и орал: «Дура, убери полотенце!» или: «Идиотка, подай даме кофе!»

Через некоторое время Рита не выдержала и заявила:

— Меня сюда учиться взяли.

— Ну и кто тебе мешает? — хмыкнул Саша.

— Но вы только ругаетесь и ничего не объясняете.

— Сама смотри.

— Не понимаю ничего!

— Тогда со шваброй бегай. Станешь скандалить, вон выгоню.

— Я хозяйке пожалуюсь, — попыталась сопротивляться Рита.

— Сколько угодно, — оскалился Саша, — а теперь подумай, кого тут оставят: ведущего мастера-стилиста, лауреата конкурсов или девку-поломойку, если скажу: «Выбирайте между мною и ей»?

Рита молча взялась за тряпку, но ее ненависть к Александру стала просто беспредельной.

— Я уже поняла, что ты не выносишь мастера и поэтому решила рассказать правду, — перебила я Риту, — теперь сделай одолжение, приступай к сути дела.

Совсем недавно Рита заметила странную вещь: Саша отвечает по мобильному Людмилы. Вынимает из своего кармана ее супердорогой, украшенный натуральными камнями аппарат и щебечет:

— Ой, вам Людмилу Сергеевну? Простите, бога ради, она сейчас в салоне, ей красят волосы. Никак подойти не может, если что срочное, я передам.

Потом, закрыв крышку, Саша вытаскивал уже свой мобильник и коротко сообщал кому-то:

— Он звонил.

Когда это произошло в первый раз, Рита не удивилась. Многие женщины, если делают маникюр или моют голову, просят мастера ответить на звонок. Но потом вдруг Рита сообразила: Людмилы-то в «Паоло» нет.

Крайне заинтересовавшись случившимся, любопытная Риточка решила разобраться в происходящем. «Паоло» довольно большой салон, в нем два зала и куча мелких кабинетов, в которых делают маникюр, педикюр и разные косметические манипуляции.

Увидев, что Саша вновь говорит с кем-то по мобильному Людмилы, Риточка не поленилась и поискала ее везде, но клиентка словно сквозь землю провалилась. И, что самое интересное, спустя примерно час она появилась в салоне, забрала у мастера мобильный и отбыла.

Риточка сгорала от любопытства. Она дождалась следующего прихода Мирской и все время, пока Людмилу прихорашивали, не спускала глаз с клиентки. После того, как Саша опрыскал волосы Люды лаком, та сунула ему зеленую купюру и мобильный. Парикмахер заулыбался. Людмила дошла до туалета и исчезла за дверью. Риточка стала усиленно мести пол перед входом в сортир, пять минут, десять... «Утонула она, что ли, в унитазе, — недоумевала Рита, — или понос прошиб?»

И тут к двери туалета приблизилась другая клиентка, она легко повернула ручку и... вошла внутрь. У Риточки отвисла челюсть. Она чуть было не закричала:

«Минуточку, а где Людмила?» Но вовремя спохватилась и промолчала. И когда дама вышла, Рита сунулась в туалет с тряпкой. Естественно, Людмилы там не было. В полном обалдении Рита стала исследовать помещение. Окна тут не имелось, на стене висела раковина, над ней зеркало, диспенсер для жидкого мыла, бумажные полотенца. Левее стояли унитаз и биде. Рита в полнейшем изумлении шарила глазами по стенам. Не могла же Людмила смыться через канализацию. Внезапно по ногам Риты пробежал ветерок. Девочка наклонилась и положила руки на плиточный пол.

В тот же момент она сообразила, откуда тянет сквозняком. На левой стене, напротив раковины, висела большая картина, от пола до потолка. На ней были запечатлены какие-то кубики, шарики, в общем, абстракция, совершенно отвратительная, на взгляд Риты. Ее всегда удивляло, ну с какой стати украшать туалет подобной гадостью? И вообще зачем в сортире живопись?

Риточка сюда редко заглядывала, прибиралась здесь штатная уборщица, а сотрудники ходили в другой туалет. Не то чтобы им запрещалось пользоваться этим, нет, просто так сложилось. Поэтому Рита «гостевой» санузел не изучала, но сейчас она подошла к картине и поняла, что это дверь, без ручки, хорошо замаскированная полотном.

Приглядевшись, Рита обнаружила и маленькую замочную скважину, почти незаметную на фоне разноцветных шариков и кубиков.

Девочке сразу стало понятно, куда подевалась Людмила. Очевидно, у клиентки имелся ключ от черного хода. Нехорошо улыбаясь, Рита вышла в зал, она сразу сообразила, каким образом можно напакостить Саше. Не снимая форменного халата, Рита сгоняла в расположенный неподалеку хозяйственный магазин, купила там небольшой железный болт и засунула его в замочную скважину. Оставалось лишь подождать, пока Людмила захочет вернуться назад, то-то смеху будет! Ну просто уржаться!

Но повеселиться Рите не пришлось. Вернее, сначала Саша начал дергаться, потому что мобильный Людмилы пару раз звонил. Мастер потом безуспешно пытался соединиться с кем-то по своему телефону. Затем, сказав: «Сбегаю в супермаркет, куплю булочек», убежал.

Вернулся Саша без выпечки, белее манной каши и прямиком рванул в «гостевой» туалет. Риточка, с явным удовольствием наблюдавшая за происходящим, подкралась к закрытой двери и услышала характерные, булькающие звуки: стилиста тошнило. Цирюльнику отчего-то стало так плохо, что он не добежал до санузла сотрудников.

Людмила так и не появилась, ее мобильный не звонил, зато пришла милиция с ужасным сообщением. Саша спешно уехал домой, сославшись на внезапно начавшийся грипп. Но сегодня он как ни в чем не бывало пришел на работу, такой, как всегда, наорал на Риту, улыбался клиентам.

Я еле-еле дослушала рассказ ученицы до конца. Едва Рита захлопнула рот, я стрелой взвилась над стулом.

— А ну пошли!

— Куда? — опешила Рита.

— В «Паоло».

— Ой, — испугалась девочка, — вы же не скажете Саше про меня?

— Нет, конечно, не бойся.

— Идите одна, — пролепетала Рита, — я тут еще посижу.

Я понеслась в салон, сжимая кулаки. Ну, милый Саша, сейчас тебе мало не покажется!

Девушка на рецепшен явно удивилась при виде меня, но профессионально вежливо спросила:

— Вы хотите сделать стрижку или просто укладку?

— Не идиотничай, — рявкнула я, — живо зови Сашу!

— Он ушел, — растерялась администратор.

— Давно?

— Поговорил с вами и смылся.

— У него закончилась смена?

— Нет, конечно, — ответила девушка, — салон до последнего клиента работает.

— С какой стати тогда ваш стилист сбежал? — обозлилась я.

— Мигрень у него началась, — пояснила администратор, — вот он и отпросился.

Я постаралась справиться с негодованием. Мигрень, как же! Знаем мы эту «мигрень»!

— Скажите номер его телефона.

— Саша недавно квартиру купил, в новом районе, у него пока нет там аппарата.

— А мобильный?

— У него его нет, — засуетилась девушка, — говорит, не хочет себя чувствовать собакой на поводке.

Услышав последние слова, я обозлилась совсем, вспомнив, что Рита говорила про Сашин мобильный, и гаркнула:

— Адрес!

— Вам какой?

— У Саши много квартир?

— Две, новая и старая.

— Где он сейчас живет?

— Ну... Вроде в старой... или... не знаю. Мебель-то еще он не купил. Все жалуется: диван найти не может, стол со стульями не подобрал.

— Хорошо, — смилостивилась я, — оба адреса и телефон прежней квартиры, или его тоже нет?

— Есть, — ответила девушка, — но там коммуналка.

— И что?!

— Вечно дед глухой трубку снимает, с ним не договориться, мекает, бекает, бесполезное дело! Вы лучше так сбегайте, если срочно Саша понадобился, — девица неожиданно проявила заботу, — у него здорово голову схватило, прямо побелел весь, наверное, он все же далеко не поехал...

— Адрес, — ледяным голосом повторила я, — и тот, и другой.

— Прежняя его квартира, — засуетилась девица, — прямо тут, завернете за угол, подъезд увидите, второй этаж...

— Постойте, — вырвалось у меня, — там же Людмилу убили!

— Верно, — вздохнула администратор, — вот ведь беда! Хорошо, что Саша квартиру сменил, прикиньте, какой ужас, каждый день входить в подъезд и знать, что там человек умирал!

Я, не дослушав ее, повернулась и побежала в уже знакомое парадное.

Пользоваться лифтом не захотелось, на второй этаж можно подняться и пешком. Правда, лестничные пролеты тут были высокими, ступеньки — слишком крутыми, и я основательно запыхалась, прежде чем добралась до квартиры.

— Кто там? — прозвучало из-за двери, едва я отпустила кнопку звонка.

— Саша дома?

— Паша? Тут такого нет.

— Саша!

— Маша? Не живет она здесь, вы ошиблись.

— Саша!!! Саша!!! Са-ша! Мужчина! Парикмахер!

— Ах, Сашок!

Я с облегчением вздохнула. Ну, наконец-то!

Забрякала цепочка, загремела щеколда, заскрипел ключ, створка чуть приоткрылась, высунулось остроносое, крысиное личико.

— Сашка тебе?

— Да.

— А нету его.

— Где же он?

— На работе.

— Саша ушел из салона!

«Крыса» задвигала носом, сморщилась, смачно чихнула и сказала:

— Он мне не докладывает, куда и с кем попер!

Шляется до ночи, может и спать не прийти. Мое дело маленькое, по телефону отвечать, да, вот так! А ты кто?

— Знакомая.

«Крыса» неожиданно улыбнулась:

— А-а-а, понятненько!

Тоненькие губы дедка растянула похотливая улыбочка.

— Знакомая, — со вкусом повторил он, — ясно, какая такая подруга душевная.

— Это не то, что вы подумали! — возмутилась я. — У меня с Сашей деловые отношения.

— Отношения, — мерзко ухмыльнулась «крыса».

— Чисто рабочие, — непонятно почему оправдывалась я, — никакого романа.

— А Сашок баб не любит, — неожиданно заявил дедок, — он с мужиками живет го... ге... го... в общем, пидор!

— Это его личное дело, — отчеканила я, — кто с кем спит, меня не волнует. Саши точно дома нет?

— Иди гляди, — сказал дед и распахнул дверь: — Во, бегай по всем комнатам.

— Спасибо, я вам верю.

— Ну и ладно.

Створка моментально захлопнулась, забрякала цепочка, загремел замок.

Я снова оказалась под дождем. Делать нечего, придется ехать в далекий район, хотя поездка никакого удовольствия мне не доставит.

Наверное, Саша неплохо зарабатывал, если мог себе позволить купить квартиру в красивой многоэтажной башне. Дом еще не был заселен, более того, в нем пока не включили лифт, и я еле-еле вползла на четырнадцатый этаж. Дверь квартиры была самая простая, деревянная, некрашеная, плохо оструганная, звонок отсутствовал. Я забарабанила по филенке кулаком, выкрикивая:

— Эй, открой!

Через несколько минут мне стало ясно: хозяина нет. Я чуть было не зарыдала от злости, но тут раздались шаги, и на лестничную площадку поднялись двое рабочих в синих, измазанных краской комбинезонах. Один достал из кармана ключ, второй весьма вежливо осведомился:

— Ищете кого-то?

— Хозяина, Сашу.

— Он в ресторане сидит.

— Где? — приободрилась я.

— А на МКАД, возле бензоколонки, — словоохотливо объяснил пролетарий. — «Металлическая курица» называется, там жральня и гостиница.

— Далеко отсюда?

— Десять минут на машине.

— А пешком?

Парни переглянулись.

— Кто же по МКАД на своих двоих прет? — озадаченно протянул один.

— А Саша как туда попал?

— Автомобиль у него есть, «БМВ», серебряный такой.

— Вы точно знаете, что он в этой «курице» устроился?

— Стопроцентно, — хмыкнул маляр, — он там на время ремонта поселился. Хотел сначала тут остаться, раскладушку приволок, только понюхал краску и мигом удрал.

Я спустилась на первый этаж, вышла на улицу и поймала частника. Услыхав про ресторан «Металлическая курица», водила округлил глаза и мгновенно заломил огромную цену. Но я так устала, промокла и измучилась, что обвалилась на сиденье и простонала:

— Плевать на деньги, гони вперед.

Первый, кого я увидела, вломившись в ресторан, был Саша, сидевший спиной ко входу. Вернее, парень куковал тут один, больше едоков не наблюдалось, «Металлическая курица» не могла похвастаться очередью из клиентов. Подкравшись к ничего не подозревающему парикмахеру, я со всего размаха опустила ему на плечо руку и отчеканила:

— Приятного аппетита!

Саша подскочил над стулом, потом обернулся, открыл рот, но через пару мгновений пришел в себя и воскликнул:

— Вы?

— Именно я, правда, здорово?

— Но что вы тут делаете?

— Хочу поужинать, говорят, в сей «курице» кухня неплохая.

— Да, ага, ничего, — забормотал Саша, — они стараются.

Я уселась за столик, развернула салфетку и деловито осведомилась у мерзавца:

— Похоже, вы тут завсегдатай, что здесь самое хорошее?

— Э... ну... да...

— Осетрина? Или мясо? А может, паста с грибами? Кстати, отдайте мобильный.

Саша поперхнулся салатом.

— Какой? Мой?

— Нет, он мне не нужен. Верните телефон Людмилы, он дорогой, украшен натуральными камнями, ведь он у вас.

Лицо Саши приобрело цвет листьев рукколы, которую он поглощал до моего появления.

— Вы о чем?

Я погрозила ему пальцем:

— Ох, шалунишка! Обнаружил небось болт в замочной скважине, а? Дверкой в туалете только одна Людмила пользовалась или еще кто-то?

Саша съежился на стуле.

— Вы все знаете.

— Да, — кивнула я, — абсолютно. И теперь хочу, чтобы вы мне рассказали правду.

— Зачем, если и так вам все известно?

Я ласково улыбнулась гаденышу.

— Понимаешь, ты мне понравился. Каждый сыщик немного психолог, более того, у нас есть некое чутье, которое подсказывает: виновен человек или нет. Вот на тебе просто огромными буквами написано: «Саша ни при чем, он порядочный человек, которого люди впутали в свои махинации». Поэтому я просто хочу тебе помочь. Да, догадалась обо всем, кое-что сообщили мне свидетели, дед, который живет с тобой в коммунальной квартире, и сотрудницы «Паоло». Ты зря думал, что таинственного исчезновения Людмилы из туалета никто не заметит. Но понимаешь, если я вызову тебя к себе в кабинет и стану задавать вопросы, то ты быстро превратишься в подсудимого. А коли сам сейчас мне расскажешь, как обстоит дело, это уже будет называться явкой с повинной. И ты можешь избежать наказания.

— Ничего плохого мы не делали, — прошептал Саша, — просто помогали людям.

— Конечно, дорогой, — кивнула я.

— Да, нам платили, но кому от этого было плохо?

— Подробней, зайчик, с самого начала.

— Господи, я так испугался! Потащили ее! За ноги!

— По порядку, малыш, не нервничай, выпей воды и приступай к сути.

Саша схватил бутылку, залпом осушил ее, вытер губы ладонью и завел рассказ.

ГЛАВА 23

Встречаются люди, которые считают, что им в жизни всегда не везет. Вообще говоря, это неправда, черные и светлые полосы чередуются, просто некоторые очень любят ныть. Вот и Саша был из их числа.

Сейчас он с упоением рассказывал мне о своем несчастливом детстве. Отца он не помнит, мама работала нянечкой в детском саду, денег семье постоянно не хватало, на празднование Нового года мать Саши начинала копить в апреле. Хорошей одежды парень не имел, вкусной еды не ел, жили они в коммуналке.

Я, честно говоря, не усмотрела в данной ситуации ничего ужасного. Мое детство было похожим, разве что обитали мы в крохотной двухкомнатной квартиренке без соседей. Кстати, мне пришлось хуже, чем Саше, мачеха Раиса любила закладывать за воротник и, «накушавшись», начинала драться всем, что попадало под руку. Однако я детство вспоминаю с улыбкой. У меня было много подруг, всяких радостей, у нас жила кошка Дымка, а в школе работал театральный кружок. К тому же мы все носили одинаковую форму, и социальное расслоение среди детей не бросалось в глаза. Думается, что и Саша мог бы сейчас припомнить какие-то приятные моменты типа походов в кино или прогулок за город. Но нет, стилист пользовался лишь черной краской, повторял словно заведенный:

— Бедствовали мы ужасно, питались перловкой...

— Хватит ныть, — не выдержала я, — «шрапнель» нормальная каша, съел тарелочку и весь день сыт. Сама ее лопала и расчудесно себя чувствовала. И потом, ну-ка признавайся, неужели ты ни разу не спер в магазине конфеты? Леденцы, к примеру, а? Я иногда занималась этим, в раннем возрасте, лет эдак в семь.

Саша закашлялся.

— Ну было дело, — наконец выдавил он из себя, — случайно прихватил, шоколадки там, монпансье, еще вафли, пряники...

Я ухмыльнулась, случайно можно стянуть одно лакомство, но никак не много.

— Вот видишь, значит, ты ел сладкое, и теперь не стони. Говори по сути.

А суть оказалась проста. Мать Саши умерла, когда он был еще школьником, и мальчику пришлось пойти работать. Недолго думая, он устроился в парикмахерскую около дома уборщиком. Никакого «Паоло» тогда не было, обычное, не слишком шикарное заведение, но там служили женщины-мастерицы, которых тронула судьба Саши. Мальчика пригрели, приголубили, обучили парикмахерскому делу и поставили к креслу. Тут-то и выяснилось, что у парня настоящий талант. За короткий срок он стал профессионалом, приобрел клиентуру, деньги потекли рекой. Следовало радоваться жизни, но Саша и тут ухитрился найти повод для стонов.

— Другие мастера, — плаксивым голосом вещал он, — ловко устроились. Вон Катька Козлова никем была, голь перекатная, а разбогатела, парикмахерскую выкупила, «Паоло» открыла, теперь гребет деньги лопатой, а я? Стою над головой, копейки имею! Это только кажется, что богатые клиенты щедрые, вовсе нет. Фиг вам! Ерунду платят, сами сидят в брюликах, сумочки по тысяче долларов носят, косметики на морде на миллион, перед салоном джип стоимостью в трехкомнатную квартиру припаркован, а мастеру суют пятьдесят рублей. Да еще считают, что облагодетельствовали. Бедный я, несчастный!

— Ты же квартиру купил!

— Ну да, сараюшку убогую.

— И сколько комнат?

— Четыре, но маленькие, неудобные, разве я могу себе позволить элитное жилье? Денег-то...

— Это я уже слышала, едем дальше!

Саша, беспрестанно ноя, продолжал повествование. Как-то раз одна из его клиенток позвонила в салон и попросила:

— Саша, не могли бы вы сегодня причесать меня на дому и сделать макияж?

Стилист, как правило, сразу вежливо отметает подобные предложения. Работать вне салона он не любит, все необходимые вещи с собой не прихватишь, да и заплатят ненамного больше. Но эта клиентка отличалась щедростью, была очень приятной в общении и имела всесильного мужа, часто мелькавшего на экране телевизора. Мастера охватило любопытство: а как живут такие люди? И, собрав чемодан с инструментами, Саша прирулил в коттеджный поселок. Хозяйка сама открыла ему дверь, стилист ахнул. Лицо любимой клиентки украшали огромные синяки.

— Саша, — сказала женщина, — очень надеюсь на

ваше умение держать язык за зубами. Сегодня мне следует быть на званом вечере, придумайте что-нибудь!

Мастер блестяще справился с задачей, но в конце концов не выдержал и спросил:

— Кто это вас так?

— Муж, — ответила дама, — он улетел по делам в Тюмень, а я позвала к себе друга. Только рейс задержали до утра, и супруг решил переночевать дома. Понимаете?

Саша кивнул. Все ясно, ситуация — как в плохом анекдоте.

— Зачем же вы любовника дома принимаете? — укорил стилист. — Право, глупо!

— А куда нам деваться? — вздохнула дама.

— В гостиницу можно пойти.

— Там легко нарваться на папарацци с фотоаппаратом.

— С вашим-то богатством любую проблему решить можно! — воскликнул Саша. — Купите квартиру.

— У меня нет денег!

— Да что вы, — захихикал Саша, — уж простите, но, видя здесь мебель стоимостью в тысяч сорок баксов, мне трудно поверить в вашу необеспеченность!

— У меня денег нет, — повторила жена олигарха, — личных. Ни копейки. Все средства принадлежат мужу, он мне щедро дает на «булавки», но квартиры на эти подачки не купить.

Вернувшись домой, Саша призадумался. Наверное, есть среди обеспеченных женщин определенное число таких, как эта клиентка: на первый взгляд счастливых и богатых, а на самом деле нищих, живущих с супругом только ради денег, имеющих любовников, боящихся разоблачения...

Через неделю раздумий Саша поднялся на этаж выше, где в хорошей квартире бедствовали Олеся и Ксюша, его подруги детства, и предложил девушкам совместный бизнес. Они превращают свою квартиру в дом свиданий, а Саша поставляет клиенток.

И дело пошло, да еще как! Очень скоро Олеся и Ксюша подняли голову из нищеты. Они обе обслуживали любовные парочки. Олеся готовила им еду, сервировала стол, Ксюша убирала, меняла постельное бельё, полотенца, халаты. Иногда у них в день «отдыхало» по три пары, и нужно было сделать так, чтобы люди не сомневались: они тут первые и последние клиенты, а в квартире никого больше не бывает. Дамы приходили по расписанию. Примерно за пятнадцать минут до их появления Олеся и Ксюша спускались в квартиру Саши, где и сидели, ожидая, пока освободится их жилплощадь. Стоила услуга дорого, для простого человека просто запредельно, для богатой женщины копейки: сто долларов час. За еду и выпивку отдельный счёт. Но «посетители» не слишком увлекались жратвой, их больше волновало другое. Саша разработал систему ухода от слежки. Некоторые дамы всегда ездили с охранниками или шофёрами, другие боялись, что ревнивый супруг решит проверить, чем занимается жена в его отсутствие, и приставит к ней детектива. Поэтому поход к любовнику всегда обставлялся так: прелюбодейка приезжала в салон. Охрана, сопроводив хозяйку в зал, спокойно возвращалась в машину. Клиентка же шла в туалет и через чёрный ход, о котором знали далеко не все сотрудники «Паоло», спешила в место свидания. Никаких подозрений ни у кого не возникало. Женщины способны провести в цирюльне целый день. Чтобы полностью держать ситуацию под контролем, Саша брал у клиентки её мобильный и работал «секретарём». На все звонки он отвечал:

— Извините, госпожа N у косметолога, что ей передать?

Если в ответ неслась всякая ерунда вроде: «Ой, ей Леночка звонит», Саша не дёргался. Но если звонил муж, мастер моментально набирал номер квартиры Олеси с Ксюшей, и любовникам приходилось временно прервать удовольствие. Дама соединялась с супругом и как ни в чём не бывало пела:

— Прости, милый, что-то срочное? У меня маска на лице.

Вы не поверите, но таким образом Олеся, Ксюша

и Саша отлично зарабатывали несколько лет подряд, скорей всего, их бизнес процветал бы и дальше, но тут случилось ужасное, никем не предвиденное событие.

Их клиенткой недавно стала Людмила. В день своей гибели она, причесавшись, пошла в туалет. Саша, положив ее мобильный в карман, спокойно занимался своими делами. Он совершенно не волновался, да и о чем было тревожиться, все катилось по накатанным рельсам. Потом на мобильный Люды позвонил ее муж. Саша, как всегда, сообщил про косметолога, а потом набрал номер дома свиданий. Раз, другой, третий — никто не отвечал... Саша занервничал и побежал в дом. Лучше бы он этого не делал! На втором этаже толкался народ и лежала окровавленная Людмила.

В полном ужасе Саша помчался назад, ему стало плохо, а едва он пришел в себя, опять позвонил муж клиентки. Собрав в кулак всю волю, парикмахер сообщил:

— Бога ради, простите! Я очень виноват, забыл сообщить о том, что вы искали Людмилу Сергеевну, она уже ушла.

— Почему же вы отвечаете по ее мобильному? — удивился Алексей.

— Людмила Сергеевна дала мне аппарат, пока ей маску делали, а забрать забыла, — вывернулся Саша.

Потом начался ужас, в подъезд прибыла милиция, приехал Алексей с охраной. Саша, еле живой от страха, шмыгнул в свою старую квартиру. К нему никто не пришел, хотя он ждал с минуты на минуту визита оперативников. Самое же неприятное было то, что ментов вызвала Ксюша, наткнувшаяся на тело Людмилы.

Вечером, когда переполох стих, Саша отправился к «коллегам» и устроил разбор полетов.

— На фиг было вмешиваться? — орал он. — Всю малину потопчете! А ну как копать начнут: к кому шла, зачем? Отчего в подъезде оказалась? Идиотки! Сидеть надо было тихо!

— Мы ничего, — отбивались девицы, — просто... ну...

— Дуры, — бушевал Саша, — в свидетели полезли, вот я умный, я ушел.

Девки переглянулись.

— Сам идиот! — вскипела Ксюша. — Мы ловчее тебя!

— Мы ее вниз стащили, — ляпнула Олеся, — и лестницу вымыли! Знаешь, как боялись!

Саша замер. Смысл сказанного не сразу дошел до парня.

— Тащили? Кого?

— Людмилу.

— Откуда?

Ксюша, всхлипывая, ввела его в курс дела. Как всегда, за пятнадцать минут до появления клиентки они должны были уйти, но девушек внезапно задержала мелкая неприятность, отчего-то сломался холодильник, на полу стала разливаться лужа, пришлось убирать безобразие. Короче говоря, из квартиры они выскочили поздно, открыли дверь и обомлели.

Прямо у порога лежала окровавленная Людмила. Красные пятна были на двери, алели на стене, около звонка... Сестрам стало понятно: женщина сумела из последних сил подняться, протянуть руку к двери и упала.

Олеся и Ксюша обезумели от ужаса. В их мозгах металась одна лишь мысль: пропала доходная, непыльная, великолепно оплачиваемая работа. Сейчас заявятся грубые менты, и начнутся расспросы: знаете погибшую? Зачем она к вам шла? Загонят в угол, прижмут, придется рассказывать правду...

Хоть и в панике, но девицы начали действовать. Ксюша схватила несчастную Людмилу за ноги и потащила вниз. Лучше не описывать чувства, которые испытывала она, полагавшая, что тянет труп. Но еще хуже Ксюше стало, когда Людмила застонала, произошло это между этажами. Ксения чуть не бросилась бежать. Остановила ее лишь одна мысль: надо дотащить несчастную до самого низа, чтобы отвести подозрения от себя. Никто не должен даже предположить, что женщина шла к сестрам.

Пока Ксюша, чувствуя себя гаже некуда, пыталась справиться с каменно-тяжелой Людмилой, Олеся быстро мыла стену, дверь, ступеньки. На втором этаже сестры перевели дух. Олеся мгновенно обработала тряпкой лестницу и спросила:

— Может, оставить ее тут?

— Нет, — прошептала Ксюша, — надо до самого низа доволочь, пусть думают, что несчастную наркоманы ограбили.

— Похоже, будто ее и вправду обворовали, — прошептала Олеся, — смотри, во что превратили...

— Ты лучше иди еще раз проверь, не осталось ли следов на нашем этаже, — велела Ксюша.

Олеся поднялась наверх, потом сказала:

— Ой, подоконник-то! Мама родная.

— Не ори, мой быстро, — велела сестра, спустилась к телу несчастной Люды.

Но тут вдруг послышался стук двери и звук шагов. Что оставалось делать Ксюше, которая знала, что Олеся сейчас в безумной панике домывает подоконник?

Ксюша опрометью бросилась вниз и налетела на Марию Степановну, Сашину соседку по площадке, милую, подслеповатую бабусю, которая, как и все жильцы, боялась пользоваться без конца застревающим лифтом.

— Убили! — заорала Ксюша.

Мария Степановна попятилась.

— Деточка, что случилось?

— Господи, — кричала Ксюша, — иду домой, она лежит!..

Пока Мария Степановна въезжала в ситуацию, Олеся успела вымыть подоконник и убежать.

Узнав правду, Саша растерялся и в ужасе стал ждать визита милиции. Но сотрудники правоохранительных органов не спешили в «Паоло», стилист слегка успокоился и решил, что беда миновала, тем более что парикмахерши откуда-то узнали: Людмилу ограбили бомжи. Но Саша на всякий случай временно закрыл дом свиданий.

— Подождем, когда все устаканится, перетопчемся месячишко-другой и снова за дело, — объяснял он Ксюше и Олесе.

Но тут явилась я, и Саша, перепугавшись, сказался больным, он хотел спокойно обдумать ситуацию.

— Вы мерзавцы, — налетела я на парня, — тащить раненую женщину за ноги по лестнице! Может, она бы и выжила, кабы не Ксюша!

— Я что? Я ничего, — бормотал Саша, — и потом, ее живую в «Скорую помощь» запихивали, с капельницей. Девки ей худа не сделали. Да, конечно, они плохо поступили. Но их тоже понять можно: испугались очень, ну и запаниковали.

Чтобы побыстрей попасть к негодным девицам, я взяла машину и попросила водителя:

— Гони скорей.

— Я не вертолет, — ответил парень, — пробку видишь?

Кое-как, проклиная все: современное автомобилестроение, продавцов машин, водителей, Генри Форда, Волжский автозавод и тех, кто придумал торговать «тачками» в кредит, я наконец-то добралась до станции метро. Может, на личном джипе и комфортней, но при помощи подземки явно быстрее доберешься до нужного места.

Вагон, слегка раскачиваясь, быстро летел сквозь тьму. До нужной станции я добралась за считаные минуты и, страшно довольная собой, понеслась на пересадку. В большом зале было многолюдно, но не слишком шумно. Потоки пассажиров текли в разные стороны: кто на переход, кто на выход, а кто рвался к составу. Над толпой плыл ровный гул, изредка прерываемый либо громким смехом, либо детским визгом. Я, желая сократить путь, хотела прошмыгнуть между двумя тучными тетками, одетыми во все черное, но тут одна из них резко остановилась, сложила руки на животе, разинула огромный рот и заорала:

— Алла...

На секунду я замерла, но тут же поняла, что происходит. Женщины с ног до головы в черном, волосы их покрыты траурными платками, большие кисти рук сцеплены там, где у нормальных людей бывает талия, и орет одна из них: «Алла...»

Сейчас она закончит: «...х акбар, Аллах акбар», приведет в действие детонатор, и прогремит взрыв.

Очевидно, такая мысль осенила не только меня, потому что люди как подкошенные рухнули на пол, я обвалилась вместе со всеми, закрыла голову руками и тут увидела маленького ребенка, лет пяти, испуганно озиравшегося по сторонам. Он, очевидно, потерялся в суматохе.

— Алла... — вопила тетка, — а-а-а-а.

Быстрее молнии я взвилась с пола, схватила малыша в охапку и прыгнула вместе с ним под лестницу, которая вела на переход. Сейчас рванет, в разные стороны полетят гайки, гвозди, осколки... Ступеньки довольно крепкие, они должны спасти нас.

— Алла... а... а... — метался над станцией трубный голос.

— Пусти меня, — завизжал малыш.

— Тихо, — велела я.

— Отцепись, — зарыдал ребенок, — к маме хочу... у... у...

В ту же секунду он довольно больно укусил меня, но я не отпустила его.

— Успокойся, сейчас придет милиция, арестует тетю, и ты найдешь маму.

Внезапно малыш затих.

— Какую тетю милиция возьмет? — заинтересовался он.

— Тихо.

— Которую?

— Потом.

— Скажи-и-и!

— Ту, что кричит, у нее бомба, но не пугайся, нас не ранит.

— Это моя мама орет, — с гордостью сообщил малыш, — у нее голос чисто ревун, с одного берега реки на другой докрикивается.

Я потрясла головой. Мальчик был одет в черные штанишки, того же цвета пуловер, а волосы скрывала темная вязаная шапочка.

— Это твоя мама вопит? — уточнила я.

— Ага, меня кличет. Слышишь?

— С какой стати она орет «Аллах акбар»?!

— Чего? — не понял малыш. — Хакбар? Это кто? Она меня подзывает, дочку свою, слышите: «Алла, Алла». Я — Аллочка.

— Ты девочка?

— Ага.

— А почему в брюках? — глупо спросила я от растерянности.

— Не знаю, так одели.

— Да еще во всем черном, — бормотала я, наблюдая, как к бабе, покрасневшей от натуги, подбегает милиция.

— Мы едем тетю хоронить, — словоохотливо, совсем по-взрослому стала объяснять девчушка, — она померла от болезни. Сами мы живем в Борске, теткин дом в Кутьевске, пересадка в Москве, на вокзал шли, только я на бабку с игрушками засмотрелась, мамину руку отпустила.

— Стой, падла, — неслось над станцией.

— Офигели, дурни!

— Где пояс?

— Спасите, раздевают!

— Мама, — завизжала Аллочка и помчалась к бабе в черном, которой уже заломили руки менты.

Я в легком обалдении пошла по лестнице вверх. Ну и ну, прокомментировать данную ситуацию не могу никак.

ГЛАВА 24

Олеся, открыв мне дверь, удивилась:

— Опять вы?

— Я.

— Вернулись?

— Верно подмечено.

— Зачем же? Забыли у нас чего?

— Забыла.

— И что?

— Спросить одну ерунду.

— Господи, — всплеснула руками Олеся, — ну неужели не понятно? Моя сестра пережила тяжелый стресс, а вы опять с расспросами! Дайте ей в себя прийти.

— Вы, очевидно, более крепкая, чем Ксюша, — ехидно улыбнулась я, — вам досталось не меньше, а выглядите вполне веселой и здоровой.

— Вы о чем? — насторожилась Олеся.

— На мой взгляд, отмывать лестницу и стены от крови так же трудно, как и тащить тело за ноги, — заявила я.

Олеся ухватилась за косяк.

— Что за чушь вы несете? Уходите.

— К вашему огорчению, я знаю все.

— О чем? — дрожащим голосом осведомилась Олеся.

— О доме свиданий, Саше-стилисте, поставлявшем вам клиентов, о черном ходе из «Паоло», в общем, о многом.

Лицо Олеси потемнело.

— Э... но... хотите денег?

— Нет.

— Мы хорошо заплатим, в валюте.

— Доллары мне не нужны.

— В евро.

— Вы не так поняли, мне ничего не надо.

— Ладно, тогда в рублях, нет проблем, — быстро пробормотала Олеся, — только в обменник смотаюсь.

— Речь идет не об оплате моего молчания, — заявила я, — если не хотите, чтобы все выплыло наружу, ответьте на несколько вопросов, но честно, больше не позволю водить себя за нос, ясно?

— Да, конечно, — засуетилась Олеся, — вы входите.

Меня снова провели на кухню и оставили одну. Часы, висевшие на стене, мерно отщелкивали минуты. Сначала я сидела спокойно, потом заволновалась.

Куда подевались хитрые девицы? Может, они потихонечку убежали из дома?

И тут вошла Ксюша.

— Вы хотели о чем-то меня спросить? — холодно поинтересовалась она.

— Что говорила Людмила перед смертью?

— «Яна, Яна, Яна...»

— Больше ничего?

— Нет.

— Похоже, вы лжете.

— Я всегда говорю правду.

— Это смешно.

— Вы полагаете? На мой взгляд — нет.

— С кем встречалась у вас Людмила?

— У нас?

Тут даже Олеся поняла, что Ксюша ведет себя глупо.

— Мы ничего ведь плохого не делали, просто помогали тем, кто любит друг друга!

Ксюша зыркнула на разболтавшуюся сестричку, но ничего не сказала.

— Людмила приходила сюда не часто и пользоваться квартирой начала недавно, — продолжала Олеся.

Я обрадовалась, кажется, девицы решили стать откровенными.

— Попытайтесь вспомнить, что она бормотала, когда вы тащили ее?

Ксюша нахмурилась:

— Сначала стонала, потом завела: «Яна, Яна, Рома, у Ромы, Яна, Яна». Собственно говоря, это все, она твердила на разные лады два имени: Яна и Рома.

— Кто такой Роман? — в нетерпении воскликнула я.

Олеся ухмыльнулась.

— Ну... это ее пассия, Рома.

— Рома?

— Что вас удивило? — снисходительно осведомилась Ксюша.

— Вы так хорошо знаете имена любовников своих клиенток? Неужели они знакомили вас с ними?

— Нет, конечно, — пожала плечами Ксюша.

— Тогда откуда сведения про Рому?

Девицы переглянулись, потом Олеся уставилась в сторону, Ксюша в другую, мне, честно говоря, надоели их мимические упражнения.

— Послушайте, начали говорить, так рассказывайте. Мне от вас ничего не надо, объяснила же: ищу свою подругу, ее похитил человек, местонахождение которого с огромной вероятностью известно Яне. Бегу, словно борзая по следу, но безрезультатно, ей-богу, последняя надежда на вас. Ксюша, Олеся, помогите.

Девицы опять обменялись взглядами. Наконец Ксения выдавила из себя:

— Мы в бинокль за входом в подъезд наблюдаем. Уйдем в Сашкину квартиру, его окна как раз на вход глядят, ну и рассматриваем посетителей, просто так, из любопытства. Нам Саша велел с клиентками не сталкиваться, но интересно же.

— Но как вы понимали, что это ваша клиентура?

Олеся прищурилась.

— В нашем подъезде всего шесть квартир. На четвертом этаже теперь «новый русский» живет, он обе квартиры купил, ремонт сделал и отвалил в Испанию, сюда не показывается, следовательно, к нему никто не придет. На втором Сашка обитает с дедом полоумным. Старик гостей не принимает, в другой квартире Мария Степановна век коротает, вдова какого-то композитора, она одна-одинешенька, к ней лишь внучка заглядывает, мы эту девку размалеванную очень хорошо знаем. На третьем только мы остались, сосед построил дом за городом и съехал туда. Ясное дело, что те, кто в подъезд входит, с цветами, бутылками и конфетами, — наши клиенты.

Самым лучшим развлечением для девушек стало обсуждать чужих любовников. Людмила ездила на роскошном джипе, правда, к подъезду она подходила пешком, но Олеся с Ксюшей знали, кому принадлежит серебристый внедорожник, припаркованный в арке. Женщина выглядела элегантно, не носила ничего броского, аляповатого, ее бойфренд, брюнет, одевался как цыган, от его ярких рубашек и курток просто рябило в глазах.

Олеся и Ксюша всегда точно знали, на какое время снята квартира, Саша четко сообщал им: «До двух», — или: «Сегодня уйдут в четыре, а следующие явятся в пять».

За несколько минут до указанного времени сестрички вооружались биноклями и видели, как парочка покидает дом. Сначала, как правило, убегал мужчина, потом дама. Олеся и Ксюша мигом летели к себе, приводили хату в порядок, в процессе уборки они живо обсуждали своих постояльцев. Но примерно месяц назад произошел смешной случай.

Как всегда, первым на улицу выскочил парень, он сел в свою машину, потом вылез, открыл капот, снова полез внутрь... Дверь хлопнула, из подъезда появилась Люда.

— Эй, Роман, — донеслось из открытой форточки до подглядывающих девиц, — чего стоишь?

— Кабриолет умер.

— Ничего страшного!

— Меня выгонят с работы, заказы развезти не смогу.

— Вызови службу «Ангел».

— О...ь, — подпрыгнул Роман, — они бешеные бабки ломят.

— Возьми, — Людмила спокойно протянула ему купюру.

Потом она села в джип и укатила, юноша остался один на один со своей бедой, Олеся и Ксюша понеслись мыть «дом свиданий», через час ожидалась новая парочка. Но когда любопытные девицы, произведя уборку, вновь прилипли к стеклу, они увидели все того же Романа, который никак не мог уехать.

— Небось ему влетело! — злорадно подвела итог Ксюша.

— Да уж, его «Золотой рай» небось не пощадит, — подхватила Олеся.

— Кто? — не поняла я.

— Есть такая система дорогих супермаркетов «Золотой рай»! — объяснила Олеся.

— Первый раз слышу.

Олеся засмеялась:

— Еще бы! Они по каталогам работают. Клиент делает заказ по телефону, и продукты ему привозят. Вот этот Роман там служит.

— Здорово устроился, — подхватила Олеся, — вместо того чтобы работать, по бабам шляется.

— Ага, — согласилась Ксюша, — всегда можно сказать: пробки на улице, застрял.

— Ну-ка, постойте, — попросила я, — не тарахтите. Хорошо, вы узнали имена клиентов, подслушав их разговор, но откуда сведения о месте работы Романа?

Ксюша прищурилась.

— Так машина, та, что сломалась, служебная, пикапчик такой, ярко-желтого цвета, весь исписан словами «Золотой рай — твой личный рай».

— Этот Роман простым шофером работает, — влезла Олеся, — водилой служит. Во как бывает, даму от богатого мужа на дерьмо потянуло.

— Зажралась совсем, — покачала головой Ксюша, — эх, получи я такого супружника, сидела бы тихо-тихо, ботинки ему чистила.

— Встречаются же такие сволочи, — подвела итог Олеся, — впрочем, она по заслугам огребла, небось ее этот Роман и кокнул. Кто еще, кроме него, знал, что Людмила сюда ходит?

Утром меня разбудила Томочка.

— Вилка, — тихо сказала она, — можешь приглядеть за Никитосом?

— Конечно, — зевнула я, — а сама-то куда собралась?

— За газовым баллоном, говорят, у магазина ими до десяти торговать будут.

Я моментально вскочила и схватила джинсы.

— Сама пойду.

— Лучше спокойно кофе попей, — попыталась возразить Томуся.

— Вернусь и попью, — пообещала я и порысила к сельпо.

У входа в магазин стояла большая, ярко-красная, похожая на пожарную машина, только вместо цистерны у нее была конструкция, напоминающая полку для хранения бутылок, множество отсеков, разделенных перегородками, из каждого торчал баллон.

— Здравствуйте, — вежливо сказала я дядьке, читавшему в кабине газету.

— Ага, — кивнул тот.

— Вы газом торгуете? Можно купить?

— Отчего нет? Плати и бери, с баллоном хочешь?

— А что, газ можно положить в сумку? — изумилась я.

Шофер крякнул.

— Во народ! Всякий выпендриться желает! Коли думаешь за один газ платить, тащи пустой баллон, нет, плати и за тару.

— Лучше вместе с упаковкой, — улыбнулась я и открыла кошелек.

— Забирай, — меланхолично сказал водитель и снова углубился в газету.

Я походила вокруг кузова, вернулась к кабине и спросила:

— Как брать?

— Руками.

— Но баллон тяжелый, мне его не вытащить.

— Мужика зови.

— Нету его.

— Давно обзавестись пора, в хозяйстве пригодится.

— Муж есть, но он на работе.

— И что?

— Между прочим, я заплатила, — начала я злиться.

— Так бери.

— Не могу.

— А я при чем?

— Достаньте мне баллон.

— Ща, разбежался! Каждому таскать — пупок надорвешь.

Я снова расстегнула кошелек.

Запихнув купюру в карман, грубиян спокойно вышел и ловким движением снял с машины и опустил на землю красный, высокий, почти с меня ростом, узкий цилиндр.

— Получи.

— Спасибо, а как его теперь до дома нести?

— На горбу.

Я попыталась сдвинуть баллон с места, но он даже не дрогнул.

— Не получится.

Шофер засвистел, влез в кабину, завел мотор, и не успела я охнуть, как красная машина, оглушительно гремя, унеслась по шоссе. Перед магазином в одиночестве осталась сладкая парочка: баллон и Вилка.

Минут десять я бродила вокруг емкости с газом, пытаясь сообразить, каким образом справиться с задачей. Напрашивалось простое решение: баллон нужно положить и катить, но опрокинуть его набок я просто не в состоянии.

Из магазина выглянула продавщица.

— Чего маешься?

Я ткнула в сторону баллона:

— Тяжелый очень.

— Эх, несчастные мы, бабы, — завела торговка, — бери его за вентиль, слегка наклони на себя и перекатывай донышко, я так завсегда поступаю.

Я последовала ее совету и неожиданно легко сдвинула цилиндр с места. Радость заполнила душу. Вот как ловко получается. Правда, двигаюсь я не прямо, а зигзагом, ну да это ерунда — главное, мы с баллоном медленно, но верно приближаемся к нашей избушке. Вдохновившись, я еще быстрее завертела цилиндр, докатила его до середины пути и услышала трель мобильного.

— Вилка, — радостно спросил Олег, — как у вас дела? Отдыхаете?

Я, старательно удерживая одной рукой наклоненный баллон, ехидно ответила:

— До полного опупения.

— Завидую.

— Есть чему.

— С какой стати злишься?

— Я?

— Ты.

— А с какой стати ты сюда ни разу не приехал?

— Работы полно.

— Даже ночью?

— Ну...

— Тебе просто неохота переть в Пырловку...

— Глупости.

— Боишься, что заставим по хозяйству помогать.

— Не пори чушь.

— Отвратительное невнимание...

— Вот поэтому я и не спешу в деревню, — взвелся Олег, — сижу тут в духоте...

— У вас в Москве жарко? Надо же, как тебе повезло, а тут, в паре километров от столицы, сильно похолодало, — ерничала я.

— Здесь сейчас дождь.

— Тогда о какой духоте речь?

— Я работаю!!!

— Я тоже!

— Ты — отдыхаешь, валяешься в деревне на кровати, — заорал Олег, — и портишь мне настроение звонками!

— Сам набрал мой номер! Между прочим, я пишу книги и зарабатываю больше тебя!

— Раз в году.

— В каком смысле?

— Да в прямом, тебе гонорары дают нечасто, а я каждый месяц деньги получаю. Ладно, наслаждайся, пей молоко, кушай сметану, поговорим потом, когда в себя придешь, — рявкнул Олег и отсоединился.

Меня заколотило от злости. Значит, я отдыхаю! Таскаю воду из колодца, моюсь в автобусе или под дождем, бегаю под куст к унитазу и волоку неподъемную тару с пропаном! Ну сейчас Олегу мало не покажется!

Забыв, что держу баллон, я отпустила вентиль и стала набирать номер Олега.

Баллон качнулся, накренился и неожиданно упал набок. Я моментально сунула телефон в карман. Вот здорово! Не было бы счастья, да несчастье помогло! Сейчас покачу его.

Наклонившись, я стала толкать баллон, сначала руками, потом включила в процесс ноги. Красный баллон резво покатился вперед, сначала я шла за ним, потом побежала, но не могла его догнать.

— Стой! — закричала я. — Погоди.

Но ярко-красное пятно мелькало впереди, потом послышался треск. Я припустила что есть мочи и оказалась в чужом дворе.

Баллон громоздился посреди любовно посаженного огорода. Мне стало нехорошо. Грядки, прополотые трудолюбивыми руками, почти погибли. Тяжелый баллон сломал забор и помял всю рассаду. Сейчас из дома выскочат разъяренные хозяева и устроят вселенский скандал, заставят меня оплатить погибший урожай и будут правы.

ГЛАВА 25

— Мотя! — полетело из избы. — Глянь-ка! Мотя!

Я судорожно оглянулась: куда спрятаться? Бежать прочь поздно, голоса уже приближаются.

— Мотька! Подь сюды! Эй! Проснися!

Глаза остановились на собачьей будке, времени для раздумий не осталось. Так, волкодава на месте нет, возле будки стоит пустая, вылизанная до блеска миска и лежит цепь с ошейником. Очевидно, Полкана отпустили размять лапы.

— Етит твою в лоб, Мотя! Этта че?!

Я не стала дожидаться, пока хозяйка обнаружит меня. Упав на колени, я мгновенно юркнула внутрь огромной будки, уткнулась носом в мягкую, воняющую собачатиной подстилку и затаилась. Пусть владелица огорода топает ногами, бесится и зовет на помощь всех, кто есть в доме, ни за что не вылезу.

— Мотя! Гля! Ну и ...!
— Че, Клань?
— Глянь!
— У-у-у! Баллон!
— Да... с ним!
— Огород погиб!
— Зато есть баллон!
— Ну и на фиг он!
— Бесплатно упал.
— Мотя, его кто-то уронил.
— Ну...
— Не с неба же он свалился.
— Э...
— Ленка небось упустила, она, стерва!
— А...
— Мотя! Проснись!
— Че?
— Ступай к Ленке! Задай ей, ... пусть за огород платит!
— Могет, это не она...
— Кто тогда?
— О...
— Ага! Она это! Кто еще газ берет, — частила баба, — мы, Ленка и Нюська. Остальные плитками пользуются. Ступай, тащи сюда лахудру.
— Нюська...
— Она в магазине сидит! Я только что там была. Шлепай к Ленке.
— Ы...
— Урод!
— Раз ругаешьси, сама и прись, — обозлился мужик.
— Сволочь, алкоголик хренов, боров жирный, — понеслось над огородом, — только о ханке и думаешь! Ирод! Предупреждала меня мама: не ходи за него замуж! Какого... не послушалась? Ну ща задам тебе!
— Да пошла ты! — раздраженно ответил ей муж. — Ваще ща на работу уеду!

— Куда? Ой, не смеши!

Я услышала стук, треск, рыдания, потом вопль.

— Ну и вали отсюда! Сама разберусь! Без тебя! Нужон мне такой идиот! Ну, Ленка! Ну, стерва!

Голос, въедливый, визгливый, стал удаляться и затих. Я поняла, что до сего момента лежала не дыша, с шумом набрала в легкие воздух, чуть не скончалась от запаха псины и слегка расслабилась. Пока что все идет удачно. Хозяева, переругавшись насмерть, ушли из избы. Он вроде направился на службу, а она полетела убивать какую-то Ленку, которую заподозрила в порче огорода. Пора осторожно вылезать и драпать, может, впрочем, и баллон успею прихватить?

Развернуться в тесной будке было проблематично, поэтому я стала выползать задом. Пришлось, лежа на животе, отталкиваться руками. Сначала на свободе оказались ступни, потом колени, затем филейная часть, но при этом пятки коснулись чего-то мягкого, волосатого. Сгруппировавшись, я выползла целиком, встала на четвереньки и услышала:

— Р-р-р-р...

Звук не предвещал ничего хорошего. Я повернула голову и наконец-то увидела, во что, вернее, в кого секунду назад упирались мои ноги.

Возле будки сидела собака, вернее клочкастое, клыкастое чудовище, ростом с хорошего теленка. Огромный ластообразный язык свешивался из его разверстой пасти, маленькие красноватые глазки горели мрачным огнем, уши были прижаты к арбузоподобной голове, одна лапа, размером с ногу слона, нервно подрагивала.

— Р-р-р-р... — повторил милый песик.

Я икнула раз, другой, третий, и тут из будки, только что служившей мне убежищем, выползли на свет два щенка, всклокоченные, грязные, но все равно умильные.

Страх, охвативший меня при виде собакиных отпрысков, оказался настолько велик, что прошла икота, вызванная испугом при виде их маменьки.

— Р-р-р-р, — наливался злобой монстр.

Очень медленно, на четвереньках, я двинулась в сторону огорода. Может, милая собачка примет меня за себе подобную? Вдруг она решит, что к ней в гости заглянула соседка? Костей погрызть, щенков поглядеть. Руки пошарили в траве и схватили что-то, похожее на ощупь на палку. Смешно, конечно, но хоть какое-то оружие.

— Гав-р-р, — раздалось за спиной.

Лай подхлестнул меня. Похоже, мерзкое чудище решило проглотить несчастную Вилку, пытавшуюся, как оно думает, покуситься на его невинных деточек.

Никогда в своей жизни я не бегала с такой скоростью, как сейчас! Но у собаки четыре ноги, передвигалась она в два раза быстрее, чем я, и настигала меня легко, играючи. Я уже чуяла смрадное дыхание дворняги. Кое-кто из владельцев собак покупает своим питомцам зубную пасту, другим приобретают специальные палочки для того, чтобы изо рта шавки пахло розами. Но полкан, мечтавший слопать меня вместе с кроссовками, явно никогда не знал подобных изысков, скорей всего, его ни разу в жизни не мыли и не расчесывали, и он, как все маргиналы, имел хамские привычки.

Я неслась вперед, размахивая зажатой в руках палкой. Честно говоря, я собиралась пригрозить дубиной двортерьеру, но потом забыла, для какой цели прихватила «оружие», и сейчас просто сжимала его изо всех сил.

Впереди показался забор нашей соседки Лены, довольно высокий, сооруженный из разномастных деревяшек. Вот когда я пожалела об отсутствии у меня физической подготовки. Единственной тройкой в моем дневнике в школе была оценка, поставленная учителем физкультуры. Больше всего этого милого в общем-то мужика возмущала полнейшая неспособность ученицы Таракановой перепрыгивать через препятствия. Высота в тридцать сантиметров является для меня почти непреодолимой, но сейчас, увидев частокол, я легко, словно кенгуру, взвилась вверх и приземлилась за оградой.

Но переводить дух оказалось рано. Многокилограммовое собачье тело, которое под спутанной, грязной шерстью представляло собой клубок литых мышц, тоже взвилось ввысь и перенеслось на участок Лены. К счастью, милый песик очутился намного впереди меня, он шлепнулся посередине огорода, прямо на грядки, как раз около ног нашей соседки, отчаянно ругавшейся с какой-то толстой бабой.

— Вот! — заорала Лена. — Ты, Клавка, глянь! Это чья собака?!

— Ну, — оторопела та, — моя!

— И чего она с моим укропом сотворила?

— Э...

— Ты явилась сюда лаяться, — уперла руки в бока Ленка, — про какой-то баллон несешь! Напилась?

— Я?

— Ты!

— Да я тебе...

— Ой, замолчи! Жулька мне все поломала! За каким фигом ее сюда принесло? Может, твой Мотя ей чекушку поднес! Немедленно уходи и уродку уводи! Ну-ка, кто кому за огород должен, давай посчитаемся!

— Ну... не кричи, — забормотала, отступая, Клава, — ща... улепетываю! И чей баллон?! Эй, Жулька, отрава грязная, пшла вон!

Собака попыталась было двинуться в мою сторону, но хозяйка вцепилась в ее лохматую шею и пинками выгнала верного друга за плетень.

— Ща на цепь посажу, — вопила она, верша расправу, — изуродую на фиг, кормить брошу!

Визгливый голос отдалялся, я расслабилась. Правда, возникла новая проблема: как бы отползти незаметно на наш участок, но, может, Лена сейчас уйдет в дом? Пока что она меня не видит.

— Эй, Вилка, — засмеялась соседка, — вставай, чего прячешься!

С тяжелым вздохом я поднялась и забубнила:

— Ну прости, случайно вышло, она мною поза-
втракать решила!

— Баллон ты упустила?

— Да.

— Теперь назад не получишь, — продолжала веселиться Лена, — Клава жутко жадная, что к ней в лапы
попало, пиши пропало, никогда не отдаст. И не надо
ей, а приберет. Такая сучара!

— Я помяла тебе огород!

— Ерунда.

— Давай возмещу.

— Наплюй.

— Ну все-таки.

— Забудь, только укроп чуть повредился, это фигня.

— С какой стати эта Жулька на меня наброси-
лась? — недоумевала я. — Ничего плохого ей не сделала, только улыбалась.

Лена прикусила нижнюю губу, а потом сдавлен-
ным голосом проговорила:

— Совсем не понимаешь?

— Нет, — абсолютно искренне ответила я, — никогда не обижаю животных, люблю их всех, кроме та-
раканов. Но те вроде насекомые.

— Ты небось жутко проголодалась, — расхохота-
лась Лена, — если у Жульки ее любимую косточку
сперла. Какая собака такое стерпит?

— Ты о чем? — недоумевала я.

Лена шлепнула себя руками по бедрам.

— Ну, приколистка! Глянь, чего держишь.

Я машинально посмотрела на свою правую руку.
В кулаке вместо предполагаемой палки была зажата
довольно большая, почти дочиста обглоданная кость.

— Решила супчик сварить, — веселилась Лена, —
или так схарчить надумала?

И что следовало ответить? Сказать правду? Что я
приняла кость за дубинку?

— Ой, не могу, — сгибалась пополам Лена, — и
зачем только мосляшка тебе понадобилась!

— На холодец, — криво усмехнулась я и побрела к
своей избе.

Узнав о моих приключениях, Томочка разохалась.

— Вилка! В другой раз пойдем вместе! Баллон-то тяжелый.

— Следующий раз будет через неделю, — горестно вымолвила я, — и как готовить теперь?

— Ерунда, — отмахнулась Томочка, — я все придумала. Вот, слушай! На завтрак дети ели творог со сметаной. На обед у меня есть упаковки лапши быстрого приготовления. Конечно, гадость страшная, но Кристина ее обожает, да и Никитосу один раз вполне дать можно. А вот на ужин... Ты можешь вернуться не позже десяти?

— Конечно.

— Купи в городе плитку, — улыбнулась Томочка, — сейчас есть такие маленькие, удобные, ничего практически не весят. Я не собираюсь тут какие-то невероятные блюда готовить. Так, кашу, суп. Не забудешь?

— Естественно, нет, — кивнула я, — приобрету самую лучшую плитку.

— Вот и отлично, — обрадовалась Томочка, — замечательно получилось! Обед варить не надо, значит, я могу со спокойной душой плюхнуться в кресло, начну вязать свитер Никитосу. Спасибо тебе за упущенный баллон. Притащи ты его домой, мне пришлось бы у плиты хлопотать, а так — я свободна!

Я пошла переодеваться. Тома замечательный человек. Любую, даже большую неприятность она умеет нивелировать, из отвратительной ситуации всегда найдет выход, никогда не станет стонать над разбитой чашкой, как над разбитой жизнью.

Даже падая с пятнадцатого этажа, моя подружка, наверное, станет кричать:

— Боже, как здорово, я лечу, словно птица!

Томочка всегда говорит:

— Неприятность как медаль. У нее есть оборотная сторона, переверни — и увидишь радость. И вообще, все, что ни делается, делается к лучшему. Пригорюнишься, расстроишься, а потом ситуация так повернется, что понимаешь: маленькая беда спасла тебя от большой катастрофы.

Электрички сегодня ходили бесперебойно, на метро до офиса фирмы «Золотой рай» я докатила быстро и, обрадовавшись везению, пошла искать человека, который руководил водителями. Меня отправляли в разные кабинеты. В шестом по счету сидела молоденькая девушка, некрасивая, носатая, смахивающая на ворону, с бейджиком «Нана» на кофточке.

— Имеете претензии к водителю? — строго спросила она. — Садитесь, давайте бланк заказа.

— У меня его нет.

— Увы, при отсутствии документа...

— Нет, нет, — перебила я Нану, — никаких жалоб, наоборот.

Нана широко распахнула карие глаза.

— Благодарность написать хотите?

Я улыбнулась:

— Работаю у очень обеспеченных людей, это они пользуются «Золотым раем».

— Мы ориентированы на средний класс, — возразила Нана.

— Да, конечно, но не в этом дело. Моя хозяйка — пятидесятилетняя дама, ее супругу недавно исполнилось шестьдесят. Причем жена смотрится на тридцать: фитнес, диета, косметические процедуры, а он выглядит как старик: толстый, обрюзгший, животастый, понимаете?

— Пока не слишком, — холодно сказала Нана.

— Моя хозяйка заказывает у вас продукты.

— Это понятно.

— Ей их доставляет очень симпатичный шофер, Рома.

— Наших постоянных VIP-клиентов обслуживают всегда одни и те же водители, — спокойно объяснила Нана, — сейчас в стране криминальная обстановка, вот заказчики и просят не присылать разных людей с продуктами. Мы очень хорошо понимаем, что...

— Да, это замечательно! К нам еду привозил Рома.

— Водопьянов?

— Вот фамилии его не знаю.

— Вообще-то у нас работают два водителя с таким именем, — протянула Нана, — Фолин и Водопьянов. Но первому VIP-клиентов не доверяют, он недавно служит, а Водопьянов опытный кадр.

— Такой симпатичный парень, смазливый, носит яркие рубашки? — уточнила я.

— Водопьянов?

— Ну да.

— Ой, что вы, — захихикала Нана, — Роман Николаевич уже дедушка, ему под шестьдесят, «випов» обслуживают самые опытные!

— Значит, к нам приезжал Фолин.

— Маловероятно, — сердито ответила Нана, — ему ничего серьезного не поручают, и, скорей всего, мы от его услуг избавимся. Нечестный человек.

— Украл что-то?

— Нет, конечно, — покачала головой Нана, — такой к нам даже не попадет, отбор очень серьезный, мы требуем рекомендации, звоним на прежнее место работы. Нет, Роман химичит с доставкой.

— Это как?

— Ну, мы упаковываем заказы, даем путевой лист, и машина уезжает. Клиенты ждут продукты к определенному времени. Мы знаем, какова сейчас обстановка в Москве на дорогах, поэтому стараемся точно час не называть, говорим так: от трех до пяти. Адреса заказчиков подбираем так, чтобы водителю не приходилось ехать сначала в Кузьминки, а потом на Речной вокзал, но все равно случаются накладки, и нам жалуются. Так вот, Роман постоянно опаздывает, и стало понятно, что он, находясь на работе, проворачивает свои делишки!

— Как мне найти Романа?

— Зачем он вам?

— Нужен.

— Оставьте нам жалобу.

— Нет, дело не в плохом обслуживании.

— А в чем же?

— Парень очень понравился моей хозяйке, — захихикала я, — прямо до безумия. Если вы его выгнать решили, она с удовольствием предложит ему место личного шофера. Анна Ивановна богата и очень любит себя.

Нана побарабанила пальцами по столу.

— Роман ненадежный человек. Вот муж мой, Олег, тот вам больше подойдет: ответственный, не курит, не пьет.

— Боюсь, — ласково улыбнулась я, — вы не захотите делиться с Анной Ивановной супругом. С самого начала я сказала вам: хозяйка в великолепной форме, глядится на тридцатник, муж же ее развалина, давно потерял всякую боеспособность, соображаете? Роман симпатичный паренек...

Нана поморщилась:

— А-а-а... теперь ясно. Записывайте координаты, он сейчас в отпуске, неделю попросил с сегодняшнего утра, бездельник.

По дороге к метро я многократно пыталась дозвониться до Романа, но номер не отвечал. Очень надеясь на то, что парень сейчас просто спит, я приехала в старый спальный район Бескудниково, пошаталась между одинаковыми серыми блочными домами, нашла нужный, поднялась на восьмой этаж и позвонила в двадцатую квартиру.

Дверь мгновенно распахнулась.

— Ну ты и тормоз! — воскликнула девочка лет десяти, она явно ждала кого-то другого, а не меня.

Я улыбнулась.

— Не пью с утра тормозную жидкость!

— Я думала, Деня пришел, — мрачно объяснила девочка, — вам кого?

— Роман дома?

— Уехал он, на рыбалку.

— Куда? — приуныла я.

Вот катастрофа, вдруг парень подался на край света!

— Завтра вернуться обещал. А вы кто? Люда? —

спросила девочка, и, не дожидаясь моего ответа, продолжила: — Он вам записку оставил!

Конечно, нехорошо вскрывать и читать адресованные другим людям письма, но, думаю, вы простите меня, когда узнаете, что, услыхав про записку, я заорала:

— Давай сюда!

— Подождите тут, — деловито сказала девчушка и закрыла перед моим носом дверь.

Пришлось топтаться на лестнице, десять минут, пятнадцать, двадцать... Когда терпение мое иссякло, а рука потянулась к звонку, дверь распахнулась. Девочка помахала сложенным листком.

— Во.

— Отдай, — еле скрывая нетерпение, поторопила я ребенка.

— Э, нет! Ромка сказал: вам эта записка очень нужна, заплатите мне сотню.

— Возьми, пожалуйста, — засуетилась я, вытаскивая деньги из кошелька, — купи себе конфет или плюшевую игрушку.

— Плеер хочу, — скривилась девочка, — на фиг мне деревянные! Плати сто баксов.

— У меня столько нет! И потом, что за цена? Услуга-то ерундовая!

— А вот и неправда твоя, — обозлилась взяточница, — Ромка наш сосед, он с моей мамой вечно ругается, мне не разрешают с ним общаться, но я взяла записку, не побоялась. Гони монету, или ничего не получишь.

— Пятьсот рублей, и дело с концом.

— Две с половиной тысячи.

— Семьсот.

— Две.

В результате мы сошлись на тысяче. Серо-голубая купюра перекочевала из портмоне в грязную ладошку, взамен я получила записку.

Представляете, с какими чувствами я разворачивала листок. «Л! Извини! Я выхожу из игры! Мне эта затея всегда не нравилась! Теперь совсем плохо! Ты, кстати, самая приличная из всех! Рад был познакомиться! Но лучше бы нам никогда не встречаться. Кстати, я нашел его, давно. Просто вам не говорил, но тебе хочу сказать. Фомин Леонид Филимонович, прописан в Теплом Стане, там ли живет, не знаю, не проверял. Можешь сама съездить. Адрес смотри ниже. Кстати, Яна небось у Фомина, о нем никто же не знает!»

Дальше, после закорючки, обозначавшей подпись, шел адрес. Зажав бумажонку в кулак, я потопала к метро. Теперь надо ехать в Теплый Стан! Леонид Фомин, а шофера зовут Роман Фомин. Может, родственники? Хотя нет, скорей всего, просто однофамильцы.

ГЛАВА 26

Хрипло чихающее маршрутное такси довезло меня до того места, где огромный мегаполис по имени Москва заканчивался. За серыми, некрасивыми домами виднелась полоска леса, вдали надрывно-тревожно прокричал гудок поезда, совсем недалеко от улицы находилась железная дорога.

Пятиэтажка, куда мне предстояло войти, выглядела нежилой. Выбитые стекла в окнах, двери подъездов болтаются на петлях. Скорей всего, дом был приготовлен на снос. Но на втором этаже, около одной из квартир, была свалена гора обуви, пройдя еще один лестничный пролет, я наткнулась на помойные ведра, из которых вываливались отбросы, и поняла: тут еще остались жильцы. Двадцатая квартира оказалась на пятом этаже. Еще не так давно в бюллетенях недвижимости можно было прочитать: последний этаж не предлагать, но сейчас жилье, над которым нет сверху соседей, стало цениться очень высоко. Кое-кто добивается разрешения и присоединяет к своим апартаментам часть чердака. Но неизвестный мне Фомин Леонид Филимонович явно был нерачительным хозяином. Дверь в его жилье смотрелась ужасно: ободранная, грязная, некогда обитая дерматином. Звонок, выдранный из стены, болтался на одном проводе.

Я попыталась нажать на кнопочку, но не услышала никакого звука. Сзади послышался грохот, растрепанная баба выставила на лестницу помойку.

— Ты к Леньке? — поинтересовалась она, распространяя запах щей, сваренных, кажется, из гнилой капусты.

— Да, — стараясь не дышать, ответила я, — ищу Леонида Филимоновича Фомина, он прописан тут.

— Из милиции, што ль? — заинтересовалась тетка. — Если кто набезобразничал, то не он.

— Вы так уверенно защищаете соседа, хорошо с ним знакомы?

Женщина закашлялась.

— Много лет рядом мучаемся. Вот скажи, кто ЛТП отменил, а? Демократы! Я теперь за них никогда голосовать не пойду. Людям жизни не стало, а эти, в Думе, орали: ущемление свободы. О нас они подумали?..

Я молча слушала сердитую бабу. ЛТП, или лечебно-трудовой профилакторий, очень хорошо известное мне место. Во дворе моего детства бабы частенько пугали сим заведением спившихся супругов. Услышав из уст жены: «Ладно, будешь пить и драться, пойду в легавку[1] и сдам тебя в ЛТП», — мужик моментально делался смирным и принимался бормотать: «Ну ладно, чего раскипятилась, я просто погулял чуток».

Но кое-кто из алкоголиков был близко знаком с учреждением, отчего-то названным профилакторием.

От лагеря ЛТП отличался немногим: бараки, охранник, рабочие цеха, плац для построения, отряды и походы строем, с песней в клуб. Нравы тут были чуть помягче, чем на зоне, воспитатели подобрее, а боль-

---

[1] Л е г а в к а — отделение милиции. Слово было в употреблении до 80-х годов XX века. Л е г а в а я — охотничья собака, не знаю почему, милиционеров сравнивали с этими животными. Потом слова «легавый», «легавка» умерли, на смену им пришли «мент» и «ментовка».

ница поукомплектованней. К пребыванию в данном месте приговаривали по суду, и кое-кто, выйдя на свободу, «завязывал» с возлияниями, но таких было мало. Основная масса выпивох, проведя пару лет в вынужденной трезвости, оказавшись на свободе, мгновенно принималась за старое.

В вечно пьяном дворе моего детства простые русские женщины, считавшие терпение наивысшей доблестью, а мужа-алкоголика само собой разумеющимся явлением, прибегали к помощи ЛТП только в крайнем случае. Валя Роткина отправила мужа шить брезентовые рукавицы после того, как тот избил своего двухлетнего сына почти до смерти, а Галя Чепина побежала в милицию, найдя у себя дома целую роту непонятно откуда взявшихся алкашей, которые во главе с супругом крушили мебель.

Зачем же было сажать отцов семейства в ЛТП, если там все равно не излечивали пьяниц? Милые мои, вы просто никогда не существовали рядом с алкоголиком в квартире общей площадью в пару квадратных метров. Уж поверьте мне, хуже наказания просто нет. Деть «сокровище» некуда, оно постоянно здесь прописано и находится в доме на законных основаниях. Вернее, алкаш там пьет, буянит, сжирает детскую кашу, выносит все, что можно обменять на бутылку, бьет вас, детей, кошку, храпит на полу, а избавиться от такого муженька можно лишь одним способом: сдав его на перевоспитание. Бедные тетки, решавшиеся на этот шаг, очень хорошо понимали: их мужей от бутылки не отвернет ничто, но на какое-то время семья избавлялась от издевательств, получала хоть маленькую передышку. А ведь, кроме жен, у алкоголиков имеются родители, соседи, они страдают от безумного, невменяемого существа не меньше. И если супруга с матерью хоть как-то пытаются примириться с неуправляемым пьяницей, то с какой стати мучиться остальным? В общем, в нашей стране ЛТП был жестокой, но подчас необходимой мерой.

Дождь демократии смыл пыль советского строя,

причем вместе с водой утекла не только грязь, но и младенец. Все-таки имелось в коммунистическом режиме и что-то хорошее. Ну, допустим, массовый вывоз детей летом в пионерские лагеря или поголовная медицинская диспансеризация населения. Все эти обязательные флюорографии и смотровые кабинеты, куда нас тащили буквально на веревке, но ведь кому-то такие походы спасли жизнь, выявили опасное заболевание на самой ранней стадии. Но, увы, большинство детей из малоимущих семей теперь проводят лето в городе, в поликлиники никого ходить не заставляют, а от ЛТП не осталось и воспоминаний. Если избитая баба, рыдая, прибежит сейчас в отделение милиции, скорей всего, она услышит равнодушную фразу: «На семейные ссоры не выезжаем» или «Сама с мужем разбирайся!»

На отчаянный крик: «Он же меня убьет!» — последует замечательный ответ: «Вот тогда и явимся, на труп».

Правда, изредка попадаются добросердечные участковые, которые, прихватив парочку своих коллег, могут просто поколотить вашего пьяного супруга. Но действия эти производят, так сказать, в частном порядке, из чистой жалости. Помощи жене алкоголика искать негде, права пьяницы защищены законом, но как быть с правами окружающих его людей?

— Который год мучаемся, — бубнила соседка, — он один ведь живет! Курит! А ну как сгорим все? Раньше хоть запоями квасил: месяц никакой, полгода нормальный, а теперь...

Она махнула рукой, попыталась закрыть ведро крышкой, не сумела и сердито продолжила:

— Вообще никуда не выходит! Потому и говорю: если кто набезобразничал, то не он, третью неделю сиднем дома сидит, а я воздух из вентиляции нюхаю: не несет ли гарью! А ведь нормальный был, когда сюда переехал, жену, детей имел, уж не помню сейчас, сколько их было, двое вроде... А потом супруга ушла, деток прихватила и смылась. Ну и кто ее осудит, а? Вот вы сможете?

— Я? Нет, конечно. Но если Леонид третью неделю носа на улицу не кажет, где же он бутылки берет?

Баба покачала головой:

— Хрен его знает. В последний раз девица приезжала, молодая, симпатичная, она ему два ящика водки приволокла, два! Я так же ведро выставляла, а она поллитровками звякала.

Соседка не вытерпела и воскликнула:

— Ну за каким фигом ты ему ханку прешь?

Девушка, ничего не сказав, юркнула внутрь квартиры. Очевидно, она не знала, что двери в хрущевках сделаны из прессованной бумаги и, если хочешь скрыть от любопытных цель визита, не следует кричать в прихожей. Не пожелав даже улыбнуться соседке, девица захлопнула дверь и крикнула:

— Эй, па! Выползай! Это я, Яна, пришла.

— Она назвала Леонида папой? — изумилась я.

— Точно, — кивнула соседка, — я еще удивилась, а потом вспомнила: у нашего красавца женушка была с детьми. Уж не помню, как ее звали и кто у нее родился. А вам Ленька зачем? Небось из-за кражи явились?

— Какой? — осторожно спросила я.

— Да у Вадьки из сорок девятой машину сперли, — усмехнулась женщина, — только Ленька, хоть и сволочь пьяная, к этому делу непричастный. Где ему с рулем справиться, все умение пропил. Хотя говорил, что раньше имел авто. Да и из дома не выходит, бутылки, которые доченька разлюбезная приволокла, допивает. Хоть бы до смерти дожрался!

— Но сейчас его дома нет, — возразила я.

— Да где ж ему еще быть-то?

— Никто дверь не открывает.

— Толкните, у него не заперто, Ленька который год не закрывается, соседи упросили. Муж мой постарался, объяснил ему. «Заснешь, Лень, с сигаретой и сгоришь, пока станем дверь выламывать, а в незапертую фатеру сразу вбежим». Идите, идите, там он, дрыхнет!

Я толкнула дверь, та легко подалась, из квартиры понесло отвратительной вонью.

— Фу, — скривилась соседка, — у меня помойка и то так не пахнет, счастливо оставаться, нюхать дерьмо неохота.

С этими словами она исчезла в своей квартире. Я же, преодолевая подступившую к горлу тошноту, втиснулась в крохотную прихожую и воскликнула:

— Леонид! Ау!

— Э-э-э, — донесся стон, похожий на мычание, — э-э-э...

Я вошла в комнату. Долгие годы мы с Томочкой жили точь-в-точь в такой же квартире, впрочем, и вам они, наверное, очень хорошо знакомы. Войдя с улицы, сначала оказываешься в узеньком коридорчике, справа, прямо у входа, дверь в совмещенный санузел: сидячая ванна, крохотная раковина и унитаз. Слева вешалка, мимо которой еле-еле вдвигаешься в еще один десятисантиметровый коридорчик. Он ведет в комнату и кухню. Здесь были еще две комнатухи, смежные, маленькие, с низкими потолками. Но мы с Томочкой были счастливы, обитая в той халупе. Поверьте, крохотная квартирка, если в ней царят любовь, дружба и хорошее настроение, будет очень уютной. Наш быт скрашивало много милых мелочей: яркие занавески, салфеточки, вазочки, настенные панно, цветы в горшках, поэтому подруги, часто заглядывая к нам в гости, восклицали:

— Ой, как у вас здорово!

Но ни о каком уюте в этой квартире речи быть не могло. Грязные, никогда не мытые окна, пыльная рухлядь вместо мебели и некто, отдаленно напоминающий человека, лежащий на подобии дивана.

— Явилась? — прохрипел он, поднимая голову со спутанными в колтун волосами. — А ну налей отцуто! Не гордись.

Я внимательно осматривала комнату. На колченогом столе без всяких признаков скатерти или клеенки стояла батарея бутылок.

— Открой, — хрипел Леонид, — болею сильно!

Я стала отвинчивать пробку. Если пьяницу одолевает похмелье, с ним бесполезно вести любые разговоры, взаимопонимания не достичь никогда, нужно сначала дать индивидууму выпить. Правда, тут вы сильно рискуете, потому что дальнейшие события могут развиваться двояко: либо алконавт воскреснет и обретет способность более или менее членораздельно отвечать на ваши вопросы, либо он моментально захрапит.

— Че так долго, налей скорей! — бубнил Леонид.

— Успеется.

— Трясет меня!

— Выпей чаю!

Пьяница внезапно сел.

— Че?

— Чай согреет лучше водки, — попыталась я вразумить Леонида, — и съесть надо кусок хлеба с маслом, посмотри, ты весь высох, настоящий скелет!

— Жизнь моя горькая, — завел алкаш, раскачиваясь из стороны в сторону, — детей родил...

— Сам? — усмехнулась я.

Фомин на секунду заткнулся, потом вдруг вполне трезво удивился:

— Че — сам?

— Родил деток самостоятельно или жена помогла? — уточнила я.

— Была баба, — согласился Леонид, — Тоня! Нет, Маня. Опять не то, имя такое простенькое, Таня, Кланя... ну и фиг с ней, ушла от меня! Детей увела, я ночей не спал, недоедал, все в семью нес, и вот она, благодарность... Уехали, забыли папку, погибай, Леня, в холоде...

— Май на дворе, — напомнила я, — дождь, правда, но относительно тепло, не замерзнешь, даже если в луже заснешь.

— Пока я работал, — не обращая на меня внимания, ныл Леонид, — нужен был, гонорары таскал...

— Гонорары? — изумилась я.

— Эхма, — закряхтел Фомин, — ну-кась, слазай за буфет, там пачка лежит, глянь, не вру, доченька.

Очень заинтересованная, я заглянула за то, что в годы моего детства называлось «Хельга», полированный гроб, помесь гардероба с буфетом, заветная мечта многих советских женщин.

За полуразвалившимся сервантом нашлась стопка помятых книжек. Я взяла одну. Леонид Фомин, «Планета ста звезд», научно-фантастический роман. Внезапно перед моими глазами развернулась яркая картина. Сижу, поджав под себя ноги на диване, за окном бушует яростная метель, порывы ветра сотрясают стекла окон. Я кутаюсь в большой платок, мне очень, просто очень хорошо. Раисы нет дома, проклиная снегопад, мачеха чистит двор. Обычно она сует и мне в руки скребок и с воплем: «Хватит балбесничать, ишь, над уроками расселась!» — выталкивает меня на улицу и велит сгребать снег в кучу. Но на этой неделе мне повезло, я подцепила корь и теперь со спокойной душой нежусь в тепле. Более того, Раиса разжалобилась и сделала воспитаннице подарок, просто так, без повода. Получила зарплату, пришла, как всегда, навеселе, но вместо того, чтобы заставить меня стелить ей постель, сказала:

— Пойду снег сгребать, етить его в корень. На, держи!

В моих руках оказалась тряпочная сумка, с которой Раиса шаталась по магазинам, а в ней лежали мандарины, немного любительской колбасы, нарезной батон, грамм сто конфет «Мишка на Севере» и книга «Планета ста звезд».

— Читай! — рявкнула Раиса. — Сказали, интересно. Я теперь буду полы мыть в издательстве. Пришла сегодня первый раз. Люди там уважительные, пьют только много, да, с другой стороны, кто не квасит? Эту книжонку мне ихний главный редактор дал, когда узнал, что ты читать любишь. Предупредил, правда, вроде история не детская, но хорошая. Коли понравится, то продолжение получишь!

Я прочитала книжку раз пять, дала Томочке, а потом потрепанный томик начал бродить по школе. Раиса, честно сдержав слово, притащила мне еще три повести, которые мы с Томочкой проглотили в один момент. Поверьте, это были совершенно замечательные книги. Правда, сейчас я не сумею пересказать вам их содержание детально, помню лишь, что речь в них шла о звездолете, который много-много лет летит к неизвестной планете. Люди находятся в замкнутом пространстве, у них рождаются дети, внуки, правнуки, а корабль все движется и движется к цели, никто из простых членов экипажа не знает о конечной цели полета, она известна лишь одному капитану. Оказавшись на смертном одре, он раскрывает тайну своему преемнику. Но один молодой человек случайно узнает правду: их полет не имеет цели, много лет назад корабль запустили с Земли ради эксперимента, ученые должны знать: может ли человеческий организм долго функционировать вне родной планеты? Прошло слишком много времени, скорей всего, о подопытных людях забыли. На корабле начинается бунт, люди хотят вернуться на Землю, и в конце концов юноша, замутивший весь скандал, убивает главного пилота. С торжеством он достает из сейфа шкатулку, в которой, по преданию, хранится карта пути, но вместо нее находит в ящике ключ и письмо...

Не стану утомлять вас дальнейшим повествованием, но в самом конце выясняется, что корабль никуда не улетал. Просто на Земле случилась ядерная война, спасенные люди укрылись в специальном месте, да и не звездолет это вовсе, а автономное убежище в недрах родной планеты. Автор обещал читателям, что следующие книги будут повествовать о том, как люди, приученные жить без забот и трудностей в искусственном мире, станут выживать в естественных условиях.

Но потом Раису за пьянку вышибли из издательства, книг больше она не носила. Мы с Томочкой безуспешно искали в магазинах произведения Фомина, впрочем, в советские времена интересные романы и повести всегда находились не на прилавке, а под ним, поэтому мы так никогда и не узнали продолжения истории. Ну а потом я напрочь забыла про прозаика Леонида Фомина, меня захлестнули другие, совсем не детские проблемы, в которых не осталось места для фантастических рассказов. И вот сейчас, страшно изумленная, я держу в руках любимую книгу времен своей юности.

ГЛАВА 27

— Погодите, погодите, — забормотала я, — Леонид Фомин! Это вы?!

— Точно, — кивнул алкоголик, — он самый, член Союза писателей, с... с... хрен его знает с какого года!

— Но, мне кажется, я читала некролог, — лепетала я, — в какой-то газете...

— Живой я!

— Господи, — вырвалось у меня, — до чего же человек допиться может!

— Налей, а?

Я наплескала в стакан водки.

— Держите.

Леонид со стоном выхлебал все до дна и передернулся.

— Плохо пошла, вкус поганый... Из опилок гонят, табуретовка, а не водяра. Да другой-то нет! Спасибо, хоть такую принесла.

— Вам сколько лет? — спросила я.

Леонид поскреб ногтями голову.

— Ну... э... и не помню, много, наверное! Тут дочка приходила, взрослая совсем.

— Вы бы пить бросили.

— С какой стати? Да я и не алкоголик вовсе, — закряхтел хозяин, пытаясь подняться на ноги, — пьяница, он кто? Больной человек, от водки зависит, наркоман спиртовой, а я в любой момент завязать могу! То-то!

— Отчего же не завязываете?

— Не хочу, мне и так отлично.

— Возраст свой уже не помните.

— Ну и что? Какая разница, сколько мне стукнуло? — икнул Леонид. — Все мои. Пью, между прочим, с горя.

Я щелкнула языком, сколько видела на своем веку пьянчуг, и все наливались от печали.

— Что же с вами такое приключилось?

— Жена ушла, — плаксиво протянул Леонид, — Танька или Анька, нет, Манька... Ну не помню имени, хоть убей. Только меня печатать перестали, она сразу фрр — и нету. Деток взяла! Этих, ну, мальчиков или девочек, всех, ушла-а-а! Налей еще!

Я снова наполнила емкость.

— Фу, пакость, — вздрогнул Леонид, — во дрянь, горло дерет. Девочек у нас трое... или двое? А мальчиков? Один? Вроде нет... Забыл, старый стал, устал, никто меня не жалеет, никто, ваще...

Мутная слеза потекла по небритой щеке.

— Водку-то кто привез? — спросила я.

— Дрянь, а не выпивка.

— Вы же ее не сами купили?

— Да?

— К вам приходила Яна?

— Яна, Яна... Яна! Доченька моя золотая! Вспомнила папку, воспитывал, любил ее... все она... Жена увезла маленьких.

— Сколько же детям было, когда супруга ушла?

— Э... э... год! Может, больше! Кто ж такое вспомнит! Когда было-то! Сколько лет прошло! — неожиданно трезво заявил писатель. — Наливай, плесни этой гадости.

— А где сейчас Яна?

— Не знаю, небось у мамы.

— У кого?

— У жены моей бывшей!

— Адрес супруги подскажете?

— Ну... Москва.

— Здорово, давайте дальше. Москва, улица...

— Пятого звездолета имени Косусо!

— Такой в столице нет, это в ваших книгах были подобные адреса, если память мне не изменяет.

— Да... тогда не знаю.

— Фамилию и имя жены любимой скажите.

— Таня.

— Великолепно! Значит, Татьяна. Теперь дело за отчеством или фамилией.

— Или Аня?

— Анна...

— Нет, Маша, точно! Хотя... Таня! Вот черт, что-то подсказывает мне, не Татьяна! Из четырех букв!

— Катя?

— Не.

— Маня?

— Похоже... но нет!

— Простите, Саня?

— Ну, вроде на ...ня. Да, точно, заканчивается на ...ня.

— Тоня?

— Вот! Точно! Тоня!!!

— Антонина...

— Нет, не Антонина.

— Только что сказал: Тоня!

— Ошибся, выходит! Налей еще.

— Фамилию скажите.

— Чью?

— Жены.

— Э, забыл давно. Ни к чему она мне, водяры дай, — хозяин начал проявлять беспокойство.

— Ничего не получите, пока не попытаетесь вспомнить хоть что-нибудь о супруге, — твердым тоном заявила я, чувствуя, что сейчас просто задохнусь от запаха, который исходил от хозяина.

— Приперлась на мою голову, — взвыл старик, — чего примоталась? Ступай в профсоюз, там небось все сведения хранятся.

— Куда?

— В Союз писателей, — пробормотал Леонид, — я там зарегистрирован. Вот. Я спать хочу.

Произнеся последнюю фразу, Фомин свалился на диван и перестал подавать признаки жизни. Я вышла на улицу и с огромным наслаждением вдохнула загазованный московский воздух, показавшийся мне сейчас упоительно свежим.

Будучи писательницей, я волей-неволей стала общаться с собратьями по перу, и они рассказали о том, что в СССР вся пишущая братия была объединена в Союз. Человек, издавший книгу, мечтал получить в руки темно-бордовую книжечку, украшенную золотыми буквами. Членство в Союзе литераторов давало в прежние времена много льгот и привилегий. Настоящий, то есть «осоюзненный», прозаик или поэт мог рассчитывать на приличный гонорар, вроде он составлял четыреста пятьдесят рублей за авторский лист. В книге обычно примерно пятнадцать этих листов, и, умножив одну цифру на другую, получаем около семи тысяч целковых. Напомню, что средняя зарплата в советские времена крутилась вокруг 160 рублей в месяц. А еще можно было получить госдачу, продуктовый набор, сшить костюм или пальто в ателье, съездить, допустим, в Пицунду, в Дом творчества писателей. Сами понимаете, на берегу моря никто ничего не творил, литераторы просто отдыхали. Так что раньше Союз писателей был серьезной организацией, на данном же этапе никакого проку от него нет, да и союзов развелось то ли семь, то ли восемь, то ли десять, точно и не скажу. Но на Никитской улице стоит большой дом, в котором находится отдел творческих кадров. И, насколько я знаю, там на полках до сих пор бережно хранятся папки с делами старых, советских, писателей. Надо немедленно рулить туда.

Глубоко задумавшись, я перестала воспринимать окружающую действительность, поэтому, когда из сумочки донесся крик мобильного, подпрыгнула от неожиданности.

— Знаешь, что я подумала, — быстро заговорила Томочка, — бери плитку с двумя конфорками, нам хватит. Или ты уже купила другую? Вилка, ты меня слышишь?

Плитка? Двухконфорочная? Я собралась уж было спросить, зачем она нам, как подруга жалобно добавила:

— Ты ведь скоро приедешь, да? А то Никитос опять про оладьи завел, вот заклинило его со вчерашнего дня!

В тот же миг я вспомнила все: Пырловку, упущенный баллон с газом, злую собаку — и воскликнула:

— Уже несусь!

Слава богу, в наше время покупка электроплитки не составляет никакой проблемы. Около вокзала нашелся павильончик с вывеской «Бытовая техника».

Бойкий парнишка пробил чек и зачастил:

— Не сомневайтесь, плитка — зверь. Все сготовится в пять минут, у нас их в момент разобрали, две остались. Гарантия год, чек храните, если что не так, мигом обменяем. Пользуйтесь на здоровье. Да! Розетка-то у вас европейская? Если нет, купите переходник, вот этот, за тридцать рублей. До свиданья, приходите еще, рады встрече, мы клиентов любим. Возьмите подарочек, карманный календарик.

Я ушла из магазинчика обласканная с головы до ног. Плитка стоила сущие пустяки, за переходник взяли копейки, много материальной выгоды я торговцу не принесла, но он принял меня как человека, который приобрел за наличный расчет десяток плазменных телевизоров, и от этого на душе у меня было очень хорошо.

В Пырловку я прибыла под звуки нестройного хора, выводившего:

— Ой, мороз, мороз...

У кого-то из обитателей деревни сегодня, похоже, день рождения.

— Оладушки! — завопил Никитос, увидев, как я вытаскиваю из коробки эмалированную белую плитку с двумя черными конфорками.

— Да тут такой толстый штепсель, — пригорюнилась Томочка, — в розетку не воткнуть.

— Оладушки, — грозно продолжал Никитос, почувствовавший в голосе матери сомнение, — оладушки!

— Не беспокойтесь, — гордо улыбнулась я, — есть переходник! Вот, раз — и готово. Теперь щелкнем вот этой кнопочкой.

— Ее настраивать не надо? — поинтересовалась Томочка.

— Не телевизор же, — усмехнулась я, — великолепно работает прямо сразу. Ну, смотрите! Крэкс, фэкс, пэкс!

Мой палец ткнул в красную пупочку, послышалось тихое гудение.

— Здорово, — обрадовалась Томочка.

— Оладушки, — взвыл Никитос.

— Вилка, какая ты умница! — радовалась Тома. — Ну просто слов нет!

— А я хочу жареной картошки, — заныла Кристя, — с салом и луком.

— Секундочку, — воскликнула Тамарочка, — я мигом приготовлю!

И тут погас свет.

— Это что? — воскликнула Кристина.

— Похоже, электричество отключили, — ответила я.

— Ничего, — бодро продолжала девочка, — у нас свечки есть. Сейчас принесу, а ты, Муся, пока жарь картошку.

— На чем? — робко спросила Томочка.

— Так на плитке же, — ответила девочка, — очень кушать хочется, просто невмоготу!

Я прижалась к стене, ну, сейчас начнется!

— Понимаешь, — осторожно сказала Тамара, — на ночь жареное есть крайне вредно. Ты собираешься стать моделью, верно?

— Да, — кивнула Кристя.

— Тогда должна заботиться о здоровье...

— И о фигуре, — влезла я. — О какой карьере на подиуме может идти речь, если начнешь трескать картошку в масле? Лопай творог!

— Меня от него сейчас стошнит, — заявила Кристя, — я ела его сегодня три раза! Три! Хочу картошки! В конце концов, я еще точно не решила, стану ли моделью, может, в компьютерщики пойду, а в этой профессии толстый зад не помеха, даже удобно, на нем сидеть хорошо и мягко. Давай, ма, чисти картошку, а ты, Вилка, лук порежь.

— Видишь ли, — вкрадчиво сказала я, — пожарить мы ее не сможем. Впрочем, предлагаю съесть ее сырой, что, кстати, очень полезно.

— Офигела, да? — обиделась Кристя. — Почему не хочешь пожарить то, что я прошу! Из вредности?

— Нет, конечно, но плитка...

— Вот же она!

— ...не работает.

— Сломалась?!

— Оладушки!!!

— Электричества-то нет! — храбро закончила я. — Плитку без него не раскочегаришь.

— Оладушки!!!

— Тише-тише, сейчас открою коробку конфет, — попыталась купировать скандал Томочка, — чаю выпьем, вернее, нет, чайник тоже электрический.

— А-а-а! Оладушки! Оладушки!!!

— Ужасно, — Кристя перекрыла вопли Никитоса, — куда вы нас завезли, а? В пещерный век? Это что, и ноутбук не будет работать? А? Только от батарейки, да?

— И у вас света нет? — заглянула на терраску Ленка. — Вот сволочи, теперь на три дня небось отключили!

— На сколько? — в полном ужасе воскликнули мы с подругой. — На ТРИ ДНЯ?!!

— Ну эти суки на меньшее время не вырубают, — вздохнула Лена, — пропал сериал! Такой классный, по СТС показывают, я специально ради него на антенну разорилась.

— Три дня? — повторила Кристя. — Но батарейка у компа без зарядки столько не протянет. Я останусь без Интернета! А-а-а-а... Без аськи!!!

— Успокойся, — прошипела я, — ты свой драгоценный комп тут хоть раз включала?

— Да-а-а!

— И Интернетом пользовалась?

— Да-а-а!

— Каким же образом? Телефона-то здесь нет!

— Есть! Розетка имеется!

— Неужели?

— Точно! На почте. Меня туда Катя пустила, заведующая, она хотела посмотреть, что такое Интернет, мы вместе в чате сидим, а теперь все? На три дня?

— Оладушки!!!

— Комп!!!

— Оладушки!!!

Мы с Томусей растерянно переглянулись. Нам с подругой не было никакой необходимости уезжать из Москвы, хотели сделать приятное детям, вот и вывезли их на воздух, а что получилось? Да, дышится тут намного лучше, чем в столице, но на этом хорошее кончается, остальное ужасно. Помыться проблема, в туалет сходить тоже, еды не приготовить, телевизор не посмотреть, компьютер не включить, сплошные неудобства, которые мало компенсируются свежим кислородом. И потом, если баллон с газом мне слабо докатить до дома, а электричество выключают на три дня сразу, то детям придется питаться кое-как, а я отнюдь не уверена, что это полезно для здоровья. Похоже, что, прочистив легкие, Кристя и Никитос испортят желудки. Да и мужья наши не спешат в деревню, никому неохота жить в Пырловке.

— Перестаньте выть! — крикнула Лена. — Большие уже для капризов.

— Картошки хочу, — не сдавалась Кристя.

— Ну и пожарят тебе, если сама не способна, — фыркнула Лена, — здоровенная верста вымахала, а руки к заднице пришиты.

— Мне нетрудно приготовить ужин, — быстро сказала Томочка, — только не на чем!

— Так на печке, — предложила Лена, — вон она стоит, русская печь.

— Никогда на такой не готовила, не сумею, — призналась Тамара.

— А тут и нечего уметь, — засмеялась соседка, — разжигаешь огонь, вон сверху железка, это, считай, конфорка, как нагреется, вперед и с песней.

— Чем ее топят? — заинтересовалась я.

— Дровами.

— А где их берут?

— В сарай иди, — посоветовала Лена, — он в огороде.

Кристина и Никитос, разом замолчав, слушали наш разговор.

— Ну и здорово! — обрадовалась я. — Сейчас натащу поленьев.

В небольшом сарайчике, притулившемся у забора, нашлось несколько круглых обрубков, довольно больших и широких. Поднатужившись, я схватила один и, сопя от напряжения, едва доперла его до избушки.

— Ты чего приволокла? — захихикала Лена.

— Дрова, — вздохнула я, с шумом роняя бревно на пол, — сейчас засунем его в печку, подожжем и начнем кашеварить.

— Ну городские, ну тупые, — затрясла головой Лена, — прям психи! Кто ж такое запаливает? Наколоть надо!

— Чем? — мрачно поинтересовалась я.

— Топором, — пояснила Лена, — волоки взад, бери колун и быстренько так, тяп, тяп, наколи дровишек, ясно? Из этой здоровенной дуры штук десять полешек выйдет!

Я вернулась на исходную позицию, установила в центре деревяшку, больше смахивающую на пень от секвойи, огляделась по сторонам, увидела топор и приступила к колке дров.

Естественно, я многократно видела, как подобное делают другие люди. В детстве, живя летом у матери Раисы, я наблюдала, как старуха ловко справлялась с разделкой дерева. Она высоко поднимала топор, с силой опускала блестящее лезвие на чурбан, и от того самым волшебным образом отскакивали куски. При этом старуха громко крякала, а потом говорила:

— Вот и разлетелся на полешки, собирай, Вилка, да складывай ровно, шевели руками, лентяйка, вишь, бабушка в раж вошла, ща все переколет. Эх, прости меня, господи, грешную. Хряк, хряк, хряк...

Вспомнив детство, я приободрилась. Если уж глубоко пожилая женщина играючи справлялась с этой задачей, то я сейчас за десять минут управлюсь.

Поплевав, как бабка, на ладони, я схватила топор и удивилась. Однако он тяжелый. Уцепившись покрепче за полированную ручку, я со всего размаха тюкнула по чурбану, но от того не отвалилось даже щепочки. Я снова вознесла колун над головой и, вложив в удар всю силу, опустила его на чурбан.

Чмок! Лезвие воткнулось в дерево, но опять не раскололось. Я попробовала вытащить топор, но тот вцепился в чурбан, словно крокодил в кусок падали.

Потерпев неудачу, я решила не сдаваться и попыталась, как бабка, высоко поднять топор с чуркой над головой. Самое интересное, что мне это удалось ровно на пять секунд, потом руки подломились, колени согнулись, и я шлепнулась оземь. Топор вылетел из неподатливого куска дерева, не отколов от него ни одного полена. Заскрипев зубами, я вскочила на ноги. Что за чертовщина? Может, тут, в сарае, складированы останки так называемого железного дерева, суперпрочного, которое не поддается распиловке? Кстати, нет ли рядом пилы?

Ножовка нашлась сразу, висела мирно на гвозде. Я сдернула ее и смахнула пот со лба. Ну, держись, пень мерзкий, сейчас от тебя камня на камне, вернее, щепки на щепке не останется!

Примерившись, я стала водить пилой поверху цилиндра. Вжик, вжик, вжик... Никаких опилок! Ножовка не собиралась вгрызаться в древесину.

Сцепив челюсти, я нажала на ручку. Зубья вонзились в чурбан. Почувствовав себя Наполеоном, стоящим на Поклонной горе, я, переполнившись восторгом, вновь налегла на ручку. Ох, не зря мне в голову пришло сравнение с императором Бонапартом, потерпевшим в 1812 году сокрушительное поражение. Пила, вздрогнув еще раз, перестала слушаться меня. Я дергала ее из стороны в сторону, пыталась тащить вперед, потом назад. Снова толкала от себя, тянула к себе... Результата чистый ноль. Зубья засели в пне намертво.

Я что есть мочи пнула чурбан ногой, но никакого морального удовлетворения от этого не получила. Ну и что теперь делать? Вернуться в избушку и честно признать: простите, ничего не вышло? Нет, это выше моих сил!

И тут взгляд упал на ящик, набитый ржавыми, очевидно, никому давно не нужными инструментами. Сверху лежало долото.

В полном восторге я схватила его, потом, порывшись среди железок, нашла молоток и приступила к работе. Молотком я стучала по ручке долота, приставленного к чурбану. Раз, раз, раз, крак! От деревянного монолита отвалился кусочек дерева размером со спичечный коробок. Не описать словами охвативший меня восторг: вот оно, первое полено, произведенное собственноручно.

Воодушевленная невероятным успехом, я удесятерила усилия и довольно скоро наковыряла целую гору кусочков причудливой формы, размер, правда, у них был почти одинаковый, самый большой мог сравниться с моим мобильным телефоном. Страшно довольная собой, я стала сгребать «дрова». Вот оно как! Никогда нельзя сдаваться, нужно искать все новые и новые решения проблемы, и в конце концов вы справитесь с любой, казалось бы, непосильной задачей.

ГЛАВА 28

— Это что такое? — изумленно спросила Лена, уставившись на груду деревяшек, которые я, войдя в избу, высыпала на стол.

— Дрова, — гордо ответила я.

— Дрова?

— Ну да. Сама же велела их наколоть!

— Мама родная, — восхитилась Лена, — чем же ты их натюкала?

— Топором, — быстро соврала я, — долго ли умеючи.

— Это просто щепки, а не поленья!

— Странная ты, — покачала я головой, — принесешь один кусок — говоришь, больно большой. Помельче наколешь — опять недовольна. Ладно, согласна, в первый раз я сглупила, бревну в печь не влезть, но теперь тебе что не нравится?

— Сгорит быстро, жару не даст, — покачала головой соседка. — Ладно, вы пока запаливайте, а я из своего сарая нормальные дрова принесу.

— Вот и отлично, — засуетилась Томочка.

— Оладушки! — ожил Никитос.

— Кастрюльку с тестом видишь? — Томочка стала объяснять сыну ситуацию. — Вот сюда ее ставлю, на печечку. Вилка сейчас огонь раздует, мама сковородочку нагреет, потом тесто на нее нальем и оладушки пожарим!

— А моя картошка? — надулась Кристя. — Вечно Никитосу все первому!

— Но, Кристя, он маленький!

— Я тоже!

Слушая перебранку, я зажигала спичку за спичкой, но деревянная нарезка не собиралась вспыхивать веселым пламенем.

— Надо туда бумагу натолкать, — посоветовала Кристина, решив больше не качать права.

— У нас есть газеты?

— Не-а.

И тут я вспомнила, что в сарае, в углу валялась куча пожелтевших изданий. Сгонять на огород было делом двух минут. Схватив штук двадцать газет, я хотела уже бежать назад, но тут приметила на одной из полок бутылку, полную мутной, желтой жидкости. «Средство для разжигания костров в сырую погоду» — было написано на этикетке. Надо же, как все удачно складывается!

Кристина и Томочка тоже весьма оживились, увидев мои находки.

— Ну, класс, — завопила девочка, — через секунду загорится!

Все начали суетиться. Тамарочка быстро помешала тесто и пошла к шкафчику, чтобы достать масло, Кристина ринулась за сковородкой.

— Пожалуй, не надо мне картошки, — кричала она, — оладушки поем, со сметаной!

Я щедро облила наколотые чурочки жидкостью, поставила бутылку на стол и спросила:

— Где спички?

Никитос, решив принять посильное участие в процессе разжигания огня, быстро мял газету. Кристина отняла у брата скомканную бумагу, запихнула ее в печь.

— Ну где же спички? — продолжала вопрошать я, оглядывая кухоньку. — Куда подевались?

— Эй, девки, — донесся с порога мужской голос, — помните, что вы мне стакан должны?

Я обернулась. Не слишком трезвый Семеныч, пошатываясь, приближался к столу.

— С какой стати угощать тебя водкой? — возмутилась я.

— Так вы мне должны, со вчерашнего, за утюг!

— Мы ничего не гладили.

— Ну, за кипятильник!

— Уже расплатились давно, ступай себе.

— Во, я попутал, о плите речь, — затряс головой Семеныч.

— Иди отсюда, — обозлилась я, — ступай вон. Водки нет. Впрочем, будь ее хоть бочка, все равно не дала бы!

— Ну жадобина! — изумился Семеныч. — Вон же стоит бутылевич початый! Хоть глотнуть позволь.

С этими словами пьянчуга шагнул к столу.

— Не смей, это не для питья, — закричала я.

Но алкоголик уже схватил средство для разжигания костров. Я кинулась к болвану с целью отнять у него смертельно опасное средство. Но не успела, дальнейшие события напоминали кошмар.

— Нашла спички! — взвизгнула Кристина, тряся коробком.

— Самогоночка, — любовно произнес Семеныч, поднося ко рту бутылку, — первачок, мутненький, желтый, а запах! Прям с ног сшибает!

— Оладушки, — дискантом вел Никитос.

— Сейчас! — завопила Кристя и швырнула спичку на дрова. — Печка, зажгись!

Семеныч сделал огромный глоток, глаза его начали медленно выкатываться из орбит, волосы на голове вздыбились. Похоже, средство для костров подействовало на пьянчужку не хуже электрического тока. Я застыла на месте, судорожно соображая, как теперь спасти дурака от смерти. Влить в него срочно литра три воды с марганцовкой? Дать раствор соли, чтобы очистить желудок? Но тут мои раздумья нарушил резкий, громкий звук. Бах!

Из плиты вырвалось черное облако, на секунду показалось яркое пламя, потом кастрюля с тестом поднялась в воздух и понеслась прямо на Семеныча. Не успела я понять, что происходит, как эмалированная емкость со всего размаха стукнула Семеныча по лбу. Алкоголик всхрапнул и рухнул на пол, на секунду взметнув вверх две ноги. Я, зажав рот руками, с ужасом наблюдала за происходящим.

Кастрюля упала около порога, жидкое тесто поползло на пол.

В печи что-то загудело, и опять послышалось: бабах! Снова вырвались клубы то ли дыма, то ли сажи. Со стены с оглушительным звоном свалилась полка, на которой стояла посуда.

Ба-бах! С потолка упал абажур. Ба-бах! В разные стороны полетели пакеты с луком и крупой, стоявшие возле печки. Поняв, что от избы сейчас камня на камне не останется, я, схватив в охапку Никитоса, рванула на улицу. За мной, толкая перед собой Кристю, вынеслась Томочка.

Ба-бах! Из окна кухни вылетело стекло и мелкими осколками осыпалось на грядки.

Потом неожиданно установилась тишина.

— Чего случилось? — поинтересовался Альфред, перевешиваясь через забор. — Я только заснул.

— Похоже, ты постоянно дрыхнешь, — огрызнулась я и затряслась, словно голая мексиканская собачка, на которую идиоты-хозяева забыли надеть в двадцатиградусный мороз попонку.

— Мы оладьи жарим, — дрожащим голосом объяснила Томочка.

— Похоже, они у вас с начинкой из взрывчатки, — кашлянул Фредька, — ну и воняет, керосином вроде несет!

Ба-бах! Мы с Томочкой мигом шлепнулись в грядки, не забыв уложить рядом детей. Ба-бах! Ба-бах!

— С ума сошел! — заорал Альфред. — Откуда ты выполз!

Я осторожно повернула голову. В двух шагах от нашей избы стоял дед, одетый самым невероятным образом. На нем была рваная телогрейка, из многочисленных дыр которой торчали куски гнилой ваты, темно-зеленые, выцветшие штаны и черные, пыльные, местами потрескавшиеся сапоги. Над макушкой дедка ореолом стояли длинные, седые, спутанные волосы, подбородок украшала лопатообразная серая борода. Чем-то крестьянин напоминал великого русского писателя Льва Толстого. Может, сходство с отлученным от церкви литератором дедуле придавало фанатичное, безумное выражение блеклых глаз? В одной руке дедок сжимал древнюю винтовку.

— А ну прекрати! — взвыл Фредька.

Старичок вскинул берданку и принялся палить во все стороны. Ба-бах! Ба-бах!

— Мне уже не хочется есть, — заявила Кристя, — весь аппетит пропал.

— Во, патроны кончились! — взвыл дедок.

— Да что тут творится? — зачастила появившаяся Лена. — Господи, дядя Мотя! Ты откуда взялся? Зачем стреляешь?

— Так немцы в деревне, доча! — закудахтал дед. — Я фрицев гоняю. На Москву не пущу! Нет им туда дороги! Бомбы швыряют, но нас ничем не возьмешь! За

Родину, за Сталина! Ночь работе не помеха! Не болтай, враг услышит! Троцкист, шпион, оппортунист на правый бок склоняется, но на пути стоит чекист, он с ними рассчитается!

— Баба Клава! — взвыла Лена. — Забери дурака.

— Ой, беда, — зачастил дребезжащий голосок, — сбег, идол проклятущий, и берданку спер! Ступай домой, отрава горькая.

— Немцы...

— Мы давно с ними замирились.

— С фашистами?

— Да.

— Нет! Нельзя такого.

— Пошли домой!

— У-у-у, всех сейчас перебью.

Послышалось сопение, ругань, треск, вопли, потом вдруг стало тихо.

— Чего в грядках валяетесь? — спросила Лена. — Вставайте, увели дядю Мотю. Грешным делом, я думала, что он помер, ан нет, живехонек.

Я встала и ужаснулась.

— Семеныч!

— А с ним чего? — подперла бока кулаками Лена.

— Его убило!

— Чем?

Тут я наконец осознала масштабы катастрофы. Средство для разжигания костра, скорей всего, представляет быстро воспламеняющуюся горючую смесь. Недаром Альфред только что сетовал на сильный запах керосина. Кристина же выплеснула на дрова почти полбутылки, или это я сама не пожалела замечательного средства? Да какая, в конце концов, разница, кто это сделал, важен результат, а он сногсшибателен, в прямом смысле этого слова. Семеныча сбило с ног, мы с Томочкой тоже уже давно валяемся на огороде, пытаясь прикрыть собою детей, кухня разнесена в клочья, а Семеныч... Он труп!!!

— Эх-ма, девки, — закашлял мертвец, выползая в огород, — ну и самогонку варите! Во шибает!

— Ты жив?! — я рванулась к алкоголику и приня-

лась судорожно его ощупывать. — Миленький, люби-
менький, дай тебя поцелую.

— Ну и ханка, — тряс головой Семеныч, — убой-
ная штука, меня по мозгам как шарахнет, как дерба-
лызнет, как охреначит! Прямо чувств лишился. И что
интересно! Сначала завалился, с копыт скинулся, а
сейчас ни в одном глазу, словно и не пробовал ничего, отрыжка только мучает.

Семеныч со смаком рыгнул, меня обдало запахом
керосина.

— Ну дела! Ведьмы у нас появились, — плел пьянчуга, — жутко страшные! Вы из чего зелье варите! А ну,
колитесь.

Наблюдая краем глаза, как Томочка, стряхнув с
себя землю, идет в избу, я спросила:.

— Ведьмы? Кто же такую глупость придумал?

Семеныч икнул и ткнул корявым пальцем в сторону дороги.

— Там Коля живет, шофер, зашибает крепко.

— Больше, чем ты?

— Я и не потребляю вовсе, так, для веселья чуток
приму, а Коля по-черному гудит, — объяснил Семеныч, — его жена, Аленка, говорит, что он вот уж неделю каждое утро, когда на своем грузовике из двора
выезжает, вот тут, на пригорке, ведьму встречает. Она
на ракете верхом летит. Коля теперь боится за руль са-
диться, вдруг его колдунья приметит! Только, похоже,
она за ним охотится, он уж в разное время за баранку
лез, и все равно, стоит ему на дороге показаться, стерва эта тут как тут! Мне-то все равно, на чем кто лета-
ет, а Коля боится! Ну лады, пойду, завтра опять вас
навещу, самогоночки нальете?

Я молча уставилась на Семеныча. Ну, если неизвестный шофер зашибает столько, что Семеныч считает себя на его фоне непьющим, тогда удивительно,
что мужик лишь сейчас начал видеть колдунью, ле-
тающую по Пырловке на ракете. Лично мне кажется,
что он давным-давно уже должен дрессировать розовых мышей, зеленых чертей и голубых свиней.

— Вилка, — крикнула Томочка, высовываясь из

разбитого окна, — представляешь, печь-то просто огненная. Сейчас оладушки поджарю!

— Не хочу, — взвизгнул Никитос, — не хочу оладушек!

— Послушай, — стараясь не вскипеть, сказала я малышу, — ты два дня требовал блинов. Мы с Томой чуть не спалили хату, походя отравили Семеныча, перепугали Альфреда, взбаламутили Лену... Уж не стану тебе описывать эпопею с колкой дров. И теперь, когда наконец ценою нечеловеческих усилий мы растопили печь, ты...

— Не хочу оладьи!

— Нет уж, теперь придется их съесть!

— А-а-а, — зарыдал Никитос и унесся в кусты.

— Что на этот раз? — опять выглянула из избы Тамара. — Эй, Никитцын, иди оладушки есть.

— Он их не хочет, — мрачно сказала я.

— Да? — удивилась Тома. — Ну, бывает! Эй, Никитосина, отвечай, ужинать идешь?

— Неть, — донеслось из кустов.

— Почему?

— Не хочу оладьи.

— Ладно, — смилостивилась Томочка, — говори, что приготовить.

— «Наполеон».

— Торт?!

— Да.

Услыхав это, я пошла в избу, пускай разбираются без меня.

— Вилка, — заверещала Ленка, — включи первый канал, там такой фильм прикольный!

— Издеваешься, да?

— Почему?

— Электричества нет.

— Как это? У всех горит, его на секунду выключили.

— Но у нас темно!

— А... Понятно! Ваша печка пробки вышибла, это ерунда! Сейчас покажу, где щиток.

Спустя пару мгновений ярко вспыхнул свет, на кухне стало как днем. Разбитый абажур в форме тарелки валялся на полу, с потолка свисал шнур с голой лампочкой.

Я оглядела феерический кавардак: горы битой посуды, кучи черной грязи, остатки пакетов с крупами — и решила прояснить ситуацию до конца:

— Значит, просто вылетели пробки?

— Угу, — кивнула Лена.

— И можно было не топить печь?

— Ага.

— Нужно просто нажать на кнопочку, и плитка бы заработала?

— Точно.

— И давно ты поняла, в чем дело?

— Так пошла к себе, — словоохотливо объясняла Лена, — и думаю: дай пробки проверю. В Пырловке всегда так: если один сосед что-то не то включит, у другого тоже беда. Ну и вижу, точно, вылетели. Нажала и села телик смотреть.

— Почему же нам не сказала? — процедила я.

— Так чего бегать? Думала, сами догадаетесь, — захлопала глазами Лена, — экие вы тупые, беспомощные, ну просто цыплята новорожденные, от первого ветерка падаете.

ГЛАВА 29

В отдел кадров Дома литераторов я принеслась к девяти утра и была остановлена охранником.

— Вы к кому?

— В Союз.

— Там никого нет.

— А во сколько же они на работу приходят?

— К одиннадцати подтянутся, — зевнул секьюрити.

Я пригорюнилась. С какой стати спешила, вставала ни свет ни заря, могла еще поспать! Но делать нечего! Пришлось ждать.

Около часу дня я возмутилась:

— Ну и где служащие?

— С меня какой спрос? — удивился охранник. —

Ты ступай вокруг дома, войди в заднюю дверь и топай на второй этаж, авось там кто-нибудь есть.

В длинный темный коридор выходило множество дверей. Я толкнула одну, вторую, третью... Заперто. Очевидно, все писатели творили дома, а служащие Союза литераторов мирно занимались своими делишками.

Уже ни на что не надеясь, я пнула очередную лакированную дверь и внезапно увидела крохотную комнатенку, заваленную папками. За столом сидела девушка лет двадцати.

— Вы ко мне? — удивилась она.

— Нет, в отдел кадров, — ответила я.

То, что мне сообщила девушка, повергло меня в полное уныние. Оказалось, что заведующая уехала в отпуск, одна из сотрудниц заболела, вторая взяла отгулы за свой счет, мне к папкам не подобраться.

— Ну беда! — воскликнула в сердцах я.

— А вы откуда? — поинтересовалась девушка.

— Из газеты, — на автопилоте соврала я, — велели материал сделать про писателя Леонида Фомина. Съездила к фантасту, а он в маразме, ничего не помнит, я хотела в его документах порыться.

— Я на журфаке учусь, — оживилась девушка, — ладно, помогу вам, как коллега коллеге. Ступайте сейчас налево, до конца, там дверь найдете.

— И кто там сидит?

— Циля Яковлевна, она про всех всю подноготную знает, в особенности про старперов, только спросите, такое выложит! Циля всю жизнь в Союзе работает, ее многие боятся, заискивают, лебезят, да и кому охота нарваться на неприятности. А уж как ее жены писателей ненавидят, — девушка захихикала, — мрак. Есть такой литератор, Крюков-Озерский, слышали?

— Нет.

— Ну не важно, он из тех, из старых, из советских. Супруга его, Мария Семеновна, один раз Цилю задела, сказала громко при всех в буфете: «Некоторые дамы нацепят на себя брюлики размером с колесо, а замуж-то, как ни старались, выйти не смогли!»

Циля отреагировала мгновенно, отставив чашечку с кофе в сторону, она воскликнула:

«Твоя правда, Машенька, в загс я не ходила, мне не повезло так, как некоторым. Были б...и, которые обслуживали посетителей в гостиницах, так наш Крюков-Озерский, человек наивный, не разобравшись, что к чему, одной из них руку предложил. Давно, правда, дело было, еще до войны. Но не надо думать, что все свидетели умерли. Я-то хоть и в девятьсот семнадцатом родилась, памятью не обижена, в маразм не впала!..»

— Спасибо, — обрадовалась я и полетела искать Цилю Яковлевну.

Будущая журналистка меня не обманула. В конце коридорчика нашлась крохотная дверца. Я деликатно постучала.

— Да, да, — донеслось из-за нее хрипловатое меццо, — прошу.

Я вошла в комнату.

— Вы ко мне? — спросила сухощавая дама, стоявшая возле шкафа.

Циля Яковлевна выглядела потрясающе: черные вьющиеся волосы были уложены умелым парикмахером. Лицо дамы покрывал ровный слой косметики, на щеках ее играл персиковый румянец, губы пламенели, в ушах висели тяжелые бирюзовые серьги, ожерелье из таких же камней украшало блузку, пальцы, изуродованные артритом, были унизаны кольцами.

— Вы кто? — нетерпеливо спросила Циля Яковлевна.

— Разрешите представиться, Виола Тараканова.

— Очень приятно, садитесь, — царственным жестом хозяйка кабинета указала на деревянный стул.

Я умостилась на жестком сиденье.

— Что за дело привело вас ко мне? — поинтересовалась Циля Яковлевна, вытаскивая из кармана пачку сигарет.

— Я представляю издательство «Марко».

— Прекрасно.

— Мы сейчас запускаем серию «Забытые кумиры прежних лет».

— Великолепно.

— Будем издавать книги советских писателей. Были ведь среди них те, кто и сейчас может обрести поклонников.

— Безусловно, — кивнула дама.

— Но существует одна проблема: авторское право.

— Да, да, понимаю.

— Мы на данном этапе договорились со всеми родственниками, но вот никак не можем найти жену Леонида Фомина.

— Лени?

— Вы его знали?

Циля Яковлевна засмеялась.

— Деточка, глупее вопроса в своей жизни не слышала. Леня Фомин ухаживал за мной, осыпал цветами, подарками. В то время он выпустил лишь одну книгу, но его рано приняли в Союз писателей, словом, перед Фоминым открывалась великолепная карьера, однако я его отвергла.

— Почему?

— Леня пил, а алкоголики меня не привлекали. Кстати, Фомин понял меня правильно, быстро женился на другой, мы остались добрыми знакомыми. Но дальнейшие события показали, насколько я была права, когда не захотела связываться с ним. Это дикая история! Меня бы стопроцентно выгнали из Союза, а Соня! Ну и стерва! Господи, жизнь Лени — это настоящий роман! Хотите расскажу?

— Послушаю с огромным удовольствием! — воскликнула я.

Циля Яковлевна закурила новую сигарету и начала рассказ.

Когда молодой, подающий надежды фантаст Леонид Фомин стал ухаживать за Цилей Яковлевной, та решительно отвергла его.

Было в Леониде что-то ненадежное, и еще он любил выпить. Нет, алкоголиком тогда Фомин не был, но пару бокалов коньяка вливал в себя с большой охотой, а Цилечка с детства не выносила запаха спиртного.

Услыхав отказ, Леня огорчился.

— Жениться мне надо, — разоткровенничался он с Цилей, — а на ком? В Дом литераторов, что ли, почаще ходить?

— Э, нет, — предостерегла его Циля, — там не те девушки кучкуются. Зачем тебе избалованная дочь писателя или вдова? Давай познакомлю тебя с милой, простой, бедной девочкой, порядочной, интеллигентной, из хорошей семьи.

Леня согласился.

И Циля привела ему Соню, свою дальнюю родственницу.

Спустя пару месяцев сыграли свадьбу, потом очень быстро у Фомина родились дети.

Он тогда много работал, и вскоре появились его новые книги. О Леониде заговорили как о надежде советской фантастики, Циля даже пожалела, что не захотела выйти за парня замуж. Фомин много зарабатывал, получил дачу в Подмосковье, приобрел кооперативную квартиру.

Но потом его благополучие разом лопнуло. Последняя из опубликованных книг Фомина называлась «Борьба за счастье». Фантаст в ней описывал чужую планету. Там людьми руководила кучка престарелых правителей, придумавших свою религию. Главным богом был президент. Ему поклонялись, считали все его слова гениальными. Верхушка жировала, имела все, а народ вкалывал. В качестве развлечения простым людям предлагался одуряющий напиток и спортивные состязания. Фомин красочно описал быт несчастных инопланетян: крохотные каморки, жалкая еда, примитивные радости, в основном сексуальные и зрелищные. Но тут из недр Галактики на планету прилетели другие люди, свободные, творческие, желавшие изо всех сил помочь своим, как им казалось, обездоленным собратьям, и началось нечто невообразимое. Разгорелась война, затем то, что мы бы назвали перестройкой. Пришельцы установили свои порядки. Они, наивные, полагали, что освободили затюканных братьев, но вспомним гениальную фразу: хотели как лучше, а получилось как всегда.

Оказалось, что коренное население планеты было счастливо в своем убожестве, поднялось восстание, пришлось прогрессивным освободителям улететь восвояси. Последняя фраза книги звучала, словно эпитафия: «Не радуй другого своими радостями, — вздохнул Грэг и надел шлем, — все, ребята, улетаем, этих, увы, не разбудить, да и зря мы хотели их силой отвести в рай, им хорошо и в аду».

Самое интересное, что книгу издали. Ни редактор, ни корректоры, ни цензура не усмотрели в романе никакой крамолы, у всех словно затмило глаза. Но стоило книге появиться на прилавках магазинов, как поднялся такой крик! Многие читатели увидели в романе пародию на советский строй, тираж моментально разошелся. На какое-то время Фомин стал самым популярным писателем в СССР. Одни восхищались его смелостью, другие гневно плевались и требовали наказать литератора. Естественно, победили вторые.

Леонида торжественно, с шумом исключили из Союза писателей. Фомин пытался робко оправдаться, во время судилища он бормотал:

— Я ничего такого не имел в виду, это случайно получилось.

Но его, естественно, не захотели слушать. В советские времена с теми, кто проявлял инакомыслие, расправлялись быстро.

Сначала Леонида лишили членства в писательской организации, потом выселили с дачи. Фомин с детьми и женой перебрался в крошечную «хрущобу», а вырученные за писательский кооператив деньги они прожили. Леонид испугался и буквально за месяц написал новую книгу, очень просоветскую, патриотическую, воспевающую социализм. Схватив рукопись, он побежал по издательствам, коих в Москве в те годы было по пальцам пересчитать: «Советский писатель», «Московский рабочий», «Детская литература», «Советская Россия»... Но везде его ждал отказ. Бедный Леонид бился в закрытые двери. Потом его вызвали в горком партии и объяснили обстановку. Круглощекий мужчина, одетый в темный костюм, заявил:

— Мы понимаем, что вы в отличие от некоторых не являетесь классовым врагом Советской власти. Поэтому, гражданин Фомин, живите спокойно. Вы проявили политическую незрелость, написав вредную книгу, но, похоже, глубоко раскаялись в содеянном.

— Да, — закричал Леонид, — вот другая работа, она!..

— Лучше идите на службу, — перебил Фомина мелкий партийный функционер, — выучитесь рабочей профессии, например, токаря, слесаря, столяра, и выберите себе дело по душе.

— Но я умею только писать, — расстроился прозаик.

— Нам такие авторы не нужны, — отрезал «шестерка», — идите на производство, Советская власть умеет прощать оступившихся, в какой-нибудь Америке вас бы давно на электрический стул посадили.

В те годы в стране действовал закон о тунеядцах. Человека, не ходившего без серьезных причин на службу, могли либо посадить в тюрьму, либо выселить за сотый километр. Фомин устроился работать дворником, потом он запил, а Соня ушла от него вместе с детьми.

Циля Яковлевна снова полезла за сигаретами.

— Мне было жаль Леонида, — сказала она. — Однажды я встретила на улице Толю Брусилкина, и он рассказал, что Фомин окончательно опустился.

Цилечка очень расстроилась и совершила героический по тем временам поступок: взяла и поехала к Лене. Старый приятель встретил ее на удивление трезвым. Более того, на кухне, на колченогом столе лежала стопка исписанной бумаги.

— Ты работаешь? — осторожно спросила Циля.

— Да, — кивнул Фомин, — не могу не писать. Вот, смотри.

Он распахнул буфет и показал ей папки.

— Представляешь, — засмеялся Фомин, — раньше

я имел огромный кабинет. Сонька мне кофе на подносе таскала, бутерброды икрой мазала, а работалось с трудом. Еле-еле книгу писал, с трудом из себя выдавливал. А сейчас живу в норе, жрать нечего, кофе даже не нюхаю, хаваю крупу «Артек» на воде, а вдохновение просто прет! Циля, я наваял за двенадцать месяцев восемь повестей! Восемь! Одна лучше другой, уж поверь мне!

— Ты не пьешь? — уточнила Циля.

— Закончу книгу, — вздохнул Леонид, — посмотрю на рукопись, пойму в очередной раз, что ее никогда никто не опубликует, и ухожу в запой, недели на две. Потом прихожу в себя и опять к столу.

— На что же живешь?

Леня пожал плечами:

— Книги продаю из библиотеки, запонки в скупку снес, да мне много не надо.

— А Соня где? Дети как?

Фомин усмехнулся:

— Живут себе. Сонька уборщицей работает. Она же от меня ушла.

Циля мысленно увидела Соню в красивой каракулевой шубке и ошарашенно переспросила:

— Уборщицей? Где?

— В детском доме, — ответил Леня, — в Подмосковье.

— Но почему же в таком ужасном месте?

— Так больше никуда не брали, — вздохнул Фомин. — В Москве нечего было думать на работу пристроиться. Куда ни придет — везде анкета. Чуть укажет: мужа исключили из Союза писателей, сразу слышит: «Вы нам не подходите». В дворники она идти не пожелала, стеснялась лопатой махать, на завод тоже не пойти, вот и прибилась к приюту. В Козюлине устроилась.

— В Козюлине? — воскликнула я, мигом вспоминая поездку в это место.

Развалившийся на части «персик», прадедушка «Мерседесов», Лизóчек, лихо управлявшаяся на заднем сиденье с веревками, ее папа Назар...

— В Козюлине, — повторила Циля, — забыть такое название невозможно! Представляете, я решила к Соне съездить, знаете, чувствовала какое-то неудобство! Дело в том, что Соня моя родственница, оченьочень дальняя. Я ведь ее с Леней сосватала, думала, Фомин удачливый прозаик, станет жить моя троюродная племянница в достатке, а вышло черт-те что!

Циля поехала в Козюлино, нашла детский дом и обратилась к одной из сотрудниц:

— Простите, где можно найти Соню Фомину?

Вместо того чтобы спокойно ответить на ее вопрос, служащая нахмурилась и рявкнула:

— А вы ей кто?

— Тетка, — выпалила от неожиданности Циля.

Она на самом деле не могла точно назвать своего родства. У матери Цили имелась сестра, а у той сводный брат — отец Сони, который женился три раза... В общем, без бутылки не разобраться, но Цилина мать поддерживала родственные связи с пятой водой на киселе, поэтому на праздники у них за столом собирались все родичи, и Циля по непонятной причине величала Соню своей племянницей.

— Ах тетя! — перекосилась служащая. — Вы зайдите к нашей директрисе, к Ольге Ивановне, она вам все и объяснит!

Недоумевая, Цилечка нашла кабинет начальницы, а в нем довольно молодую женщину, скорей всего, недавнюю выпускницу педагогического вуза. Девица, услыхав: «Мне нужна Ольга Ивановна», — спокойно ответила: «Слушаю».

Узнав, что перед ней родственница Сони, Ольга Ивановна тяжело вздохнула и сказала:

— Я никого не осуждаю, хорошо понимаю, иначе Соне просто не выжить!

— Что случилось? — напряглась Циля.

Директриса поправила волосы и рассказала жуткую историю. Цилечка сидела ни жива ни мертва, такого поворота событий она никак не ожидала.

Соня устроилась в детский дом от безысходности. Ольга Ивановна просто пожалела ее, это с одной стороны. С другой — Соня ей казалась порядочной женщиной, и еще у нее имелись детки, близнецы, мальчик и девочка. Когда Оля впервые увидела ребят, ее прошибла слеза. Несчастные явно недоедали. Крошечные, худенькие, не говорящие ни слова. И одеты они оказались хуже детдомовских.

— Господи, — всплеснула руками Оля, — вы же вроде недавно в нищету впали! Неужели от прежней, сытой жизни ничего не осталось?

—Все продала, — мрачно сказала Соня, — мне их кормить надо, а муж в алкоголика превратился.

Оля только качала головой. Вот уж горе! Дети были похожи на узников концлагеря, при этом сама Соня выглядела вполне прилично. У ребят светились дырками ботинки, а на ногах у мамаши были вполне приличные туфли. Впрочем, наверное, кто-то подарил ей обувь, решила Оля.

Не знаю, как сейчас, но в советские времена сдать сына или дочку в детский дом было очень легко. Вы писали заявление, ну типа: «Прошу в связи с трудным материальным положением временно оставить моего ребенка в государственном учреждении». И все. Усыновить такое дитя было нельзя, мать же не отказывалась от него, просто на время отдавала, и многие женщины, решив свои проблемы, забирали потом детей домой. Вот Оля, человек жалостливый, и сказала Соне:

— Жить вам, похоже, негде.

— Да, — кивнула Соня, — ушла от алкоголика и из милости по людям скитаюсь.

— Давай оформим твоих детей к нам, они получат еду, одежду, а ты сама можешь ночевать здесь в кладовке, — предложила директриса.

Соня с радостью согласилась. Три месяца она исправно работала нянечкой, шесть дней в неделю, и на воскресенье уезжала в Москву. Оля нарадоваться не могла на новую служащую.

— Вот, — ставила она всем в пример Соню, — не пьет, не курит, не ругается.

Хвалила, хвалила и сглазила. Однажды Соня не вернулась из Москвы. Оля сначала решила, что санитарка опоздала вечером на электричку, и не стала особо беспокоиться. Но Соня не приехала утром, в обед ее не было и в ужин тоже. Через день Оля забила тревогу, она стала искать Соню, но та словно под землю провалилась. По месту ее прописки жил невменяемый пьяный мужик, который на вопрос: «Где ваша жена?» — ответил: «Ушла, не знаю куда».

Обескураженная Оля обратилась в милицию.

— Она что-то украла? — зевая, поинтересовался дежурный, к которому Оля попала, просидев час в очереди.

— Нет, — ответила она, — наоборот, зарплата завтра, это я ей должна осталась.

— Ну и чего тогда? — начал сердиться милиционер. — Может, она нахулиганила? Стекла побила?

— Нет.

— От меня тогда чего хотите?

— Она пропала!

— Найдется. Небось запила.

— Соня не алкоголичка.

— Все пьют, — философски заметил лейтенант, — прочухается и придет.

— Она детей оставила!

— Так, насколько я понял, они у вас на воспитании? Оля кивнула.

— Вот и воспитывайте, — отрезал мент.

Циля вернулась домой потрясенная. Целую неделю она думала, каким образом преподнести новость матери, но потом в ее семье случилось несчастье. У мамы заболело сердце, врачи диагностировали инфаркт. Циля осела в больнице, про Соню она напрочь забыла.

После смерти мамы Циля перестала встречаться с родственниками. Судьба Сони ее не волновала, да и, честно говоря, Циля Яковлевна не испытывала к ней никаких светлых чувств.

— Я и про Леонида забыла, — сказала она мне, — только когда его книги снова выходить начали, тогда и вспомнила. Все-таки он очень талантлив!

— Вы хотите сказать, что Фомина начали переиздавать? — уточнила я.

— Да, — кивнула собеседница, — старые вещи выпустили и новых много. Он еще штук пятнадцать повестей написал, судя по всему, активно работает!

— Вы ничего не путаете? — осторожно поинтересовалась я, вспоминая безумного алкоголика, неспособного вспомнить, сколько у него детей и как зовут его бывшую жену.

— Вы зайдите в книжный магазин, — посоветовала собеседница, — посмотрите на отдел фантастики!

— Цилечка, пошли обедать, — донеслось из коридора.

— Большое вам спасибо, — быстро ответила я, — еще два вопроса.

— У меня есть только пять минут, — недовольно протянула пожилая дама.

— Да, да, я вас не задержу. Вы говорили, что детский дом находится в Козюлине?

— Верно.

— А директор Ольга Ивановна.

— Совершенно справедливо.

— Нет ли у вас ее телефона?

В глазах Цили Яковлевны запрыгали чертенята.

— Любезнейшая, — сладко проворковала она, — вы считаете, что можно хранить столько лет записи? А? К тому же, учтите, сия Ольга Ивановна мне никто. Нет, координат ее я не имею.

ГЛАВА 30

Каждое утро у меня теперь начинается одинаково: беру баклажку и покорно, словно старая кляча, волокусь за водой. Путь до колодца прям и прост, назад крив и непредсказуем и кончается всегда одинаково: мы с бидоном тараним изгородь, и я, вспахав носом грядки, становлюсь чумазой, как трубочист. Я даже перестала нервничать по этому поводу, просто поняла: умываться, причесываться и чистить зубы лучше после того, как сделала запас воды на день. Все равно потом придется переодеваться, вытряхивать из волос ветки и выплевывать набившуюся в рот землю.

Вот и сегодня, снабдив домашних водой, я побежала к станции, путь предстоял не слишком далекий, но извилистый: Пырловка — Москва — Козюлино.

Народу ни в той, ни в другой электричке не оказалось, и я с полным комфортом доехала до конечной цели, читая замечательный криминально-игровой роман доселе неизвестного мне автора Антона Леонтьева. Вообще говоря, я не слишком люблю произведения, авторами которых являются мужчины. Как правило, в этих книгах слишком много секса и насилия, а мне такие сцены не по душе, но сегодня, торопясь на электричку, я забыла взять очередную Смолякову, и пришлось покупать томик на лотке, прямо на вокзале.

— Леонтьев, — орал продавец, — восходящая звезда, Леонтьев!

— Мне бы Смолякову, — робко заикнулась я.

— Бери Леонтьева.

— Спасибо, хочу Смолякову.

— Нету, хватай, что даю, тут вокзал, через пять минут лоток будет пустой.

Пришлось купить произведение незнакомого автора, но оно меня не разочаровало, даже понравилось. Конечно, мужчина никогда не напишет так же хорошо, как женщина, но, поверьте мне, этот Леонтьев очень даже ничего. Хотя, может, под мужской фамилией скрывается дама? Слишком уж лихо и непредсказуемо был закручен сюжет. У мужиков все обычно попроще, лично я уже в третьей главе понимаю, кто кого убил, и дальше читать просто неинтересно.

Сойдя в Козюлине, я увидела на привокзальной площади ларек и спросила у торговца:

— Новая Смолякова есть?

— Продал.

— А Леонтьев?

Дядька протянул мне томик.

— Нет, — покачала я головой, — эту повесть я только-только прочитала.

— Других нет.

— Он только одну вещь написал?

— Почему?

— А где остальные?

— Так продал. Возьмите Анну Берсеневу, — предложил торговец, — классно пишет. У меня жена пять раз ее перечитывала.

— Я ее уже читала, — пригорюнилась я, — хоть и не фанатка любовных романов, но Анну Берсеневу люблю. Эх, похоже, придется ехать мне обратно в тоске.

— Фантастику бери!

— Не читаю фэнтези.

— Ну это ты зря, — укорил меня продавец, — вот Фомин, он умер, правда, жаль. Но если не читала, возьми, у меня все его книги представлены.

— Как умер? — удивилась я, оглядывая ряд довольно толстых книжек.

— А не знаю, — отмахнулся торговец, — старый он, наверное, был, вот и откинул тапки! Во, «Сплетница» напечатала, купи, и все узнаешь!

Страшно заинтригованная, я приобрела газетенку, через всю первую полосу которой шла «шапка»: «Правду о популярном фантасте не знал никто». Ниже было фото Леонида, сделанное очень давно. На нем у прозаика вполне трезвое, чисто выбритое лицо, в глазах сверкают огоньки. Дальше шел материал, написанный чьей-то бойкой рукой.

«Леонид Фомин, гонимый Советской властью и любимый читателями прозаик, упорно не хотел давать интервью СМИ. Когда издательство «Нодоб» внезапно выбросило на рынок его новый фантастический роман, фамилия Фомина была уже прочно забыта. Каким образом сотрудники «Нодоб» убедили пожилого человека вновь взяться за перо, как он сумел в столь преклонном возрасте бодро строчить книгу за книгой, непонятно, но Леонид Фомин сразу занял верхние позиции рейтингов, к нему вернулась слава, а в издательство «Нодоб» потекли рекой деньги. Журналисты строили догадки о личности Фомина, прозаик по-прежнему наотрез отказывался дать хоть одно, крошечное, интервью. Пиар-директор издательства «Нодоб» на все наши вопросы отвечал: «Леонид пожилой человек, он не хочет тратить время на пустые разговоры». И вот загадка разрешилась. Сегодня утром в морг был доставлен человек с паспортом на имя Леонида Фомина. Мы проверили — это на самом деле популярный фантаст. Фомин проживал в грязной трущобе, он стал хроническим алкоголиком. Соседи пьяницы были ошарашены, узнав, что полувменяемый бомж на сегодняшний день один из самых высококотиражных писателей России. Умер он оттого, что выпил фальшивую водку. Остатки метилового спирта были в стакане, стоящем на столе, там же громоздилось еще несколько бутылок с алкоголем. И вот теперь возникли новые вопросы. Каким образом литератор, потерявший последний ум и страдавший алкогольной амнезией, мог споро писать отличные книги? А что Фомин самолично сочинил их, у нас нет ни малейшего сомнения, все произведения, начиная с самых ранних, выпущенных еще при Советской власти, вышли из-под пера одного человека, стиль Леонида Фомина, его тонкий юмор, доброту и любовь ко всему живому подделать просто невозможно».

Я свернула газету. Действительно, странно. Нет, то, что Фомин хлебнул метиловый спирт, меня не удивляет. Очень часто люди, несмотря на предупреждение, покупают спиртное в сомнительных местах, их привлекает дешевизна. Но, увы, порой в бутылке оказывается отрава.

Наверное, Яна... Стоп, Яна! Это она принесла Леониду много выпивки, соседка слышала, как девушка кричала: «Папа... это я, Яна!»

Голова у меня закружилась, ну ничего не понимаю! Совершенно. Господи! За каким чертом я влезла в это дурацкое дело? Где найти Яну? Мне нужно всего ничего: узнать у нее координаты Федора, которому она задолжала нехилую сумму. Ведь именно Федя похитил мою подружку Аньку.

Внезапно кто-то дернул меня за руку.

— Привет!

— Здорово, — машинально ответила я и, опустив глаза, узнала Лизочку.

— Ты что здесь делаешь? — воскликнула я, улыбаясь.

— Клиентов папе ищу, — серьезно ответила девочка, — но сегодня очень плохо, никого нет.

И тут меня осенило.

— Лизочек, вроде твой папа всю жизнь в Козюлине провел.

— Верно, — кивнула девочка, — он всегда говорит: «Где родился, там и пригодился, нечего по свету скакать, везде солнце одинаковое». И мама моя из Козюлина была.

— Здо́рово, пошли к папе, — велела я.

Назар стоял, облокотившись на капот «персика», взгляд его был усталым, под глазами — синяки.

— Ба, вот это встреча! — оживился он.

— Отвезешь меня?

— Конечно, как постоянному клиенту еще и скидку сделаю, — повеселел мужик.

Усадив меня вперед, Назар влез за руль и потер руки.

— Ну, Лизок, кто сосисок хотел? Вот сейчас Вилку прокатим и купим. Далеко ехать-то?

Последний вопрос относился ко мне.

— Скажи, Назар, тут где-то детский дом есть или был, давно, лет двадцать пять назад. Может, слышал что-то про приют?

Назар засмеялся:

— Еще как слышал. Работал у них завхозом, мама моя там рулила, заведующей была долгое время. И соседку Антонину я туда пристроил.

— Э, погоди, — перебила я его, — она же в больнице работала.

— Верно, — согласился Назар, — только Тоне деньги были нужны, вот и пахала в двух местах. В больнице сутки отработает и потом двое отдыхает, так Тоня в приют еще устроилась и там двадцать четыре часа белкой скакала.

— Господи, как она не скончалась от переутомления, — покачала я головой.

— Хочешь жить — умей вертеться, — вздохнул Назар, — когда кушать нечего, еще не так запрыгаешь! Тоня так почти всю жизнь провела. Кстати, она меня с моей женой познакомила. Приходит как-то раз и говорит: «Слышь, Назарик, что ты холостяком бегаешь? Непорядок! Давай я тебя с отличной девушкой сведу. Ниной ее звать, она тоже в детдоме медсестрой работает, мы с ней друг друга сменяем».

Вот так и сложилась наша семья. Тоню-то в детдоме любили, когда она оттуда ушла, о ней долго помнили. На юбилей приюта, пятьдесят лет ему исполнилось, Антонине пальто дали, премировали. Приятно очень, одна беда, не подошла одежка, — болтал Назар, — в спине морщила. Тоня его Нине принесла, передарила. На Нинуше пальто так красиво сидело! Загляденье. Воротник шикарный, ярко-рыжий, очень приметный. Пальтецо жена на плечи накинула, а Антонина и говорит:

— Вот кому впору, мне маловато. Носи, Нинуша, не побрезгуй, я его всего месяц протаскала, совсем новое.

Нина стала предлагать деньги, а Тоня ни в какую, дескать, ей за так досталось, и она за ничто отдаст. Только Нина недолго в нем красовалась, — горько сказал Назар, — сшибла ее машина, насмерть, а пальтецо я в морге оставил, жена в нем была, когда умирала.

Лизочек начала судорожно шмыгать носом, я быстро переменила тему:

— Значит, вашу маму зовут Ольга Ивановна?

— С чего вы взяли? — изумился Назар.

— Бабушка у меня Галина Николаевна, — сообщила Лиза.

— Но она же работала заведующей детдомом.

— Да.

— Давно?

— Недавно только ушла.

— Можете меня к ней отвезти?

— Ну... а зачем?

— Спросить хочу, кто такая Ольга Ивановна, вроде она тоже приютом заведовала?

— Так и ехать не надо, — грустно ответил Назар, — вон ее дом, прямо на вокзальной площади. Белый такой, с зелеными балконами, квартира девять.

Поняв, что Назар пригорюнился из-за заработка, я вытащила кошелек и положила на торпеду деньги.

— Спасибо.

— Забери назад.

— Это за информацию.

— Я извозом зарабатываю.

— Ребенок сосисок хотел!

— Вовсе нет, что, я их не ела никогда? — ожила Лизочек. — Мы только за езду берем.

— Ладно, — кивнула я, — согласна, я никуда не поехала. Но вы меня сейчас отведете к бабушке. Пожилые люди подозрительны, постороннего человека к себе не пустят, а мне очень надо поговорить с Галиной Николаевной.

— К бабуле приведем тебя за так, — кивнул Назар, — забирай деньги, пошли.

— Хорошо, — сдалась я, сунула купюры в кошелек и спросила: — Где у вас тут продуктовый магазин?

— Вон вывеска висит, — улыбнулся Назар. — А тебе зачем?

— Не идти же в гости с пустыми руками, — отбила я мяч, — неудобно.

Под предлогом визита я накупила много вкусных вещей: коробочку кофейного зефира в шоколаде, пол-кило конфет, печенье в шоколадной глазури, граммов триста сыра, сосисок, пачку масла, упаковку чая, баночку кофе и уже у самой кассы увидела, что Лизочек с легкой завистью глядит на девочку примерно своего возраста, сжимающую в руке плюшевую собачку. Я тут же выхватила похожую из проволочной корзинки, набитой игрушками.

— Это тоже бабушке? — прищурился Назар.

— Нет, — твердо ответила я, — Лизочку.

— С какой стати?

— Просто так!

Папаша с дочкой уставились на меня.

— Без повода подарков не бывает, — в конце концов сказала девочка.

Внезапно мне стало жаль ее до слез. Слов нет, Назар очень заботлив, он кормит, поит, одевает и обувает ребенка. Но отец, даже самый хороший, не заменит мать. Только женщина способна пожалеть дочку или сына, купить им подарок без всякого повода. Представители мужского пола более рациональны, это они часто говорят: «Не надо баловать детей, вырастут эгоистами».

Ох, неправда это! Любовью, игрушками и конфетами ребенка не испортить. А вот если совсем не баловать сына или дочь, из них могут вырасти холодные, равнодушные, сухие люди, которые не сумеют потом создать нормальную семью. Конечно, если дитя набезобразничало, его следует наказать, но, когда ребенок ведет себя нормально, отчего не подарить ему шоколадку или игрушку, просто так, без повода? Вернее, повод-то найдется всегда, было бы желание.

— Значит, нет праздника, нет и подарков? — улыбнулась я.

— Да, — хором ответили Лизочек и Назар.

— А если на календаре красная дата, можно подносить друг другу презенты?

— Ага, — согласились папа с дочкой.

— Тогда держи! — я сунула Лизе собачку. — Сегодня первое июня, День защиты детей, можно сказать, твой профессиональный праздник.

Лизочка осторожно взяла игрушку.

— Ой, спасибо! Какая прикольная!

Назар нахмурился, потом вытащил из кармана потертый кошелек, порылся в нем и ушел, не сказав нам ни слова.

— Куда папа двинул? — удивилась Лизочек, прижимая к груди лохматую собачку.

— Не знаю, — пожала плечами я.

— Пойду поищу его, — начала было девочка, но тут Назар снова материализовался перед нами, в руках он держал круглую жестяную коробочку с изображением желтых мишек.

— На, — сказал он, протягивая дочке упаковку, — знаю, ты давно об этом мечтала, с праздником тебя, извини, забыл про детский день.

Потом Назар повернулся ко мне.

— Там вкусное печенье. Лизочек его съест, а коробочка-то железная, она останется, в ней можно потом нитки хранить, карандаши. Ладно, пошли к маме.

— Кто там? — раздалось из-за двери после того, как Назар довольно долго жал на звонок.

— Это я, — сказал он.

— Кто?

— Назар.

— Какой такой Хазар?

— Назар, мама, сын твой, Назар!

— Бабуля, — вступила в разговор Лиза, — открой, это мы пришли, я и папа.

— Тебя как зовут?

— Лизочек.

— Ага. Впрочем, такое сказать любой может, — бубнила из-за створки старушка, — давайте-ка...

— Бабуся, — прервала ее девочка, — если ты опять проверку устроить решила, то я лучше сразу скажу: в туалете у тебя висит репродукция «Утро в сосновом бору», в ванной есть красный стакан, а пенсию ты прячешь на кухне, кладешь деньги в коробочку из-под пельменей и засовываешь ее в морозильник.

Загремели многочисленные засовы, дверь чуть-чуть приоткрылась. Мы по очереди втиснулись в квартиру.

— Разве можно так громко кричать про деньги! — укорила Галина Николаевна внучку. — Это неосторожно!

— Извини, бабушка, — пропыхтела Лизочка, развязывая кроссовки, — ты же иначе за дверью нас долго продержишь, станешь спрашивать: «Если вы мои дети, то скажите, какая картина у меня висит в туалете, что за стаканчик стоит в ванной?» Ну я и решила ускорить события.

— Шалунья, — погрозила старушка ей пальцем, — кого это вы с собой привели?

— Знакомься, мама, — начал Назар, но я быстро перебила его:

— Здравствуйте, меня зовут Виола Тараканова, я журналистка, собираюсь писать о детском доме. Вот, пришла взять у вас интервью.

— Милая моя, — всплеснула руками Галина Николаевна, — кто, как не я, про нашу семью расскажет! На пенсию совсем недавно ушла, доработалась до такого возраста, что просто неприлично стало руководить, посадила на свое место смену, так ведь все равно покоя нет! Сегодня уже раз пять звонили: Галина Николаевна то, Галина Николаевна се! Умру, так из могилы достанут! Да вы идите. Лизочек, веди гостью, только не на кухню, а в комнату, туда чай принесу.

— Не стоит ради меня суетиться, — улыбнулась я, — на кухне очень уютно, давайте там поговорим.

ГЛАВА 31

Многие люди делаются к старости словоохотливыми, Галина Николаевна оказалась из их числа. Почти час она говорила без остановки, не давая мне вставить и словечка. Лизочка с Назаром сидели тихо, девочка пила чай с конфетами, а ее отец просто слушал мать, изредка кивая головой. Похоже, и папа, и дочка давно примирились с болтливостью бабушки, скорей всего, они сто раз слышали ее рассказы и теперь воспринимали речь старушки как бытовой шум, относились к ней, как к гулу пылесоса: если урчит, значит, работает, беспокоиться не о чем. Наконец Галина Николаевна замолчала и взяла в руки чашку. Обрадовавшись, я быстро задала вопрос:

— Кто такая Ольга Ивановна?

— Ольга Ивановна? У нас сотрудницы с таким именем не было.

— Вроде она служила заведующей, давно...

— Ах эта... — протянула Галина Николаевна. — Черная страница нашей истории, да, страшное горе.

— Вы о чем?

— Ну, тот ужас случился еще до того, как детдом попал в мои руки!

— Так Ольга Ивановна и впрямь была директором?

Галина Николаевна кивнула.

— Да. В семидесятых годах вышло постановление ЦК КПСС об омолаживании кадров. Вообще говоря, разумное решение, потому что молодым специалистам, ну, людям в возрасте тридцати пяти лет было практически невозможно занять место начальника. На директорских постах сидели семидесятилетние маразматики. Но в нашей стране все любят доводить до абсурда, а провинция еще считает своим долгом прогнуться перед центром. Вот в Козюлине и поторопились исполнить постановление. Быстренько сместили старую директрису детдома, а на ее место посадили Ольгу Ивановну, вчерашнюю выпускницу педвуза, девушку неопытную, зато с гонором, решившую уволить всех, кому исполнилось пятьдесят. Очень скоро в приюте стали работать недавние студенты, они были полны энтузиазма, любили ребят, но сами, будучи почти детьми, не обладали нужной ответственностью. В первую очередь юные педагоги решили сломать давно установленный распорядок дня.

«Разве правильно, что все едят одновременно, — восклицала неопытная директриса, — дома ведь не так! Каждый, когда хочет, подходит к холодильнику!»

«Так в семье нет нормы продуктов на человека, — попыталась вразумить безголовое начальство повариха, единственный специалист из «старых», — если сейчас детей к жрачке бесконтрольно пустим, потом не отчитаемся!»

«Хорошо, — сдалась Ольга Ивановна, — но чай пусть пьют в любое время».

На том и порешили. Воспитанники теперь свободно заходили на кухню, сами зажигали плиту...

«Ох, не случилось бы беды, — качала головой повариха, — ведь вздуют конфорку и не гасят потом!»

«Ерунда, — злилась Ольга Ивановна, — вы привыкли над детьми издеваться! Ни поесть им, когда хочется, ни попить чаю, мы сломаем этот порядок».

Повариха лишь качала головой и вздыхала. Виданное ли дело, доверить сирот, неразумных малышей, безголовым воспитателям! Детдом в Козюлине был маленьким, всего на сорок детишек. Тогда из роддомов брошенных детей сдавали в приют, в котором они содержались до трех лет. Потом их переводили в заведение, где держали до первого класса, и лишь затем дети оседали в интернате, в котором им предстояло провести восемь или десять лет, в зависимости от успеваемости в школе. Но в Козюлине было все устроено по-другому, можно сказать, что воспитанникам этого детского дома повезло, им предстояло меньше переездов и, следовательно, меньше душевных травм. Козюлинский приют считался образцовым, но именно в нем и произошло ужасное несчастье.

Ольга Ивановна процарствовала несколько лет, а потом случилось то, чего так боялась старая повариха. Кто-то из воспитанников, сняв с плиты чайник, забыл выключить конфорку. Пламя перекинулось на тряпку, и разгорелся огромный пожар. На беду, несчастье произошло около полуночи, большинство детей мирно спало в кроватях. Ольга Ивановна вместе с сотрудницами, а многие из них жили в расположенных рядом домах, пытались сначала своими силами справиться с огнем, потом все же вызвали пожарных, но не всех детей удалось спасти. Кто-то задохнулся в дыму, кто-то умер в больнице от ожогов.

— Вот такая трагедия случилась, — вздыхала Галина Николаевна, — я принимала детдом в ужасном состоянии.

— А что стало с этой Ольгой Ивановной, где она? — в нетерпении воскликнула я.

— Она пыталась покончить с собой, — объяснила Галина Николаевна, — но ее спасли, осудили, дали немного, уж не помню сколько, то ли год, то ли два, потом она вернулась назад в Козюлино и работает в библиотеке.

— В библиотеке?

— Ну да, в городской, книги выдает. Ей ведь запретили детьми заниматься по суду, а жить-то надо. Наши ее кто жалел, кто осуждал, только давно дело было, забылось горе.

— Сколько же ей лет?

Галина Николаевна пожала плечами:

— Точно не скажу, однозначно меньше, чем мне. Если она в семидесятых вуз закончила, то ей тогда стукнуло года двадцать два. Вот и считайте, молодая еще. Кстати, вы не первая про нее у меня расспрашиваете. До вас приезжала одна женщина, Яна...

— Вы помните ее имя?

— Странное дело, — хмыкнула Галина Николаевна, — что на завтрак ела, могу забыть! А что год назад происходило, помню в деталях. Именно Яна.

— Где библиотека находится? — подскочила я.

Назар ткнул рукой в сторону окна.

— А в двух шагах, на Ленина.

— Отвезешь меня?

— Пешком быстрей.

— Нет уж, доставь к месту, — упорно настаивала я, доставая кошелек.

— Пошли, Лизочек, — велел Назар.

В библиотеке стояла тишина и пахло пылью. За стойкой, где выдают книги, не было ни одной живой души. Я покашляла, сначала тихо, затем погромче, потом крикнула:

— Здравствуйте!

— Добрый день, — донеслось издалека, и из приоткрытой двери вышла женщина, довольно полная, с добродушным, круглым лицом.

— Записаться хотите? — поинтересовалась она. —

Если наша прописка, то бесплатно, коли из другого места, залог оставить надо.

— Почему вы решили, что я хочу открыть абонемент, вдруг он у меня давно есть? — улыбнулась я.

— Ну, своих читателей я хорошо знаю, их не так уж и много! — ответила библиотекарша.

— Вы Ольга Ивановна?

— Нет, Елена Николаевна, Ольга Ивановна заболела, тяжело, наверное, не вернется на работу.

— Она в больнице?

— Нет, дома, из клиники ее выписали.

— Адрес не подскажете?

— Ленина, двадцать пять, — спокойно, не проявив никакого любопытства, сообщила Елена Николаевна и скрылась в служебном помещении.

Решив не сдаваться, я отправилась на улицу Ленина и нашла под номером двадцать пять частный дом, очень похожий на нашу избушку в Пырловке.

Дверь оказалась незапертой. Выкрикивая на все лады: «Ольга Ивановна, вы где?» — я прошла сквозь сени, кухню, коридор, большую комнату и оказалась в крохотной светелочке. Прямо у входа стояла железная кровать, а на ней лежал кто-то, укрытый цветастым одеялом. Я в растерянности застыла на пороге. Перина зашевелилась, из-под нее показалось маленькое, с кулачок, личико, похожее на мордочку старой обезьянки.

— Зачем вы кричите? — тихо спросила больная. — Лекарство вон там, на столике, а шприцы вы должны с собой принести. Чего так рано пришли? Обычно к вечеру укол делают.

— Вы Ольга Ивановна? — тихо спросила я.

— Ну да, — кивнула женщина и с большим трудом села.

Выглядела бывшая директриса просто ужасно: высохшее тело, обтянутый кожей череп, и только глаза, большие, блестящие, свидетельствовали, что она еще жива.

— Вы новенькая? — спросила больная. — Вроде я всех из диспансера знаю.

— Извините, я не имею никакого отношения к медицине, мне нужно поговорить с вами.

— Кто вы? Откуда? — Ольга Ивановна принялась лихорадочно задавать вопросы. — Зачем я вам понадобилась?

Я осторожно села на колченогий стул и попыталась спокойно объяснить суть дела, но отчего-то взгляд Ольги Ивановны, горячий, лихорадочный, мешал мне сосредоточиться, и я бессвязно залепетала:

— Яна... Леонид Фомин... Соня...

Ольга Ивановна покраснела, потом вдруг сказала:

— Жить мне два дня осталось!

— Что вы! — я попыталась разуверить больную. — Вы ошибаетесь.

— Врут все, — шептала умирающая, — вот доктор приходит и бубнит: «Милая, операция прошла чудесно», — но я знаю, он просто меня разрезал и снова зашил, уже ничем мне не помочь, скоро каюк. И что делать? В бога я не верю...

Я растерянно замолчала. Попытаться убедить бедняжку в том, что она скоро встанет на ноги, было невозможно, уж очень плохо выглядела Ольга Ивановна. Но я все равно попыталась собраться с духом, открыла рот и...

— Лучше молчите, — предостерегла меня Ольга Ивановна, — уж и не знаю, что вас ко мне привело. Я вот последнюю неделю, как поняла, что помираю, лежала и мучилась: ну кому правду-то рассказать, кому? Две подруги у меня есть, да им не покаяться. Священника позвать? Так я некрещеная, а тут вы появились. Может, бог-то и есть, коли он вас послал? Наверно, господь решил дать мне возможность излить душу. Может, мне покреститься?

Я невольно поежилась, глаза женщины словно прожигали меня насквозь, даже голова слегка закружилась.

— Вы меня сейчас выслушаете, — неожиданно твердым голосом сказала больная, — не отказывайте, иначе потом всю жизнь мучиться станете, что умирающей не помогли, хорошо?

Я кивнула.

— Вот и отлично, — Ольга Ивановна откинулась на подушку, — вот и ладно. Дело давно случилось, я ведь из хороших побуждений действовала, а вышло вон чего. Значит, слушайте. У моей мамы была лучшая подруга по имени Людмила Михайловна, а у той дочь Соня, она меня старше на несколько лет. Мама моя рано умерла, и Людмила Михайловна мне очень помогала. Они с Соней бедно жили, но мне всегда кусок давали, а тетя Люда порой и деньги совала... Я закончила педагогический и оказалась в Козюлине, воспитательницей в детдоме, по распределению отправили на два года, отказаться никак нельзя было.

Оля начала работать в Козюлине и буквально через пару месяцев, неожиданно для самой себя, стала заведующей. Спустя полгода после назначения к ней приехала совершенно неожиданная гостья — Соня, да не одна, а со своими детьми. Оля очень удивилась. Во-первых, тесной дружбы между девушками не было, Соня всегда снисходительно относилась к дочери подруги матери. Во-вторых, Оля знала, что Сонечка очень удачно устроила свою судьбу, она стала женой известного писателя и ни в чем не знала нужды. Поэтому при виде Сони, дурно одетой и изможденной, Оля изумилась.

— Что с тобой? — воскликнула она.

Соня заплакала и рассказала невероятную историю. Ее муж-писатель наваял ужасную книгу, его выгнали из Союза, он запил... В общем, теперь Соне нечего есть и некуда податься с детьми.

— А мама? — только и сумела спросить Оля.

— Говорит, что пустит меня назад лишь одну, без детей, — всхлипнула Соня, — сделай милость, поговори с ней, а пока пригрей нас.

Оля хорошо помнила добро. Когда она осталась без матери, Людмила Михайловна с распростертыми объятиями принимала ее у себя дома, поэтому Соню и детей Ольга пристроила у себя. Соню взяли уборщицей, детей оформили на воспитание. Потом, выбрав свободный денек, Оля поехала к Людмиле Михайловне.

— Вы не волнуйтесь, — прямо с порога закричала она, — Соня у меня.

И тут Людмила Михайловна вылила на голову Оли ведро невероятных сведений.

— Соня — дура, — кричала она, — поломала жизнь и себе, и мне!

Олечка, разинув рот, слушала всегда вежливую Людмилу Михайловну, а та, даже не пытаясь справиться с собой, выплескивала семейные тайны.

Людмила воспитывала Соню одна, нахлебалась досыта нищеты и своей подрастающей дочери старательно вкладывала в голову простую мысль: любовь хорошо, но материальное благополучие лучше. Замуж нужно выходить за такого человека, который сможет обеспечить тебя и маму. Сонечка подросла и превратилась в красавицу. Мама была на страже ее чести, она старательно приглядывала за дочуркой и подбирала ей подходящего жениха, но глупая Сонечка неожиданно разбила все планы Людмилы. Она влюбилась в абсолютно неподходящего человека, начинающего писателя Леонида Фомина, и вышла за него замуж. Людмила Михайловна настолько осерчала на дочь, что даже не пришла на ее свадьбу. Жить молодые стали у Леонида. Теща не собиралась знакомиться с зятем-голодранцем, да еще глупая дочь, потерявшая от любви всякий разум, забеременела и родила двойню. Но тут вдруг Фомин внезапно стал популярен и богат, Людмила Михайловна мигом пересмотрела свои позиции и позвонила Соне. Теперь уже дочка, закусив удила, ответила:

— Вот оно как! Были бедные, ты нас корила, а как завелись деньги — полюбила?

Отношения опять прервались, обе женщины, затаив друг на друга обиду, не общались. А затем случилась беда, Леонид покатился вниз, и Сонечка, взяв детей, приехала к маме.

Людмила Михайловна встретила дочь сурово.

— Сама оставайся, — разрешила она, — разводись

со своим писателем и живи дома, но детей твоих видеть не хочу. У меня нет ни денег, ни сил, чтобы поднимать их! Я предупреждала тебя! Ты не послушалась...

Соня, плача, ушла от нее и решила обратиться к Ольге за помощью.

Несколько часов Оля потратила на то, чтобы смягчить Людмилу Михайловну. Вернувшись в детдом, она сказала Соне:

— Ты поезжай к маме, поживи с ней, авось все и наладится. Оформишь развод спокойно, поменяешь фамилию Фомина на девичью и на работу хорошую устроишься.

— А дети? — спросила Соня.

— Они пока тут побудут, в детском доме, ничего с ними не случится, — растолковывала Оля, — ребята тебе сейчас обуза.

Соня уехала, Оле показалось, что она с явным облегчением оставила малышей, но упрекать Фомину было нельзя. Оля же, человек благодарный, хотела угодить Людмиле Михайловне.

Уехав, Соня пропала. Она не возвращалась в Козюлино, не интересовалась, что с двойняшками, и Ольга снова подалась в Москву.

Едва увидав ее на пороге, Людмила Михайловна перекосилась и, быстро шепнув: «Жди меня за углом, в булочной», захлопнула дверь.

Оля покорно пошла в магазин. Туда вскоре примчалась Людмила Михайловна и огорошила девушку:

— Ты, Олечка, к нам больше не ходи.

— Почему? — изумилась директриса.

Людмила Михайловна, нервно оглядываясь по сторонам, ввела ее в курс дела.

— Соня взялась за ум, — вещала она, — развелась с этим мерзавцем Фоминым, с этой сволочью, дрянью, чуть не поломавшей ей всю жизнь! Она решила теперь слушаться меня! Да! Наконец-то до нее дошло: мама плохого не посоветует! Я свела Соню с изумительным мужчиной, он, уж поверь, далеко пойдет!

Сделает блестящую карьеру. Короче, Соня выходит замуж! Дети ей не нужны! Пусть живут в приюте!

Оля захлопала глазами:

— Но ее будущий муж, он что, не знает о предыдущем замужестве?

— Знает, конечно, — кивнула Людмила Михайловна, — но ему нравится Соня, наша семья, а пост Сережи пока невелик, однако я уверена, он достигнет небывалых высот!

— Про то, что Соня выходит замуж за карьериста, я уже поняла, — буркнула Оля, — но что будет с детьми?

— Естественно, мы о них Сергею не рассказали, — взвилась Людмила Михайловна, — кто же женится на женщине со спиногрызами. Пусть остаются в приюте. А ты сделай все, чтобы они не узнали, кто их мать, ясно?

— Я не... — начала было Оля, но тут Людмила Михайловна решительно перебила ее.

— Сколько я тебе помогала! — воскликнула она. — Извини, долг платежом красен! На, вот бумага, Соня написала отказ от двойни.

Оля проглотила приготовленный монолог. Больше всего в жизни она боялась показаться неблагодарной.

— Хорошо, — в конце концов выговорила она, — ребятишек воспитает государство, но Соня-то! Она не станет вспоминать их, мучиться?

— Нет! — отрезала Людмила Михайловна.

— Вы уверены?

— Абсолютно. И потом, Сонечка беременна, — торжественно закончила Людмила Михайловна, — от Сергея. Будет воспитывать ребеночка и забудет про тех, от алкоголика.

— Можно мне поговорить с Соней? — робко попросила Оля. — Все-таки хочется услышать ее мнение.

— Соня у Сергея, — отрезала Людмила Михайловна, — и тебе туда не следует ходить. Лучше сделай так, чтобы отпрысков Фомина воспитывало государство, а Соню не таскали по кабинетам. Ты должна это сделать!

С тяжелым сердцем Оля вернулась в Козюлино. С одной стороны, она понимала Соню, каждому ведь хочется благополучия и счастья. С другой — осуждала ее: ну как нормальная женщина может забыть детей от предыдущего брака, родить себе еще одного ребенка и быть счастливой?

Довольно долго от Людмилы Михайловны и Сони не было слышно никаких известий. Оля решила, что женщины навсегда порвали с ней, дети спокойно подрастали в детдоме. Но тут неожиданно случилось непредвиденное. Людмила Михайловна сама заявилась в Козюлино. Оля просто обомлела, увидев ее на пороге.

— Олюшка, дорогая, помоги, — кинулась к ней Людмила Михайловна.

— Что случилось? — попятилась Оля и услышала новую историю про Соню.

Та благополучно вышла замуж за Сергея, родила девочку, названную в честь бабушки Людмилой, и зажила с новым супругом. Сергей, как и предполагала Людмила Михайловна, стремительно шагал по карьерной лестнице, вернее, он летел по ней, перепрыгивая через ступени. Ей бы радоваться невероятным успехам супруга, но дура Соня влюбилась в шофера мужа, забеременела, и теперь счастье и материальное благополучие семьи поставлены под угрозу.

— Дурее моей дочери не сыскать, — рыдала Людмила Михайловна, отталкивая стаканчик с валерьянкой, который подсовывала ей Оля, — нет бы вовремя рассказать мне, тихонько уладили бы дело! Так дотерпела бог знает до какого месяца и мужу призналась! Нет, ну не кретинка ли! И теперь у Сергея, у моего бедного, несчастного зятя, два выхода: либо разводиться и этим поставить крест на своей карьере, либо воспитывать ребенка от шофера! Да! Ужасно!

— Похоже, вы любите Сергея больше, чем Соню! — вырвалось у Оли.

— Он меня из нищеты вытащил, — окрысилась женщина, — одел, обул, кормит, поит. А от Соньки одни неприятности, ничего хорошего! Безмозглая девка! С кем спать ляжет, от того и рожает! Крольчиха! — заорала Людмила Михайловна, потом, чуть поостыв, попросила: — Ты лучше помоги уладить дело тихо, без шума. Не сомневайся, я тебе заплачу, теперь-то деньги есть!

Последняя фраза больно щелкнула Олю, но, памятуя о том, как Людмила Михайловна в детстве угощала ее тем, что имела, Оля сказала:

— Хорошо. Работает у меня Антонина, у нее есть сестра Олимпиада, врач, акушер-гинеколог. Поговаривают, что она берется такие ситуации разруливать. Не за так, конечно.

— Олечка, — взмолилась Людмила Михайловна, — век тебе благодарна буду.

Антонина с Олимпиадой взялись за дело. Ребеночка, плод преступной любви, Оля должна была потом пригреть в приюте...

«Ничего себе, — подумала я, — да ведь Антонина скрыла от меня то, что инициатива в этом деле исходила от нее. Мол, муж Сони неизвестно как узнал про Олимпиаду. Ну теперь мне все ясно!»

— И как бы вы взяли к себе ребенка? — удивилась я.

Ольга Ивановна вздохнула:

— А просто. Утром пришла бы на работу и обнаружила на крыльце сверток с малышом, такое случается.

Так и сделали. Оля внесла мальчика в дом, поскольку никаких документов при новорожденном не имелось, его назвали Алешей и дали ему фамилию Мирский.

— Алексей Мирский? — подскочила я.

— Ну да, — кивнула Оля, — дело было в мае, первого числа, в праздник мира и труда, отсюда и фамилию придумали — Мирский. Хотели сначала Майским записать, но доктором у нас Евгения Сергеевна служила, жутко в приметы верила, она и не дала это сделать. Сказала, всю жизнь маяться будем.

— Алексей Мирский, — потрясенно произнесла я, — владелец издательства «Нодоб». Значит, он родной брат Яны и сводный брат своей жены? Господи, как же такое получилось?

Но Ольга Ивановна, похоже, не заметила моего вопроса.

— Двойня опять у Сони родилась, бывают женщины, запрограммированные на двойняшек, — продолжила она, — но ей об этом не сказали. Мальчика ко мне привезли... Девочку же Олимпиада себе оставила. Справку сама о рождении ребенка выписала, никто и не удивился. Толстая она была, Липа, словно носорог, у такой и беременность незаметна.

Ольга Ивановна закашлялась, а потом продолжила:

— Вот так в моем детдоме и оказалась куча детей Сони. Двое от Фомина и один от шофера. Первых звали Катя и Роман Фомины, а второго Алексей Мирский, ну а затем произошел пожар. Горе страшное, Катя погибла, задохнулась в огне, а Рома и Алеша выжили.

Ольга моментально соединилась с Людмилой Михайловной и, плача, сообщила ей:

— Девочка умерла.

— А мальчик? — быстро спросила та.

— Роман жив.

— Ну, вот что, — протянула Людмила Михайловна, — я Соне скажу, что все померли, ей спокойней будет! Значит, имей в виду: оба сгорели.. Вот как все славно получилось! Прямо лучше не бывает.

— Эй, погодите! — воскликнула я. — Людмила Михайловна не знала про Яну? И про Алексея?

— Олимпиада подружилась с Соней, — объяснила Ольга Ивановна, — та решила забрать Яну себе. Людмиле Михайловне сообщили, что младенец умер при родах, то же самое сказали и Сергею, мужу Сони. Кстати, он очень непрозрачно намекнул Олимпиаде, когда договаривался обо всем, что ребеночку хорошо бы живым на этом свете не быть. Поэтому и Людмила Михайловна, и Сергей были уверены: плод преступной страсти погиб. А о том, что детей родилось двое, не знала даже Соня... Кстати, Олимпиада небось за смерть новорожденного много денег огребла.

Собственно говоря, на этом одна история заканчивалась и начиналась совсем другая, не менее интересная.

ГЛАВА 32

Шло время. Ольгу Ивановну осудили, лишили права когда-либо работать в детских учреждениях и отправили отбывать срок. Правда, на зоне она провела немного времени, попала под амнистию. Вернувшись в Козюлино, Ольга Ивановна стала работать в библиотеке, много лет она старательно обходила тот край городка, где располагался отстроенный заново детдом. Потом, постепенно, боль утихла, но все равно в район Магистральной улицы Ольга Ивановна старалась без необходимости не соваться. Ей очень хотелось забыть прошлое, она никогда более не встречалась с Людмилой Михайловной и Соней, но с Олимпиадой и Антониной сталкиваться приходилось. Козюлино-то невелико. Ольге почти удалось похоронить воспоминания о детях и пожаре, но тут вдруг на свет явился призрак и постучал в ее дверь, вернее, он позвонил.

Ольга Ивановна открыла и удивилась. На крыльце стояла худенькая, хорошенькая девочка.

— Это вы были директором детского дома? — с места в карьер поинтересовалась она. — Давно, когда он погорел?

— Да, — оторопела Ольга Ивановна.

— Вы-то мне и нужны, — хмыкнула девушка и весьма бесцеремонно, не спросив разрешения у хозяйки, вошла в дом.

— В чем дело? — возмутилась Ольга Ивановна.

— Меня зовут Яна Гостева, — представилась незнакомка, — я дочь Олимпиады Гостевой, она умерла, теперь я живу у Тони, ее сестры. Но на самом деле моя мать, я имею в виду настоящую маму, жива. Вы-то хорошо знаете всю историю. Ну-ка расскажите ее мне!

— Ты о чем толкуешь? — залепетала Ольга Ивановна.

— Ой, — скривилась Яна, — только не надо врать, мне Антонина все рассказала. Ладно. Значит, так. Мне дико нравится один парень, Алеша Мирский, у нас с ним роман, да только тетка, как услыхала его имя, прямо взбесилась. Прицепилась к Алеше, допрос натуральный устроила: кто он, откуда, где его родители, потом заорала: «Я тебя великолепно по детдому помню!»

Алеша попытался спокойно ответить на вопросы предполагаемой тещи. Да, он вырос в приюте, родителей не знает и очень беден, но любит Яну и готов работать день и ночь, чтобы обеспечить жену. И вообще у него в голове полно планов, только для их осуществления не хватает денег.

Любой бы женщине понравился серьезно настроенный юноша, думающий о семье, а не о сиюминутных радостях. Но Антонина неожиданно повела себя очень странно. Она разоралась, вытолкала Алешу вон и заявила Яне:

— Через мой труп состоится эта свадьба! Ищи другого жениха!

Яна попыталась спокойно поговорить с Антониной, но у той словно снесло крышу.

— Никогда, ни за что, — трясла она головой, — ни в жизни...

Видя, что Антонина просто потеряла рассудок, Яна стала действовать решительно. Схватила сумку и принялась кидать туда свои вещи.

— Ты куда? — насторожилась Тоня.

— К Алексею!

— Не пущу.

— А я тебя и не спрашиваю, ты мне никто, — завопила Яна, — ясно, никто!

Тоня стала вырывать у нее саквояж. Яна не выпускала сумку, завязалась драка, в которой явный перевес оказался на стороне сильной молодой девушки. Отшвырнув рыдающую тетку, Яна выбежала на лестницу.

— Постой, — завопила Тоня, — мерзкое дело получится! Он твой родной брат.

Яна чуть не врезалась лбом в стену.

— Офигела, да? — взвизгнула она.

— Родной, — прошептала Тоня, — он тебе говорил, когда у него день рождения?

Яна швырнула сумку на пол.

— Как и у меня, первого мая.

— Вот видишь!

— Ну и что такого, — ухмыльнулась девушка, — полно мужиков, которые в Первомай родились, они что, мне все братья?

— Ты сядь, — еле слышно проговорила Тоня, — и выслушай меня.

Яна пнула ногой сумку.

— Только не бреши, — предупредила она, — хуже будет.

Когда Тоня завершила рассказ, Яна затрясла головой.

— Значит, эта Соня нас бросила, всех? Двоих от первого брака, а потом меня с Лешкой.

— Про мальчика она ничего не знала, — принялась оправдывать Соню Антонина, — а первых деток считала погибшими при пожаре. Тебя же мать не бросила, денег дает...

— А еще у нее есть любимая доченька, — протянула Яна, — вот уж кому повезло больше всех. Мы, следовательно, по детдомам и деревням маемся, живем в нищете...

— Яна! — возмутилась Тоня. — Ты-то все имеешь.

— Ага, — надулась девица, — сначала в Мирске, а потом в Козюлине. Вот классно звучит: откуда вы приехали? Из Козюлина, обхохотаться можно. Небось та девчонка, от богатого мужа, имеет и комнату свою...

— Ты тоже не в общей живешь!

— В Козюлине! И одета она шикарно, в институте учится!

— На себя посмотри, чего тебе не хватает?!

— И глядеть нечего, с толкучки шмотки, — заорала Яна, — из дерьмовских рядов! Почему она не меня, а ее выбрала? Чем та лучше? Вот поеду и убью ее!

— Кого? — испугалась Тоня.

— Сестрицу, — завизжала Яна, — зарежу ножиком, а потом матери сообщу. Заявлюсь к ней и скажу: «Здрассти, Соня, я Яночка, ваша брошенка. Теперь вы для меня все делать станете, не то расскажу всем о вашем позоре, ясно?»

— Ты с ума сошла!

— Вовсе нет.

— Господи, замолчи.

— Давай адрес.

— Чей?

— Сони.

— Не знаю его.

— Врешь!

— Ей-богу!

— Ты мне всю жизнь врала!

— Нет, — закричала Тоня, — Липа тебе еще когда рассказала про удочерение!

— Ага, — затопала ногами Яна, — рассказала, только что? Чушь горькую. Дескать, одна женщина, неизвестно кто, бросила на станции новорожденного, а Олимпиада пожалела его и себе взяла. Про богатую маму впервые слышу! Давай ее адрес.

— Я не знаю!

— Как же она тебе деньги на меня дает?

— Раз в полгода мы встречаемся на вокзале, — забормотала Тоня.

— Ой, брешешь, — неожиданно спокойно произнесла Яна, — все тебе известно, но говорить не хочешь. Впрочем, и не надо, сама отыщу эту дрянь.

— И вы рассказали ей про Соню? — воскликнула я.

— Ну, Яну в первую очередь интересовал вопрос: правда ли, что они с Алешей Мирским близнецы, — вздохнула Ольга Ивановна, — чтобы избежать большой беды, мне пришлось подтвердить: да, они двойняшки, ни о какой интимной близости и свадьбе речи быть не может. Потом она поинтересовалась, где старший брат, Роман.

— И что вы сказали?

— Правду: Роман Фомин воспитывался в детдоме, он на несколько лет старше Яны. Фомин получил специальность шофера, устроился водителем на машине, которая развозит баллоны с газом.

— Баллоны с газом, — эхом отозвалась я, — он шофер, умеет водить машину...

Тут в голове что-то щелкнуло, части головоломки сложились вместе. Роман Фомин, воспитаник детского дома, единоутробный брат Яны, сын писателя Леонида Фомина! Вот это поворот. Хотя, узнав фамилию Ромы, могла бы и сразу понять, в чем дело!

— Вы же москвичка, — прошептала Ольга Ивановна, — небось не знаете, что во многих деревнях газ не центральный!

Я вспомнила бег по пересеченной местности с костью в руках и усмехнулась.

— Наслышана о таких машинах.

— Роману повезло, — шелестела Ольга Ивановна, — он познакомился с дачницей, женился на ней и перебрался в столицу, уехал из Козюлина.

— Вы откуда об этом знаете?

Бывшая директриса с трудом села.

— Знаете, — удивленно сказала она, — мне есть охота, первый раз за всю неделю. Сделайте божескую милость, сходите на кухню, налейте мне чаю, крепкого, с сахаром, и намажьте кусок хлеба маслом.

— А вам можно? — на всякий случай решила уточнить я.

Ольга Ивановна улыбнулась:

— Замечательный вопрос! Знаете, меня очень удивило, когда я узнала, что перед тем, как сделать осужденному на смерть инъекцию яда, иглу шприца тщательно стерилизуют. Интересно, зачем? Тому, кто через пару секунд станет трупом, уже все равно, занесут ему в кровь гепатит, СПИД или что-нибудь еще. Несите хлеб. Кстати, положите сверху, на масло, сырокопченой колбасы, там есть кусок.

Я выполнила просьбу больной. Ольга Ивановна

проглотила два бутерброда, выпила большую чашку крепко заваренного чая и неожиданно сказала:

— Мне намного лучше!

— Вот и слава богу, — обрадовалась я, — видите, поправляться начинаете, проснувшийся аппетит первый показатель этого.

В огромных глазах Ольги зажглись огоньки.

— Нет, это другое. Мне все время казалось, что следует покаяться, снять груз с души, и тогда легче станет. Так и вышло. Только вы до конца дослушайте.

— Вы в чем-то еще хотите покаяться? — весьма неделикатно воскликнула я.

Ольга Ивановна стала теребить угол пододеяльника.

— Яна ушла, больше она ко мне не возвращалась. Я в то время еще больной не была, пошла в магазин на вокзальной площади, он у нас один хороший, и столкнулась там с Тоней.

Антонина рассказала, что Яна подалась в Москву, и с тех пор от нее ни слуху ни духу.

— Совсем не появляется и не звонит? — удивилась Ольга Ивановна. — Вот неблагодарная! Вы с сестрой ее на ноги поставили! Хорошо же она тебя отблагодарила!

Тоня скривилась:

— Не надо мне ее благодарности, умотала, и ладно, меньше забот. Главное, чтобы назад не вернулась.

Ольга, не зная, как отреагировать на подобное заявление, ушла. Дома она старательно выбросила из головы воспоминания об этой встрече. Но кто-то на небесах не позволил бывшей директрисе детдома жить спокойно. Некоторое время назад к ней явился незнакомый молодой человек и представился:

— Роман Фомин, бывший воспитанник детдома, тот самый, оставшийся в живых из двойни. Скажите, Ольга Ивановна, правда ли, что мой отец, Леонид Фомин, был писателем?

Что оставалось делать Ольге Ивановне? Она сначала попыталась ответить обтекаемо, забубнила нечто вроде: «Ну... это... не помню... давно все было...»

Но Роман спокойно прервал ее.

— У меня есть метрика, там указано: отец Фомин Леонид Филимонович. Вопрос не в имени, а в том, был ли мой папа писателем? Все равно я узнаю правду. Где-то в архивах лежит заявление об отказе матери от детей, найти его трудно, но возможно. Сделайте одолжение, скажите, как обстояло дело.

Ольга Ивановна почувствовала себя совсем плохо. Она искренне пыталась забыть про то, как помогала Соне, но у нее ничего не получалось. Хотя, если подумать, преступления Ольга не совершила, Соня сама решила избавиться от детей, чтобы жить в достатке с успешным мужем. Но отчего-то Оля считала себя виноватой и никак не могла избавиться от этого чувства.

— Да, — сказала она Роману, — это правда. Твой отец, Леонид Фомин, насколько помню, был писатель, из неудачливых, стал алкоголиком. Его пьянство и побудило Соню отдать вас с сестрой в приют. Твою мать трудно винить, она...

— Давайте не будем говорить о моральной стороне дела, — усмехнулся Роман, — меня волнуют только материальные проблемы. Значит, Софья, будучи женой литератора Леонида Фомина, родила двойню: меня и сестру Катю. Потом она сдала детей в приют. Катюша погибла при пожаре, а я выжил, так?

— Да, — подтвердила Ольга, — верно.

— Эта Соня, — продолжал Роман, — после родила дочку от законного, богатого мужа. Назвала чадушко Людмилой и всю жизнь воспитывала ее в полном достатке. Да?

Ольга только кивнула.

— Но, видать, богатый супруг импотентом был, а наша маменька захотела плотских радостей, — ухмылялся Роман, — бог-то шельму метит! Снова двойня получилась!

— Многоплодность закладывается генетически, — попыталась объяснить Оля физиологическую сторону вопроса, — очень часто женщина, родившая двойню, снова беременеет двумя...

— Насрать мне на ее генетику, — рявкнул Роман, —

навалить три кучи! Мне другое интересно! Родила маменька еще двух деток, но не от Фомина, да?

— Да.

— А от кого?

— Вроде от шофера мужа.

— Но точно не от Леонида?

— Стопроцентно, он же совсем спился, умер уж, наверное, давно, — вздохнула Ольга.

— Родились у нее девочка Яна и мальчик Алексей?

— Верно.

— Почему же он Мирский, а она Гостева?

— Яну удочерила женщина, Олимпиада Гостева, — разъяснила Ольга, — а мальчика сдали в приют, там его нарекли Алексеем и дали фамилию Мирский.

— Янку воспитывали дома, а парня за госсчет, — процедил Роман, — вечно девкам везет! Но лучше всех эта Людмила устроилась! Вот уж кто сливки снял!

— Людмила-то ни в чем не виновата!

— Ага! — взорвался Роман. — Жила, сырничала, ни в чем отказа не знала! А я лишней тарелки каши не имел!

— Но девочка-то ни при чем, это Соня...

— Хватит, — рявкнул Роман, — все понятно! На самом деле я пришел выяснить лишь одну вещь: я — Фомин, сын Леонида, а остальные нет, так?

— Да.

— Моя сестра погибла в пожаре, да?

— Верно.

— А почему у меня фамилия Фомин?

Ольга несказанно удивилась.

— Какая же она должна быть? Тебя ведь привезла Соня, с метрикой, в ней четко стояло: отец — Леонид Фомин. На основании ее тебе и паспорт выдали.

— Метрика у меня, говорил же только что вам, только там не написано, что папенька писатель, — раздраженно сказал Роман и спросил: — Значит, я один Фомин, настоящий, а остальные Сонины дети ему никто?

— Да, — подтвердила Ольга, удивившись, что Роман настойчиво задает один и тот же вопрос.

— Ладушки, — протянул парень, — может, у вас и адрес его есть?

— Был, — кивнула Оля, — но он старый, уже много лет прошло, скорей всего, Леонид сменил квартиру. Хотя думается мне, что Фомин давно на кладбище.

— Давайте его координаты, — велел Роман, — жив Фомин, такая из-за него чехарда получилась, жуть! На самом деле деньги-то мои! Вот прикол-то! Вы, если суд будет, сумеете доказать, что я один настоящий Фомин?

— Какой суд? — испугалась Ольга. — В жизни никогда туда не пойду!

— Это мы еще поглядим, — пообещал Роман, схватил листок, прочитал адрес и воскликнул: — Ну, классно. Будем надеяться, что он все-таки помнит, спал ли после развода с Сонькой. Адью, я уехал! С Людкой мы договоримся, она блаженная, идиотка добрая. А Янка! Алешка Мирский? Ну, Яна! Знаю, знаю, где она прячется, точно знаю! Значит, она меня обмануть решила, наплела с три короба...

Выпалив сумбурную фразу, он унесся.

— Когда Роман у вас был? — воскликнула я.

Ольга посмотрела на потолок.

— Не помню. Слабая я, сплю днем, вот и путаю, когда один день начался, а другой закончился.

— Но визит был недавно?

— Да, он два раза приезжал.

— Два? Зачем?

— Не знаю. Давно и недавно. Спрашивал об одном и том же.

— И Роман сказал: «Знаю, знаю, где прячется Яна!»?

— Верно, — кивнула Ольга Ивановна и неожиданно попросила: — Сделай мне еще бутербродов с колбасой, есть хочу, как медведь после спячки.

ГЛАВА 33

Не чуя под собой ног, я понеслась домой к Роману. Похоже, Фомин в курсе, где Яна. Не зря же он сказал Ольге Ивановне: «Знаю, знаю, где она прячется». Может, он сам ее где-то держит. Зачем? Что они все задумали? Что сделали? От руки ли грабителя умерла Людмила? Похоже, ее ненавидели все: Яна, Роман и Алексей. Хотя Алексей Мирский муж Людмилы! Он женился на своей сестре? С ума сойти! Решил отомстить таким образом за поруганное детство? Или Алексей просто тезка сводного брата Людмилы?

У меня закружилась голова. Ну какого черта я полезла в это запутанное дело? Мне же только нужно узнать, где Яна, спросить у нее фамилию и адрес Федора, а потом отыскать Аньку, мою несчастную подружку. И что вышло? Вляпалась по уши в невероятную историю, ничего в ней не понимаю...

Злость придала мне скорости, до дома Романа я не шла, а летела, и в кнопку звонка ткнула с такой силой, что чуть не сломала себе палец.

Дверь открылась, парень, одетый в сильно потертые джинсы, улыбнулся и деликатно спросил:

— К кому торопимся?

— Мне Роман нужен, — буркнула я, насупившись, — позови его.

— Он у себя, как доложить изволите? — продолжал юродствовать юноша. — Ты ему кто? Маменька родная али сестрица?

Но у меня не было никакого настроения шутить.

— А ты ему кто? — рявкнула я. — С какой стати допрос устраиваешь?

— Устал Ромка, — вздохнул парень, — прилег и велел к себе только сеструху впустить. Вот я и интересуюсь: ты маменька родная али сестричка?

— Хорош идиотствовать, — прошипела я, — слепой, что ли? Сколько мне лет, по-твоему? Неужели я на мать взрослого мужика похожа?

— Ну, — шутник окинул меня оценивающим взором, — с одной стороны, конечно, не очень, с другой — годков тебе не так уж и мало, но на мамашку не тянешь, скорей уж сеструха.

— Она и есть, — соврала я в надежде побыстрей увидеть Романа.

— Яна? — уточнил парень.

— Яна, — согласилась я.

— Ну входи.

Я вошла в коридор.

— Ступай налево, — велел парень, — в комнате он.

Я выполнила приказ, пнула дверь, очутилась в довольно просторном помещении, и в ту же секунду меня крепко схватили два безмолвных мужика.

Оторопев на секунду, я тут же пришла в себя и стала изо всех сил сопротивляться: лягалась, орала, плевалась, пару раз укусила чью-то руку, оказавшуюся прямо перед моим лицом, но в конце концов была полностью обездвижена.

— Дать бы тебе, что ли, по кумполу пару раз, — с чувством произнес один из мужиков, разглядывая укушенную ладонь.

— Только попробуй, — прошипела я, — имей в виду, мой муж вам не простит, маньяки! Найдет вас и посадит!

Парни засмеялись.

— Ути-пути, — сказал тот, что открыл мне дверь, — и кто у нас муженек, волшебник?

Пока присутствующие противно ржали, я быстро оглядела комнату. Шкаф открыт, ящики письменного стола тоже. Похоже, я нарвалась на грабителей, решивших обокрасть Романа, и теперь, чтобы выбраться отсюда, следует напугать их до полной отключки!

— Вы, ребята, не на ту напали, — пытаясь придать голосу твердость, заявила я, — если не вернусь домой через час, мой муж объявит в столице план-перехват!

Новый приступ хохота потряс стены квартиры. Поняв, что мне совершенно не верят, я прибегла к крайней мере воздействия:

— Мой муж майор Олег Куприн, служит в милиции.

Грабители перестали веселиться и уставились на меня.

В моей душе появилась надежда. Испугались, гады! То ли еще будет!

— А сама я писательница. По паспорту зовусь Виолой Таракановой, но основная масса читателей знает меня под псевдонимом Арина Виолова. Я автор книг «Гнездо бегемота», «Кошелек из жабы»...

— Слышь, пацаны, — протянул вор, что помоложе, — чегой-то я слышал про этого Куприна, у которого баба дюдики строчит!

Ощутив прилив вдохновения, я решила морально раздавить представителей криминального мира и затарахтела:

— Мои книги выпускает издательство «Марко», вы про него что-нибудь знаете?

— Нет, — неожиданно слаженным хором ответили мерзавцы.

— «Марко» — это да! — закричала я. — «Марко» — супер, крупнейшая структура на рынке, она своих авторов в беде не бросит! Знаете, какой у них начальник службы безопасности? Сашей зовут! О... О... О! Это человек! Два метра в высоту! А в ширину! Хоть положи, хоть поставь — все равно два метра получится! Кулаки размером с «Жигули»! Нога семьдесят восьмого размера! Да он брюки себе в спецателье шьет! Супермен, Бэтмен, Микки-Маус! То есть Микки-Маус тут ни при чем, конечно! Да как только Саша узнает, что Арину Виолову обидели, он на вас сядет и раздавит, возьмет за ноги и дернет в разные стороны! А какие у него ребята! Страшное дело, все звери, ротвейлеры, тигры, слоны, шиншиллы...

— Шиншилла, кажется, крыса, — робко пискнул один из воришек.

Я на секунду растерялась, но мигом нашла нужные слова:

— А ты, чудачок, попробуй посидеть в мешке с милыми крысками, посмотрим, как тебе понравится. Сначала ножки отгрызут, потом...

— Николаша, постереги ее, — сказал парень в джинсах, — а мы тут кое-что выясним.

Едва основная масса грабителей покинула комнату, я накинулась на безусого мальчонку, оставленного сторожить госпожу Тараканову.

— А ну, отстегни меня!

— Зачем?

— Вот дурачок! Слышь, машина подъехала, двери хлопают?

— Нет.

— А я великолепно слышу. Это служба безопасности «Марко» прибыла, сейчас вас всех в «оливье» покрошат.

— Не ври-ка!

— Я никогда не вру.

— Как же они узнали, что ты здесь?

— У меня в кармане телефон, когда вы меня скручивали, я успела кнопку автодозвона нажать. Это сигнал SOS. И сейчас сюда несутся на всех парах мой муж с омоновцами и Саша из «Марко» со своими парнями. Ох, не завидую я вам, ох, плохо сейчас будет, ох, в лапшу вас нашинкуют, фарш для пельменей сделают, сидеть на зоне тебе до морковкина заговенья! А ну немедленно освобождай меня, замолвлю, так и быть, за тебя словечко!

Юноша встал со стула, я возликовала! Поверил, испугался! Сейчас меня отпустит! Но парень спокойно вышел в коридор.

Я заскрипела зубами от злости и попыталась оторвать наручники от батареи. Куда там, с таким же успехом можно пытаться сдвинуть с места пирамиду Хеопса. Оставив бесплодные попытки, я прислушалась. Ухо не уловило никаких звуков, потом вдруг послышались шаги, хлопок входной двери, и воцарилась могильная тишина. Я послозила по твердому полу. Нет, какие свиньи! Могли бы хоть коврик бросить или матрасик какой, жестко ведь! Значит, я достигла своей цели, разбойники испугались неминуемой встречи с милицией и сотрудниками «Марко». Грабители попросту убежали, оставив меня прикованной к батарее.

Решив не паниковать раньше времени, я старательно обдумала свое положение. У меня есть мобильный, но он в сумочке, которая валяется у порога, до нее мне не дотянуться! Значит, есть три выхода. Квартира коммунальная, рано или поздно появятся соседи, я услышу шаги и заору. Меня, естественно, найдут и освободят. Второй: как-нибудь исхитрюсь, разобью окно и начну визжать на всю ивановскую: «Спасите!» Кто-нибудь да и откликнется. Третий. Опять же разобью окно и попробую сбросить вниз горшки с цветами, радиоприемники и все остальные предметы, которые стоят на подоконнике. Естественно, прохожие возмутятся, а мне того и надо! Выход можно найти из любого положения, главное, никогда не сдаваться!

Как следует обдумав ситуацию, я решила все же подождать соседей. Вот не явятся к вечеру, тогда и стану бить стекла.

Какое-то время я пыталась поудобнее устроиться на твердом полу. Надеюсь, вам никогда не приходилось коротать время прикованными к батарее. Поверьте мне, это очень неудобно, просто ужасно. Через час я окончательно извелась и отсидела себе все места. К тому же запястье, скованное кольцом наручника, неожиданно стало опухать. Решив действовать, я попыталась встать, что, ей-богу, удалось мне с трудом. Я вспотела, устала и тут услышала стук двери и голоса. Наконец-то появились соседи.

— Сюда, — что есть мочи завопила я, — скорей, бегом, умираю!

Но в ту же секунду крик застрял у меня в горле, потому что в комнату, виновато улыбаясь, вошли все те же грабители.

От неожиданности я шлепнулась на пол, очень больно ушиблась и, собрав остатки самообладания, заявила:

— Убегайте, пока живы.

— Немедленно отстегните ее, — раздался до боли знакомый голос, — с ума сошли, что ли?

Я захлопала глазами, в комнату вошел... Олег.

Вместо того чтобы испугаться, воры повели себя странно. Один подошел ко мне и снял наручники, второй забубнил:

— Кто ж знал...

— Арестуй их! — взвизгнула я, кидаясь мужу на шею.

Олег прижал меня к себе.

— Тише, это свои.

— Они грабители!

— Нет, это наши сотрудники, проводили обыск у Романа.

Я оторвалась от мужа.

— Обыск? А где же понятые?

— Соседи в понятых, — быстро сказал отстегнувший меня от батареи парень, — они на кухне сидят. Мы-то ее за сестру приняли, она ведь Яной назвалась!

— Так Яны тут нет? — закричала я. — А где она?!

— Во дура! — хмыкнул один из ментов. — Сама Яной назвалась, а теперь удивляется, что девки тут нет. Кто бы ее за сестру Романа принял, если бы та здесь сидела?

— А что вы про нее знаете? — не растерялся мужик, стоявший около Олега.

— Все! — заорала я. — Все!

— Рассказывай, — рявкнул мужик.

— Первый начинай, — отбилась я.

— Господи, вот дура!

— Сам идиот! — кинулась я на мужика с кулаками. — Мерзавец! Посадил меня на цепь!

— Сама виновата, кретинка, — не остался в долгу дядька.

Я пнула его ногой, мужик пихнул меня.

— Придержи свою бумагомараку, — велел он Олегу.

— Эй, потише, — насупился Куприн.

— Скотина, — ожила я и снова поддала менту с силой по коленке.

Тот мгновенно треснул меня крепкой рукой.

— Офигел? — заорал Олег.

От драки нас удержали двое других парней. Один схватил Куприна, другой своего начальника.

— Вызову вас повесткой, — пообещал последний.

— Пошел на... — отреагировал Куприн и потащил меня в машину.

По дороге я, заливаясь слезами, выложила мужу все, что узнала, Куприн мрачно молчал. Не говоря ни слова, он впихнул меня в родной подъезд, в квартире дотолкал до кухни и произнес:

— Смотри.

Я пожала плечами:

— На что? Грязно ужасно! Похоже, вы с Семеном ни разу ни посуду не помыли, ни пол... Хотя чего ждать от лентяев? Бросили семью в Пырловке, а сами тут...

— Туда смотри, — прервал Олег и повернул меня к лоджии.

Я увидела на балконе знакомую фигуру. Нет! Не может быть!

— Приветик, Вилка, — заулыбалась Аня, входя в кухню, — как вам в Пырловке отдыхается? Фредька не достает? Я забыла предупредить: не угощайте его ничем, а то станет каждый день жрать ходить!

— Это ты? — глупо спросила я. — Аня?

Подруга повернулась к Олегу.

— Чего с ней? Уставилась на меня, как на привидение!

Куприн хмыкнул, но ничего не сказал.

— Ты Аня? — тупо повторяла я. — Аня, скажи, где ты была последние дни?

— На даче, у приятелей, — спокойно ответила подруга.

— А зачем мне звонила и о помощи просила? — я медленно приходила в себя.

— Кто? — изумилась Аня.

— Ты?

— Просила о помощи?

— Да!!!

— Не было такого!

— Как это! — заорала я. — У твоего телефона батарейка села, я еле-еле поняла, о чем речь, по окончаниям слов! Ты еще орала ... ги... ют! А на мой вопрос, где ты, ответила: не ...аю! ...ги. Ничего не ...ажу! И так далее. И еще потом четко так сказала: «Все. Батарейка села, зарядить не могу, спаси меня, несчастную!» Ты что, не помнишь?

— Конечно, помню, — кивнула Аня, — зарядка-то дома осталась, а у парней мобильников нет, сейчас у крутых особая мода пошла, не пользуются сотовыми. Кому надо — с секретарем соединится, и тот ситуэйшен разрулит. Так что мы на той фазенде без связи остались. Кстати, я на тебя вообще-то обиделась!

— За что? — спросила я, сверля глазами совершенно целую, невредимую и очень довольную Аню.

— Тебе трудно было выполнить мою просьбу? — прищурилась подруга. — Вот уж не ожидала!

— Но я искала тебя! Чуть с ума не сошла!

— Зачем?

— Ты же просила о помощи!

— Чушь собачья. То есть да, конечно, я позвонила и сказала: «Вилка! Помоги, а то меня на работе убьют!» Ты же вместо того, чтобы выслушать, принялась спрашивать: «Где ты? Где ты?» Да какая разница — где! Помоги просто! Ну, я и ответила тебе: «Не понимаю твоего интереса. Помоги. Позвони на работу и скажи: «Аня заболела, что с ней, точно не скажу, потому что диагноз неясен. Скорей всего, она грипп подцепила, поэтому спишите ее дела на Ваню Маслова». Ваня Маслов! Три раза я тебе повторила, и что? И ведь как просила. Спаси меня, несчастную, а ты?! Теперь с начальством надо разбираться!

Я постаралась успокоиться. Так. В трубке были слышны обрывки фраз, просто я неправильно их поняла. ...ги ...ют! — это не «помоги, убьют», а «помоги, на работе убьют». А «Сп...те» — это не «спасите», а «спишите», спишите дела на Ваню Маслова! Имя и фамилия до меня не долетели! Боже! Ну не дура ли я!

— Анечка, — приторным голосом запела я, — ну-ка расскажи нам, деточка, куда и с кем ты отправилась с вечеринки в своей конторе, а? С двумя парнями, блондином и брюнетом?

Анька закатила блудливые глазки.

— Да уж, — причмокнула она, — повеселилась. Представляешь, приперлась на наше корпоративное торжище, думала, со скуки сдохну. Все те же вокруг: рыла противные, VIP-клиенты капризные и журналюги. Последних я просто ненавижу, одни и те же по тусовкам шляются. Ну меня переколбасило, стою, салат жую, в тоске погибаю. И вдруг входят два Алена Делона! Красавцы! Вау! Шикарные! Ну я к ним и подрулила, представилась. Выпили по бокальчику, решили у них на дачке продолжить. Да, скажу тебе! Показали они мне небо в алмазах! Мы из кровати несколько дней не вылезали. Представляешь, еле живая сегодня утром приползла. Одно плохо, ты меня подвела, и теперь на работе скандал.

— То есть ты подцепила на вечеринке двух незнакомых парней и уехала с ними на несколько дней? Наплевав на службу? — протянула я, просекая ситуацию.

Анечка-то у нас девушка весьма легкого поведения, ни одного мало-мальски стоящего, на ее взгляд, кадра мимо не пропустит, а тут на пути встретились две секс-машины.

— Почему незнакомых? — улыбнулась подруга. — Мы друг другу представились. Мои мальчики журналисты, из желтой прессы, их на такие вечеринки не зовут, но они везде пройдут!

Внезапно Олег издал странный звук, похожий на хрюканье. Тут я озверела:

— Аня! Ты старая шлюха! — заорала я.

— Почему же старая? — возмутилась подруга.

— Значит, слово «шлюха» тебя не смутило? — мой супруг продемонстрировал милицейскую смекалку.

— Грубо, конечно, — вздохнула Аня, — просто обидно, что в нашем мире, в нашем жутком, насквозь фальшивом обществе, нельзя выжить обычной бабе с нормальными инстинктами. Да, мне нравятся мужчины, и это естественно! Но ханжеское общество клеймит таких, как я, здоровых, честных, откровенных. От нас требуют лицемерия, сокрытия собственных желаний. Просто ужасно. Хорошо, согласна, я шлюха! Но мне по крайней мере будет что вспомнить на пенсии. Интересно, о чем подумает Вилка лет эдак в восемьдесят? О написанных романах? Выстиранных мужниных рубашках? Фу!

У меня просто пропал дар речи.

— Ну, пожалуй, Вилке не придется с тоской пере-

бирать зря прожитые годы, — захихикал Олег, — сядет в кресло с вязаньем и начнет вспоминать ушед-
шие дни: тут в историю вляпалась, там глупостей натворила.

— Я сильно сомневаюсь, что доживу до восьмиде-
сяти, имея такую подругу и такого мужа, — еле-еле
выдавила я из себя и ушла в спальню.

— Нет, ты погляди! — возмутилась Анька. — Это
мы, оказывается, плохие!

Ответа Олега я не услышала, потому что успела к
тому времени добежать до кровати и, рухнув в нее,
мгновенно заснуть.

ГЛАВА 34

Олег разбудил меня в восемь:

— Вставай.

— Зачем? — пробормотала я, поглубже зарываясь
в подушку.

— Нас ждут.

— Кто?

— Геннадий Иванович.

Я села и потрясла головой.

— Это кто же такой?

— А парень, с которым мы вчера чуть было не под-
рались. Я пообещал, что привезу тебя к девяти к нему
в отделение.

— С какой стати? — разозлилась я.

— Ну, — усмехнулся Олег, — с одной стороны, из
чисто цеховой солидарности, все-таки мы оба менты.

— И при чем же тут я, при вашей солидарности?

— С другой стороны, — мирно продолжал Куприн, — памятуя о твоих вечных стонах по поводу отсутствия достойных сюжетов для написания гениаль-
ных криминальных романов, я решил, что Арине Виоловой небось захочется узнать, кто убил Людмилу
Мирскую и...

Я схватила мятые джинсы.

— Уже готова.

Куприн хихикнул.

— Хоть зубы почисти, Агата Кристи!

Оказавшись в кабинете и увидев за одним из столов парня, приковавшего меня к батарее, я процедила:

— Доброе утро.

— Хватит дуться, — улыбнулся тот и протянул мне руку: — Будем знакомы, Гена!

Я осторожно пожала его твердую ладонь:

— Очень приятно, Виола Ленинидовна Тараканова.

— Уж прости меня, — прищурился Гена, — я не знал, что имею дело с такой известной, любимой народом писательницей. Ты ведь очень молодая...

Я улыбнулась. А он очень даже ничего, вполне симпатичный. В конце концов, я сама виновата, назвалась Яной, за что и получила наручники и пару затрещин.

— Такая юная и гениальная, — говорил Гена, — редко встречающееся сочетание.

Я насторожилась. Может, Геннадий Иванович издевается?

— Моя жена прямо фанатеет от Виоловой, — продолжил он, — вот, подпиши ей книжечку. Как узнала, что я встречаюсь с тобой, так прямо покою не давала.

Я взяла в руки яркий томик. Нет, Гена всерьез считает меня юной и гениальной. Что ж, очень приятно встретить на жизненном пути человека, который вас оценивает по заслугам. Гена очень приятный мужчина, сейчас с удовольствием расскажу ему все, что знаю.

Одно из моих несомненных достоинств — умение ясно и четко излагать свои мысли, поэтому я быстро ввела Гену в курс дела.

— Значит, Яну ты не нашла, — протянул он.

Я кивнула. Геннадий повернулся к Олегу:

— И что же, она всякий раз перед тем, как сесть за письменный стол, подобное вытворяет?

Олег полез за сигаретами.

— В общем, да.

— С ума сойти, — покачал головой Гена, — устрой моя такое, мигом бы пальцы поотшибал, чтобы ручку не держала.

Куприн спокойно закурил.

— Ну, Вилке, пожалуй, что-то отшибить трудно, ты же ее видел, так сказать, в действии. С другой стороны, если мою жену без рук оставить, она ногами писать научится, а если нижние конечности открутить, в зубы карандаш возьмет. Упертая очень, любую стену лбом прошибет, все заборы сметет. Впрочем, в этом во всем есть и положительный момент.

— Какой же? — заинтересовался Гена.

— Она книжонку недели две строчит, — усмехнулся Олег, — не ест, не пьет, не спит, не умывается, дома сидит. Четырнадцать дней тишины и покоя. Вот ты сейчас ей кое-что расскажешь, и все, нету Вилки, схватит бумагу, и я спокоен. Так что уж не подведи. Она, кстати, очень активная, много чего узнала...

— Книжку напишет, а потом чем займется? — спросил Гена.

— Ну, сдаст в издательство и в новое дело вломится.

— Несчастный ты человек! — с искренним сочувствием воскликнул Геннадий.

— Наоборот, — абсолютно серьезно ответил Олег, — жизнь верхом на мине держит меня в тонусе, не дает состариться.

— Может, вы без меня поговорите? — вкрадчиво поинтересовалась я. — Кстати, кто-то обещал мне рассказать, где Яна. Ее арестовали?

— Нет, — вздохнул Гена, — а вот кое-кто другой уже здесь, в изоляторе временного содержания.

— За что? — взвилась я. — И кто?

— За все, — ответил Геннадий, — в первую очередь за убийство нескольких людей.

— Говори нормально, называй имена! — завопила я.

— Я выслушал тебя очень внимательно, теперь ты сиди спокойно, — строго сказал Гена, — по порядку ситуацию изложу. Может, мне придется повториться и сообщить еще раз то, что ты уже знаешь. Ну извини, хочу построить рассказ последовательно и логично.

Бедная Соня была женщиной, в общем, незлой, только очень слабой, ведомой. Всю жизнь она подчинялась властной матери, Людмиле Михайловне. А та, страстно мечтая вырваться из нищеты, очень хотела удачно выдать дочку замуж. Только Соня проявила в этом вопросе несвойственную ей строптивость и наперекор воле матери выскочила замуж за Леонида Фомина. Что случилось потом — мы великолепно знаем. Всю оставшуюся жизнь Соня расплачивалась за ошибки молодости. Людмила Михайловна окончательно подмяла под себя дочь, а Сергей, муж, и вовсе сделал из нее марионетку. Семьи у бедной Сони фактически не было. Сергей не разводился с изменившей ему супругой исключительно из карьерных соображений. Софье следовало взбунтоваться и уйти. Но куда? И потом, она бы лишилась дочери — Людмилы, а терять единственного оставшегося при ней ребенка Сонечка не могла.

Каждую ночь, ложась в свою одинокую постель, Сонечка молилась о своих девочках. Она знала, что у нее есть еще одна доченька, Яна. Мать была абсолютно уверена, что другие дети — Катя и Роман — погибли в пожаре, а о существовании Алексея она и не подозревала. Как могла, Соня пыталась помочь младшей дочери. Экономила на хозяйстве, собирала деньги, отправляла их Олимпиаде. Свобода пришла к Соне лишь после смерти матери и мужа.

Софья призналась Людмиле в том, что у нее есть сестра, и дала ей адрес в Мирске. Сонечка очень хотела остаток жизни провести около Яны, искупить грех перед младшей девочкой.

Надо сказать, что Людмила была просто копией матери, как внешне, так и внутренне. Мягкая, безвольная, интеллигентная, очень ранимая девушка. Сонечка сама занималась воспитанием дочери, девочка наизусть знала поэзию Серебряного века, могла бесконечно цитировать Бальмонта, Брюсова, Блока. Лет до шестнадцати Людмила упоенно читала сказки, а еще она обожала «Алые паруса» Грина, в общем, вы понимаете, как девочка была подготовлена к реальной жизни.

Рассказу матери о преступной любви, брошенной дочери и моральных терзаниях Людочка поверила сразу, она тут же полетела в Мирск, горя желанием увидеть сестру. Все происходящее напоминало ей одну из любимых сказок: принцесса, не знающая о своем происхождении, воспитывается бедной женщиной в нищете, но потом появляется прекрасный принц. Правда, в этой истории роль юноши на белом коне досталась Людмиле.

— Постой-ка, — перебила я Гену, — неужели Соня не знала о смерти Липы? Почему же она дала Людмиле адрес в Мирске, а не назвала место, где живет Тоня?

— Верно. Антонина не сказала Соне о смерти Олимпиады. Хитрая медсестра боялась, что та перестанет давать на дочь деньги. Узнает, что Липы больше нет, и воскликнет: «Все, хватит. Девчонка выросла, пусть сама и пробивается». По этой же причине Антонина не сообщила Яне, каким образом можно связаться с Соней, а когда девушка стала наседать на «тетку» и требовать адрес родительницы, соврала про встречи на вокзале. Тоня боялась, что Яна сама начнет брать у матери материальную помощь и ей, Антонине, ничего не обломится. А так, получив в очередной раз хорошую сумму, медсестра могла часть ее потратить на себя.

Но, видно, не зря следит за своими детьми богиня судьбы. В тот день, когда Людмила, сгорая от желания прижать к груди сестру, мчалась в Мирск, Тоня отправила туда же Яну за старыми детскими вещами, которые она вознамерилась продать одной из своих знакомых. Яна и Людмила сталкиваются в нетопленой избе и вместе отбывают в столицу.

На Яну моментально проливается дождь любви и осыпается лавина подарков. От Сергея осталось много ценных вещей, и Соня смело распродает семейное достояние, чтобы достойно одеть и украсить вновь обретенную дочь. Наивная Сонечка и не менее восторженно настроенная Людочка счастливы, но они ведь совершенно не знают Яну. А та, скорей всего, пошла в своего отца, шофера Петра. Яночка хитрая, злая, расчетливая, абсолютно беспринципная, желающая, с одной стороны, денег, а с другой — мечтающая по полной программе отомстить новым родственникам.

Она испытала шок, оказавшись впервые в квартире, где всю жизнь прожили Соня и Людмила. Хрусталь, ковры, роскошная мебель, картины, тонкое постельное белье, столовое серебро. Все это мало походило на интерьер избы в Мирске. Комната Людмилы, отделанная светлым деревом, казалась Яне дворцом, а еще у старшей сестры имелись украшения с бриллиантами.

Яночка улыбалась Соне и сестричке, она целовала их, обнимала и не уставала повторять: «Господи, как я счастлива», но в душе девушки жили совсем иные чувства.

«Вот оно как, — думала Яна, — значит, меня бросили в нищете, в помойке, в сарае, а сами! Ну погодите! Уж отомщу вам по полной программе».

Логично было представить, что Яна возненавидит Соню, женщину, которая оставила свою дочь. Но парадоксальным образом неуправляемая злоба подкидыша обратилась на Людмилу. Яне кажется, что именно она отняла у младшей сестры все. Не будь на свете Люды, Яна бы росла в неге, под крылом у Сони. Абсолютно дикое предположение, совершенно нереальное. Но кто сказал, что ненависть слушается голоса разума?

И Яна начинает строить планы мести. Вам трудно даже предположить, что придумала девица.

Соня, полюбившая обретенную дочь всей душой, рассказала ей о трагедии с двумя малышами: Катей и Романом. И Яна моментально вспомнила, что в Козюлине, куда она с шестого класса ездила в школу, вместе с ней учились дети из приюта. Одного мальчика, активного участника театрального кружка, звали Роман Фомин. Яна тоже участвовала в самодеятельных постановках, и они с Ромой даже играли вместе в одном спектакле. Яна поехала в Козюлино, провела там небольшое расследование и поняла: Роман тот самый мальчик, сын писателя Леонида Фомина, ее сводный брат по матери...

— Сама догадалась, кем является Роман Фомин, — перебила я Гену.

— Молодец, — кивнул тот, — теперь послушай дальше, предупредил ведь, что буду повторяться, наберись терпения.

Не зная пока, каким образом использовать полученную информацию, девица просто принимает ее к сведению, откладывает, так сказать, на завтра, потому что коварной Яне в тот момент пришло в голову нечто совсем замечательное.

Дело в том, что Соня очень хотела выдать замуж Людмилу, но романтично настроенная девушка ждала прекрасного принца и не обращала никакого внимания на окружающих ее лиц мужского пола. Все юноши казались Людмиле мало похожими на капитана, приплывшего на корабле с алыми парусами. Скорей всего, девушка, живущая в сказочных мечтаниях, попросту осталась бы в старых девах, но тут за дело, засучив рукава, взялась младшая сестричка, до зубного скрежета ненавидевшая старшую.

Яна поехала в Козюлино и отыскала Алексея, с которым у нее был в свое время бурный роман. Юноша работал в школе преподавателем русского языка и литературы. Парень, закончивший педагогическое училище, вдалбливал в детские головы азы науки. Из-за сильного плоскостопия его не взяли в армию, и Алеша прозябал в Козюлине. Ему, как бывшему воспитаннику детского дома, государство выделило комнату в коммунальной квартире, и это было все, чем обладал парень. Жил он скудно, трудно и не видел перед собой никаких перспектив. То, что Яна его сестра, Алексей узнал, когда сделал ей предложение. Близнецы с трудом переварили сию новость, однако между ними возникла прочная дружба. Во многом они были похожи, в частности, оба не любили ни Соню, ни Людмилу. Узнав, что Яна живет вместе с матерью, Алексей возмущенно воскликнул:

— А-а! Здорово ты устроилась, а я?

— Погоди, — успокоила брата Яна, — дай мне разобраться в ситуации. Уж поверь, я сумею сделать так, что мы станем богаты.

И вот наконец в голове Яны сложился план: Алексей должен жениться на Людмиле.

— С ума сошла! — закричал Мирский, услышав в первый раз о том, что придумала Яна. — Она же моя сестра!

— Не родная, а сводная, — улыбнулась Яна, — и потом, этого никто не знает. Очень славно получится. Я Людмилку изучила вдоль и поперек, подскажу тебе, как себя вести, чтобы она заглотила крючок.

— Соня не захочет зятя без роду, без племени, без денег, да еще не москвича, — протянул Алексей.

— Соню я беру на себя, — ухмыльнулась сестра, — здорово выйдет. Ты пропишешься в квартире, поживешь с Людкой, а потом, бац, «случайно» откроется, что вы близкие родственники. Знаешь, что получится?

— Ну? — заинтересовался Алексей.

— Сонька от инфаркта помрет, у нее сердце слабое, — захихикала Яна, — а Людмилка с собой покончит. Нам же с тобой все достанется: квартира, мебель, шмотки. Усек? Отомстим им по полной программе и станем богатыми.

И Алексей согласился на аферу. Охмурить наивную, романтичную Людмилу не составило ему особого труда. Старшая сестра мгновенно влюбилась в молодого мужчину. Да еще у них обнаружилась общая страсть — книги. Вот тут Алексей не прикидывался, он на самом деле любил литературу, отлично в ней разбирался и мечтал основать собственное издательство.

Соне тоже очень понравился жених. Все в нем кажется ей родным, знакомым: манера щурить глаза, поправлять волосы, улыбаться. На самом деле Алексей безумно похож на своего отца, шофера, короткую, страстную любовь Сони, но она не проводит между ними никакой параллели, она просто решила, что Лешенька, пусть бедный, отличная партия для Людочки, у которой есть немалые материальные блага. Здесь следует упомянуть, что Алексей ни словом не обмолвился о том, что жил и воспитывался в детдоме. На вопрос о родителях он отвечал просто:

— Мама была учительницей в школе, папу не помню, он скончался, когда я ходил в садик.

Соня вполне удовлетворилась полученной информацией, несмотря на возраст, она была столь же наивна, как и Людмила. Не сказал Алексей будущей теще и о том, что большую часть жизни провел в Козюлине. Яна, написавшая сценарий «пьесы», не хотела, чтобы у Сони возникли хоть какие-то воспоминания, плавно перетекающие в подозрения. Поэтому до того, как знакомить Алексея с Людмилой, ей пришлось проделать большую подготовительную работу. Свою комнату в коммуналке Алексей обменял на аналогичную в городке Ленинске. Можно сказать, отдал мыло, а получил шило. Учителя русского языка и литературы с радостью взяли в местную школу, дефицит педагогов, в особенности мужчин, да еще молодых, сейчас велик. Со стороны поведение Мирского казалось предельно глупым: сорвался с насиженного места и уехал в такое же захолустье. Но мы-то знаем, что все было проделано лишь ради одного. На вопрос Сони: «И где же ты живешь, чем занимаешься?» — Алексей спокойно сообщил: «Преподаю в Ленинске и обитаю там же, увы, в коммуналке».

Ни о каком Козюлине речи не было.

После свадьбы молодой муж некоторое время не работал, но потом он сказал теще:

— Выхожу на службу, не могу больше жить за ваш счет.

Соня уже была целиком и полностью очарована зятем.

— И чем думаешь заняться? — улыбнулась она.

— Пойду в школу, — вздохнул Алексей, — куда ж еще?

— Отвратительно, — пожала плечами Соня.

— А что делать? — грустно спросил Мирский.

— Мне Людочка говорила, что ты мечтал основать свое издательство, — хитро прищурилась Соня.

— Да, — с горящими глазами воскликнул зять, — только бессмысленно даже начинать этот разговор!

— Почему?

— Господи, Сонечка, — всплеснул руками зять, — вы даже представить себе не можете, о каком стартовом капитале идет речь!

— Знаешь, детка, — ласково улыбнулась теща, — деньги вполне можно найти. У меня кое-что припрятано из старых запасов, есть ценные вещички. И потом, квартира. Если мы продадим эти многокомнатные хоромы, то спокойно приобретем жилье, вполне достойное, на окраине, а разницу вложим в дело.

— Мне, право, неудобно, — забормотал Алексей, испытывавший в тот момент и впрямь легкий дискомфорт.

— Ерунда, — отмахнулась Соня, — я хорошо понимаю: ничего просто так не получается.

— Даже если хватит финансов на основание собственного дела, — зять решил спустить тещу с небес на землю, — то все равно мы не раскрутимся.

— Ты так полагаешь? — удивилась Соня.

— Да, издательств сейчас много, борьба между ними идет нешуточная. — Алексей начал растолковывать теще суть проблемы. — На чем прибыль будем получать? Нам нужны крепкие, стабильно пишущие авторы. Где их взять?

— Ну...

— То-то и оно! На рынке хорошо идут детективы и фантастика, — разгорячился Алексей, — только таких писателей по пальцам можно пересчитать, и каждый своим контрактом повязан.

— А в магазинах такое разнообразие, — задумчиво протянула Соня, — кажется, литераторов пруд пруди.

— Верно, — кивнул Алексей, — только они однодневки, навалят книжонку и успокоятся. Прибыль издательству приносят стабильно пишущие трудяги, без заморочек и игры в гениальность. А таких наперечет. Вот Смолякова, например. Регулярно выдает книгу в месяц. Пашет баба, аки ломовая лошадь, по телику светится, интервью дает, никакой скандальной славы не имеет. Будь у меня такая авторша...

— Может, ее переманить? — спросила Соня.

Алексей вздохнул.

— Невозможно. Во-первых, Смолякова не дура и из «Марко» не уйдет, во-вторых, «Марко» не потерпит такого хамства и раздавит меня, я даже головы поднять не успею...

— Говоришь, фантастика хорошо продается? — неожиданно оживилась Соня.

— Да, — кивнул Алексей.

— Вот что, детка, — усмехнулась теща, — ты меня завтра в одно местечко сопроводи, но это секрет. Никому, куда отправимся, говорить не надо, даже Людочке, потому что твердой уверенности у меня ни в чем нет, одни предположения.

Заинтригованный Алексей привез утром Соню в незнакомый двор. Впрочем, теща удивила его еще раз. Сев в машину, она сказала:

— Сначала нам надо купить водки, бутылок пять.

— Зачем? — спросил зять, но Соня мягко его остановила:

— Потом поймешь.

Когда «Жигули», подаренные тещей Алексею, припарковались у детской площадки, Соня вышла, взяла пакет с бутылками и велела:

— Ты подожди тут.

Потом она окинула взглядом двор и воскликнула:

— Уму непостижимо! Тут совершенно ничего не изменилось, вообще!

После чего Соня исчезла в одном из подъездов. Алексей остался сидеть за рулем. Тещи не было долго, часа два, потом она вышла и поманила парня:

— Иди сюда.

Мирский послушно проследовал за ней и оказался в ужасно загаженной квартире. На диване спал грязный, пьяный старик.

Сонечка распахнула гардероб, Алексей увидел папки и старенькую портативную пишущую машинку «Колибри».

— Бери, — сказала теща, — вон он сколько их накропал! Думала, книг пять-шесть будет, а тут за тридцать штук. Не знаю, правда, все ли напечатать можно!

— Это кто? — вытаращил глаза Алексей.

— Фантаст Леонид Фомин, — вздохнула Соня, — мой первый муж, жутко был популярен в свое время, он на самом деле хорошо писал, пил только много. А как неприятность случилась, прямо осатанел! Строчил день и ночь, на машинке долбал, я спать не могла. За месяц роман создавал и пил, пил... Ладно, сначала давай эти папки в машину перетащим, а потом я тебе всю историю расскажу.

ГЛАВА 35

Самое интересное, что дальше все получилось просто играючи. Алексей и Соня, чувствуя себя заговорщиками, не стали ничего рассказывать ни Люде, ни Яне. Соня никогда не говорила старшей дочери о том, что была до Сергея замужем, она не любила вспоминать тот брак и все связанные с ним обстоятельства.

Алексей тщательно изучил рукописи и пришел в восторг. Конечно, требовалась редакторская работа, но материал, попавший в руки начинающего издателя, был золотым.

Квартира продалась мгновенно, брюлики тещи тоже, новая жилплощадь нашлась тоже быстро, нешуточную сумму, вырученную в процессе всех пертурбаций, вложили в дело. Казалось, добрые ангелы взяли Алексея Мирского за руку и повели по хорошо асфальтированной дороге без ям и колдобин к светлому завтра. Никаких проблем у Мирского не возникло ни с чем, сказочное везение просто преследовало его. Издательство «Нодоб» возникло в одночасье, книги Леонида Фомина разлетелись, словно горячие пирожки, тиражи их зашкаливали, прибыль потекла рекой, потом таким же, совершенно волшебным образом Алексей выиграл тендер, получил большой заказ от нефтяной компании на издание книги, которую фирма собиралась раздавать на своем юбилее, следом посыпались другие удачные сделки... Соня только ахала, глядя на феерический успех зятя, Людмила сдувала с мужа пылинки, одна Яна была недовольна.

— Похоже, тебе очень нравится семейная жизнь, — шипела она Алексею, — прямо цветешь весь!

Мирский сначала отмахивался от сестры, но та не успокаивалась:

— И долго ты собираешься играть роль счастливого супруга? Может, пора им объявить правду? Или забыл, что мы хотели отомстить мерзавкам за наше горькое детство?

Алексей молчал, молчал, но потом не выдержал.

— Послушай, — рявкнул он на Яну, — да, мне нравится жить в достатке и быть хозяином удачного бизнеса. Соня отличная баба. Она ведь не знает, что я ее сын, и приняла безродного парня как родного, помогла. Людмила классная жена. Что еще надо для счастья?

— Она твоя сестра! — взвизгнула Яна.

— Да? — изогнул бровь Алексей. — Кто бы мог подумать, а? Где же документы, подтверждающие родство? Бумажка имеется, а? То-то и оно. Знаешь, Яна, я думаю, надо просто спокойно жить. Ну чего тебе неймется? Уж такое у тебя страшное детство было. Вот сейчас я встану на ноги, найдем тебе богатого мужа, живи в кайф.

— Вот ты как запел, — протянула Яна.

Алексей обнял сестру:

— Хватит злиться. Я, когда пришел в дом, готов был лопнуть от злости, но теперь все изменилось! Господь счастье нам послал, да посмотри кругом, Янка! Мы везунчики!

— Это точно, — процедила сквозь зубы сестричка, — везунчики, каких мало. А когда же мы устроим концерт для Колобка с оркестром?

— Что ты имеешь в виду? — удивился Мирский.

— Колобок, Колобок, — запела Яна, — и от бабушки ушел, и от дедушки ушел. А лисичка-то его и слопала! Правда, без музыки, молча. А мы над Людмилиной могилкой можем и похоронный марш заказать. Вот и будет концерт для глупого Колобка с оркестром, который сначала как сыр в масле катался, а потом на зубки попался.

Алексей мрачно улыбнулся:

— Ты от злости начала стихами говорить. Не трогай Людмилу! Я не готов из-за твоей глупости лишиться всего с таким трудом полученного богатства. Лучше уймись и подумай, стоит ли рубить сук, на котором сидишь сама.

Яна сначала прикусила нижнюю губу, а потом посмотрела на Алексея чересчур честными глазами:

— Знаешь, наверное, ты прав. Не будет концерта для Колобка с оркестром!

Мирский, решив, что она пересмотрела свои позиции, поцеловал сестру.

— Так-то лучше, — улыбнулся он, — будем жить счастливо и богато.

Спустя неделю после разговора Алексей, вернувшись домой с работы, обнаружил, что в квартире никого нет. Страшно удивленный, он хотел позвонить жене, но едва взял сотовый, как тот затрезвонил.

— Лешик, — зарыдала Людмила, — я попала в аварию. Сама жива, машина в лохмотья, стою на дороге, тут гаишников полно.

— Еду к тебе! — крикнул Алексей и ринулся в спальню, где за картиной был вделан сейф.

Он включил свет и увидел на подушках, своей и Людмилиной, два конверта. Удивившись, Мирский вскрыл тот, который предназначался ему. Строчки, написанные крупным почерком Сони, бросились в глаза. Алексей едва дочитал послание до конца. Случилась катастрофа. Пышущая злобой ко всем на свете Яна рассказала матери всю правду. Соня, чуть не лишившись рассудка, решила покончить с собой. «Не ищите меня, — писала она, — прощайте. Мне нет оправдания!» Первым делом Алексей сжег оба послания. «Господи, — бормотал он, — слава богу, что Людмила попала в аварию, иначе бы приехала раньше меня и прочла это». Потом вместо того, чтобы кинуться к супруге, Алексей позвонил Яне и велел той немедленно явиться домой. Не стоит тут приводить тяжкий разговор, состоявшийся между ними, но в конце концов они достигли консенсуса. Яна пообещала ничего не говорить Людмиле, а Алексей поклялся давать вволю денег сестре.

Полгода судьба Сони оставалась неизвестной. За это время Мирские успели перебраться в элитный дом, выросший неподалеку от их прежнего жилья. Когда же останки Сони были найдены в овраге, то в милиции посчитали ее смерть результатом ограбления. Для Алексея навсегда осталось загадкой: его теща-мать отравилась, скатилась в овраг и была ограблена после смерти бомжами или на Соню напали маргиналы и убили ее ради украшений?

Людмила тяжело перенесла смерть матери. Алексей тоже искренне горевал, он успел полюбить Соню. Одна Яна чувствует себя великолепно: первый враг уничтожен. Как она и планировала, мать, бросившая дочку в деревне, скончалась, испытывая душевные муки. Осталось извести Людмилу. И Яна принялась откровенно безобразничать. Она гуляет, веселится, не работает, устраивает истерики, приводит домой сомнительных знакомых, в общем, изо всех сил старается сделать жизнь Мирских невыносимой. Однажды она позволила себе за столом вполне откровенные намеки, завела речь об инцесте. Но Люда ничего не поняла, зато у Алексея лопнуло терпение.

Дождавшись, пока жена ляжет спать, Алексей идет в комнату к Яне и спокойно говорит:

— Имей в виду, ты стоишь пару тысчонок.

— В каком смысле? — не понимает Яна.

— В прямом, — тихо отвечает брат, — киллер за тебя много не возьмет.

И тут Яна пугается, у Алексея очень нехорошее лицо, и разговаривает он с сестрой совершенно спокойно, без воплей и визга. Яна понимает, что перегнула палку, Алексей полностью доволен своей жизнью, он не собирается ничего менять и, скорей всего, просто «закажет» сестричку.

— А я что? — бормочет Яна. — Я просто так! Пошутить уж нельзя.

— На эту тему не шути никогда, — сказал Алексей, — ты моя сестра, человек, который привел меня в дом к Соне, в конечном итоге именно тебе я обязан всем, что имею, поэтому до сих пор прощал все твои выверты, но имей в виду...

— Все, — кивает Яна, — я усекла. Больше ни-ни!

— И еще, — не успокаивается Алексей, — ты слишком много тратишь, с сегодняшнего дня баксопровод закрыт! Станешь получать фиксированное содержание.

Ох, зря Алексей произнес последнюю фразу, Яна тут же возненавидела брата. С тех пор ее жгла лишь одна мысль: как насолить братцу. И в голову мерзавки пришла гениальная мысль. Бизнес Мирского во многом опирается на издание и переиздание романов Фомина, значит, следует выбить у «Нодоба» почву из-под ног. В пылу злости девушка не думает о том, что рубит сук, на котором сидит сама. Не станет «Нодоба», не будет денег и у нее, но жажда мести сильнее материальных расчетов. И еще, Яна боится Алексея, поэтому тщательно продумывает коварный план.

Сначала она едет к Фомину, хочет подбить того подать на Мирского в суд. Но Леонид находится в алкогольной амнезии, а у Алексея на руках имеются абсолютно законно оформленные договоры. Фомин при виде бутылки подписал Соне все бумаги. Поняв, что с литератором каши не сваришь, Яна находит Романа, сына Леонида, своего сводного, единоутробного брата. Парень успел развестись, имеет комнату в коммуналке, работает водителем и вполне доволен своей судьбой. Он прост, как валенок, мечтает о хорошей семье, детях, новом телевизоре и вообще похож на Буратино: добрый, бесхитростный... Мысли у него в голове коротенькие, желания примитивные. Но Роман отнюдь не подл, он никому не желает зла, живет словно хомячок, радуется вкусной еде и ясному солнышку.

И тут на него коршуном налетает злая Яна. Несчастный Рома с трудом переваривает свалившуюся на него информацию. Он, оказывается, сын писателя, у него есть сестры, Яна и еще одна, Людмила, которая обобрала своих родственников, захватила рукописи Фомина, получает жуткие гонорары, не отчисляет ни копейки Роме с Яной...

— Эй, эй! — закричала я. — Яна-то к писателю Фомину не имеет никакого отношения! Она близнец Мирского. Сестра Романа Катя, дочь Фомина, погибла при пожаре.

— Верно, — кивнул Гена, — Яна врет парню. С самым честным лицом заявляет: «Меня объявили погибшей». А вот Людмила Фомину никто. Глуповатый Роман верит Яне, но решает все же прояснить ситуацию. Он едет в Козюлино, находит бывшую директрису детдома и выслушивает историю про пожар. И теперь уверен: он и впрямь сын писателя.

— Вот дурак! — вырвалось у меня. — Хоть бы спросил у директрисы, за каким шутом устраивать комедию. С какой стати выдавать Яну за другую девочку, какая и кому от этого выгода?

— Нет уж, такой он уродился, — хмыкнул Гена, — не очень сообразительный. При этом его еще загипнотизировала сумма, названная Яной, гонорар Фомина. А Яна, поняв, что кролик готов и сейчас покорно потопает в пасть к удаву, говорит:

«Мне бессмысленно что-то требовать. Родства с Леонидом Фоминым мне не доказать, а у тебя метрика на руках. Можешь смело подавать в суд. Эта Людмила нас обобрала».

Роман ошарашен, но в его не слишком умной голове рождается один трезвый вопрос:

«А с какой стати мне должны давать хоть какие-то деньги? Отец-то жив. Он написал, с ним и расплачиваются. Я здесь при чем?»

Яна растерянно моргает. Действительно, деньги по закону принадлежат автору, лишь после его смерти наследники имеют право на гонорары. И тут у коварной девицы появляется новое соображение о том, как лучше всего похоронить бизнес Мирского: Леонида следует убить. Вот тогда Роман будет иметь полное право потребовать свою долю, а уж Яна постарается подключить к делу прессу, то-то веселье будет! Имя Сони, бросившей детей в приюте, извозят в грязи, Алексей понесет гигантские убытки, скорей всего, выплывет правда о том, что он сводный брат своей жены. Радостно думать, что ощутит при этом Людмила. И Яна решает избавиться от Фомина, она придумывает простой план...

— Знаю! Знаю! — закричала я.

— Да? — вздернул брови Гена. — И как же, по-твоему, она убила писателя?

— Купила много водки, — пояснила я, — уж не знаю, сколько, и притащила алкоголику. Соседка Фомина ее видела, а потом слышала, как девушка крикнула в квартире: «Папа, это я, Яна». Она представилась Леониду дочерью, а тот и не помнил, сколько у него детей. Яна зря старалась, думая, что от посторонних «папа» не возьмет подарка, Фомину было все равно, кто его угощает. Она, конечно, совершила ошибку, назвавшись настоящим именем, но, с другой стороны, опасаться-то ей было некого, никто ее в том доме не знал. Так вот, в одной из бутылок, скорей всего, был метиловый спирт. Яна все замечательно рассчитала. Когда Леонид откроет емкость с отравой, милой «доченьки» давно не будет рядом, да и кончина пьяницы, хлебнувшего «паленой» водки, никого не удивит, даже дело заводить не станут.

— Верно, — кивнул Гена, — Яна поступила именно так, и Фомин умер, только дальнейшим планам подлой девицы сбыться не удалось, она сама себе помешала. Алексей ведь перестал бесконтрольно отсылать сестре деньги, а Яна привыкла ни в чем себя не ограничивать. Ей захотелось купить ожерелье, она потребовала у брата огромную сумму, а Мирский отказал.

Яна фыркнула и одолжила денег у Федора, криминального мужика, врача по профессии, зарабатывающего на жизнь не исцелением больных, а ростовщичеством. Федор ссужал доллары под проценты.

В нужный срок Яна с кредитором расплатиться не смогла, а тот решил проблему просто, похитил девушку, запер ее на чердаке избы в Пырловке и принялся вымогать деньги у Алексея. Собственно говоря, дом в деревне был приобретен Федором только для «служебных» целей, он там постоянно не живет, использует хатку, стоящую на отшибе, для обстряпывания темных делишек.

Людмила не знала, куда подевалась Яна, и очень тревожилась. Алексей пытался успокоить супругу.

— Ты же знаешь, — говорил он, — Яна любит погулять, небось снова с кем-то загудела.

Людмила слегка успокаивается, а Алексей тем временем тянет время, он не отдает Федору долг, врет, что у него нет денег, а потом и вовсе говорит:

— Это же не я брал! Какой с меня спрос?!

— Девку уроют, — обещает Федор.

Алексей ухмыляется:

— А я тут при чем? Она сама нарвалась.

Федор удивлен, обычно родственники должников ведут себя иначе: продают квартиры, дачи, опустошают семейные захоронки, лишь бы спасти своих. Поразмыслив над ситуацией, Федор решает, что Алексей просто блефует, хочет внушить кредитору, что никакого дела ему до Яны нет, надеется обмануть Федора. Думает, тот выгонит Яну вон и спишет долг. Решив «дожать» Алексея, Федор задумывает применить более действенное средство: отправить Мирскому какую-нибудь отрезанную от Яны часть, палец или ухо. Федор берет мужика, служащего при нем палачом, парни едут в Пырловку и... там облом. Пленница таинственным образом испарилась.

— Почему она назвалась Милой, когда я вытащила ее с чердака? — вырвалось у меня.

Гена усмехнулся:

— Решила впутать в неприятности Людмилу. У Яны

вошло в привычку использовать любой предлог, чтобы насолить Мирским.

Пока Яна сидит на привязи, простоватый Роман начинает проявлять активность. Для начала он едет к Фомину.

— Откуда у него адрес? — спросила я.

— Яна дала, — пояснил Гена, — только Леонид не может ничего толково рассказать сыну, он пьян до невменяемости, и парень уходит.

Роману очень хочется заполучить деньги, и он начинает соображать. Ясное дело, никто ему никаких гонораров не даст. Фомин-то жив. Может, просто, по-честному, попросить немного башлей у Людмилы? Сказать ей: «Я твой брат, помоги, купи мне квартиру».

Сказано — сделано. Роман неожиданно быстро находит телефон сестры. Он работает шофером в фирме, развозящей богатым людям продукты, и на всякий случай Рома просматривает базу клиентов. Там он сразу обнаруживает координаты Мирских.

Трубку снимает домработница, и происходит такой диалог.

— Вам кого? — спрашивает баба.

— Людмилу, — отвечает Роман.

— Нет ее.

— А когда будет?

— Не скоро, она в парикмахерскую поехала.

— В какую.

— Да в свою, в «Паоло»!

И тут глуповатый Роман начинает проявлять чудеса сообразительности, видно, жажда денег сильно стимулирует его умственные способности. По справочнику он находит адрес «Паоло» и катит в салон.

В цирюльню его впускают беспрепятственно. Администратор решает, что Роман шофер Людмилы, и кричит:

— Саша, тут к твоей клиентке водитель.

Стилист приводит Рому к Мирской, та сидит с краской на голове и мирно читает журнал. Парень начинает бормотать подготовленную речь, Людмила чуть не падает в обморок, на парочку начинают оглядываться другие клиенты. Стилист, почуяв неладное, подбегает к клиентке.

— Что случилось? Вы так побледнели.

— Все в порядке, — лепечет она, — мне надо поговорить вот с ним, без посторонних глаз, наедине.

Парикмахер окидывает парочку взглядом и по-своему понимает ситуацию.

— Нет проблем, — подмигивает он Люде, — пусть молодой человек подождет пока в кафе, я приведу вашу голову в порядок и все устрою, цена пустяковая, сто баксов в час.

Людмила поговорила с Романом на квартире свиданий. Через пару дней они снова встречаются в том же месте, Мила приносит брату немного денег. Голова у бедной женщины идет кругом, мать умерла, спросить, правду ли говорит Роман, не у кого. Затем они опять встречаются, потому что только сейчас Людмила догадалась попросить Романа принести метрику, где черным по белому указано имя матери. Людмила с трудом признает: Роман ее брат. Но тут парень неожиданно говорит:

— А Яна моя сестра-близнец, — и у Люды просто начинается истерика.

Она перестает что-либо соображать. Все события разворачиваются в отсутствие Алексея, тот на несколько дней отбыл на книжную ярмарку в Киев.

Людмила не хочет волновать мужа, она решает рассказать ему все после приезда. Но тут события начинают набирать стремительные обороты.

У глуповатого Романа появились подозрения, он едет в Козюлино еще раз, снова встречается с Ольгой Ивановной и понимает: Яна соврала. Она сестра, но не родная, и прав на деньги Фомина не имеет. Он должен был опять встретиться с Людмилой, но решил не идти на свидание. У Милы есть его адрес, она заволнуется, приедет к родственникам: соседка отдаст ей его записку, так рассуждает Роман. Он вообще решил ничего больше не просить у Мирской. Людмила кажется ему очень симпатичной, а Яна вызывает омерзение. Наврала, впутала его в историю, потом пропала. Где она сейчас? И тут Роме приходит в голову идея: Яна прячется у Фомина, он пишет об этом в записке и отбывает на рыбалку.

Гена повернулся ко мне:

— Ты приходишь к Людмиле. Та дает тебе деньги и просит во что бы то ни стало передать их Яне. Еще она хочет, чтобы сестра непременно связалась с ней, потому что Федор каждый день звонит Мирским.

Вечером Яна, сбежавшая от Федора, и в самом деле звонит сестре. Та, обрадовавшись, договаривается с ней о встрече, но тут дома внезапно появляется Алексей, который прилетел в Москву раньше намеченного времени. Он слышит, как жена говорит:

«Завтра, в доме, где находится- парикмахерская «Паоло», пиши адрес».

«С кем ты болтаешь?» — спрашивает Мирский.

Жена бросается ему на шею и рассказывает о последних событиях.

Гена замолчал.

— Ну, — поторопила его я, — а дальше что?

Гена пожал плечами:

— Дальше все. Алексей убил ее, думая таким образом решить все свои проблемы.

— Зачем?!!

— Неужели не понятно?

— Нет! С какой стати Мирскому убивать жену? Он что, не мог разрешить ситуацию иным путем? Да, я согласна, Алексей попал в неприятную ситуацию, Фомин умер, и внезапно объявился наследник. Мирский-то, хитрый делец, небось составил договор на двадцать лет. То есть еще много времени он мог продавать книги Фомина и никому ничего не платить, а тут Роман! Уж логичнее было бы придушить парня, а не Людмилу!

Гена прищурился.

— А кто говорит о Людмиле? Мирский убил Яну, он знал, что сестра, доставившая ему кучу неприятностей, придет к определенному часу на квартиру свиданий. Людмила, причесавшись, вышла через черный вход, села в такси и отбыла в Шереметьево. Там она села в самолет и улетела на Кипр по поддельному паспорту.

— Зачем?

— Мирский хотел создать видимость смерти жены, — объяснил Гена, — он сделал все для этого. Велел Миле уйти через черный ход и оставить мобильник у парикмахера. Стилист должен был подтвердить: клиентка отправилась на свидание. Что он и сделал. Только Люда уехала, а в условленный час в подъезд вошла Яна.

— Но как же ее приняли за Люду?

— Кто? Милиция? Опознавал-то тело Мирский. Он сразу заявил: это моя жена. Лицо было изуродовано, к тому же Яне, как и Людмиле, от Сони досталась редкая группа крови, четвертая. Никаких сомнений ни у кого не возникло. Исчезли ценные вещи...

— И Людмила согласилась на убийство сестры?

— Нет, конечно.

— Но она ушла через черный ход, потом улетела.

— Мирский сказал жене, что у него крупные неприятности, якобы на него наехали бандиты, грозят убить членов семьи, поэтому Миле следует срочно, тайно уехать. Сам он быстро продаст дело и присоединится к жене. Скорей всего, им придется всю жизнь жить потом по фальшивым документам, но это ерунда.

Я только хлопала глазами, вот это поворот!

— Но ведь Ксюша тащила труп за ноги по лестнице, как же она не поняла, что это не Людмила? — вырвалось наконец у меня.

— Ну, во-первых, не так уж хорошо она знала свою клиентку, — объяснил Гена, — видела ее издали. А потом, представляешь, в каком состоянии находилась Ксюша?

Я снова заморгала, у меня закончились слова.

— Ненависть, посеянная вместе с жадностью, и мстительность дали страшный урожай, — пробормотал Куприн.

— Господи, — прошептала я, — ну почему Яна и Алексей просто не пришли к Соне и не сказали ей правду?

Гена уставился в окно.

— В конце концов, — медленно закипала я, — Яна сама виновата, она получила по заслугам. Ведь она фактически убила Соню, толкнула ее на уход из дома. Да, Алексей совершил ужасное дело, женившись на Людмиле, но он-то хотел потом жить нормально, зарабатывать деньги. И вообще странно, что он так долго терпел выходки Яны.

— Он любил сестру, — вздохнул Гена, — и начал действовать лишь тогда, когда понял: Яна его самый страшный, самый опасный враг. Если Алексей даже купирует ситуацию с Романом, Яна обязательно придумает новую гадость.

— Интересно, отчего она не рассказала Людмиле всю правду про брата? — протянула я.

— Понимала, что доказательств родства Люды и Алексея нет. Олимпиада умерла. Больше никто не знал о двойне.

— А Антонина! И директриса Ольга Ивановна!

Гена засмеялся.

— Ну, о том, что директор в курсе дела, Алексей не знал, а насчет Антонины... Мирский думал, что ее нет, что она погибла, стала жертвой наезда в Козюлине.

— С какой стати ему это в голову пришло? — завопила я. — Антонина живехонька, здоровехонька!

— Когда Яна первый раз устроила Алексею скандал и пообещала открыть Людмиле правду, — медленно сказал Гена, — Мирский сразу понял, что никаких доказательств у Яны нет и что существует лишь одна опасная для него особа, способная сообщить Людмиле правду, — Антонина. Алексей пару раз съездил в Козюлино, естественно, он великолепно знал Антонину. Сидя в машине, он подкарауливал женщину, первое время ему не везло, Антонина была не одна, но потом он подстерег ее вечером, зимой. Она вышла из своего подъезда, в зимнем пальто, с сумкой...

— Боже! — воскликнула я. — В своем зимнем пальто, полученном за хорошую работу в подарок! Только Тоня носила его недолго, отдала соседке Нине, матери Лизочки. Очень, как вспоминал Назар, приметная вещь, с огромным рыжим воротником. Алексей сбил Нину!

Гена кивнул:

— Да, и скрылся с места преступления. Зимой темнеет рано, Нина и Тоня издали похожи, примерно одинаковые фигуры, да еще это пальто. Мирского никто не заметил. Происшествие посчитали за ДТП. Вот отчего Алексей жил спокойно, он был уверен: на свете нет никого, кто сообщит Людмиле страшную правду. Что бы ни говорила Яна, ее брат-близнец мог возразить: «И не стыдно тебе врать? А ну, покажи документы о нашем родстве».

Внезапно меня покинули силы. С трудом повернув голову к Олегу, я спросила:

— Почему люди делают друг с другом такое? Отчего ненавидят родных?

Куприн молча полез за сигаретами.

— Наверное, скажу сейчас банальность, — тихо ответил Гена, — но лучше жить честно. В любой, даже самой неприятной ситуации нужно говорить правду, потому что, единожды солгав, вы будете вынуждены врать дальше, станете бояться разоблачения, и непонятно, куда в конце концов приведет вас дорога, вымощенная камнями лжи. Очень старая истина, но от своей древности она не перестала быть правильной.

ЭПИЛОГ

Встречаются порой люди, которым по непонятной причине всегда везет. Алексей Мирский был из их числа. На следующий день после его ареста скончалась Антонина, в смерти медсестры не было ничего криминального, она умерла от инфаркта. Сутками раньше на тот свет отправилась Ольга Ивановна, бывшая директриса детдома. Алексей Мирский, испугавшись во время задержания, быстро пришел в себя и, сразу вызвав адвоката, отказался от всех прежних показаний. Защитник написал длинную бумагу, из которой следовало, что Мирский в момент взятия его под стражу был временно невменяем, за свои слова не отвечает, и вообще издатель очень болен. Потом адвокат обратился к прокурору с ходатайством об изменении меры пресечения для Алексея с ареста на подписку о невыезде. Как правило, если дело идет об убийстве, прокурор отказывает, но Мирского почему-то отпустили. Мне думается, что в этой ситуации помогла не взятка, а... ну, скажем, вмешательство ангела-хранителя Алексея.

Оказавшись на свободе, Алексей воспользовался своим шансом, он исчез из страны, очевидно, у издателя имелся загранпаспорт на другое имя. Адвокат бил себя в грудь, кричал на всех перекрестках о нечестности своего клиента, не заплатившего ему ни копейки.

Спустя три месяца после побега Мирского адвокат купил себе роскошный джип. Впрочем, ничего странного в этом нет, юрист имел много клиентов.

Издательство «Нодоб» процветает на рынке. Оказывается, оно вот уже почти полгода принадлежит не Мирскому, а совсем другому человеку. Книги Фомина исправно переиздаются, а Роман, заявивший о своих правах как наследник, теперь вполне обеспеченный человек. Неожиданно, словно чертик из коробочки, объявилась непонятная дама, якобы дальняя родственница покойной Сони. На руках у нее имелась генеральная доверенность на ведение всех дел, подписанная Людмилой Мирской. Дама спокойно продала роскошную квартиру, принадлежащую жене издателя, дачу, две машины и испарилась с полученными деньгами. В кругах издателей и книготорговцев посудачили немного о Мирском и забыли о нем.

Я подружилась с Лизочкой и Назаром. Мы ездим друг к другу в гости и часто общаемся. Десятого августа взволнованный Назар позвонил мне и рассказал очень странную историю. Лизочек рано утром пошла в магазин, девочку на выходе из подъезда остановила пожилая, благообразная дама.

— Ты Лиза? — спросила она.

— Да, — кивнул ребенок.

— Ну-ка, назови свою фамилию, отчество, адрес и домашний телефон.

Удивленная девочка выполнила ее требование.

— Все верно, — бормотнула дама, — да и на фото ты похожа, держи-ка, отнеси домой.

В руках Лизочки оказался довольно толстый, хорошо заклеенный бумажный пакет. Малышка хотела спросить, что там такое, но тетка, похожая на учительницу, испарилась, словно ее и не было.

Дома Назар вскрыл послание и ахнул, на стол посыпались пачки денег, всего там оказалось сто тысяч баксов и еще записка, отпечатанная на принтере. «Милые мои Назар и Лизо́чек! Это вам от мамы Нины, тратьте смело, но никому не рассказывайте, откуда у вас взялись деньги». Подписи не было. Я заставила Лизо́чка детально вспомнить облик дамы и поняла, что она очень похожа на ту женщину, которая продавала имущество Мирских.

Деньги в корне изменили жизнь девочки и ее отца. Назар оказался предприимчивым человеком, он основал свой бизнес, и сейчас ему принадлежит с десяток автобусов и много такси, обслуживающих чуть ли не все Подмосковье. Лизо́чек теперь ест любимые сосиски без ограничения, «персик» поставлен на вечную стоянку в гараже. Назар не бросил друга, прадедушке «Мерседеса» обеспечена счастливая старость.

Судьба Людмилы и Алексея Мирских мне неизвестна. Но не так давно один из коллег по перу рассказал, что в Канаде появилось небольшое объединение, выпускающее литературу для русскоговорящей диаспоры. Называется оно «Алюмирск», а владеет им очень милая дама. Фамилия хозяйки — Иванова, звать ее Анна Сергеевна, мужа ее зовут-кличут Ивановым Михаилом Николаевичем, но чутье подсказывает мне, что «Алюмирск» — это Алексей и Людмила Мирские. Если взять первые буквы их имен и фамилии, что получим? То-то и оно. Но я, естественно, никому ничего не сказала, мало ли что может взбрести в голову автору криминальных романов.

Иногда, по ночам, облокотившись о подоконник,

я предаюсь тяжелым раздумьям. Алексей жертва или негодяй? Яна получила по заслугам? Кто дал право Мирскому распоряжаться чужими жизнями? Рассказал ли он правду Людмиле об их родстве? Могут ли деньги заменить ребенку мать? Сто тысяч за смерть Нины — это раскаяние? Попытка откупиться?

И нет у меня ответов на эти вопросы. Иногда я ненавижу Алексея, иногда жалею, порой хочу, чтобы его поймали и наказали, изредка желаю ему удачи, никак не получается возненавидеть парня, что-то мне мешает. Но что? Не знаю.

Мы прожили лето в Пырловке, борясь с бытовыми проблемами. В середине июня жители деревни неожиданно стали со мной и Томочкой очень приветливы. Сначала нам приносили свежие овощи и отказывались брать за них деньги, потом местные парни предложили услуги водовозов. Нам притаскивали из колодца полные баклажки, наливали бак на крыше, кололи дрова и меняли баллоны с газом. Взамен мы с Томочкой только мило улыбались и говорили: «Удачи вам и радости».

Первое время мы наивно считали пырловцев очень отзывчивыми людьми, которые, поняв, как мучаются плохо приспособленные к жизни в деревне городские жительницы, решили проявить истинное христианское милосердие, но потом сообразили: дело не так просто.

В конце июня установилась невероятная засуха. Дождя не было три недели. Маленький пруд, из которого женщины брали воду для полива огородов, обмелел окончательно, а из колодца стали доставать мутную жидкость, в ведре очень часто оказывался песок.

Числа двадцатого июля местный батюшка устроил крестный ход. Из храма, расположенного в десяти километрах от Пырловки, привезли иконы, и процессия во главе со священнослужителями двинулась в путь. Но бог не помог, на следующий день солнце по-прежнему палило с неба, урожай погибал.

Когда мы сели обедать, в дверь постучались.

— Войдите! — крикнула Томочка.

На терраску ввалилась толпа пырловцев.

— Здравствуйте, — ошарашенно пробормотала я, — чайку не хотите?

Внезапно пришедшие рухнули на колени. Стоявшая впереди баба завыла:

— Спасите, Христа ради, помогите убогим, нам без заготовок никак, с огорода живем, питаемся и торгуем, сделайте милость, а уж мы отработаем.

— У-у-у, — на едином дыхании подхватили остальные.

Решив, что в Пырловке кто-то умер, я попыталась предложить деньги.

— Сколько с нас?

— Ой, родная, — запричитала баба, увидав у меня в руках купюры, — что ж делать! Помоги нам, помоги, помоги...

Совершенно обалдев, мы с Томочкой все же кое-как разобрались в ситуации. Знаете, чего ожидали от нас тетки? Ни за что не поверите. Мы должны были вызвать дождь.

На все наши отнекивания и недоуменные вопросы типа: «Да с чего вам в голову взбрела такая идея?!» — население всхлипывало и причитало: «Уж сделайте, мы в долгу не останемся».

В конце концов, чтобы избавиться от массового нашествия сумасшедших, я заорала:

— Хорошо, дайте только чаю попить.

Толпу мигом унесло.

— Что это с ними? — изумленно поинтересовалась Томочка.

— Массовый психоз на фоне долгой жары, — пожала я плечами.

Мы мирно посидели за столом, помыли посуду, потом я вышла во двор и ахнула. Толпа пырловцев молча стояла с той стороны забора. Люди не собирались расходиться, они и впрямь ждали, что мы с Томуськой сейчас притащим сюда на веревке тучу.

Не чуя под собой ног, я кинулась к Лене.

— Что происходит, ты не в курсе?

— В курсе, — ответила соседка, — вас тут все считают ведьмами.

— Нас? — отступила я к порогу. — Нас?

— Ага, вас, — подтвердила Лена и со смаком раскусила сушку.

— Почему?

— Ну, анекдот прямо, — захихикала Лена, — народ-то тупой, блин! Они здесь все мозги пропили. Короче, слушай. Вон там, слева, мужик живет, шофер. Так вот, он тут всем рассказал, что ты воду из колодца оригинально доставляешь, верхом на баклажке. Садишься на нее, кричишь: «Эй, домой!» — и летишь на бидоне, словно на помеле. Он, дескать, всякий раз, выезжая на работу, пугается, когда ты прямо перед его грузовиком просвистываешь!

— Глупости! Просто я не могу справиться с тяжелой емкостью, вот и...

— Я-то понимаю, — продолжала веселиться Лена, — но остальные идиоты, вот и верят. Ну пошли слухи по деревне. Дескать, посмотрела ты на козу бабки Клавы, та и родила четверых!

— Бабка? — в ужасе прошептала я.

Лена с треском разломила еще одну сушку.

— Нет, коза. Потом похвалила ты у Косовых огород, так у них все из земли прямо попёрло!

— Боже, какой бред!

— Понятное дело, — согласилась Лена, — но стоило тебе посочувствовать Римке Зелениной, когда та флюсом маялась, как у нее все через пять минут словно рукой сняло.

— Это совпадение.

— Точно. Но народ вам угодить решил, по Пырловке такие рассказы ходят! Дескать, вы белые колдуньи, все можете.

— Дождь-то тут при чем? С чего эта идея в головы людям пришла?

Лена вытащила носовой платок, пару раз чихнула и сообщила:

— А тот же сосед-шофер сидел на своем огороде и слышал, как вы в конце мая сокрушались, что вода в душе закончилась. Он еще хотел предложить вам бачок налить, за бутылку. Совсем было собрался идти, вдруг видит: все вышли во двор, с мочалками, пошептали что-то, и с неба хлынул ливень, под которым Виола, Томочка, Кристина и Никитка ловко помылись.

— Нет же! — заорала я. — Все наоборот было! Сначала вода с неба полилась, а потом уж мы выскочили!

Лена дернула плечами:

— Ты это им объясни! Вон, стоят, злиться начинают! А еще здесь считают, что ты избу Федора сожгла, кстати, все тебе за это благодарны!

— Вот бред! Там были неполадки с проводкой, Федора-то допрашивали, он сказал, что у него щиток искрил, да руки не доходили починить!

— Злой народ уже, — покачала головой Лена, — давно стоят, как бы бить вас не начали!

Меня вынесло во двор.

— Люди! Мы не ведьмы! Ей-богу! Ничего не умеем! — в полном отчаянии завела я. — Поверьте!

Пару минут я выкрикивала перед сурово молчащей толпой жалкие оправдания. Но скоро поняла: мне не верят и сейчас будет плохо. Нужно уйти в избу, а потом попытаться бежать с детьми в лес. Вылезем в окно...

— Ладно, — махнула я рукой, — хорошо. Сейчас уйду в дом, а вы погодите, не двигайтесь. Ливень хлынет через десять минут, но при условии, что никто из вас не пошевелится, ясно?

— Да, — пролетело над двором.

— И сколько времени хотите, чтобы шел дождь? — бормотала я, отступая к крыльцу.

— Десять дней, — сообщила в один голос толпа.

— Ждите, — пообещала я, юркнула в избу и велела: — Быстро, у нас всего пара минут. Вещи оставляем, Кристя, полезай в окно и беги к лесу. Томочка, бери Никитоса и за ней. Нас тут считают ведьмами, хотят, чтобы мы вызвали дождь...

Слава богу, домашние не стали задавать глупых вопросов. Пригибаясь, словно под обстрелом, мы побежали к лесу.

— На меня что-то капнуло, — сообщила Кристя.

— Давай, торопись, — буркнула я, — потом пошутишь.

И в это мгновение на землю с ревом упал ливень. Огромные капли с шумом барабанили по земле. Острые струи хлестали по деревьям, вода мигом стала собираться в ручейки...

Мы замерли, я задрала голову вверх и уставилась на небо. Нещадно палившее солнце исчезло, серые тучи теснились до самого горизонта.

— Вилка, — слабым голосом пробормотала Томочка, — знаю, конечно, что ты способна на многое, но каким образом ухитрилась проделать такое?

Дождь лил десять дней кряду, в конце лета пырловцы собрали невиданный урожай. Тридцатого августа провожать нас, отъезжающих в Москву, вышло все местное население. Джип Семена до отказа забили банками с соленьями, компотами и вареньем. Когда мы наконец выбрались на шоссе, Олег спросил:

— Что вы сделали, чтобы заслужить всеобщую любовь? Только не говори, что в Пырловке живут сплошь фанаты Арины Виоловой!

Кристина захихикала, Томочка, скрывая улыбку, отвернулась к окну, я же спокойно ответила мужу:

— Во-первых, ты даже не представляешь себе, на какой жутко популярной, обожаемой народом писательнице женат, а во-вторых, у каждой женщины есть свои секреты.

Донцова Д. А.

Д 67   Концерт для Колобка с оркестром: Роман. — М.: Изд-во Эксмо, 2005. — 352 с. — (Иронический детектив).

Ох, не написать ли мне вместо детектива философский роман на тему: «Что такое не везет и как с этим бороться»? Не повезло не только мне, Виоле Таракановой, но и моим домочадцам. Поддавшись на уговоры моей подруги Аньки, мы с Томочкой и детьми поехали отдыхать в ее «имение» с поэтическим названием Пырловка. Мало того, что здесь туалет под кустом, душ в автобусе, а газ в баллонах, так я еще умудрилась влипнуть в скверную историю, когда улепетывала от местных собак. А если серьезно, то я имела глупость влезть на чердак чужой дачи и освободить оттуда девушку по имени Мила. Девица сбежала, а ее ухажер нашел забытый мной на его даче кошелек, а в нем — визитку с Анькиными координатами. Теперь ей и мне кранты. Я бросилась на поиски подруги, но, кажется, опоздала — Аньку похитили. Надо освободить ее, а для этого следует найти Милу, которая, надеюсь, помнит адрес своего жениха. Но кто же знал, что Мила тот еще подарочек!..

УДК 82-3
ББК 84(2Рос-Рус)6-4

ISBN 5-699-09459-8   © ООО «Издательство «Эксмо», 2005

Оформление серии художника *В. Щербакова*

Литературно-художественное издание

Донцова Дарья Аркадьевна
КОНЦЕРТ ДЛЯ КОЛОБКА С ОРКЕСТРОМ

Ответственный редактор *О. Рубис*
Редактор *Т. Семенова*
Художественный редактор *В. Щербаков*
Компьютерная обработка оформления *И. Щербаков*
Технический редактор *О. Куликова*
Компьютерная верстка *А. Щербакова*
Корректор *Н. Овсяникова*

ООО «Издательство «Эксмо»
127299, Москва, ул. Клары Цеткин, д. 18, корп. 5. Тел.: 411-68-86, 956-39-21.
Home page: www.eksmo.ru   E-mail: info@ eksmo.ru

Подписано в печать 23.11.2004.
Формат 70x90 ¹/₃₂. Гарнитура «Таймс». Печать офсетная.
Бум. тип. Усл. печ. л. 12,87. Уч.-изд. л. 15,8.
Тираж 400 000 экз. Заказ № 6620.

ОАО «Тверской полиграфический комбинат»
170024, г. Тверь, пр-т Ленина, 5. Телефон: (0822) 44-42-15
Интернет/Home page - www.tverpk.ru Электронная почта (E-mail) - sales@tverpk.ru